月亮湾

唐慧琴 / 著

河北出版传媒集团

河北教育出版社

图书在版编目（CIP）数据

月亮湾 / 唐慧琴著. -- 石家庄：河北教育出版社，
2023.9
ISBN 978-7-5545-8011-0

Ⅰ.①月… Ⅱ.①唐… Ⅲ.①短篇小说—小说集—中
国—当代 Ⅳ.①I247.7

中国国家版本馆CIP数据核字(2023)第132508号

书　　名　月亮湾
　　　　　YUELIANGWAN
作　　者　唐慧琴

出 版 人　董素山
责任编辑　汪雅瑛　张　畅
装帧设计　李关栋
出　　版　河北出版传媒集团
　　　　　河北教育出版社 http://www.hbep.com
　　　　　（石家庄市联盟路705号，050061）
印　　制　保定市正大印刷有限公司
开　　本　787毫米×1092毫米 1/16
印　　张　24.5
字　　数　339千字
版　　次　2023年9月第1版
印　　次　2023年9月第1次印刷
书　　号　ISBN 978-7-5545-8011-0
定　　价　48.00元

目　录

嫦娥奔月

1

老张在葫芦娃那儿喝了二两，晕晕乎乎一觉睡了两小时，醒来打开手机，未接来电十几个，全是小石头打来的。

老张皱了皱眉，心里骂了一句，阴魂不散呀。就把手机扔在一边，沏了一杯浓茶，吸溜吸溜喝了半杯，才察觉嘴里有点不是味儿。他捏了一撮茶叶放在手心里闻了闻，感觉味儿有点不对。茶叶是葫芦娃前两天刚拿来的，牛皮纸硬盒，青花瓷茶罐，看起来很上档次，葫芦娃信誓旦旦地说，这是今年的新茶。老张把茶叶扔进垃圾桶，嘟囔了一句："这个家伙，真不靠谱！"

丁丽梅接了一句："葫芦娃要是靠谱，还叫葫芦娃吗？"

手机又响了起来，老张一看，又是小石头打来的。小石头最近像个影子似的跟着他，不管什么时间，也不管什么地点，像个土行孙似的突然就冒了出来，电话微信更是不断。昨天还拽着老张陪他到医院做了一个检查，这会儿不知道又出什么幺蛾子。

手机响了停，停了又响，老张无奈，只好接了。

小石头急呼呼地说："我在医院门口，等着你一块拿结果。"

老张既生气又觉得好笑，心里说，你以为你是谁，首长领导呀，太拿村长不当干部了。他气呼呼地对着手机嚷道："你没长着手吗？"

小石头小声说："我，害怕。"

老张扑哧笑了："就你这小石头蛋子，有啥怕的？"

小石头长出一口气，问："你真觉得我没事？"

老张骂道："你他妈活腻了吗？"

小石头说："怎么会，大事还没办呢。"

小石头最近一直在喋喋不休地说那件"大事"，老张一听就头疼，怕小石头说起来又没完没了，就赶紧顺着他的话说："是呀，尘缘未了，阎王爷还不收你。"

见小石头不答话，老张安慰他说："别自己吓唬自己了，屁事没有，赶紧拿结果吧。"

小石头说了一句："我信你。"就把电话挂了。

这段时间，小石头经常这么说，我信你，我信你。小石头信他倒是没错，从小到大，一直就是这么信过来的，但凡有一点事，都找老张商量。可是，扪心自问，自己真能担得起这个"信"吗？小石头说的那个"大事"，他一直都在躲着。昨天陪小石头去医院，他不停地念叨，我要是真有事，全是葫芦娃那个王八蛋气的！老张心里咯噔了一下，但想一想小石头从小到大连个感冒药都很少吃，能有啥事啊。

老张给葫芦娃打了个电话，说是去给他送一盒"好茶"，实际上是想试探一下葫芦娃对那件"大事"的态度。

老张刚要出门，小石头的电话又打来了。老张以为他汇报检查结果，没想到小石头还是那句话："张哥，我害怕。"

老张哭笑不得，这个小石头到底怎么了？他叹口气说："你等着，我一会儿就到。"

老张到了医院门口，看到小石头站在墙根下，头发参参着，一副萎靡不振的样子。

老张有点纳闷，他和小石头没少谈论生死，小石头总是说得很轻松，他说："晚上脱了鞋和袜，不知道明天穿不穿，若是能让我选择怎么死，我愿意死在云彩里。"老张跟他开玩笑："万一你得了送死的病，咋办？"小石头张口就答："等死呗。"看来，说归说，做归做，贪生怕死是人的本能，小石头也是一样。

老张看了看表，医院马上要下班了，就冲小石头招手说道："赶紧走啊。"

小石头小跑着跟在老张的后面，走了几步，他停下来说："我不进去了，你帮我去拿吧。"

老张恨不得踹他两脚，他一把夺过小石头手里的就诊卡，冲他吼了一句："你裤裆里白长了俩蛋！"

也许是快下班了，CT 室的窗口没有几个人。拿到小石头的检查结果，老张下意识地问了一句："医生，没事吧？"

窗口的工作人员看了他一眼说："结果不太好，你去问问医生吧。"

老张脑袋轰的一声，他拿出检查报告看了看，都是一些医学术语，他看不明白，就小跑着去找昨天门诊的医生。

诊室里已经没病号了，医生正在收拾桌子，看样子要下班了。老张赶紧把报告递过去，气喘吁吁地说："麻烦您看一下。"

医生接过来，翻看了一会儿，盯着老张问："你是患者？"

老张摇头说："不是不是，我是家属。"

医生说："胃腺癌，晚期了。"

老张眼前一黑，他稳了稳神，问："能详细说说吗？"

医生说了一大串医学术语，老张听得一半清楚一半糊涂，有几句话，他听透了，小石头的胃里长了瘤子，而且有一处长得不是地方，若是不治疗，也许活不过半年！

老张拎着小石头的检查结果，在走廊里走过来走过去，大脑一片空白，眼前的一切犹如梦境一般。走廊里空荡荡的，偶尔有人走过，也都急匆匆的。老张的脑海里反复出现小石头的样子：矮矮的个子，黑黑的脸膛儿，敦实的身板，怎么看也像他的名字一样结实健壮，怎么想也不该是这样的结果，怎么想这种事也不该落到小石头的头上。一想到小石头那张惊恐的脸，老张的心就像有无数只蚂蚁在爬。他不知道该怎样跟小石头说，连他这个"身经百战"的人都乱了阵脚，何况小石头呢，就他那尿样，说不定立马就倒下了。

走廊里的灯亮了起来，苍白的灯光散发着寒凉之气。一个女人从对面走过来，一边走一边小声啜泣着，老张想，她可能也遭遇了跟小石头一样的事吧。

平生第一次，老张陷入泥沼了，他越想越慌乱，越想越沮丧，他算哪个枝上的鸟儿啊，小石头又不是没有家人，这么大的事，他应该跟小石头的老婆朵朵说。但是，这个朵朵像个豆芽菜，温顺得像刚出生的小羊羔，什么事都听小石头的，针尖大的事都担不住，老张实在不忍心把这么大的事砸在一个女人身上。

老张看着手里的检查结果发了愁，这结果万万不能让小石头看到，他想扔进垃圾桶，但想想以后小石头治疗还要用，就把检查结果寄存在医院里的一个小商店，才拖着沉重的步子朝外走。

医院门口的大灯非常明亮，如同白昼一般。小石头站在门口，四下张望着。看到老张出来，他像看到亲人一样冲过来，急切地问："结果怎么样？"

老张说："还没出来，让明天拿。"

小石头瞅着老张的脸问："明天拿是好事吧？"

老张有点愣，不知道小石头的话是什么意思。

小石头摸摸脑袋，想当然地说："若是结果不好，早通知了。"

小石头的逻辑狗屁不通，若是往常，老张早奚落他了。但是，他的心乱纷纷的，哪有心情跟小石头掰扯呢。尽管老张努力装得若无其事，却无法正视小石头的眼睛。

小石头沉浸在自己的推理之中，脸色缓和了，精神状态也好多了，他拽着老张的胳膊说："走，咱找个小饭店，喝二两去去晦气。"

老张哪有心情喝酒啊，他挣脱小石头的胳膊说："家里有人等着呢。"

小石头拽着他，可怜巴巴地说："陪我喝点吧，好几天了，吃一碗，吐两碗，肚子早空了。"

老张心里一酸，更加确认了小石头病情的严重性，他知道自己应该满足小石头的愿望，陪他好好吃顿饭，但他的心里像跑着千军万马，无论如何也装不下去了，他不顾小石头的再三阻拦，狠着心快步走了。

2

老张回到家里，丁丽梅已经把饭菜摆到桌上了。葱花大饼，菠菜明油乱汤面，一碟油炸辣椒碎，一盘韭菜炒鸡蛋。这要是往常，老张一定会喝两盅，此刻他哪有心情呢，见丁丽梅拿一瓶酒过来，他皱了皱眉头说："去去去，大晚上的，喝什么酒呀。"

丁丽梅把酒放在桌上，笑嘻嘻地说："闺女上班了，陪你喝两盅。"

一提闺女，老张眉头舒展了，他满上酒，高兴地说："多年的投入总算有产出了。"

老张端起酒，看着丁丽梅笑盈盈的样子，小石头的脸在眼前闪了一下，他叹了口气，把酒杯放下，拿起手机要打电话。

丁丽梅问："给谁打电话？"

老张没好气地说："葫芦娃！"

丁丽梅立刻眉开眼笑地说："对对对，应该叫他来，他可是咱家的大贵人。"

葫芦娃在电话里大声问："张哥，喝多了吧？"

老张气呼呼地说："喝什么喝，小石头得了癌症，时日不多了。"老张哽咽了。

丁丽梅凑过来，小心翼翼地问："你说的都是真的？"

老张瞪眼说："这种事能开玩笑吗？"

老张把小石头的情况一五一十地跟葫芦娃说了，然后扔下一句："小石头都这样了，你拍着胸脯想想吧。"就把电话挂了。

丁丽梅喃喃说道："小石头壮得跟头牛似的，咋就得了这种病？"

小石头的话突然在老张的耳边响起，他恨恨地说："都是葫芦娃气的！"

丁丽梅说："人吃五谷杂粮，哪有不得病的，跟人家葫芦娃有啥关系呢。"

老张听出来了，丁丽梅明显在向着葫芦娃说话。其实，她这种态度也是正常的，因为，她觉得葫芦娃有用，先是帮他们在县城买了房，又帮闺女安排了工作。丁丽梅经常说，不管葫芦娃对别人怎么样，但对咱有恩，是咱家的大贵人。当今这世道，就是这么势利，啥事都讲个有用没用。你有用了，高朋满座。你没用了，没人搭理你。老张熟悉这样的规则，所以，在小石头和葫芦娃那件事上，他一直采取鸵鸟政策，总是浮皮蹭痒地敷衍着小石头，没说过一句公道话，对葫芦娃顶多就是旁敲侧击点到为止，而且这个"点到"也是蜻蜓点水的，含糊其词的。葫芦娃心领神会，一直装着没听懂。

丁丽梅见老张沉思不语，就安慰他说："我知道你心疼小石头，但葫芦娃也不容易啊，围屁股都是债。咱是局外人，跟谁不远，跟谁不近，他俩的事，你最好少插手，免得两头不说好。闺女的事刚办好，可别让人家说咱过河拆桥啊。"

丁丽梅说得头头是道，句句在理，但在小石头的生死面前，老张听着有点不是味儿，觉得丁丽梅的话有点刺耳。他黑着脸问丁丽梅："你觉得那件事，真的与咱无关吗？"

丁丽梅说："无凭无据，谁知道咋回事。"

老张冲丁丽梅嚷道："当年若不是小石头帮咱担保贷款，能有这事？"

当年老张在县城买房后，经济压力很大，就想搞养殖，亲朋好友怕他一时还不了，都不愿意借钱给他。葫芦娃就出主意，让老张找个公职人员担保在银行贷款。那个时候，拖拉机厂还没有倒闭，小石头听说后，主动找上门来，用自己的工资为老张担保贷了五万。

丁丽梅一见老张急了，赶紧盛了一碗饭，放在他跟前说："好了好了，我知道小石头待咱也不薄，先吃饭再说。"

老张端起碗，想起小石头说的"吃一碗，吐两碗"，心里一阵难受，他把碗放下，说了一句："不吃了。"起身向卧室走去。

老张躺在床上，烙饼一样翻来覆去，小石头的事像一群蚊子围着他嗡嗡地飞着，他想跟小石头打个电话，问他到家了没有，但是想到平时从没这样的细心关怀，怕小石头起疑，就把手机放下了。想想寄存在医院商店的检查结果，他更加烦躁不安。他把小石头的亲戚朋友捋了个遍，除了朵朵，好像没有谁能说这件事。小石头祖上人丁稀少，到了他这一辈，已经成了独门小户。有个姐姐，也嫁到了外地，听说身体也不好，和娘家很少往来。朵朵的娘家远在千里之外，远水也解不了近渴。况且，她吃凉不管酸，一直被小石头当小猫一样养着，这么大的事，她能顶得住吗？老张无论怎么想，都觉得他和葫芦娃是小石头从小到大的好朋友，这种事该他们两个大男人出头了。他之所以给葫芦娃先打电话，一是想让他分担，二是希望他良心发现，解了小石头心里的疙瘩。谁知，葫芦娃接了电话就没了音讯，真他妈不着调。

黑暗中，小石头的面容在老张的眼前更加清晰了：厚厚的嘴唇，圆圆的脸庞，眼睛不笑的时候像是睡不醒似的，笑起来就变成了月牙似的一条线。以前老张总觉得小石头的笑带点傻气，现在想起来却觉得单纯可爱。一想到这张单纯可爱有点傻气的脸很快就要永远消失了，他的心就像拧麻绳似的，一扭一扭地疼，眼里也掉下泪来。

3

半年前，小石头从曲阳打工回来，带着一箱高粱白和一卷宣纸到了县城。老张爱喝，酒是给老张的。葫芦娃是个半拉子书法家，纸是送给他的。

小石头从来没有这么大方过，他们三个人在一起吃饭，他几乎没结过账。葫芦娃喊他铁公鸡，他不恼不火也不辩解，还大言不惭地说，这辈子除了给老婆花钱，别人吃他一碗饸饹也觉得心尖疼。葫芦娃跟他大相反，不管是辉煌时还是落魄了，都很大方，每次吃饭都抢着结账，若是不让他结，他就急赤白脸地说看不起他。

其实，老张知道，小石头和葫芦娃说的都是玩笑话，不能当真的。小石头的抠门也只是在吃喝上，其他方面他还是很仗义的。葫芦娃刚创业时，开始小石头很反对，认为他还是稳稳当当上个班更好。后来，听说他资金紧张，就卖了家里的三头大肥猪，虽然钱不多，但对葫芦娃来说，也是一种支持和鼓励。葫芦娃发达后，曾经想多给他点利息，他跟葫芦娃急了眼，说葫芦娃小看了他。

葫芦娃摸着宣纸对小石头说："日头从西边出来了？"

小石头眯缝着小眼说："今年运气好，发了一点小财，算是脱贫了。"

拖拉机厂倒闭后，小石头一直在曲阳一家石雕厂打工。石雕厂不很景气，工钱不高，发放也不及时。但小石头说，老板人好，他也喜欢这份跟石头打交道的工作，就一直没有换地方。小石头的"小财"，只不过是老板一次性结了拖欠两年的工钱。

他们找了一个小饭店，整了两荤两素四个小菜，边喝边聊。三个人话越说越多，心越来越近，气氛也越来越好，一瓶高粱白下去，三个人都上话了。

葫芦娃说，老张像三国中的曹操，雄才大略，可惜英雄难过美人关，被丁丽梅耽误了终身。

老张呸了他一口说："狗嘴里吐不出象牙。"

小石头说老张像诸葛亮，足智多谋，重情重义。小时候他们经常一起打猪草，有一次，因为贪玩，天快黑了筐还空着，老张就出主意去偷生产队的山药蔓，正提心吊胆地采着，生产队长从远处过来了，老张大喊一声："咱们分头跑！"三个孩子兔子似的朝着不同的方向跑去，生产队长一时不知道该追谁，只好停下来骂大街。

小石头讲完，三个人哈哈大笑起来。

葫芦娃双手端起一杯酒，高举过头，对老张恭恭敬敬地说："阿瞒哥，贤弟敬你一杯！"

老张乐了，说了一句："谢过贤弟。"端起酒来，一饮而尽。

小石头也双手端起一杯酒，高举过头，冲老张说道："卧龙先生，我们也走一个。"

老张被他们俩灌得晕乎乎的，脸蛋红得像猴屁股一样。他喝了一大口酒说："都别给我灌迷魂汤了，我知道自己几斤几两，你们都成了吃皇粮的公家人，旱涝保收，就我成了修理地球的老农民，住了辘轳干了畦。"

葫芦娃说："得了吧，咱仨现在都在一个水平线上了，小石头下岗了，我混得连裤衩也穿不起了。"

小石头大着舌头说："当年要不是我爹逼着我接班，我可不是今天这样子。"

小石头当年学习成绩也不错，一直梦想着读高中考大学。但小石头爹却非常现实，觉得考大学的目标比较渺茫，怕政策有变，自己的铁饭碗无法传承，举着农药瓶子逼着小石头退学接了班。

葫芦娃开始揭小石头的老底："所以，你小子心存不满，一直跟你爹对着干，故意找了一个病恹恹的媳妇。"

小石头摇晃着脑袋说："No，No，No，找媳妇可没跟他对着干，是我称心如意的。”

老张也自卖自夸：“农民咋了？咱娶了个天仙似的老婆。”

酒桌上一谈女人，气氛就更加热烈了。

老张和丁丽梅是高中时好上的，男生们都喊她林青霞。

葫芦娃叹口气说：“一见美人误终生呀，老张要是不谈恋爱，肯定前途无量。”

老张美滋滋地说：“美人和江山不可兼得。”

葫芦娃拍拍老张的肩膀说：“你的江山也不小，一村之长，管着一千多口子人呢。”

小石头撇撇嘴说：“啥美人呀，跟我家朵朵差远了。”

老张和葫芦娃哈哈笑个不停。

小石头当年可是抢手货，拖拉机厂的正式工人，说媒的踢破了门槛。小石头东挑西拣，一直定不下来。老张提醒他别挑花眼了，他胸有成竹地说，千里姻缘一线牵。有一年秋天，他去河南出差，在火车上遇到了朵朵，一眼就看上了，要了地址就给人家写信，一写就是三年。老张和葫芦娃都以为朵朵肯定貌美如花，谁知一见面，长得很一般，虽说不上丑，但绝对称不上俊，小头小脸小个子，走路摇摇晃晃的，好像一阵风就能刮倒。老张劝小石头一定要慎重，他一句也听不进去，说他一见到这个女人就心尖儿疼，就想抱在怀里保护着。结婚后，朵朵就没离过药罐子，小石头什么活也舍不得让她干，一直像猫一样养着。

老张问小石头：“半辈子过去了，后悔不？”

小石头脖子一梗：“不后悔，下辈子还寻她！”

葫芦娃摇摇头说：“完了完了，这就叫王八看绿豆，对了眼了。”

小石头瞪着眼冲葫芦娃说：“你是狗熊掰棒子，捡了个别人不要的。”

葫芦娃是他们三个当中最有出息的，师专毕业后先是分到学校当老师，后来觉得老师接触面小，视野不开阔，就想混仕途，找关系出了教育线，调到了政府机关，干了没几年，他又说自己爱冲动，脾气性格不适合混官场，接连碰了几次壁之后，他心灰意冷，求爷爷告奶奶调入了银行上班，工资待遇都很不错。老张和小石头以为他总算是安稳下来了，没想到，他天生就不是安分守己的料，很快停薪留职做起了生意。发达后他还是没个定性，想一出是一出，"葫芦娃"这个外号就是这么叫起来的。葫芦娃的原配是个老师，人长得虽然漂亮，但心眼小，俩人说不到一块儿，见葫芦娃这么折腾，整天不是砸桌子就是摔板凳，实在过不下去，就离了。离婚后葫芦娃很是消沉了一段时间，后来娶了一个做生意的女人。做生意的女人很精明，你的我的账算得很清，葫芦娃一落魄，做生意的女人卷上金银细软就跑了，还给葫芦娃留下一屁股的窟窿。再后来，一个叫小芸的女同学找上门来。小芸的老公是个大老板，外面女人无数，两人的婚姻关系名存实亡。小芸从高中就一直暗恋着葫芦娃，听说葫芦娃单身后，净身出户和老公离了婚。这个小芸对葫芦娃像亲妈一样无限地包容，对他的所作所为坚定地支持，简直就是葫芦娃的影子。两个人也不结婚，就这么一起混着。

小石头观念比较传统，一直看不惯葫芦娃的做法，不喝酒的时候不言语，这次喝大了就吐了真言，他说："你和那个女人名不正言不顺，就是瞎胡混。"

一向大大咧咧的葫芦娃也认真起来，黑着脸对小石头说："你怎么说我都可以，但不能贬低小芸，她虽然现在还不是我老婆，却是我心中的白月光！"

小石头撇着嘴说："什么白月光呀，还不是见一个爱一个。"

葫芦娃严肃地说："我对哪个都是认真的，兜兜转转，发现小芸才是最好的。"

老张一看气氛不对，赶紧截住说："喝酒，喝酒。"

三个人闷声喝了起来，三瓶高粱白见底了。出门的时候，他们互相搀扶着，老张都不记得是如何回家的。

老张的眼前闪现着他们在大街上摇摇晃晃的样子，心里热辣辣的。人生难得这样的相聚，这样的畅饮，这样的痛快，这样的搀扶。

老张想好了，明天一早，他就去找小石头，让他别害怕，天塌下来由他顶着。

4

凌晨三点，老张的手机突然响了。他拿起来一看，是葫芦娃打过来的。

葫芦娃急慌慌地说："小石头不知道跑哪儿了，朵朵四处都找不见。"

老张腾地坐了起来，一种不祥的预感从心里升起，他厉声问葫芦娃："你告诉小石头了？"

葫芦娃说："没有，我只是跟朵朵悄悄打了个电话。"

老张的耳边响了一声炸雷，他恨恨地对葫芦娃说："你他妈也不跟我商量就自作主张，小石头要是有个三长两短，我跟你没完！"

葫芦娃赶紧说："你等着，我开车去接你，咱们一块儿回村里。"

老张一边穿衣，一边骂葫芦娃，骂他黄鼠狼给鸡拜年没安好心，骂他不该把实情这么快就告诉朵朵，骂他捅了这么大的娄子。

丁丽梅坐起来说："别光骂人家，你自己呢，明明知道葫芦娃不着调，为啥跟他说？"

老张一下住了嘴。他跟葫芦娃打电话的时候，没想那么多。丁丽梅这一问，事情好像挺复杂。丁丽梅说得没错，葫芦娃的脾气，他比谁都清楚，为啥偏偏要跟他说呢？深入一想，好像不仅仅是朋友之间的互相告知，而是下意识的一种转嫁和分担。说白了，他是不愿意把小石头的事全扛在自己肩上，也不愿意从自己的嘴里先说出去。老张不由心虚起来，看来自己和葫芦娃半斤八两，老鸹还真不能笑话猪黑了。

葫芦娃很快来了，老张坐上车，见葫芦娃一脸惊慌，也不好意思再说什么。

葫芦娃说，他跟朵朵打电话时是夜里十一点多，朵朵说小石头已经睡了。不知是小石头听见了他们的通话内容，还是察觉到了朵朵的异常，总之是小石头一觉醒来，什么也没问，说是上厕所，就再也没回来。

老张埋怨葫芦娃："没事找事，深更半夜打的什么电话。"

葫芦娃委屈地说："小石头出了这么大的事，我怎么也睡不着，就想探寻一下情况，谁知顺嘴说出溜了。"

老张说："真该把你的嘴用针缝起来。"

柳阳县城到月亮湾二十多公里，白天开车也得半个来小时。前几天刚下了一场大雪，积雪还没有完全化完，气温零下七八度，路上结了冰，车轱辘不断打滑。

这个时候，路上的车辆不多。没车的时候，葫芦娃就猛踩油门；对面车来了，他就猛踩刹车；有车从后面超过了他，他就紧紧追着，好像跟人家赛车似的。

老张紧紧地抓住门把手，一直喊着让葫芦娃开慢点，开慢点，葫芦娃嘴上说"好好好"，车速还是有点快。老张忽然觉得葫芦娃的人生跟他开车的状态差不多，东一榔头西一棒槌的，没个章法。

田野里的残雪，在星光的映照下像月光一样白，路两旁的垂柳上挂满了白霜，在车灯的照耀下，远远望去，像葬礼出殡时摇摇晃晃的招魂幡。

老张心里不由一阵凄凉，这冰天雪地的，小石头到底去了哪儿呢？他后悔当时只顾着自己，让小石头一个人走了。

老张打电话把村里几个年轻人喊了起来，让他们帮着去找小石头，叮嘱他们不要把动静搞得太大，有人问起来，就说小石头喝多了。

葫芦娃不以为然地说："这有啥好瞒的，送死的病又不是从他这儿开始的。"

葫芦娃一句"送死的病"一下子刺激了老张，压在心里的不满又重新泛起，他本来想说"你盼着他死吧"，但想想男人之间有些事还是看破不说破更好，就用一种不冷不热的口气说："现在医学这么发达，怎么是送死的病呢？"

过了一会儿，葫芦娃问："万一小石头真想不开了呢？"

老张心里冷笑着说："你单盼着这样呢。"

见老张不回答，葫芦娃又追问道："若是小石头真出事了，可咋办呀？"

葫芦娃三番五次地说小石头出事，终于把老张惹急了，他半开玩笑半嘲讽地说："出事了不更好吗，不找你麻烦了。"

葫芦娃猛地一踩刹车，拍了一下方向盘嚷道："老张，你啥意思？"

老张一看葫芦娃急了，就缓和了一下语气说："小石头不是一直找你吗？他病了不就安生了吗？"

葫芦娃沉默了一会儿说："老张，我算是看明白了，你和小石头近，不信任我。"

老张心里呸了一声，你还有脸提信任，你担得起这两个字吗？他气呼呼地说："好好开你的车吧。"

老张和葫芦娃回到月亮湾时，天还没亮。几个妇女守在朵朵身边，说着宽心的话。

朵朵坐在床上，呆呆地瞅着窗户，一句话也不说，整个人就像傻了一般。

朵朵见老张进门，从床上跳下来，拽住老张的胳膊，哭着说："塌天的大祸啊！"

老张说："别急，别急，会找到的。"

葫芦娃说："别哭了，有我们呢。"

小石头的失踪，让他的病情一下子在月亮湾公开了，很多人都加入了寻找小石头的队伍，各种微信群里都在谈论这件事。

老张和葫芦娃把小石头认识的人问了个遍，乡亲们也把月亮湾翻了个遍，就是看不见小石头的影子。

尽管老张安慰朵朵说不会有事，但眼看着日头已经偏西了，还是没有小石头的丁点儿消息，他的心里也发了毛，各种不好的猜测开始在他的脑海里闪现。

朵朵呆呆地坐着，无论大家说什么，都好像与她无关。

葫芦娃悄悄把老张拉到一边说："不行咱报警吧。"

老张心里动了一下，嘴上却说："报什么警，不到二十四小时，没人搭理你。"

朵朵"哇"的一声哭了起来。

围着朵朵的女人们安慰她说："你别着急，有我们呢。"

大家都盯着老张，等着他拿锄定苗。其实，这个时候，老张也有点六神无主。在他的印象中，小石头像他的名字一样，是沉稳的，低调的，不出头不冒尖的，没想到一下子搞出了这么大的动静。他像笼子里的鸟儿一样，突然飞走了，到底飞到了哪儿，好像只有天知道了。

老张明白，目前这个状况，他就是再慌也得强撑着。他看看表，下午四点多了，乡亲们还没吃午饭呢，就对一边蹲着的葫芦娃说："你带乡亲们去饭店吃碗面。"

葫芦娃站起来说："好好好，我管饭。"

5

小石头的房子五正三厢，半亩多的大院子，瓷砖、门窗、玻璃、院墙上的琉璃瓦，都是当时最时兴的。

小石头结婚后，把院子做了一次改造。别人家的院子里，不是榆树就是槐树，他家栽的是垂柳和榕树。春天柳树发芽，小石头看着摇曳的枝条，嘴里念念有词："柳如烟啊。"榕树开花了，他见人就说："瞧这一团的云雾。"前不栽桑后不栽柳，榕树是传说中的鬼树，这两种树都不吉利。小石头爹骂了他好多年，咽气时还念着把树刨了。小石头家的花也很少见，尤其是前院的一架紫藤，花开时像层层叠叠的云彩，散发着淡淡的香味儿。小石头和朵朵经常坐在紫藤花下，吸溜吸溜地喝茶。人们都说，孩子在监狱里住着，光景过得一般般，竟然还有闲心喝茶，纯粹是要饭吃的拉二胡——穷乐！小石头爹瞪着眼骂他们："丢你祖宗的人哩！"小石头不理不睬，朵朵小声嘟囔一句："一不偷二不抢的，丢啥人呀。"

　　二十多年过去了，小石头家院子里的榕树和柳树都有水缸粗了，前院的紫藤也遮住了半个院子。房子虽然有些陈旧，但收拾得干干净净，窗玻璃上贴着红艳艳的剪纸：一对小鸟站在梅花枝头，似乎在互相鸣唱。

　　老张看着窗户上的小鸟，灵光一闪，小石头的话跳了出来。

　　秋收后，小石头又来到县城，拽着老张去葫芦娃的茶室喝茶。葫芦娃这几年处境艰难，他就像门口的灯笼，外面红，里面空，老张不想过多打扰他。

　　小石头听不进去，他说："上次咱们聚在一起多好啊，我还没聊够呢。"

　　老张不情愿地打通了葫芦娃的电话。

　　葫芦娃热情地说："过来吧，咱们接着聊。"

　　小石头看着老张说："咱仨就你活得无趣。"

　　老张知道小石头说的"无趣"是什么。葫芦娃爱好书法，小石头爱好石头，就他老张没爱好。葫芦娃的爱好，老张理解，也觉得雅气。小石头的爱好，老张不太懂。小石头只要没事，就跑到山沟里捡石头，捡回来还让老张看，说这是奇石，质地多么好，图案多么妙，纹理多漂亮……一说就两眼放光，像打了鸡血一样。老张左看右看，也就是一个个石头蛋子，沉甸甸冷冰冰的，看不出有啥稀奇之处。小石头轻轻摸索着他的石头说，石头表面是硬的、冷的，但只要有一颗温柔的心，每一块石头都是柔软的、温暖的。小石头说这些话的时候，两眼贼亮，脸上发光，好像神仙附体似的。老张实在想不透小石头为啥会变成这样，觉得他和葫芦娃一样，麻雀跟着蝙蝠飞，附庸风雅而已。

葫芦娃的茶室看起来好久不用了，散发着一股破败之气。墙上的书法泛潮了，边边角角发了霉。茶桌上的一盆绿植也枯萎了，好像冬天地里没收的烂白菜。茶具和茶盘凌乱摆放着，上面落了一层灰尘。西边窗户投进来一束阳光，照在葫芦娃的脸上，一片污浊之色。再看看小石头，兴高采烈的，与葫芦娃形成了鲜明的对比。老张对葫芦娃产生了恻隐之心，总觉得他的心里藏着什么事，大大咧咧的外表之下，有着跟人不便言说的苦楚。

老张看着小石头问："上次谈了酒和色，还有啥好谈的？"

葫芦娃一边冲洗茶杯一边说："谈理想啊。"

小石头也说："对，谈理想。"

老张看着这俩人，哭笑不得。这俩家伙，心可真大啊，一个儿子在监狱蹲着，一个被债主追得像燕儿一样满天飞，还有心思空谈什么理想啊。

葫芦娃说他的理想是，东山再起后，把全国的书画家引进月亮湾，建一个大型的书画院，让月亮湾成为艺术之乡，让自己的书法全国扬名。

老张笑他："就你这屈屈字，还全国呢，月亮湾还差不多。"

小石头的理想是，手里攒点钱，再贷点款买辆大车跑运输，儿子再有两年就出来了，他得给孩子铺条路。

小石头的儿子酒后帮朋友打群架，打断了一个人的腿。其他孩子的家长都花钱私下和解了，只有小石头不认这个理儿，坚持找律师打官司。老张和葫芦娃都劝他不要被律师忽悠了，还是花钱和解才对。小石头听不进去，官司打来打去，钱花得不少，儿子还是被判了好几年。

老张以为小石头回过味儿来了，没想到他喝了一口茶说："进去了也不一定是坏事，被政府改造好了，一切都不算晚。"

老张笑小石头："日子都过不好，还谈啥理想呀。"

葫芦娃也说："你说的叫生存，不能叫理想。"

小石头说："没有生存，哪有资格谈理想？等我把孩子的事办妥了，在月亮湾盖一个奇石馆，名字我都起好了，叫抱石斋。"

葫芦娃说："就你那几块破石头，一点也不上档次，还抱石斋，抱你家朵朵还差不多。"

一提朵朵，小石头的眼睛眯成了一条缝，他一脸陶醉地说："我还有一个理想：下辈子和朵朵变成一对小鸟，一唱一和，自由自在。"

老张一口茶差点没喷出来，他捂着嘴笑着说："就你这样，变成猪还差不多。"

葫芦娃也哈哈大笑："这哪是理想呀，纯粹是痴人说梦。"

小石头严肃地说："梦也是理想。"

老张看着小石头家窗户上那两只小鸟，再想想小石头说的"梦"，忽然有一种虚幻之感，好像冥冥之中有一种神秘的力量在提示着什么，他问朵朵："你好好想想，小石头喜欢去哪儿？"

朵朵回过神来，想了一下说："他只要一回来，就守着那块石头看，一边看，一边笑，也不知道笑什么。"

老张问："那块石头在哪儿？"

朵朵像是被惊醒了，起身朝里屋走去，很快出来惊恐地说："那块石头不见了！"

不知道为什么，老张一听到这句话，心里的石头落地了。

这个时候，老张的手机震动了一下，掏出来一看，小石头发的一条微信：

"老张，我在村南河堤上等你，你一个人过来。"

老张惊喜万分，他大声对朵朵说："我知道他在哪儿了，我去把他带回来。"

朵朵两眼立刻有神了，她抹了一把泪说："你一定要劝他去医院，砸锅卖铁也要治！"

6

月亮湾村南的那条河叫月亮河，河水自西向东顺流而下，到了月亮湾时，向南拐了个弧形的弯儿，远远望去，河面就像一弯新月，月亮湾就在新月的怀抱里。

小时候，老张、葫芦娃和小石头经常在河边玩。他们在树丛里捉蚂蚱、抓蝴蝶、摘酸枣，捡了小石头往河里打水漂，看谁扔得远，看谁溅得水花高，累了就躺在柔软的沙滩上晒太阳。

那个时候，老张爷爷经常在河边放羊，他们三个都喜欢听老张爷爷讲三国，经常把自己想象成三国中的人物。葫芦娃说自己是诸葛亮，小石头说自己是关云长，老张说自己谁也不是，谁也都是。葫芦娃和小石头不明白老张的意思，只有老张爷爷捻着胡须说："孙儿可塑也。"他们问老张爷爷这句话啥意思？老张爷爷笑而不答。小石头和葫芦娃为老张到底像谁争论不休，老张胳膊一挥说："我最大，我是定盘星，不管像谁，先结拜了再说。"于是，他们就想寻一棵桃树，也来个桃园三结义，可寻来寻去，怎么也找不到，小石头就指着一棵杜梨树说："桃李一家，咱们就在杜梨树下结拜吧。"于是，他们就到河里洗了把脸，折了三根草棍为香，在杜梨树下结了金兰之好。

老张走在村南的河堤上，童年的记忆像电影一样在他的脑海里回放着。爷爷早已作古，老张也明白了爷爷那句话的意思。可是，他很惭愧，自己并没有成为爷爷希望的可塑之才，虽然勉强当选了个村主任，但村里很多事他也无能为力，只能睁只眼闭只眼糊涂着过，小石头和葫芦娃的事他都办不好，还闹出这么大的动静。

夕阳下，长长的河堤自西向东延伸着，一眼看不到尽头。干枯的野草在寒风中摇晃着，一只乌鸦掠过静静的河面，嘎嘎地叫了两声飞走了，河道里一片苍茫。

冷风嗖嗖地吹着，老张缩了缩脖子，四处张望，小石头在哪儿呢？

不远处有一团火焰在跳。老张快步走近，看到小石头坐在火堆旁，穿一件破旧的军绿色棉袄，头发乱蓬蓬的，像个流浪的乞丐。

老张鼻子一酸，才一天没见，小石头咋就成这样了呢。

老张在小石头对面蹲下，用木棍把没烧完的干柴朝中间拢了拢，火苗立刻旺了，发出噼噼啪啪的声音。

小石头问老张："有烟吗？"

老张从口袋里摸出一根烟，小石头接过来，捡起一根带火苗的树枝点烟，他的手微微地抖动着，火苗忽悠忽悠的，怎么也点不着。

老张接过小石头手里的树枝，帮他点着了烟。

小石头深深地吸了两口，呛得咳嗽起来。

老张知道，小石头平时不大抽烟，伸手夺过来，把烟掐灭了。

小石头捡起扔在地上的烟吹了吹，一点火星也没有了，他突然啜泣起来。

小石头哭，在老张的预料之中。都说男儿有泪不轻弹，但面对死亡，谁又能做到坦然面对呢？

等小石头情绪稳定了，老张朝火堆上加了一把干柴，不一会儿，火苗就呼呼地朝上蹿了起来。火光映照在小石头脏兮兮的脸上，他喃喃说道："这火真旺啊，要是永远不灭多好！"

小石头的眼里充满了悲伤和绝望，也透着留恋和渴望。老张有点后悔，他掐灭了小石头的烟，就等于掐灭了他的生机和希望。

火苗渐渐地小了，小石头眼里的光亮也随之暗淡下来，他长长地叹了口气说："老张，我也快灭了吧？"

老张说："只要添柴火，就灭不了。"

小石头问："还有柴吗？"

老张坚定地说:"有,只要用心找,就一定有。"

小石头双手捂住脸,沉默了好一会儿才抬起头,用孩子似的眼神看着老张说:"我这辈子没干过丧良心的事呀,凭啥让我得了这种病!"小石头越说声音越大,呼呼喘着粗气。

老张拍着他的肩膀说:"别着急,没那么严重。"

小石头看着老张说:"你就别瞒着我了,上午我已经去了医院,我嘴上说不怕,其实心里怕得很,我都怕成这样了,何况那个傻女人。"小石头说着说着,又啜泣起来,"老张,我死活都没事,可我家朵朵怎么办?"

老张安慰他说:"你别怕,明天咱就去医院,找最好的医生。"

小石头问:"人财两空怎么办?"

老张沉默了,他的心里比谁都清楚,人财两空就是这种病的最终结局。他身边得癌症的人不少,基本都是满怀希望地进医院,最后拉着尸体回来。月亮湾条件差的人家,一旦有人得了癌症,干脆就不治了,在家里挺着等死。按着理性的分析,小石头的病,没多少治疗的价值了,也就是多活几天少活几天的事。

小石头苦笑着说:"治不治都是个死,还是不治了吧。"

小石头嘴上这么说,但眼里却充满着求生的渴望,老张实在不忍心把心里的话说出口,只能说一些宽慰的话。他说:"毕竟是生死大事,朵朵再不顶用,也得听听人家的意见吧。"

小石头突然急了,瞪眼说道:"你凭啥说我家朵朵不顶用?你都不知道她多顶用!"

小石头掏出手机,打开微信说:"我让你看看,她有多顶用!"

小石头的微信上,朵朵的留言一大片。

小石头说:"这个傻女人说,天塌下来她顶着,砸锅卖铁也要治,多活一天是一天。"

老张看着满屏的留言,眼眶湿了,他说:"为了朵朵,你也得试试,万一奇迹出现了呢!"

小石头眼里一亮："真有奇迹？"

老张坚定地说："一定有。"

小石头的眼里焕发出光彩，他站起来，捡起一块石头奋力扔进河里，河面发出"咚"的一声。小石头回头对老张说："你看，我扔得多远！"河面恢复了平静，小石头又对老张说："你看这河面多美，像一弯新月。"他又指着河堤上的杂草喃喃自语道："瞧这一片一片的枯黄，多像一幅油画啊。"

四周黑乎乎的，哪有小石头说得那么好啊。老张莫名有点心酸，他走到小石头身边说："咱回家吧。"

小石头站着不动。

老张说："走吧，朵朵早急了。"

小石头走到火堆旁坐下来，添了一把柴火，长叹一声说："这么大的事，总得让她有个缓冲吧。"

老张原以为，小石头失踪，是病来如山倒，肩上扛不住事，没想到还藏着如此的深意。看来小石头对朵朵是爱到骨子里了，处处都在为她着想。

老张说："朵朵嫁给你，算是上辈子烧了高香。"

小石头立刻说："我娶了人家，才是烧了高香了呢。"

老张笑着问："你家朵朵这么好呀？"

小石头的脸在火光的映照下，变得红彤彤的，他看着老张，笑眯眯地说："妙不可言。"

这句话小石头常说，从结婚一直说到现在。只要他们在一起，只要提到各自的老婆，小石头就是这句话。有一次，葫芦娃听腻了，就使劲灌他酒，等他晕乎了，葫芦娃再问："怎么个妙不可言呀？"小石头说，第一次在火车上见面，他在朵朵的眼里就看到了星星。小石头眯缝着醉眼说："你们说，这是不是妙不可言？"老张和葫芦娃哈哈大笑，就朵朵那样儿，还能看出星星月亮？

小石头见老张沉默不语，就一本正经地说："论钱和权，我比不过你和葫芦娃，但要说老婆，我比你们都强，真的，你别不信。"

这要是在往常，老张可能会跟小石头抬抬杠。不说别的，单说长相个头，丁丽梅和朵朵并排一站，高下立分。但现在这种情况，小石头就是说朵朵是七仙女下凡，他老张也得顺着小石头的意思说："我信，我信，朵朵就是七仙女下凡。"

夜一点一点深了，火堆也快熄灭了，冷风越来越大了，河里的水也好像流得快了。

老张又说："小石头，咱回家吧。"

小石头抬头看着天说："老张，我给你讲个故事，讲完咱就回。"

老张有点纳闷，都这般田地了，小石头竟然还有心情讲故事，他耐着性子说："讲吧，讲吧。"

小石头说，有一段时间他和一个女石友经常在微信上聊天，也就是聊聊各自喜欢的石头。朵朵不乐意了，嘴上却不说出来。有一天晚上，他睡得正香，突然听到朵朵在嘤嘤哭泣，他赶紧拉着灯，问她怎么了，朵朵哭着说："刚才做了一个梦，梦到小石头和那个女石友在咱家的沙发上抱着亲嘴。"朵朵说着就要下床，小石头问她干什么，她一边哭一边说："去跳河，不活了！"

讲到这儿，小石头问老张："你说她聪明不？"

老张点点头："聪明，借梦说出了自己的心声。"

小石头感叹道："是啊，太聪明了，不知道她是否真做了这样的梦。"

老张觉得也挺有意思，就问："你怎么说的呀？"

小石头摸摸头说："我就抱住她说：'你躺下继续梦，这一次要梦到我去她家的沙发上，让她老公去跳河！'"

老张忍不住笑了起来，他没有想到，外表笨拙的小石头，竟然还有这么机智幽默的一面。看来小石头说得没错，朵朵是个聪明人，小石头何尝不是一个更聪明的人啊，两个聪明人凑到了一起，把日子过得这么有滋有味。再回头想一想自己和丁丽梅，好像不曾有过这样的场面，不曾有过这样的对话，不曾有过这样的情趣。平生第一次，老张从心里认可了小石头的话。平生第一次，老张有了失落感，自己的老婆也许真的比不上朵朵，而自己也有的地方比不上小石头。

黑暗中老张看不清小石头的脸，对他的感觉却变得陌生起来，原来他以为小石头简单拧劲儿，不大懂得人情世故。没想到，他的内心既装着万水千山，也藏着儿女情长，对待自己的女人，心思细腻得像针一样。

小石头问老张："有意思不？"

老张心悦诚服地说："有意思。"

小石头轻声说："所以，我想活！"

7

老张回到城里时，已经夜里十点多了。丁丽梅到厨房给他热了饭菜。一天没吃饭了，肚子早饿得咕咕叫了，他夹起一个饺子咬了一口，猪肉大葱馅儿的，满嘴流油，味道很鲜。这要是以前，老张会觉得幸福满足，自己的老婆上得厅堂，下得厨房，是月亮湾数一数二的人尖子。但现在他吃着饺子，脑海里却闪现着朵朵的脸，虽不如丁丽梅健康红润，却有一种说不上来的味道，就像小石头常说的那样，清水挂面似的，像一朵淡淡的野菊花。

小石头不止一次跟老张显摆过朵朵包的饺子，他说，整个月亮湾的女人，谁也不如自己老婆包的饺子好看，像一朵朵漂亮的蝴蝶兰，小巧玲珑，一口一个，像吃花一样。

老张想着朵朵的饺子，再想想她做的那个梦，嘴里的饺子突然失去了味道，他用筷子拨拉着盘子里的饺子，皱着眉头说："这是饺子还是包子啊？"

丁丽梅迷惑不解："你不是说个大馅儿多吃着过瘾吗？"

老张说："小点精致。"

丁丽梅用探究的眼光看着老张，戏谑道："出去一天，被小石头传染了？"

小石头得了癌症，丁丽梅的玩笑就显得很不合时宜了。老张闷头吃饭，不想搭理丁丽梅。

丁丽梅问："小石头没事吧。"

老张"嗯"了一声。

丁丽梅又问："朵朵没事吧？"

老张抬头瞪了她一眼，没好气地说："能没事吗？"

丁丽梅见老张皱着眉头，就摆出息事宁人的态度说："好了，明天我回去劝劝朵朵。"

老张说："不用了，明天他们来住院。"

丁丽梅惊讶地问："住院？你不是说他的病已经没救了吗？"

老张冷着脸对丁丽梅说："人家朵朵说了，砸锅卖铁也要治！"

丁丽梅哼了一声说："朵朵的脑瓜子，你不清楚吗？她犯傻你也跟着犯糊涂啊。"

老张不言语了。他当然知道，小石头的光景，是搁不住折腾的，砸锅卖铁也凑不了多少钱，何况还有一个快出狱的儿子，以后买房结婚，兜兜转转都要花钱。小石头没病没灾还发愁呢，若他走了，只剩一个朵朵，能不能养活自己还不一定呢。人活在这世上，本来就不是容易的事，生活就像一个茧，人是挣脱不出来的扑棱蛾子，每个人都有每个人的苦，各自都有各自的难。老张想破了脑袋，小石头的事也没有出路。黄泉路上无老少，小石头若是想得开，不治才是最好的选择。

前年，月亮湾两个人差不多时间查出了肝癌，都是五十刚出头。一个是开厂子的大老板，在北京、省城的大医院做了各种治疗，据说花了好几十万。一个是日子过得紧巴的普通农民，确诊后开了止疼药就回家了。最后，两个人去世的时间只差了一天，也就是说，大老板只比这个穷人多活了一天。

这件事在月亮湾震动挺大，乡亲们都说，世上有好多不平事，唯独死亡是公平的。

老张和小石头、葫芦娃也聊过这件事，葫芦娃说，他若得了癌症，也要像那个老板一样，想尽各种办法治疗，多活一天是一天。小石头则说，治还不如不治，他也要像那个穷人一样在家等死。老张说，此一时，彼一时，真到了那个时候再说吧。葫芦娃说老张鹅毛不驮，什么事都攥着拳头让人猜。现在看来，并不是老张要滑头，而是事情没落到自己头上，谁也不知道到底该怎么办。看看现在怎么样，小石头还不是变卦了吗，巴巴地等着出现奇迹呢。

丁丽梅撇嘴说："小石头太自私了，一点也不考虑老婆孩子。"

老张看着丁丽梅的脸，一个念头出现了，若得病的不是小石头而是他，丁丽梅该怎么办呢？她会不会也像朵朵一样，砸锅卖铁也要治？不知道为什么，这个问题他不想问出口，因为他觉得，不管丁丽梅的回答是什么，他都不会信。结婚这么多年了，这是老张第一次对丁丽梅产生了不信任的感觉，这感觉让他既失落又悲凉，很值得他深入思考，细细思量。

丁丽梅也不赞成老张去管"那件事"，她反复强调："这本来就是一件无头案，要是葫芦娃坚持不承认，你能拿他怎么办？不然这么长时间了，小石头咋没追出个青红皂白？"

老张说："办法有的是，我就不信，治不了他！"

丁丽梅意味深长地说："别逞能了，现在这世道，都是为活的，不为死的。"

老张明白丁丽梅的意思。葫芦娃发达时，柳阳县城的房价刚刚起步，老张觉得自己儿子相貌平平，学习成绩也不好，就想在城里买套房，将来可以在葫芦娃的公司讨口饭吃。老张积蓄不多，东拼西凑也不够房子的首付，葫芦娃一下拍给了他五万。房子买了，压力也就变成了动力，由小石头做担保，老张通过葫芦娃在银行又贷了五万，养起了肉鸡。几年后，他不光还清了贷款，还把葫芦娃那五万也还了。后来，县城的房价一路飞涨，老张也就成了获利者。因为这房子，让他在村里很有面子，成了具有前瞻性的聪明人。因为这房子，儿子早早就娶上了媳妇。女儿医学院毕业后，一直找不到工作。葫芦娃跑前跑后折腾了半年多，把女儿安排进了县医院。丁丽梅一直说葫芦娃是他们家的恩人和贵人。小石头和葫芦娃的事出了以后，小石头找了老张好多次，想让他说句公道话。尽管老张对那件事心知肚明，但因为欠着葫芦娃的人情，一直故意装糊涂。

若是以前丁丽梅这么说，老张会觉得没什么，毕竟吃人家的嘴软，拿人家的手短。可现在小石头都这样了，丁丽梅的话听着就有点刺耳了。

老张大声冲丁丽梅嚷道："小石头还没死呢！"

丁丽梅嘟囔了一句："不知你图了什么。"

老张说："道义和责任。"

丁丽梅讥笑道："是是是，大村长的境界就是高。"

老张不想跟丁丽梅抬杠，他想做的事，丁丽梅可管不了。第二天一早，老张就给葫芦娃打电话，却一直没人接听。他以为葫芦娃躲着他，就恨恨地说："躲过了初一，躲不过十五，我看你能躲到几时？"

到了葫芦娃家门口，老张按了好长时间门铃，一直没人开门。

老张觉得葫芦娃就在家里，就使劲敲门，越敲越气，越敲声越大。对门邻居被惊动了，门才开了。

那个叫小芸的女人门神似的堵在门口，看着老张说："他喝多了，还睡着呢。"

老张不好意思硬闯，气呼呼地朝里张望着说："我有急事找他。"

女人的语气不紧不慢："他喝多了，闹腾了半宿，让他睡会儿吧。"

老张气得呼呼喘气，女人还是没有让他进门的意思。

这么僵持着太尴尬了，老张只好说："麻烦你带个话，让他醒了立刻给我打电话。"

女人迟疑了一下说："到底啥事？能和我说说吗？"

老张说:"老爷们的事,轮不上你插手。"

女人朝一边闪了一下身子,见老张站着不动,就叹口气说:"葫芦娃也不容易啊,心里装着很多苦。其实,他不是你想的那样,骨子里很单纯,就是一个长不大的孩子。"

老张扔下一句:"再不容易也不能丢了男人的原则!"

说完,转身走了。

8

肿瘤科的主任仔细查看了小石头的 CT 片子。从片子上看,肿瘤已经扩散到腹腔,肝脏、肺、胰腺都有了。主任说,这种情况,手术的意义已经不大了,可以放化疗和免疫疗法相结合,效果如何,要看病人的造化了。

老张听不懂这些医学术语,只能说:"全听医生的。"

主任问老张:"病人的经济条件如何?免疫药和蛋白都不能报销。"

老张心里咯噔一下,问道:"大概要花多少钱?"

主任说:"保守也得十几万。"

老张的脑袋嗡地响了起来,尽管他早有思想准备,但这个数目还是吓了他一跳,远远超出了他的估算范围。

见老张发呆,主任安慰他说:"现在医疗水平先进了,免疫疗法很有效,有的病人通过治疗,肿瘤明显缩小了,有些个例甚至萎缩了。"

老张心里燃起了希望,他感激地看着医生说:"一切都靠您了!"

由于老张提前探路,小石头顺利地住院了。

等一切安顿好,老张把朵朵叫到一个僻静的地方,把主任的话一五一十说了一遍。

朵朵一听就傻了,蹲在地上啜泣起来。

老张说："朵朵啊，事情也就这样了，再难过也没用。当务之急，是接下来怎么办。"

朵朵哽咽着说："能怎么办，治呗！"

老张看着朵朵，迟疑了一会儿说："当然该治了，但你也要往长远处看，人家医生说了，效果怎么样，谁也不敢保。"

朵朵的眼泪吧嗒吧嗒地掉了下来，她泪眼蒙胧地看着老张，一副六神无主的样子。

老张问："你带了多少钱？"

朵朵说："卡里有两万，家里还有三万的定期。"

老张问："别的还有吗？"

"没了，就这些了。"

老张望着缩成一团的朵朵，心里很不是滋味。他没有想到，这么多年，小石头只有这么一点积蓄。

朵朵一边哭一边说："河南娘家那边不争气，兄弟不正干也不孝顺，爹娘的开销基本都是小石头给的。我身体也不好，常年离不了药，儿子出事也花了不少。"

老张不由叹口气，他以为小石头娶朵朵是个累赘，没想到朵朵背后还有这么大的拖累。

朵朵接着说："他爱玩石头，遇到喜欢的，就买几块。"

老张一直以为，小石头喜欢石头也就是个爱好，他的石头都是在河沟里捡的。他万万没想到，小石头竟然还花钱买石头。

老张问朵朵："他的石头多少钱一块？"

朵朵说："没准儿，有三头二十的，也有上百的，他经常看的那块是五千多买的。"

老张惊得张大了嘴巴，他总觉得葫芦娃不靠谱，没想到小石头也不着调。想想看，一个种地的土老帽，花五千多块钱买一块石头，这在月亮湾，这辈子、上辈子、上上辈子，就是追到老祖宗的根儿，也是前所未有的事情。

　　看着一脸无助的朵朵，老张心里又恨又气。月亮湾的人都知道，一个家庭要想把日子过好，必须外面有个好耙子，家里有个好匣子。也就是说，男人在外面使劲挣钱，女人在家里把钱保管好。这个朵朵，别说匣子了，纯粹就是一个漏勺，不声不响把家里的财漏完了。都说不是一家人，不进一家门，这俩人，一个茄子，一个北瓜，半斤八两还真般配啊。若是日子平稳，就这么稀里糊涂地过，倒也没事，问题是，风浪一波一波地来了，儿子出事是一波，这一波更大更猛，是泰山压顶的滔天大祸啊！

　　这世上，有爱唱戏的，有爱下棋的，有爱画画的，有爱写字的……这些爱好老张不反对，还很羡慕，觉得有爱好的人心里不空。但他总觉得，爱好就像是吃饭时的零嘴小菜，有了锦上添花，没有也无关紧要。若是为了爱好，影响了正常的生活，那就不是爱好了，而是不务正业，玩物丧志。

　　老张埋怨朵朵："他这么胡闹，你也不说说他。"

　　朵朵不以为然地说："他不赌不嫖，就这么点爱好，我为啥说他啊。"

　　老张彻底无语了，木已成舟，他再说什么也没意义了。当下最要紧的是，怎样才能凑出小石头的治疗费，这可是真金白银要命的大事。

　　老张问朵朵："他的石头大概有多少块？"

　　朵朵说："没数过，都在东厢房里。"

　　老张说："抽空你回去一趟，把那些石头清洗一下，看看能否卖了凑点钱。"

　　一听老张说要卖石头，朵朵噌地站起来说："不能卖啊，这可是他的命！"

　　老张气不打一处来，瞪着朵朵说："他的命快没了，你说卖不卖？"

　　朵朵低头想了想，说："要不把房子卖了吧。"

　　老张恨不得踹朵朵一脚，这个女人，脑袋纯粹让驴踢了，宁可卖了房子，也要留下那一堆烂石头。她就不想想，没了房子，她住哪儿？儿子以后住哪儿？

老话说，宁跟清楚人打顿架，也不跟糊涂人说句话，老张不想跟朵朵再费话了。他叮嘱朵朵，医疗费的事别跟小石头说，压力大了，对他病情不利。

朵朵连连点头："晓得，晓得，我啥都不说。"

从医院出来，老张跟葫芦娃打了个电话，葫芦娃倒是很快接了，但推脱说，有事不方便。

老张不容分辩地说："不方便也得见一面，小石头住院了。"

半个小时后，葫芦娃到了医院门口，手里拎着一箱蛋白营养粉，说去看看小石头。

老张说："你还是免了吧。"

葫芦娃说："这是人之常情。"

老张说："先别慌着看他，先把大事办了。"

葫芦娃一听老张让他帮忙处理小石头家里的石头，为难地说："哥呀，这个任务可不好完成啊。"

老张说："这有什么难的，有卖的就有买的。"

葫芦娃说："话是这么说，关键是这种东西是小众的，不在这个圈子里，根本不知道到哪儿卖。当然，每年全国各地都有石展，但是，谁有空背着这些石头到处跑呢？"

老张一下泄了气，他抓着脑袋说："这可咋办？医药费差得远哩。"

葫芦娃长叹了一口气说："要是前些年，我一个人就把事办了。"

葫芦娃说的是实话，假若他不落魄，小石头的事他肯定帮，而且是大包大揽地帮。可关键的问题是，落架的凤凰不如鸡，葫芦娃泥菩萨过河自身难保，说与不说有什么用呢？

葫芦娃见老张愁得转圈圈，就干脆说："谁让他命苦，得了这种病，治不治也就是多两天少两天的事，不如糊弄糊弄他算了，省下钱让老婆孩子过日子。"

葫芦娃的话说到了老张的内心深处。小石头的病是明摆着的，即使住院也是给他一点安慰罢了。至于怎么治，他本人说了不算，是家人和亲属来选择。当然，朵朵这个家属不中用，但再不中用也只能她做主。自己和葫芦娃只能算个参谋。既然是参谋，就应该帮人家参谋好，朵朵事到头蒙，两个大男人可是清醒的，总不能到头来人财两空，留下个烂摊子无法收拾。

葫芦娃说，找个熟人跟医生沟通一下，说明家里的实际情况，象征性地输输液，住几天回家算了，这样对小石头也算有个交代。

老张长叹一口气说："没办法啊，也只能这样了。"

葫芦娃大包大揽，拍着胸脯说："那个科主任是我哥们，我说什么他都听。就咱俩这智商，糊弄小石头，还不是小菜一碟。"

老张的心像针扎了一下，他拉下脸来说："你糊弄人倒是挺溜啊。"

葫芦娃讪讪说道："我这不是为他好嘛。"

老张看着葫芦娃的脸，不知为什么，心里很不是滋味，尽管这个决定是他们两个人商量好的，但他总觉得葫芦娃的动机有些不纯，好像盼着小石头快点死似的，那件事又在他心底冒出来，他不由说道："你要是真为小石头好，就把那件事说清楚。"

葫芦娃的脸唰地变了，他冷笑着说："老张，我算是看清楚了，无论我怎样对你好，也换不了你的心。闺女刚上班，你就过河拆桥，翻脸比翻书还快。"

都这种时候了，葫芦娃还拿这些事堵自己的嘴，老张一下子恼火了，他不再像往常那样遮遮掩掩含糊其词了，而是直截了当地说："你对我的好，我记你一辈子。但一码归一码，你要是还认我这个哥，就说句真心话，小石头那十万的贷款到底是咋回事？"

葫芦娃低下头，沉默了好一会儿，才抬头看着老张，委屈地说："哥，你只考虑他，为啥一点也不想想我啊，有时候我真想跳了楼。"

老张心里一软，葫芦娃的生意他基本是了解的，除了十几年前做一种高档白酒的总代理赚了一些钱，后来的生意都是走下坡路，尤其是最近几年，他涉足房地产，在村里搞起了新民居。县城的房地产形势，老张不太懂，但村里的新民居，他还是很通透的，一直劝说葫芦娃要慎重行事。葫芦娃坚持认为，县城的房地产市场萎缩，归根结底就是价格太高，农民买不起了。他豪情万丈地说，他开发新民居不是为了赚钱，而是在为民解忧，让老百姓住上好房子。葫芦娃行事，一贯就是雷厉风行不计后果，房子盖了一大片，销售却很不乐观，把价格降到了成本以下，除了本村几十户购买，周边村庄基本没人问询。这个时候，葫芦娃才彻底相信了老张的话，村里人进城买房都是刚需，大多数都是丈母娘经济，说白了，不在城里买房，儿子就说不下媳妇，都是不得已而为之。新民居的房子再好，对丈母娘和未来的儿媳妇没有吸引力，买了也是白买。上千万的真金白银砸下去，连个水花也没溅起来，这一次葫芦娃是真垮了，每天喝得烂醉。那段时间，老张和小石头每天晚上轮流守着他，要不是那个小芸出现，真担心他想不开寻了短见。

见葫芦娃一脸凄苦，老张也不忍心再说难听话了，他用平和的语气说："再难也得有做人的底线，小石头不得病，我不逼你，也一直帮你敷衍着，但他成这样了，你真忍心让他背着包袱走？"

葫芦娃掏出一颗烟，抽了起来。一颗烟抽完，葫芦娃才说："哥，算我求你了，这件事别追了，小石头都这样了，追不追还有啥意义呢。"

葫芦娃的话一下子提醒了老张，是啊，小石头若是……那笔贷款不就没事了吗？

老张心里还是不踏实，他说："那不就是坑了国家吗？"

葫芦娃说："人死账烂，国家的钱多得很，不差这点毛毛雨。"

老张不得不承认，葫芦娃的想法很周密，天衣无缝，可以说是天上掉了大馅饼。可是，他的心里还是不舒服，总觉得哪里不对劲儿，有个坎儿过不去。

葫芦娃恳求道："哥，这件事就算了吧。"

老张瞪着葫芦娃说："你得给我说清楚，到底是怎么回事？"

葫芦娃吞吞吐吐还是不想说。

老张说："男子汉大丈夫，敢作敢当。"

葫芦娃叹口气说："好吧，说清楚我心里也就踏实了，当年你贷款的时候，我正谈个大项目，就让小石头多签了一套空白的贷款资料，以备不时之需。后来我实在周转不开了，就用他的名字偷偷贷了十万，原打算宽裕了悄悄还上，没想到越来越糟糕，就一直没还。小石头要是不想着贷款买大车，根本不可能知道。"

事情跟老张猜测的一样，但从葫芦娃的嘴里说出来，听着还是很气人。不管葫芦娃的理由多么充分，终究还是一种欺骗。

老张盯着葫芦娃问："你就不怕查出来？"

葫芦娃说："我是内部人员，知道如何规避。"

老张冷笑着说："就是你们这些内鬼，把社会风气败坏了。"

葫芦娃哭丧着脸说："哥呀，你就别上纲上线了，我也是没办法啊，有毛谁当秃子呀。"

事情都这样了，老张还能说什么呢。对于他来说，小石头和葫芦娃，手心手背都是肉。他只能无奈地说，走一步看一步吧，谁也不容易。

9

老张领着葫芦娃，来到小石头的病房门口，隔着门玻璃朝里看。

小石头躺在靠窗的病床上，面朝南双腿蜷缩着，在阳光的照耀下，像一只大虾。

葫芦娃眼圈一下红了，小声对老张说："前几天还活蹦乱跳的，现在成这样了。"

老张鼻子一酸，小声说道："谁说不是呢，病来如山倒啊。"

葫芦娃要进去，老张拦住他说："你先等等，我探探风再说。"

老张推门，悄悄走到病床边，在小石头的肩膀搡了一下。

小石头扭头一看，坐起来说："你坐，你坐。"

老张坐在床上，问："怎么样？"

小石头说："医生说了，只要心态好，配合治疗，会有效果的。"

老张心里说，哪个医生都会这么说，只要你愿意信。但看着小石头热切的眼神，他又不能泼冷水，只能安慰他说："好好吃饭，别想太多。"

小石头拍了拍肚子说："早上喝了一大碗米粥，到现在还没吐呢。"

小石头的脸上焕发着光彩，与昨天萎靡不振的样子判若两人。

老张心想，这八成是精神的力量吧，一到医院就踏实了。他四下张望，没看到朵朵。

小石头说："来得及，缺东少西的，她和丽梅出去买东西去了。"

老张说："缺什么说话，让闺女捎来。"

小石头说："还是闺女好啊，我家那个……"小石头叹了口气。

老张知道，儿子是小石头的心病，他赶紧转移话题说："葫芦娃惦记着你呢。"

小石头的脸唰地变了，大声嚷道："不用他惦记，他来我掐死他！"说完，呼呼喘着粗气，脸也变成了青紫色。

老张朝门口看了一眼，葫芦娃的脸从门玻璃上消失了。他按住小石头的肩膀说："别激动，不让他来，那件事他已经认了，正在想办法解决呢。"

小石头的情绪这才平稳下来，看着老张恨恨地说道："让他赶紧把钱还了，不然我临走也要掐上他！"

老张心里一惊！小石头从来没说过这种话，踩死只蚂蚁他也觉得自己犯了错，就是为了儿子他遇到了很多不平事，顶多也就是皱皱眉头而已。看着小石头扭曲的脸，老张心里很不是滋味，这件事对小石头的伤害太大了，若是处理不好，他对葫芦娃的恨，恐怕要带进棺材里了。

老张一出医院门口，就看到葫芦娃和丁丽梅面对面站着说话。

老张对葫芦娃说："小石头对你意见挺大。"

葫芦娃说:"我听见了,没事的,他是病人。"

丁丽梅冲老张瞪眼说道:"他家的事到此为止了啊。"

老张见丁丽梅红头涨脸的,有点摸不着头脑,忙问:"咋了?"

丁丽梅说:"我找借口把朵朵叫出来,劝她不要感情用事,要为以后的日子想想,可她一句也听不进去。"

老张埋怨道:"这个时候,你跟她讲什么道理啊。"

丁丽梅说:"不讲道理说什么?也顺着她发疯?我问她,治病的钱从哪儿来?你们猜她说什么?"丁丽梅学着朵朵的口气说:"倾家荡产也得治,宁可治死,也不等死,实在没钱了,我就去卖肾。你们听听,这不疯了吗?"

葫芦娃说:"疯了,疯了。"

老张说:"她没疯,她真能做出来!"

丁丽梅抬脚就走:"那就让她卖去吧,咱过咱的日子。"

葫芦娃看着丁丽梅的背影,突然笑着说:"哥,咱们的老婆可比不上人家朵朵啊。"

老张第一次没跟葫芦娃抬杠,感慨地说:"小石头这辈子没白活。"

两个人分手的时候,老张对葫芦娃说:"别把小石头的话放心上。"

葫芦娃说:"我知道,他是在意我才这么生气的。你放心,我就是头拱地也要把钱还了,不然我连个女人都不如!"

老张以为,葫芦娃把话说到这份儿上了,肯定会把事办了,没想到,一连几天,他又一点音信没有了。

老张真生气了,非要到单位把事掀开,这是对付葫芦娃最有效的办法,他就是死不了也得脱层皮,搞不好公职也得丢了。

丁丽梅坚决反对这么做。她说:"做事不能太绝了,总得给他留条活路,你不能把他保底的饭碗砸了。"

见老张听不进去,丁丽梅就说:"这事你先别出面,我去找他。我一个女的,在他办公室一坐,看他怎么办。"

老张问："你就不怕得罪恩人了？"

丁丽梅说："瘦死的骆驼比马大，他既然把话说了，就应该把事办了。"

老张心里一热，看来自己的老婆还是跟自己一条心的，在大是大非面前，她还是有底线的。老张说："我们男人的事，你还是别插手了。"

丁丽梅瞅着老张问："真不用我插手？"

老张信心满满地说："月亮湾没有我摆不平的事！"

丁丽梅不以为然地说："天下的事也不是谁都能管的，玉皇大帝不是也管不了七仙女下凡吗？这世上的规矩都是给人定的，葫芦娃真要是把脸一抹，别说你了，就是神仙老子拿他也没办法。"

老张听了丁丽梅的话，心里很不是滋味，他觉得丁丽梅的风向转变得太快，把葫芦娃儿说得太不堪了，不由拉下脸对丁丽梅说："你别把人看扁了，葫芦娃没你想得那么坏。"

丁丽梅撇嘴道："既然这么好，咋就没有音了呢？"

老张辩解道："十万不是个小数目，借借取取也得容个时间。"

丁丽梅笑了，上下打量着老张说："你到底向着谁啊？"

老张说："我谁也不向，就事论事，念的是理儿。"

丁丽梅说："好好好，我算是看明白了，还是你哥仁近。"

老张也觉得好笑，自己一向杀伐果断，怎么在葫芦娃和小石头身上，这么拖泥带水摇摆不定呢。扔下不管吧，觉得心里装着一块石头，七上八下的。狠下心来管吧，办法倒是有的是，但他又实在不愿意用这些办法对付葫芦娃。葫芦娃已经瘦得皮包骨了，他不忍心在他身上再刺一刀子。

10

小石头的状态，像是三伏天的天气一样，一会儿阴，一会儿晴的。他每天都盯着检查结果看，若是指标朝好的转了，他就开心得像个孩子似的，一见老张就展望未来。一会儿说，病好以后，就不出去打工了，在家开个豆腐坊，和朵朵相守着过日子。一会儿说，在责任田种上几亩玫瑰花，山东工友的亲戚开着大厂子，专门收购玫瑰花做化妆品。一会儿说，出院后把家里好好收拾一下，紫藤花下放一套石桌石凳，专门等着老张回来喝茶。说得最多的是他的石头，出院后要好好安置一下，该留下的留下，该走的送走。他说，石头和人一样，也是有命运的，跟了一个爱它的人，也是好归宿。

老张听着小石头这些话，心里隐隐作痛。他第一次意识到，原来活着竟然这么好，好到平凡的日子都能开出花来。这个时候，他已经放下原来的那些想法，开始理解小石头为什么这么积极治疗了，心里也升起了热切的希望。

老张问丁丽梅："家里还有多少钱？"

丁丽梅警惕地看着他，反问道："咱的家底，你不清楚吗？"

自从结婚那天起，老张就把家里的财政大权交给了丁丽梅。丁丽梅跟朵朵不一样，是月亮湾有名的好匣子，家里的日子能过得稳稳妥妥，全凭丁丽梅计划得好，该花的地方，她不吝啬，不该花的地方，一分钱也别想从她手里抠出来。就这么精打细算着，愣是省下了一份好光景，虽不是家财万贯，但也算自给自足。儿子结婚十几万的彩礼，他们没有捅窟窿，让老张在村里很有面子。最近这几年，他们跟随儿子儿媳搬到城里，楼房装修，家具家电，吃喝拉撒，家里的积蓄估计也花得差不多了。按照老张的推算，丁丽梅匣子里的钱也没有多少了。但是，小石头遇到这么大的事，再怎么说也得凑点啊。

丁丽梅看透了老张的心思，拿出一张银行卡说："这是我最近攒下的工资，大概有五千多，支出来给了小石头吧。"

老张心里一暖，自从他当了村干部后，就没有再干别的营生，家里的杂项开支，都是靠丁丽梅在超市打工支撑着，她一下子拿出了五千多，已经算是很不错了。

丁丽梅见老张一脸沉重，安慰他说："我知道你跟小石头关系好，但再好也得有个限度，咱不能为了别人毁了自己的日子，你说是不？"

丁丽梅的话说得一点没错，老张又能说什么呢，他当然明白，这钱一出去就回不来了，就像打水漂一样，连个水花儿也溅不起来。他们没有那么大的荷叶，包不了那么大的粽子，只能尽最大的努力，图个心安罢了。

老张到银行支了五千块钱，但无论怎么想，都觉得当年小石头在自己最难的时候雪中送炭，这点钱实在拿不出手，就跟一个同学又借了五千。

同学说："小石头这么大的事，你一个人兜不住，大家都尽一份力吧。"当天晚上，同学在群里把小石头的事说了，同学们都挺热心，你二百我三百的，很快就捐了六千多。葫芦娃也在这个群里，但他一直没有露头。老张心里恨恨地说：当年你刚创业的时候，人家可是卖了家里的大肥猪支持你，你就这么躲着吧，我看你的脸朝哪儿搁。

老张把自己和同学们捐的钱给了朵朵，朵朵让老张把捐款名单抄一份给她。

老张说："大家捐的，不用你还。"

朵朵说："只要我有一口气，这钱就必须还，我还不了，还有儿子……无论什么时候，这都是一笔账，都是一份情……不然这钱我不接。"

老张拗不过，只好把名单给了她。

不到一个月，小石头的医疗费就花得差不多了，朵朵愁得头发白了一大片，见了老张就抹眼泪。同屋的病友偷偷告诉老张，朵朵趁小石头不在的时候，问一个小护士哪儿能卖肾，吓得小护士没敢答话，以为她是精神病。病友说："你们家属可要多个心眼啊，别让她做了傻事。"

老张看着朵朵纸片一样的身子，再看着病床上熟睡的小石头，心里五味杂陈，不由对小石头有了一种淡淡的怨恨，觉得他的确像丁丽梅说的那样，有点自私，好像没有考虑到自己的老婆面临的是多大的劫难，她柔弱的肩膀是否能经得起这么大的风雨。平时口口声声说什么多爱这个女人，一见她就想抱在怀里保护着，怎么到了关键时候就蔫了稀呢，自己家里那碗水，自己难道不清楚吗，若是真疼她，就该为人家以后的日子做些打算，这才是男人活着的样子。

一个疗程过去了，小石头并没有预想的那样越来越好，而是越来越糟了，各项指标都朝着不好的方向发展。最严重的是，他的幽门梗阻不但没有缓解，反而更严重了。饭吃得越来越少，吐得次数越来越多，基本全靠输脂肪乳和蛋白支撑着，整个人瘦得脱了形，几天不输蛋白，肚子大得就像扣了一口锅一样。精神也越来越差，脾气越来越暴躁，动不动就骂朵朵，好像朵朵成了他不共戴天的仇人。

无论小石头怎么骂，朵朵都不还嘴。一次老张看不下去了，就骂小石头："你他妈别不知足，放在别的女人，早撂下你不管了！"

小石头大声说："让她滚蛋，谁稀罕她管呀！"一把拽起被子蒙住了脑袋。

老张看着被子里微微抖动的小石头，若有所思，感觉到小石头的反常背后似乎隐藏着什么深意，他跟朵朵使了个眼色，朵朵出去了。

老张坐在床上，拍了拍小石头说："过分了啊。"

小石头不应声。

老张俯下头小声说："她出去了。"

小石头这才掀开被子，拍拍自己的肚子说："张哥，劝劝她吧，别治了。"

老张看着小石头的大肚子，心里特别难受，他强打精神说："再怎么说，也不该冲人家发火，更不该骂人，要不是你病了，我巴掌早上去了。"

小石头噙着泪花说："张哥啊，我若不住院花点钱，我走了，她怎能安心？我若不骂她，我走了，她光想我的好，以后日子怎么过啊！"

老张百感交集，他拉着小石头的手说："别瞎想了，一切有我。"

小石头恳求老张说："花得不少了，帮我劝劝她，回家吧。"

老张走出病房，看到朵朵站在楼道尽头，望着窗外发呆。

老张走过去，站在朵朵的背后说："朵朵，病人性高，你要担待啊。"

朵朵转过身，擦了擦眼说："我没事，我知道他是为我好，怕他走了以后，我忘不了他。"朵朵说着说着，眼泪刷刷地往下流。

老张的心里热辣辣的，这个时候，他才真正明白，什么叫心灵相通，什么叫患难与共。夫妻做到这个份儿上，真是情深义重啊。

朵朵说："这几天他一直嚷嚷着要出院，你帮我好好劝劝他。"

老张硬着心肠说："我看小石头的病也就这个样子了，你有什么打算？"

朵朵叹了口气说："回去就是等死。我愿意他在医院待着，多活一天是一天。"

小石头的病都到了这种程度了，朵朵还这么一根筋。老张也不知道如何是好，只能劝她想开点儿，要面对现实。

朵朵说："我什么都明白，就是想多陪他一天是一天。"说完，抹抹泪，扭身朝病房走去。

老张看着她的背影，不禁热泪盈眶，这么好的女人，为啥就没有好命呢。

从医院出来，老张心里悲伤难过而又茫然失措。看小石头的样子，应该是时日不多了。一想到过不了多久，这个在他身边晃了几十年的身影就要永远消失了，他的心就像是被刀子剜了一块似的，空落落地疼。大街上，车水马龙，人声鼎沸，一派人间繁华景象。老张突然有了一种虚无之感，小石头走了以后，会去哪儿呢？真像他说的那样，在云彩上飘着吗？自己的爷爷、奶奶、父亲、母亲以及更久远的亲人们，他们又去了哪儿呢？若干年后，自己以及眼前这些来来往往的人，也都要从这光明之地抽身而去，他们还会在另一个地方相遇吗？葫芦娃、小石头还会成为自己的好朋友吗？老张的思绪飘得很远很远，远到了天边，远到了这个世界的尽头，他一个人孤零零地走在茫茫的天地间，辨不清方向，也看不到边缘。这个时候，有一个声音在呼唤他，好像是小石头，又好像是葫芦娃，他循声望去，一束光从远处照过来，照在他的身上，犹如佛光普照，他的心突然变得温暖又慈悲。车水马龙的繁华景象以及来来往往的众生又出现在他的面前，好像变成了他的故乡，变成了他的亲人。

老张走在大街上，不由想到了小石头和葫芦娃说的理想，忽然悟出了点什么，他虽然没有小石头和葫芦娃那么浪漫那么诗意的理想，但他明白了人活在这世上的根本和意义：那就是尽自己最大的努力，多做一些堂堂正正明明亮亮的好事，让自己踏实，让自己心安。这样一想，老张就有点激动，他很想把自己的想法跟人说说，而这个人，除了葫芦娃还有谁呢？

这个时候，老张的手机响了起来，他掏出来一看，不由喃喃自语："天意啊！"

电话是葫芦娃打来的，他约老张到他的茶室见面。葫芦娃的口气很迫切，他说："你马上到，要不然我就变卦了。"

老张脚下像踩着风火轮似的。

葫芦娃的茶室焕然一新，屋里打扫得干干净净，字画换成了新的。一副踏雪寻梅图，一副葫芦娃手书的古隶"见素抱朴"，茶桌上换了一盆翠绿的文竹，枝条错落有致，摇曳生姿。

葫芦娃笑着说："都是小芸收拾的，不错吧。"

老张点点头，忽然对小芸这个女子不那么讨厌了，觉得她跟葫芦娃也许不是他想的那种露水情缘。

葫芦娃烧水泡茶，屋子里弥漫着青草的香气。

老张端起来一喝，这个味道很熟悉，但一时想不起是什么。

葫芦娃说："是竹芽草，小石头带过来的。我倒霉时，每天喝得酩酊大醉，总是小便不畅，小石头用竹芽草熬水给我喝，说来也怪，这草还真管用，一喝立马病就轻了。小石头每年立夏都采了鲜嫩的竹芽草，阴干后给我送过来。"

老张喝了一口，一股清香沁入心扉。想一想小石头的面容，他一阵悲伤，红着眼圈说："小石头怕是不行了。"

葫芦娃端茶的手停在半空中，愣了好一阵才说："我知道，晚上几次偷偷去看他，都没敢进门。"

老张感叹道："看来人不能做亏心事啊。"

葫芦娃点点头说："是啊，我算是想明白了，人活在这世上，图的就是个心安。"

葫芦娃从口袋里摸出一张银行卡，放到老张面前说："这卡里有十万块钱，是小芸给的。"他长叹一声："张哥啊，这辈子我第一次吃了软饭。葫芦娃眼里含着泪花，小芸真像个菩萨啊，拂去了我心里的尘埃。"

老张看着那张银行卡，丁丽梅给的工资卡也在他的眼前闪现着，紧接着小石头和朵朵的面容也飘了过来，他不由沉下脸对葫芦娃说："那就好好待人家，赶紧扯个证吧。"

葫芦娃说："那是后话，小石头的事要急，你问问他还有什么未了的心愿。"

老张把银行卡推到葫芦娃面前说："先还了贷款，去了他的心病。"

葫芦娃沉默了一会儿说："老张，我突然有个想法……"

老张一把抓起银行卡说："你别再动什么歪脑筋。"

葫芦娃苦笑着说："张哥啊，别把我想得那么坏，都这个时候了，我再有别的想法，还算人吗？"

老张催促道："有话快说，有屁快放。"

葫芦娃深吸一口气，小声说："我的意思是，这钱就别还了，给了小石头，让他多买点蛋白续命吧。"

老张心里一震！紧接着开始摇摆起来。

葫芦娃劝道："张哥，别纠结了，就这么办吧，这件事只有你知我知，天知地知。"

老张说："那得跟小石头商量一下。"

葫芦娃说："商量个屁呀，就他那一根筋，能同意？"

老张说："那不成，这个事儿必须办稳妥了，让小石头打个收条，万一有事，对你也有个交代。"

葛芦娃挥挥手说："不必了，小石头都这样了，就别折腾他了。"

老张说："不说清楚，钱怎么给？"

葛芦娃说："张哥啊，你还村主任呢，咋这么死脑筋。你就说从慈善机构给他争取了一笔救助基金，小石头头脑简单，想不了那么多。"

老张还是觉得不踏实，他说："要不让朵朵打个收条。"

葛芦娃说："多一事不如少一事，一个女人家，万一担不住，岂不麻烦了，咱们两个大男人，这点事还担不起来吗？"

老张想了想说："要不我给你打个收条吧。"

葛芦娃说："得了吧，咱兄弟俩，谁信不过谁？你就盼着我东山再起吧。"

老张眼里一热："就这么办吧。"

老张来到医院，按着葛芦娃的说法跟小石头说了，小石头的眼里立刻闪现出一丝光亮，很快又黯淡了下来，他说："心意我领了，我的病我清楚，别浪费人家的钱了。"

朵朵却满怀希望地说："主任说了，还有一种特效免疫药，效果不错，可以试一试。"

小石头瞪了朵朵一眼说："不试了！"

朵朵大声嚷道："你不试，我就死在你前头！"

小石头摊开双手，对老张说："你看看，这个不清不楚的女人。"

老张也劝道："试试吧，万一行了呢。"

小石头问："救助了多少？"

老张说："一般都是五万，葛芦娃找了个熟人，又多给了五万，你就安心试吧。"

小石头愣了一下，不过很快又恶狠狠地说道："让葛芦娃赶紧把钱还了！"

老张说："还还还，我盯着他呢。"

11

腊月二十三，阴历的小年。

小石头说，灶王爷要查户口，说什么也不在医院待了。

朵朵寻死觅活，老张说破嘴皮，都不管用了。

老张明白小石头的意思，主任推荐的免疫特效药，用了一段时间也没什么显著的效果。小石头感觉自己大限快到了，他想回家过年。

老张征求朵朵的意见。

朵朵流着眼泪说："既然这样，就遂了他的心愿吧。"

老张让朵朵多买些蛋白，朵朵担忧地说："不知村里诊所的医生愿意给输不？"

老张说："别担心，有我呢。"

小石头回到月亮湾，精神状态明显地好了，跟前来看望他的乡亲们说说笑笑，与在医院里判若两人。

朵朵心里又燃起了希望，开始四处找中医，院子里每天都弥漫着中药的气味。小石头倒也配合，再苦的中药也都一口气喝完，只是过不了多久，又都吐了出来。

丁立梅被朵朵感动了，只要一有空闲，就跟着老张回来看小石头，她总是跟老张念叨，小石头寻下朵朵这样的老婆，这辈子值了。她听说哪儿有个什么偏方，立刻就给朵朵打电话。

除夕的傍晚，丁丽梅开始包饺子。丁丽梅包的饺子明显比原来小了，一个一个像小猫的耳朵。看着这小巧玲珑的饺子，老张的心里湿漉漉的，他突然发现自己的老婆原来和朵朵一样，也是这么冰雪聪明，心灵手巧。

煮好饺子，丁丽梅对老张说："不知道朵朵有心情包饺子不？咱们回去看看吧。"

老张心里一热，他立刻起身穿衣，开车拉着丁丽梅向月亮湾走去。

到了小石头家，老张看到，朵朵也包了饺子。丁丽梅把带来的饺子和朵朵的饺子混在一起，两个人的饺子像孪生姐妹似的，分不出彼此。

朵朵指着一桌子的饭菜说："不做吧，这恐怕是我们最后一次年夜饭了；做了吧，他一口也吃不了，他看着难受，我看着更难受。"

朵朵说着说着就抽泣起来。

老张的眼里也掉了泪。

小石头似乎听到了什么，冲着厨房里喊朵朵。朵朵擦了擦脸上的泪水，快步朝卧室走去。

小石头对朵朵说："张哥和嫂子回来了，赶紧上菜呀。"

朵朵说："你又吃不了。"

小石头说："大过年的，我吃不了，看着你们吃，也高兴。"

老张把脸扭到一边，咬着嘴唇才忍住了眼泪。

初五、十四、二十三，是病人最忌讳的日子，朵朵不知道听谁说的，病魔和邪祟最怕火，正月十四，朵朵和丁丽梅到河滩里捡了一大堆干柴，在小石头家的院子正中央点起了大火。

小石头在火光的映照下神采奕奕，红光满面，一点也不像个重病之人。

朵朵高兴地说："这个办法真管用啊。"

老张却有一种不祥的预感，他偷偷跟葫芦娃打了个电话，说小石头恐怕是回光返照，过不了几天了。

正月十七的早上，老张还没起床，朵朵打来电话，急慌慌地说："张哥，赶紧来吧，小石头有点糊涂了，非要喝什么蓝莓汁，村里的超市买不到。"

老张知道，那个蓝莓汁是葫芦娃出差时带回来的，也送给了他一箱。他赶紧跟葫芦娃打电话，问他从哪儿买的。葫芦娃想了半天，才想起是他去宁夏出差时，在一个饭店发现的，味道像他们小时候吃的野葡萄，又酸又甜，就买了几箱。

老张问："家里还有吗？"

葫芦娃说："早没了，不过空瓶好像还扔着呢。"

老张说："你赶紧找个空瓶，咱们买一瓶葡萄汁灌进去。小石头都这样了，能喝出什么滋味啊。"

到了小石头家门口，葫芦娃说："张哥，我就不进去了，他看见我，万一一口气背过去，可就麻烦了。"

老张心里一酸，对葫芦娃说："你在车上等着，有事我喊你。"

小石头已经瘦得皮包骨了，他蜷缩在炕上，像个十几岁的孩子，眼窝深陷下去，呆滞地盯着房顶，一动不动。

老张心里像刀割似的难受，他走到炕前，把"蓝莓汁"的瓶子拧开，对小石头说："买到蓝莓汁了，你坐起来喝一口。"

朵朵上炕，跪着把小石头抱起来，小石头呼呼地喘着气，像风箱一样。

朵朵接过"蓝莓汁"，放在小石头的嘴边，轻声说："石头，你尝尝。"

小石头抿了一小口，嘴咂吧了一下，脸上露出一丝笑容，气喘吁吁地说："就是那个味儿，小时候野葡萄的味儿！"

老张的眼泪涌了出来，他背过身擦了一把，坐在小石头的身边问："蛋白输了吗？"

小石头扭头对朵朵说："朵朵，你出去一下。"

朵朵出去后，小石头让老张扶他靠在被摞上，长出了一口气说："蛋白还有几个，不输了，也就是多几天少几天的事儿。有几句话，我想跟你说说，然后干干净净地上路。"

老张的眼泪在眼眶里打转转，他颤声说："说吧，我听着呢。"

小石头闭着眼大口喘气。

老张试着问："要不我活动一下，让孩子回来见你一面？"

小石头摇摇头说："不必了，我这个样子，见不如不见。"

老张又试着问："朵朵？"

小石头的眼里滚下两行清泪。

老张赶紧说："你放心，有我们吃的，就有她吃的，有我们穿的，就有她穿的。"

小石头睁开眼，喃喃说道："我一辈子没干过亏心事，到头来还是坑了国家。"

老张心里一惊，忙说："说什么糊涂话呢。"

小石头说："我是糊涂了，但我是装糊涂，我早就知道了，那十万块钱是葫芦娃给的吧？"

老张说："没有的事儿。"

小石头苦笑了一下说："都这个时候了，你就别瞒我了。"

老张一时不知说什么才好，他拉起小石头的手，轻轻握了一下。

小石头朝门口看了一眼，小声说："我有个事儿，只跟你一个人说。"

老张朝小石头身边挪了挪。

小石头把头凑近老张说："我有块石头，放在女石友那里。这块石头，是这个世上除了朵朵之外我最心爱的东西，本来我想把它带走，但这世上未了的事太多了，带走它我也不安心。我走了之后，你去找那个女石友，让她帮忙把石头卖了吧。"

小石头说了一个电话号码，让老张记下来。

老张说："兄弟，你放心，我会处理好的。"

小石头握住老张的手，再也没有说话。

当天晚上，小石头在朵朵的怀里咽了气，老张和葫芦娃都在身边。

处理完小石头的后事，老张和葫芦娃把那块石头的事告诉了朵朵，朵朵说："这是他的心爱之物，你们看着办吧。"

葫芦娃说："小石头太轻信了，托付给一个陌生的女人，万一人家不认了，这可咋办？"

朵朵笃定地说："小石头的朋友，肯定没事。"

看到那块石头时，老张和葫芦娃都惊呆了！

石头约有一尺见方，远看像一幅水墨画，中间有一条弯弯的河流，河边有一棵桂花树，树下三块白像三只小兔在一起嬉戏，一轮圆月挂在空中，月亮下面，一片白云像女子的裙摆飘舞着……

女石友说："这是一块唐河彩玉画面石，小石头给它起名叫'嫦娥奔月'。"

老张端详着这块石头，画面既陌生又熟悉，那条河流很像村南的月亮河，三只小兔和桂花树让他想起了他们三个在杜梨树下结拜的场景。

葫芦娃左看右看，有点莫名其妙，他问女石友："哪儿有嫦娥啊？"

女石友微笑着说："嫦娥在小石头的心中，也在我们每一个人的心中。"

老张觉得女石友的话有点玄妙，和小石头说话的口气很相似，他忽然明白了，小石头为什么把这么贵重的东西托付给这个女石友，原来，他们两个的灵魂有相通的地方。

女石友说："这块石头有人出价八万，我想留下它，我出十万。"

回来的路上，葫芦娃问老张："那块石头值十万吗？"

老张说："在懂它的人眼里，也许就是无价之宝。"

老张把十万的银行卡给了朵朵，朵朵转手给了葫芦娃，她说："把银行的贷款还了吧。"

老张和葫芦娃都惊呆了。

朵朵平静地说："张哥和小石头的谈话，我都听见了，就逼着丽梅问到底咋回事，她都告诉我了。"

老张骂道："这个女人的臭嘴啊！"

葫芦娃把卡塞给朵朵说："不用还了，留着给儿子娶媳妇吧。"

朵朵摇摇头说："儿子的事由他自己解决，我不可能包揽他的人生，但是，我绝对不能让他有一个背着污名的爹。"

老张叹口气："朵朵啊，你傻不傻？"

朵朵说："小石头病了以后，经常跟我说，他想死后飞到月亮上，你们说，如果不还了这贷款，这么大一块'石头'压在他身上，怎么能飞得起来？”

　　老张想起那块石头上像裙摆一样的白云，不由喃喃自语道："他飞得起来，能飞到月亮上……"

苦楝花

1

米花在床上烙饼一样折腾了一个晚上，还是决定给小争打个电话。

这电话打得有点晚，小争很可能会不高兴。不过，她还是会回来的。毕竟是娘家侄子的终身大事，她这个当姑姑的怎么会缺席呢。当然，小争进门是要给米花闹几句的，不然怎么能显出她在这个家里的权威呢。一想到小争横眉怒目的样子，米花心里像塞了一团棉花，憋屈得要命。进门快三十年了，怎么就一直被小姑子骑在头上呢。

果然如她所料，小争说："有事，可能回不去。"

隔着手机屏幕，米花也能感觉到小争话里的不满和负气。她不由微微一笑，心里说，也就是这点狗脾气的本事了。米花咽了一口气，尽量让自己的语气轻松自然："你能回来尽量回来，这是大事，少不了你的。"

米花知道这句话会惹恼小争，她应该换个说法，或者找个借口来说明打电话晚了的原因。依着米花的聪明，这借口非常好找。比如说，小争是家里人，不会计较这些小节和礼数；比如说，小争比较重要，所以放在最后压阵。总之，想让小争高兴，米花还是有办法的。米花了解小争，比了解自己还清楚。可米花就是不愿意这么做，她就是看不惯小争事儿事儿的样子，就是故意让她不舒服，你愿意来就来，不来也没关系，有你不多，没你不少。

米花知道小争要发火了，就把手机从耳边挪开，但小争的声音还是特别响亮："嫂子，糊弄谁呢，少不了我，现在才给我打电话呀？也是，娘家的事，哪轮得上我一个闺女掺和呢。你本事大，一个顶仨，看着办吧。"

小争连珠炮似的嚷嚷了一通，就把电话挂了。

按说，这样的过程都是米花预料到的，她应该波澜不惊不动声色才对，为什么手机静下来以后，她却有点惴惴不安呢？总觉得小争这次也许真不回来了。按常理来说，这种事，出嫁的闺女，来不来还真不重要。可小争在这个家的作用太大了，有了大事，都是她来拍板。这么多年，米花一直在对抗，一些事不跟小争商量她就做主了。小争提出的一些建议，米花也不是都采纳的。几年前，小争让她们在城里买房子，米花就没听。这一次明明的婚事，她也没跟小争透露半句。双方父母见面，她本想瞒着小争的，可犹豫了一个晚上，还是决定通知她回来。在明明的婚事上，米花已经栽了好几个跟头了，这一次能否顺利过关，她实在没有把握。毕竟小争在城里生活了多年，见多识广，让她回来撑着，自己踏实一些。这么一想，米花心里就像吊了个水桶，忽上忽下的，原来的笃定和从容也没了踪影。

米花冲着正在扫院子的成强说："小争使性子了，说不回来，你给她打个电话吧。"

成强唰唰地扫着，不停手，嘴里嘟囔了一句："爱回来不回来。"

米花知道，成强跟他这个妹妹也不对脾气，很少跟她通电话，有事都是让米花联系。以往遇到这种情况，米花会高兴，觉得男人跟她一条心。这次不同了，米花觉得成强好像怕小争似的，她赌气走到成强跟前说："当哥的一下命令，她乖乖就回来了。"

成强撇撇嘴说："你以为她是你呀。"

成强的话里透着怯意，米花有点恼火了，想跟成强置气，但想想今天是儿子的好日子，就压了火，拿着手机朝西院去了。

西院是米花结婚时的旧房，小方格的窗户，没有前廊，从院子里一迈就进了屋子。婆婆岁数大了，腿脚不好，一直住在旧房里。

米花爱种菜，院子里除了中间留个走路的甬道，两边种满了各种蔬菜。初夏时节，豆角黄瓜西红柿茄子正是疯长的时候。架豆角帘子一样吊挂着，西红柿拳头大小，青里透着红，黄瓜藏在碧绿的叶子底下，一天看不到，就长老了，粗得像小擀面杖似的。茄子紫绿两种，紫的像一颗颗硕大的气球，绿的泛着青光，最适合生吃了，脆脆的，甜甜的，再就上一根雪白的大葱，就是绝配的美味了。

要是往常，米花进院，不管是茄子黄瓜还是西红柿，一定是要先饱口福的。今天她顾不上了，见婆婆站在豆角架下，她上前接过婆婆手里的豆角问："起得这么早？"

婆婆说："惦记着明明的事儿，睡不着。"

米花心里一热，已经不大管事的婆婆，还是惦记着孙子的事儿。米花把手机冲婆婆扬了一下说："你跟小争通个话吧，她嫌我通知晚了，不回来了。"

婆婆拽着一根豆角，看了米花一眼："她一个出嫁的闺女，回不回来的吧。"

米花脸一红，别看婆婆平时悄没声响的，心里其实亮堂着呢，她早就看出了米花的心思，故意给她话头吃呢。米花看着婆婆那张不冷不热的脸，心里说，关键时候，还是跟人家的闺女近。米花尽力掩饰着心里的落寞，脸上堆着笑说："娘，不是故意晚的，是事到头蒙，忽略了。家里人就别计较细理儿了，还是让她回来吧，她不在，我心里没底。"

婆婆这才抬起头来，不急不缓地说："不用打，她一准儿会回来。"

米花还是不放心。

婆婆把豆角扔到篮子里说："我身上掉下来的肉，什么样的性子我最清楚。"

婆婆一句"我身上掉下来的肉"让米花有点不舒服，但看着婆婆一脸的笃定，她的心里总算是踏实了。

2

　　小争把手机狠狠地摔在一边，心里的火苗突突乱窜，米花的脸像电影上的慢镜头一样，在她的脑海里飘过来，飘过去。

　　窗外的梧桐树上，咕咕鸟"姑姑苦，姑姑苦"地叫个不停，像是在嘲笑她一般。小争猛地拉开窗户，一只咕咕鸟扑棱着翅膀从树上飞走了，紧接着又一只也随着去了。

　　小争站在窗前，不由想起第一次见到米花的情景。那个时候，小争才十七岁，正像一朵山药花一样，泼辣辣地开着。在大平原长大的她，特别向往山里的风景，就缠着哥哥带她去山里相亲。

　　一到米花家门口，小争就看到一棵好大的苦楝树，开的花儿比自家老槐树上的槐花还要有气势，浅紫色的花朵像一颗颗小五角星，密密匝匝地开满了枝头。

　　米花站在树下，穿一件淡粉的小褂，小小的个子，瘦瘦的身材，白净的小脸，细长的眼睛，淡淡的眉毛像月牙似的。小争心里不由感叹了一声，真是一方水土养一方人啊，眼前的这个小人儿分明就是一朵苦楝花。

　　媒人让哥和米花去屋里单独聊聊，这是相亲最基本的程序。米花却说大家坐在苦楝树下一起聊更好。无论媒人如何劝说，米花都不动身。小争摸不清她的心思，心里一直打着鼓。见哥满脸尴尬，木头一样坐着，手脚也不知道朝哪儿放，小争干脆横下心来，叽里呱啦说个不停，不一会儿气氛就热烈起来。哥也放松了，憨厚地笑着，随着小争说东道西，每句话都说得不多不少，恰到好处。哥说话的时候，小争就偷偷看米花。米花很少搭话，微微笑着，一副淡然处之的样子。但小争发现，每次哥一说话，米花的眼就朝哥的脸上扫那么一下子。她不由在心里哼了一声，这个小人精，不是个痛快人。

回家的路上，哥和媒人都蔫蔫儿的。他们觉得，米花不愿意和哥单独相处，肯定是没看上。小争回想着米花偷看哥的眼光，一句话脱口而出："我看她愿意得很呐。"

回家后，娘问小争："咋样？"

小争说："长得跟豆芽菜似的，心眼子多得像苦楝花一样。"

娘见哥闷葫芦一样一言不发，猜到了七八分，就说："不管她苦花甜花，跟咱也没啥关系。"

没想到，第二天媒人就传来好消息：女方一百一的满意。

哥高兴得一蹦三尺高，小争撇嘴说："钻了套了。"

果然，结婚后米花把哥管得死死的，不管做什么都要看米花的眼色，让他朝东，他不敢朝西，让他上凳，他不敢爬梯，整个成了米花的影子。娘开始还端着婆婆的架子，想给米花立威，没想到碰了软钉子。米花不声不响，就像一个面团，看似扁扁圆圆，实则越揉越光，不战而胜。小争赌气似的与她较劲，风一阵雨一阵地闹腾。米花像是耳朵里塞了棉花，不温不火，以静制动。小争就像一个人在唱独角戏，没有对手迎合，输赢也就无从说起。

前年，哥嫂盖了新房，一家搬到了宽敞明亮的新房里，却让娘住在旧房。鲜活的事实摆在了眼前，看她米花还有什么话说。小争怒气冲冲地进了家门，机枪一样扫射了一番，瞪着米花呼呼喘气。米花瞅着小争铁青的脸，龇牙笑了一下。天呀，这么多石头瓦块砸下来，她竟然还能笑！是的，她笑了一下，指着西边说："这件事你跟我说不上吧。"哥也接口说："是咱娘死活不搬。"

娘听到这边的动静过来了，进门就嚷："死妮子，嚷嚷什么！旧房住着方便，娘才不搬。"

娘一拿锄定苗，小争就处于下风，但她嘴上却不示弱："不管怎样，让娘住在鸡窝一样的房子里，我就是看不下去！"

这话猛一听有道理，细一想就有点撒泼的意味了。这时候，米花及时给小争搭了个梯子，摆出一副理屈的样儿说："小争说得对，别说亲闺女了，就是外人看着也不像话。不知道的，还以为我们虐待老人呢。"

米花把话说到这个份儿上了，小争也只能就坡下驴了，她板着脸冲娘说："赶紧搬了，净给大家抹黑。"

娘瞪了她一眼说："出门子的闺女，娘家没你说话的份儿。"说完拽着她的胳膊朝旧院走，一边走一边掐她。等走远一些了，娘才小声嘟囔："啄木鸟死在树窟窿里，吃的都是嘴的亏！"

到了旧院，娘就数落小争，声音大大的，好像故意要让东院的米花听见似的。

娘的态度好像在讨好米花，小争心里很不是滋味儿。尽管娘一再说，是她愿意住在旧院，小争却总觉得娘有什么不得已的苦衷，对米花的猜疑就越来越多。时间长了，慢慢就形成了一种概念：米花表里不一，是个双面人。

小争想想刚才米花打的电话，话里话外都是玄机，没有一句自家人贴骨头挨肉的真心话，都是虚头巴脑的违心之言。她就不明白，承认一句想得不周就这么难吗？说一句实话身上就少块肉？哪怕坦率地说一句"本来不打算让你来"也没有关系啊，小争就是愿意有话敞敞亮亮地说，哪怕白刀子进红刀子出也是痛快的。什么叫"你能来，尽量来"，一听就是客套话，能来不能来你米花心里不清楚吗？娘家就这么一个亲侄子，她小争从小抱大的，他的终身大事，自己就是有天大的事，也得回去啊。米花这样不疼不痒左右晃荡的话，像钝刀子割肉一样腻歪人。较真不去吧，显得自己小家子气，外人听说了，有损于她的形象，对侄子的婚事也不利。人朝高处走，水往低处流，谁家有闺女不愿意嫁到好人家呢。什么是好人家？家境殷实父贤子孝是好人家，有几门子好亲戚也是锦上添花呢。月亮湾千口子的人，她小争虽不是什么大富大贵，最起码也不是"秕子"。这么一想，小争就有了底气。管她米花黑脸白脸，管她是阴是晴，她又不是冲着米花回去的，她高兴不高兴都是扯淡，能给侄子的婚事加分就可以了。

说走就走，梳妆打扮，涂脂抹粉，穿最好看的衣服，风风光光地回家。小争就是要让米花看看，她就是这么光鲜，就是这么靓丽，就是比她米花活得恣意，活得洒脱，就是比她高那么一点点。她米花就是小山沟里出来的，只看眼前一小截，她就不知道，天外有天，楼外有楼，月亮湾之外还有柳阳城，柳阳城之外还有北京城……她就是要让米花知道，不听她的劝，就得栽跟头。她就不信，就凭月亮湾那几间房，就能把媳妇娶进门？

想是这么想了，但真出门的时候，小争还是打开柜子，找出了那件浅紫色底小梅花图案的亚麻小褂，那是她跟画圈儿去凤凰旅游时买的。第一眼看到这个小褂，她的眼前就浮现出米花的脸，觉得这个小褂适合她，一问价钱也不贵，就毫不犹豫地买了。回来就迫不及待地回了娘家，谁知话没说几句，米花就把她惹得不高兴了，别说送她衣服了，饭也没吃，开车就返回来了。

米花把小褂叠好，放进了包里，想象着米花穿上的样子，她不由笑了，肚子里气也小了。人是衣，马是鞍，双方父母见面，看的既是里子，又是面子。一看穿衣打扮，就能分出谁高谁低。

小争相信，米花穿上她买的这件小褂，一定会把女方妈妈甩半道街！

3

双方父母见面，是婚事中重要的一个环节，相当于蒸馒头加碱，如果恰到好处，馒头就蒸得香甜，婚事就成了一半；如果掌握不好分寸，馒头不是黄了就是酸了，婚事也就有可能吹了。

米花为这一天，已经准备了好长时间了。

先说媒人二妮儿，米花已经妥妥地让她把屁股坐在自己这一边了。为了好上加好，她一早就打发成强提着一大篮子鹅蛋去了二妮儿家，二妮儿喜欢鹅蛋的青草味儿，一顿炒俩都不够吃。米花娘家的山里青草茂盛，气候凉爽，散养的鹅到处都是。为了打发二妮儿高兴，这个月米花已经回了两趟娘家了。

再说儿子明明，一米七八的个子，大眼随了成强，小嘴随了米花，脾气性格既有米花的精明又有成强的踏实。总之，在米花的眼里，这孩子生得不偏不倚不高不矮不胖不瘦刚刚好。唯一美中不足的是，这孩子对学习不开窍，一拿课本就瞌睡，勉强读完了高二，说什么也不上了。一开始的时候，米花挺丧气，走路都低着头。过了一段时间，她也就慢慢想开了，每个人生在这世上，都是有理由的，读书有读书的好处，种地有种地的门道，老天爷饿不死瞎眼的鸟儿，只要孩子不傻不呆，总会有口饭吃。于是，米花就问明明喜欢干吗，明明说他对电气焊感兴趣。米花二话没说，四处打听，找了一所最好的技校，让儿子去学电气焊。果然，明明学得又快又好，几次实际操作比赛都拿了一等奖。技校刚一毕业，就被一个机械厂签走了，一个月工资三千多，虽然不高，但相对稳定，比米花在胶合板厂干一阵歇一阵强多了。当然，机械厂的工作特别累，明明却从来没叫过苦，总是跟米花说，因为喜欢，所以不觉得累。

这么勤快踏实的孩子，谁嫁了都是一辈子的福气，这要是放在米花她们那个年代，姑娘们还不抢着嫁？怎么现在的女孩都这么势利呢，什么房子啊车子啊，有那么重要吗？难道她们就不知道，房子车子都可以换，唯独这个人是永远不变的。想起前几个因为没房没车吹了的对象，米花一点也不觉得可惜，是她们没有福气结这样的好姻缘。这次的对象跟原来那几个不一样，甭说月亮湾了，十里八乡也没见过这么俊的，婆婆一见就说是画上的人儿。这么一朵耀眼的"鲜花"，相中了自己的儿子，说什么也不能委屈了人家。米花早想好了，结婚时车是一定要买的，而且比别人家要高一个档次。

当然，房子是最最重要的了。早在多年前，米花就开始打算了，她和成强没日没夜地打工，刮风下雨都舍不得歇半天，不就是为了这个房子嘛。半辈子勤勤恳恳，精打细算，一点一点积攒下来，也是一个不小的数目。在月亮湾，虽比不上那几个做买卖的大老板，也算是个瓷实人家了。小争一直撺掇他们在柳阳城买房，米花也不是没动过心思，但想来想去，还是认为在城里买房不划算。她总觉得，一个农民，在城里也没正式工作，就是住在城里又能如何？也就是图个虚名罢了。当然，小争在城里算是过得好的，但她是个个例，没有借鉴模仿的意义。小争在城里开个饭店，要不回欠账，一个单位就用一处破房子顶账，几年后，正巧赶上房地产开发，破房子成了香饽饽，一下子给了两套回迁房，后来房价一直暴涨，她也一下成了城里的富裕人家。俗话说，有得就有失，人一富，就容易变，小争的男人，自从得了回迁房，就不正干了，又赌又嫖，后来又跟饭店的服务员搞在了一起，小争一气之下跟他离了婚。小争离婚后，东一榔头西一棒槌的，今日开茶店，明日卖服装，也没个定性，跟着一个瘸腿丧偶的建筑老板混了三四年也不结婚。米花无论怎么想，小争的生活也不是那么稳妥幸福，她一向都是踏踏实实过日子的，看不准的事，她从不越雷池一步。当然，这几年的房价一直只涨不跌，她也后悔过纠结过，犹豫来犹豫去，房价涨得他们已经买不起了，她干脆也就不想了，就把成强爷爷留下的祖宅翻盖了。

　　米花翻盖的新房，在月亮湾不说是最好的，但绝对是最妥帖最特别的，甚至可以这样说，这是米花这辈子最得意的作品。米花听说成强一个同学在城里搞装修设计，就让成强带着她去找那个同学，按着城里的单元楼设计他们的新房，跨度不必那么大，也不必盖得那么高，感觉不到压抑就可以了。房间布局大小要适中，主卧和儿子的洞房大些，其他的次卧小一点也没有关系。为了节省空间，次卧装成了榻榻米，衣柜和床连成一体，小房间就显得宽敞了。瓷砖是一笔大费用，米花更是精打细算。地砖踩得多，用好的；厨房和卫生间的墙砖，光滑结实就行。为了省钱，米花三番五次去瓷砖店里转悠，专找过时要淘汰的，一元两元一块就搞定了。当然，贴的时候要花费一番心思的，深颜色的贴下面，浅颜色的贴上面，图案也要比对好，方格对方格，波纹对波纹。贴瓷砖的那几天，米花一刻也不敢懈怠，盯得死死的，生怕贴错了。瓷砖贴好以后，贴瓷砖的工人都觉得服气，都说成强娶了个好老婆。

房子盖好以后，半道街的人都过来看，都说这房子盖得好。房子的风格、屋里的设施和装修，比城市里的楼房一点也不逊色。宽敞的大院子里种了一池子五颜六色的月季花，松木做的大门比别人家的铁皮大门厚重。大门外种上了一棵苦楝树，开花的时候，整条街都能闻到花香。村里好几个妇女参观了米花的房子，都有了在村里盖房的念头。用二妮儿的话说，一进米花家的大门，就感觉不一样，好像进了城里一般。二妮儿就是因为米花家的好房子，才保媒把娘家侄女红莲说给了明明。

自从搬进新房，米花觉得每天的日子都像是泡在了蜜里，只要一进家门，她的心里就甜滋滋的。摸一摸争奇斗艳的月季花，满手的花香。东南角的海棠果探头探脑，像是冲着她笑。南墙根儿种了一缸荷花，翠绿的叶丛中，一株淡粉色的荷花亭亭玉立，像美丽的少女。进得屋来，便是另一番景象了：每个房间的布置和摆设，都是米花精心挑选的，既好看又实用，无论在哪个房间，坐一会儿或者躺下来，她都觉得舒心惬意。就是在厨房做饭，她也是哼着曲儿的，水管通到了屋里，水龙头一开，水就哗哗地流，太方便了！夏天的傍晚，米花都要在宽敞的院子里走走转转，看哪儿都是景，看哪儿都是画。月亮圆了的时候，她就搬个凳子坐在大门外的苦楝树下，一边想念家乡，一边感叹自己的幸福生活。没事的时候，成强也会坐过来，跟她聊一会儿。开始栽这棵苦楝树的时候，成强是不大乐意的，说苦楝树的名字不吉利。米花说："你懂什么呀，苦楝树意志坚韧，自然雅香，不张扬不浮躁，在我们山里，代表着苦难中的希望。"成强听了笑着说："不错啊，苦尽甘来。"是啊，自从住上了新房，米花真觉得自己是苦尽甘来幸福满满了。

未来的亲家第一次登门，米花自是不敢半点马虎。她从屋里走到院里，从院里走到屋里，每一个地方，每一个角落，她都反复查看。床单要抻得没有一点褶子，卫生间要没有一根头发，毛巾要洗得干干净净，厨房的碗筷要摆得整整齐齐。客厅茶几上的水果都是在柳阳城买的，是村里不常见的火龙果、荔枝和樱桃。米花拿着小喷壶，把气压得足足的，过一会儿就在水果上喷一次雾，保持着水果的新鲜和饱满。大门外的苦楝树有一个小枝杈有点多余，她拿出剪刀，剪了它。米花就这么在家里忙忙碌碌的，偶尔也会觉得好笑，自己这么千仔细万小心地准备，比电视上迎接皇帝还要隆重。不过，想一想红莲如花的面容，米花的脸也笑成了一朵花。

成强从二妮儿家回来了，说女方十一点左右到。

按着常规，双方父母见面，都是要来家里看看的，所以米花才这么精心地准备。十一点左右，这个时间有点尴尬。如果是十一点以前到，就可能来家里看看；如果是十一点以后到，就应该直接去饭店了。这么一想，米花的心里就咯噔一下。这次见面，如果不到家里来，就好像盖房没打地基，不牢靠似的。在米花看来，家里的新房在婚事中起着至关重要的作用，只要女方父母看中房子，婚事基本就算成了。

米花想给二妮儿打个电话，问问女方到底几点来，转念一想，饭店离家这么近，总有机会来家里吧，如果这么巴巴地去问，反而显得刻意了，不如把心思用在招待上，如果话投机，气氛好，来家里不是顺理成章嘛。

米花昨天已经去了饭店，反复叮嘱食材都要去柳阳城进，价钱一点不用考虑，要用最好的，务必把饭菜做出最好的水平。

米花看了看表，刚好八点，这个点饭店已经进菜回来了，她找出昨天定好的菜单，冲着院子里的成强喊："你去饭店，看看他们进的菜到底怎么样？"

成强笑着说："你就放心吧，人家不肯砸了自己的招牌。"

成强说得有道理，但米花认为，世上的事有常规还有意外，万一大意失了荆州，坏的可是儿子一辈子的大事。

米花见成强不愿意去，就自己去了。

4

自从哥嫂盖了新房，小争每次回家心里都挺矛盾的。一会儿觉得房子盖得真好，宽敞明亮，鸟语花香，比城里的"鸽子笼"单元楼舒适多了，自己说不定哪一天也要盖一处。一会儿觉得哥嫂有粉没搭到脸上，把十七八万花在村里太可惜了。由于这种矛盾的心理，小争的话就说得表里不一言不由衷，她一边在心里感叹着房子的好，一边在嘴上挑着刺，数念着这儿不好那儿不行，气得米花的脸都绿了。

其实，冷静下来想想，米花在村里盖房子，绝对是个大大的失误，甚至影响他们后半辈子的生活。按着小争的推测，这处房子对于侄子的婚事非但没有什么实际的意义，甚至还会成为经济上的负担。早在十年前，小争见侄子读书无望，就撺掇哥哥在县城买房，那个时候，柳阳的房价还不到两千元。依着哥嫂的积蓄，稍微借点外债，就能在县城买一套小面积的单元楼。哥哥一开始挺赞成的，只可惜耳朵根儿太软，只听老婆的，耽误了大事，不然房子已涨到七八十万了。这两年，房价一直只涨不跌，小争心里再不满，也是心疼哥嫂的，一回家就苦口婆心地劝他们赶紧买房。见他们一直犹豫不决，小争干脆对米花说："嫂子，你若不在县城买房，明明的媳妇可娶不回来啊！"米花也不跟她抬杠，脸上的表情却是不屑和否定。前年，小争见米花开始在村里盖房，就再也不说什么了。

小争开车朝回走，想着明明最近几年说了五六门亲事，都是因为县城没房黄了，不知道米花的态度是否有了转变。

房子盖好了，木已成舟，气归气，小争还是要顾全大局的。在侄子的婚事面前，那点怨气就变成了家庭内部矛盾，可以暂时搁置。她要做的是，全力以赴办好眼前的"好事"，即使这"好事"在她看来前景渺茫。但这

"前景"也算是希望，万一哥嫂上辈子积了阴德，瞎猫撞到死耗子，女方父母的想法凑巧跟米花一样，这希望不就实现了吗？

小争被这个想法搞得挺激动，仿佛大红的喜字贴上了哥哥的大门，她不由按了一声喇叭，加大了油门。

小争一进门，就看到院里院外都洒了清水，湿漉漉的没一点尘土。哥穿了一件军绿色半袖衬衣蹲在屋檐下抽烟，领口扣得严严的。

小争不由一阵愧疚，只顾着打扮米花了，没想到给哥买一件 T 恤。看着哥汗渍渍的脸，小争皱眉说道："把领口的扣子解开，一看就拘谨得很！"

哥讪笑着说："你嫂说这样显得正式。"小争上前揪住哥的领子，气呼呼地说："我嫂说，我嫂说，我嫂的话就是圣旨啊！"

哥一边说着"腊月生的啊"，一边乖乖解开了领扣子。

小争这才满意地说："这多凉快呀。"

娘进门看到兄妹俩逗闹，说小争："没大没小的。"

小争嘻嘻笑着说："有娘在，八十岁也是孩子！"

小争进屋，一看屋里没人，就问哥："明明呢？"

哥说："一早就去柳阳了，说是给对象买束花。"

小争撇嘴："狗长犄角——闹洋气儿啊！"

娘骂她："狗嘴里吐不出象牙！"

小争又问："米花呢？"

哥说："不放心，去饭店看菜去了。"

小争让哥帮她到车上拿东西，红酒、茶叶、水果、干果一大堆。

哥一边拿东西一边说："还是你想得周到。"

小争得意地说："那是，你妹我是谁呀。"

娘笑了："说你脚小，你还扶着墙走啊。"

米花回来了，看着一大堆的东西，笑了："你把超市搬回来了？"

小争高兴了，哈哈一笑说："嫂子，你总算说了句好话！"

米花俯下身子收拾小争买的东西。小争拿起一个桃子说："时令水果最好吃了，你买的只看样儿行，不好吃，换了，换了。"

米花心里说，生客就是看样儿啊！想归想，她还是把小争买的桃子洗了一大盘，放在茶几上显眼的位置。

小争指着桌子上的荔枝说："这个不新鲜，也换了。"

米花没动，像没听见一样。

小争端着荔枝就去了厨房，换了一盘她买的葡萄。

米花的脸沉了，她揪了一粒葡萄，放在嘴里咬了一下，"噗"的一下吐到垃圾筐里，皱着眉头说："酸死了！"

小争也揪了一粒葡萄放在嘴里说："不酸呀，挺甜的。"

娘瞪着小争说："瞎操心！"

娘表面是数落小争，实际是让米花听呢。成强悄悄捅了一下米花，小声说："她也是好心。"

米花哼了一声，好心也不该这么霸道！

成强怕小争生气，赶紧转移话题："小争，看看你嫂子的衣服。"

小争把头一拍说："哎呀，忘了，忘了，还有衣服呢。"说着快步朝外走，不一会儿提着一个袋子回来了，掏出衣服抻着让米花看。

米花眼睛一亮！但还是回屋拿出自己准备的衣服让小争看。米花准备的是一件淡绿色底粉白荷花图案的褂子。单看这件褂子确实不错，比村里女人们花里胡哨的衣服雅气多了，但穿在米花的身上有点不搭，好像衣服是衣服，人是人似的。

小争说："不合适，不合适。"

米花问："到底哪儿不合适？"

小争围着米花转了一圈说："好像穿的别人的衣服一样。"

见米花不服气，小争拽着她去照镜子，嘴里说："你自己看！"

米花仔细一看，确实有一种说不上来的别扭。但她还是不愿意承认，抻了抻领子说："还行吧。"

小争指着镜子里的米花说："你小眉小眼的，撑不起这件衣服。"

米花斜了小争一眼，话中带刺地说："你是大城市的人，你大气。"

小争也不恼，拿起自己买的衣服，扔给米花说："别不服气，试试就知道了。"

米花不情愿地穿上了小争的衣服，朝镜子里一看，衣服就像是长在了她身上。她不得不服气，小争这件衣服更适合她。她本来想说实话，但看着小争扬扬得意的样子，就违心地说："小花小草的，俗气！"

小争急赤白脸地说："爱穿不穿！"

米花说："给你个面子！"

小争还是不依不饶，她问哥："哪件衣服好看？"

成强看也没看就说："都好看。"

小争长叹了一口气说："完了，完了，两口子快成一个人了。"

成强说："别说没用的了，十点多了！"

米花和小争这才惊醒过来。

小争问："今天都有谁参加？"

米花说："事儿还没定下来，不适合张扬，除了二妮儿和你，没叫外人。"

小争问："定的哪儿的饭店？"

米花答："村东口刘家饭店。"

小争说："档次太低。"

米花说："都是在柳阳城进的食材。"

小争说："食材再好，没有好厨艺，也是白搭。如果提前商量，我带个厨子回来。"

米花一听，有点后悔没有早点跟小争说了，不过她又想，带个厨子回来，人家饭店高兴不？

小争不在乎得罪人，继续埋怨道："这么大的事儿，怎么能在村里的小饭店呢，去镇里的饭店也比这儿强啊。"

米花说:"村里的饭店离家近。"

小争冷笑着说:"是想显摆显摆你的破房子吧!"

米花生气了:"你家的房子好,跟美国白宫一样啊。"

小争笑了:"原来你也有急的时候呀。"

米花顾不上跟小争斗嘴,她看了看表说:"快到了吧。"

小争问:"几点到?"

米花说:"十一点左右。"

小争说:"坏了,你的'白宫'派不上用场了。"

成强瞪眼嚷小争:"大好的日子,你怎么净说丧气话呢!"

娘也朝地下呸了一口说:"去去去,闭上你的臭嘴!"

小争不服气地说:"不信咱们走着瞧!"

米花开始后悔让小争回来了,恨不得用手巾堵住她的乌鸦嘴,万一她在酒桌上胡说八道,岂不是坏了大事!

5

眼看着要十一点了,女方那边还没动静。米花跟明明打了个电话,明明说他和红莲在柳阳城,红莲父母直接去饭店。

放下电话,小争手忙脚乱装水果。

成强说:"都拿饭店了,家里怎么办?"

小争说:"别考虑家里了,肯定不来了。"

米花心一沉,但她还是不死心,把各种水果都留下了一点。

到了饭店门口,二妮儿已经到了。

见二妮儿瘦瘦高高的,小争说:"我嫂有件衣服,她穿不好看,你穿好看!"

米花心里说，真是个多嘴舌，今天不穿，改日也能穿呀。但想到亲事还没定，二妮儿是关键，就赶紧顺着小争的话说："是啊，你穿肯定好看，回头去试试。"

二妮儿误会了衣服是小争买的，笑眯眯地说："小争的眼光高，肯定好看！"

小争将错就错，接口说："在柳阳城最大的商场买的。"

米花看着小争，心里说，真能扯呀，嘴都扯到耳根上了。

在饭店门口等了将近半个小时，女方父母才到了。

二妮儿介绍双方父母认识，礼节性地寒暄了几句，小争邀请客人进房间。

红莲爸爸一看就是个老实人，跟成强长得像兄弟似的。红莲妈妈一身大红大绿，不如米花雅气，但眉眼之间自带厉气，说话干脆利落，像炒豆一样，一开口米花就处于下风，而且眼也毒，看出了小争非等闲之辈，非拽着小争坐在她的身边，搞得米花的心吊到了嗓子眼上，生怕小争心高气盛坐了上位。

米花的担心是多余的，小争好歹在城里开了多年的饭店，经常与各种各样的人打交道，酒席的规矩对她来说，早就滚瓜烂熟了。她半真半假地说："姐姐是看我傻吧，若我坐在主位，就是小姑子当家。"说着就把米花推了过去，甜甜地说："我这嫂子腼腆，脾气跟小绵羊似的，平时净迁就我了，但她今天必须坐你身边，你们俩是主角！"

米花坐下后，小争又把二妮儿朝前推，说二妮儿是大功臣。二妮儿坐下后，小争挨着二妮儿坐下，提起茶壶说："沏茶倒水归我了。"

小争四两拨千斤把控了局面，米花悬着的心也踏实下来，腰板也挺直了。她干脆把这个场面交给小争处理，藏好锋芒，这是她今天最应该展现的姿态，因为没有哪一个父母希望自己女儿有个厉害婆婆。

水果茶水，瓜子糖块，凉菜热菜，鸡鸭鱼肉，陆续上来了，红白蓝紫，荤素搭配，不一会儿就摆满了桌子，虽不如县城大饭店的精致，倒也看着干净鲜亮。小争不由对米花刮目相看，觉得她比村里的女人高一筹。若米花肯听从她的意见，在城里磨炼几年，肯定比现在过得好。

成强和未来亲家一见如故，几杯酒下肚，俩人就称兄道弟了。红莲妈妈与小争针尖对麦芒，旗鼓相当，也聊得热火朝天，二妮儿和米花倒成了陪衬。

明明和红莲回来了，俩人坐在一起，郎才女貌，像一对璧人。小争一看就觉得女孩顺眼，既有妈妈的精明，又不缺爸爸的忠厚。红莲落落大方地站起来，跟每个人敬了一杯酒，虽没有喝完，但都是一大口，一看就是个爽快人。小争不由暗想，这女孩娶进门，真是娘家的福气。

酒过三巡，该说正事了。米花一个劲儿看成强，他是一家之主，这事该他说。成强只顾着劝未来的亲家喝酒，一点也领会不了米花的意思，指望不上成强了，米花就给小争使眼色。

小争趁着红莲妈妈出去接电话，偷偷问二妮儿："你哥嫂提过房子的事吗？"

二妮儿说："你家的房子挺好的。"

小争说："你认为好，不等于哥嫂觉得好呀。"

二妮儿似乎不愿意谈这个话题，撩了一块排骨啃了起来。

小争心一沉，看来米花夸大了二妮儿在娘家的影响力，看红莲妈妈的精明劲儿，二妮儿做不了嫂子的主。

小争见米花一改往日的缜密，傻呵呵地乐着，心里不由一酸，想她小小身躯，没日没夜地劳作，唯一的理想就是为儿子娶个媳妇成个家，却屡屡受挫，恐怕这一次又是竹篮打水一场空了。凭着她的经验，小争判断红莲妈妈跟米花不一样，脸上的要强是明摆着的，她绝对不甘心让自己如花似玉的女儿住在村里。

哥哥已经醉了。明明和红莲脑袋挤在一起喁喁私语，沉浸在二人的小世界。二妮儿和米花陷入了自己编织的想象之中。只有小争是清醒的，她的心里明镜似的，看出了这个饭局的形式大于内容，就像是八月十五水里的月亮，看着皎洁明亮，实则遥不可及。而她就是那个在水里扔石块的人，她实在无法做到揣着明白装糊涂，她要打破这个幻影，还原事情的真相。

小争倒了一杯酒，看着红莲妈妈问："孩子们都到这一步了，亲家妈妈有什么打算呢？"

二妮儿也赶紧说："去家里看看吧，房子盖得可好了。"

小争这个球抛得太好了，二妮儿接得也不错，说出了米花想说的话。米花第一次在心里承认，小争确实比她高一筹，这些话她早就想到了，但就是缺乏小争的胆量和果断，一会儿怕烧着，一会儿怕烫着，瞻前顾后地就是说不出来。这要是放在以往，她会懊恼一会儿，但今天她没有这种感觉，反而有了一种卸下包袱的轻松。米花紧紧地盯着红莲妈妈的脸，等着听她接下来要说什么。

红莲爸爸喝多了，冷不丁冒了一句："去家里看看。"说着就站了起来，红莲妈妈拽住了他的胳膊，扭头对米花说："家里就不去了，反正也不在老家住。"

米花一下子愣了，大脑一片空白，她傻傻地瞅着小争，像是溺水的人抓住救命稻草一样。

尽管早有预料，但事实真的到了眼前，小争还是有点慌的，她看了米花一眼，咳嗽了一声，把杯里的酒一口干了，对红莲妈妈说："家里的房子是新盖的，花了近二十万呢，比城里的房子一点也不次。"

米花连忙接口说："是呀，是呀，总要认认门啊！"

红莲妈妈的脸上掠过了一丝不悦，她耷拉下眼，不凉不热地说："以后机会多的是，今天就不去了。"

小争见人家主意已定，就不能再勉强了，转口问："亲家妈妈对房子有什么要求吗？"

红莲妈妈这才抬起眼来说："有个吃饭睡觉的地方就行，两室三室都可以。"

小争看了米花一眼，心里说，看看吧，被我猜中了吧。

米花早就傻了，根本没有注意到小争眼里包含的意思，倒是二妮儿还想挽回局面，看着嫂子说："城里的房子跟鸽子笼似的，哪如村里的敞亮。"

嫂子瞥了她一眼说："村里敞亮，怎么不见城里人朝村里跑呢？"

小争一看红莲妈妈的脸上堆起了乌云，赶紧起身倒了一杯茶递给她，用一种轻松的口吻说："俺家就明明这么一个宝贝，房子肯定是要买的。"

米花被这句话惊醒过来，她看着坐在对面的俩孩子，迟疑了一下说："咱们大人先别讨论了，听听孩子们的意见吧。"

小争心里骂米花，这个傻婆娘，自以为自己聪明呢，当着两边父母的面，这不是把俩孩子在火上烤吗？

米花不错眼珠地盯着红莲，眼里充满了期待和恳求。

红莲看了米花一眼，又看了妈妈一眼，小声说："我当然希望住在城里了。"

明明则低下头，沉默不语。

这个时候，成强似乎也清醒了，他拉着未来亲家的手说："房子一定要买，砸锅卖铁也要买！"

红莲爸爸也激动了："亲家，有你这句话，我也就放心了。咱们老百姓，开门过日子不容易，我们条件也不高，付个首付就行，房贷让孩子们自己挣钱供。"

红莲爸爸的话说得合情合理，连米花也觉得再不答应就说不过去了，她忍着满肚子的失落，挤出一丝笑容说："就按您说的办，明天就开始张罗。"

米花一同意，房子的事就等于定了。房子的事一定，亲事就算成了。

于是，小争及时改口，端起一杯酒说："亲家公，亲家母，我敬你们一杯。"

三个人都痛快地干了。

二妮儿提议说："大家都端起来，喝个同天乐，这事就算圆满了。"

小争看着米花脸上勉强挤出来笑容，心里说，赶鸭子上架了。

6

红莲爸爸喝多了不能开车，明明开车去送。

米花呆呆地站在饭店门口，像被太阳烤焦了的庄稼，一点精神也没有了。

小争推了她一下说："早知如此，何必当初！"

米花盯着小争看了一会儿，忽然大声吼道："你算哪根葱！"

小争吓了一跳！从米花进门的那一天起，小争就没见她大声说过话，像这般发飙还是第一次。小争瞅着米花扭曲的脸，心里的委屈一下子涨满了，她气呼呼地冲米花喊道："你说我算哪根葱？"

二妮儿一看姑嫂俩要起冲突，赶紧拽住小争的手说："别跟你嫂子一般见识，她是蒙了！"

小争气得呼呼喘气："再蒙也不能冲我发火呀！"

米花像仇人一样冲着小争嚷道："都是你这张臭嘴念的，这下满意了吧！"

小争何曾受过这等委屈，她几步冲到米花跟前，恶狠狠地说："你再说一句！"

米花仰着头，一副大义凛然的样子。

米花的样子把小争吓住了，那是一种绝望到极致的愤怒和疯狂，那是一种走投无路的混乱和迷茫，那是一种在黑暗中找不到出口的恐惧和冲撞。小争看着米花冒火的眼，一时有点不知所措，姑嫂俩大眼瞪小眼，像一对斗鸡相互仇视着对方。

二妮儿冲着姑嫂俩说："你们用不着这样，如果不满意这门亲事，还不晚。"

小争一下清醒过来，捅了米花一下说："你脑子进水了！"

米花似乎大梦初醒一样，尴尬地看着小争，却对二妮儿说："二妮儿，我是昏了头了，别跟我一般见识。"

小争觉得米花这句话是说给她听的，心里的火小了，她对二妮儿说："我嫂子没经过大事，你可要担待呀。"

二妮儿看着米花说："我俩谁跟谁呀，没关系的。"

小争对米花说："别在这傻站着了，赶紧回去想想怎么办吧。"

二妮儿拿话点小争："有你这棵大树罩着，这事儿还不好办吗？"

小争看着米花说："我算哪根葱啊。"

米花拉起二妮儿的手说："走，咱回家试衣服去。"

二妮儿说什么也不去，推说家里有人找，就先走了。

米花小争朝回走，走了一段，米花突然停下说："坏了，咱娘还没吃饭呢。"说完扭身朝回返。

小争看着米花瘦小的背影，心里一酸，眼圈儿红了。

小争到家，老远就看到娘站在门口，巴巴地朝远处望着，满头的白发在阳光下凌乱地飘着。

娘看见小争，急急地问："你哥喝多躺下了，怎么没来家里呢？"

小争看着娘失望的眼神，心里很不是滋味儿，她扶着娘的胳膊朝家里走，一边走一边埋怨道："有你什么事儿呀，瞎操心！"

小争扶娘到屋里坐下，说："先忍一下，嫂子一会儿就带饭回来了。"

娘的眼神暗淡下来，叹口气说："还是为房子的事儿？"

小争气呼呼地说："可不是，我哥就是窝囊，啥事都听米花的，她一个小山沟出来的，有啥见识呀。"

娘朝院子里看了一眼说："别这么说，她也不容易，自从进了咱家门，一天也不肯闲着，别看个子小，在板材厂晒木皮，比别人一点也不少。过日子也会打算，该花的不该花的，清楚得很。这么多年，要不是她这么算计着，光景可过不成这样。"

小争问："她就没有一点不好？"

娘叹口气说："世上哪儿有完人啊，好的地方多了，就把不好遮住了。"

娘俩正说着，米花回来了。小争以为米花给娘带回的是剩下的饭菜，没想到是刚煮的饺子。

娘却不急于吃饭，盯着米花问："这可咋办？"

米花像霜打了的茄子，扔下一句："能怎么办？"就回了自己的房间，不一会儿屋子里就传来了米花的啜泣声。

小争要去敲门，娘拦住她说："你别管，哭出来好受些。"

小争觉得米花的反应过激了。月亮湾在县城买房或者正准备买的，有好多家呢，其中有几家还是在小争的帮助下买的。当然买的时候，都挺无奈，都发牢骚，都是迫不得已，但没有一家像米花这么哭哭啼啼。当然，米花和他们的情况不一样，在村里盖了房，大部分的积蓄已经花了。但这又能怪谁呢？谁让你目光短浅，看不清形势呢。事情既然到了这个地步，就是哭下天来又能如何？村里的房子能飞到县城吗？花出去的钱能要回来吗？既然覆水难收，木已成舟，就该打起精神来，兵来将挡水来土掩。人生若是没有这股劲头儿，凭什么在这世上活着呢。当年自己离婚的时候，人财两空，不也是天塌下来的祸事吗？咬咬牙不也走过来了吗？自己还有棘手的事在头上悬着呢，要是说出来，还不把你米花吓死？

小争越想越觉得米花窝囊，越想越觉得生气，越想越觉得憋闷，要不是娘在一边阻拦，她早就进屋把米花吼起来了，对待米花这种人，跟她讲道理是行不通的，她看似不哼不哈，实则死有主意。她的想法到底是什么，也不痛痛快快地说出来，就这么攥着拳头让人猜，钝刀子割着你。

小争才不跟米花费神呢，狗有狗道，猫有猫道，牛马蛇神皆有道，她就愿意按着自己的道道来，有一说一，有二说二，而米花你只需要回答一二就可以了。这城里的房子，到底买不买？买，当姑姑的义不容辞；不买，我拍屁股走人！

娘见小争屁股跟着了火似的，蹭来蹭去，就知道她想要干什么，就耐着性子劝她："心急吃不了热豆腐，这又不是买个桃买个杏，得容你嫂子想想。"

小争说："有啥可想的，不就是买不买的问题嘛，不买媳妇吹灯拔蜡，就这么简单。"

娘小声说："皇上不急，太监急什么呀！"

小争噌地站起来说："是我咸吃萝卜淡操心，我走，有本事谁也别来找我！"

说完，抓起车钥匙抬脚就走了。

娘叹口气说："这狗脾气，啥时候才能改呢！"

7

自从双方父母见面以后，米花家里就像过丧事似的，每个人的脸上都挂上了霜。成强一下班，就坐在屋檐下闷头抽烟。明明像个蔫萝卜似的，索性住在厂里不回来了。米花像是丢了魂儿似的，班也不上了，饭也不做了，躺在床上像得了大病一样。成强在外干了一天活，别说吃饭了，连口热水也喝不上了。

婆婆心疼儿子，就从西院过来做饭，米花不光不吃，还嫌做饭时声音大，黑着脸说："别做了，听着就心烦。"

这么多年，米花还没跟婆婆红过脸，猛这么一变，婆婆一时无法适应，尽管她知道米花心里窝着火，没缝卜蛆闹情绪呢，心里还是委屈得不行，她扔下手里的勺子，抹着泪走了。

米花看着婆婆佝偻着腰，一挪一挪地朝外走，意识到了自己的过分。婆婆的腿疼了好多年了，去医院检查，说是膝盖出了问题，花三万换个假膝盖就会缓解许多。婆婆说什么也不肯换，就一直吃点药片熬着。这两年情况越来越严重，弯腰都很困难了。米花知道，婆婆是心疼他们挣钱不容易，才不肯治疗，就对婆婆很愧疚，知道她行走不便，就不让她自己做饭，在新房这边做好端过去。婆婆仁义，不管米花做什么饭，她都说好吃，都吃得精光。

眼看着婆婆就要走出家门，米花想喊她回来，却没有喊出口，看着婆婆的背影，米花的眼泪唰地流了下来。

成强回来了，手里拎个塑料袋子，他把袋子递给米花说："我预支了一年的工资，本来想预支两年的，老板不愿意，说环保形势紧，说不定哪天就干不成了。"

米花的心哆嗦起来，成强这几年一直在水泥厂干，工资不低，风险太大，已经有三个工友得了尘肺病了。米花早就打算，等儿子结婚后，就不让成强在水泥厂干了。她不能拿自家男人的健康当儿戏，每次听到成强咳嗽她都吓得心惊肉跳。每天晚上，等成强睡熟了，她都要观察他的呼吸声，只要稍不平稳，她都会做噩梦，梦里成强的肚子胀得像鼓一样大。每次从梦中醒来，米花都泪流满面。她摇醒成强说："明天你不要去了。"成强把她搂在怀里，安慰她说："别担心，我身体壮得像头牛似的。"米花就哭着说："我害怕。"成强拍着她说："别害怕，等儿子一结婚，我就不干了。"

成强预支了三万，就预示着他最少还要在水泥厂再干一年，也就是说，米花还要过三百多天担惊受怕的日子。她把袋子还给成强说："去还了人家，大不了这媳妇咱不娶了！"

成强推开米花的手说："怎么这么稳当的人，也跟小争一样了。这个不娶，以后总得娶吧，你舍得让儿子打一辈子的光棍？红莲这闺女比原来那几个强得多，模样脾气就别说了，爹妈也算是情理人，人家也没说房子大小，也没要求缴全款，还说以后房贷让孩子们还，就凭这几条，这门亲事就该成！"

成强这么一说，米花醒过腔来了。是啊，前几个对象，都是一听县城没房，立刻就吹了，有两个干脆面都不见。现在的女娃娃，都像是金子做的，房车有了，还得要彩礼，要"三金"，头都抬到天上去了。不是米花不了解情况，是她不甘心误判了形势，总觉得常规之中该有个例外吧。她不相信，天下的女孩都一样，她一直在幻想着奇迹降临，幻想着有个不一样的女孩出现。

第一次见到红莲，米花就喜欢上了：干净的面庞，纯净的眼神，连笑容都是淡淡的，像一朵亭亭玉立的莲花。红莲一开口，米花就觉得她心善，跟她姑二妮儿一样。米花不由对红莲充满了期待，觉得这个女孩就是她要找的那个人。

红莲第一次来家，米花带她参观自家的房子，红莲是欢喜的，不止一次说："阿姨，设计得太好了！阿姨，您太有才了！"

听着红莲的夸奖，米花嘴里呼出来的气都是甜滋滋的。

有一天晚上，天下雨了，红莲就没走，米花把她安排到未来的洞房，铺上了她早就准备好的暄腾腾的新被子，红莲趴在花红柳绿的被褥上，笑得像一朵花一样。米花试探着问了一句："结婚住这个房间怎么样？"红莲甜甜地回答："太好了！"那天晚上，米花激动得一宿没睡着，觉得老天爷也在帮她。

谁知，煮熟的鸭子也不是篮子里的菜，村里再好的梧桐树，也招不来金凤凰。想起红莲说的那句"我当然想住在城里了"，米花的心就一下一下地疼起来，那种失落落的感觉压得她喘不过气来。她就是想不明白，月亮湾距离柳阳城也就四十里，开车半个小时就到了，为什么放着村里的宽敞大屋不住，非要住进城里的"鸽子笼"呢？说白了就是家雀跟着蝙蝠飞，随个潮流罢了。等真正过起日子来，也不见得是那么回事儿。什么鸟儿拉什么屎，什么虫儿啃什么木，小麻雀就该在天上飞，金丝鸟才能住进笼子里。米花不止一次听那些住在城里的女人们抱怨，在楼上憋得难受，一有空闲就朝村里跑。

前年的除夕夜，米花想看看柳阳城里到底怎么热闹，就让成强骑着摩托车驮着她去了，一开始她还害怕被警察查，让成强绕路走，没想到四处一看静悄悄的，别说警察了，人影都看不见几个。成强载着米花把柳阳城的大街小巷转了个遍，除了稀稀落落的炮声，比平时的月亮湾还安静，除夕之夜的柳阳城，除了璀璨的街灯，几乎成了空城。

回来以后，米花就坚定了盖房的信心，因为她觉得，从村里进城的这些人，就像是飞到南方过冬的燕子，总有一天还会飞回来的。不然，除夕之夜，他们为什么放着繁华舒适的城里不待，非要跑回村里来呢？

这样的道理米花跟一起干活的姐妹们说过，她们都觉得米花说得对，都认为在城里没有固定的工作和收入，就好像农民在村里没有地，就是住在城里也不踏实。一个妇女跟米花说，她在城里睡不好觉，每次做梦都是楼塌了。这样的话米花跟成强和明明都说过，成强认可，明明却保持了沉默。当时她以为明明不反对就是默认了，现在看来沉默是一种无声的反对。想起双方父母见面那天，明明低头心虚的样子，米花心里就一阵难受，觉得自己一把屎一把尿养大的儿子背叛了自己一样。

米花打通了明明的电话，她想问问孩子到底是愿意在城里还是在村里。

明明一开始回避这个问题，后来被米花逼急了，就说了实话，他说："人朝高处走，水往低处流，当然愿意住在城里了，如果条件允许，省城更好！"

明明的话一下子把米花激怒了，她气呼呼地嚷："你跟我说说，城里到底有什么好？"

明明说："城里的好处多了，购物休闲都比村里方便，教育医疗都比村里强百倍，挣钱的机会也多。"

米花被明明一大套的话说晕了，她喃喃说道："村里也挺好呀。"

明明沉默了一会儿，消沉地说："那是你的幸福，不是我的幸福。反正家里也没钱了，我就是再愿意住在城里，又能怎样呢？"

米花本来已经沉重的心一下子像是掉进了冰窖里。她挂了电话，一屁股坐在沙发上，抹着眼泪对成强说："我错了！大错特错啊！原来愿意进城的不仅仅是红莲，还有儿子啊。"

成强安慰她说："别这样，错了咱改。"

米花哭着说："拿什么改啊！"

成强搂着她的肩膀说："别急，咱慢慢想办法。"

米花哭得更厉害了，一边哭一边骂儿子："这个挨千刀的，有了媳妇儿就忘了爹娘。"

成强劝米花说："你这么骂就不对了，谁不想朝高处走呢，谁不想去好地方呢，你当年不也是嫌山沟里憋屈，跑到大平原了吗？"

米花愣愣地瞅着成强，心里像有一道闪电划过，她四下打量着自己得意的"作品"，第一次有了后悔万分的感觉。做父母的，为了孩子以后的幸福，她还能说什么呢？

米花哽咽着对成强说："要是有个大铲车，把咱的房子铲进柳阳城，该有多好啊！"

8

米花这个人底细，做什么事都愿意做到心中有数。她把家里的存折数了数，一共还有八万多，原打算今年的工钱发了，差不多彩礼钱就够了，至于车，她打算分期付款买，反正明明有固定的工资收入，还贷应该没问题。

好好的计划泡汤了，一切都得重新开始，重新设计。房子首付到底是多少？彩礼是多少？这几年彩礼一直见涨，最少也要给十万吧。在县城买了房子，汽车还要不要？这些都要提前摸清楚，等大概总数出来了，她才能做打算。若女方要得太多，超出了村里最高的标准，这门亲事是不是还要再掂量一番呢？明明是说不小了，二十六岁算是大龄了，能娶个媳妇儿确实不容易，但若是只为了钱才肯嫁过来，这媳妇不娶也罢。

米花让二妮儿摸了摸底。女方算是情理人家，提出的条件不过分，彩礼不多不少占个中游，给八万八就可以了，车也就是个交通工具，淋不着晒不着就行，让这边看着买。

二妮儿的回话让米花百感交集，原来的那点不满也跑得没了踪影，取而代之的是一种发自内心的欣慰和感激，若不是她决策失误，在村里盖了房子，这是打着灯笼难找的好人家呀。

二妮儿说："我早说过，嫂子跟你家小争一样，嘴硬心软。"

说到小争，二妮儿就提醒米花："对呀，你守着个财神爷，还发什么愁呢。"

米花心里哼了一声，小争是门口的灯笼，外面红里面空。

这句话，要放在平时，米花也许张口就说出来了，但这个时候说不合时宜。家丑不可外扬，二妮儿再跟她关系好，也是红莲亲姑姑，若把这话传过去，可不是好事。

从二妮儿家出来，米花想着二妮儿的话，心里苦笑了一下。在外人眼里，小争是个有本事的人，其实她也就是个驴粪蛋——表面光，私底下的日子并不好过。米花影影绰绰听说，小争把多年的积蓄都给了那个建筑队老板去投资房地产，结果别说挣钱了，连本也要不回来了。米花追问过成强到底是怎么回事儿，成强说他也不是很清楚，只知道小争好像被套牢了。其实，这种事儿别说米花了，就是成强也管不了。小争的事，都是她一个人说了算。小争相亲时，米花跟着一块去的，她一眼就看出这个人油嘴滑舌靠不住，好言好语劝小争好好考虑考虑，小争却说，油嘴滑舌从另一个角度来说就是精明能干，交往不到仨月就义无反顾地嫁了。结婚后，两人在县城开个饭店，起名红豆饭店，说是纪念他们的爱情。十年后，"红豆"胖了，爱情瘦了，尤其是用抵账的破房子换了两套单元楼以后，小争的男人就膨胀了，又赌又嫖，输了一套房子后，又和饭店的女服务员搞在了一起。米花听说后，劝小争忍一忍，男人偷腥也是一阵风的事儿，等等看他是否有悔改之意。小争却忍不下这口气，一刻也等不得，花钱找了一个混混打折了女服务员一条腿。男人一气之下就去法院起诉离婚。本来小争是受害方，却因为打人损失惨重，只分了一套房和五十万现金。米花劝她不要钱要饭店，毕竟这是她在城里安身立命的饭碗。小争说自己脾气暴躁，不适合经营。其实米花清楚，她是怕去了饭店伤心。离婚后，米花和婆婆一直劝她找个老实人过日子，她却好了伤疤忘了疼，跟一个丧偶的建筑队小老板混在了一起。这个小老板米花见过，瘸着一条腿，走路跟画圈儿一样，所以外号叫画圈儿。这个人一看就不牢靠，跟小争离了的男人如出一辙。米花提醒她，多长个心眼，千万别有经济往来。小争却自负地说，她吃过的盐比米花吃过的面还要多，根本用不着她操心。好心被当成了驴肝肺，米花就不再过问小争的事儿了。

二妮儿让米花找小争借钱，若不是真到了山穷水尽，她才不开这个口呢。结婚这么多年，这个小姑子从来都没有把她当回事儿，什么都由着自己的性子来，动不动就把她的脸踩在脚下。她回娘家，米花好心好意拣着好的做，好吃她就吃两口，不好吃她就梗着鼻子说难吃，端起来就扣进了泔水桶。院子里结了北瓜，又甜又面，米花去城里赶集，顺便给她捎一个。她张口就说："我不稀罕老北瓜。"当着米花的面，顺手就给了一个朋友，一点也不考虑人家沉甸甸地背过来的，就是不稀罕也要等人走了再转送呀。米花搬到新房，就把家里的兔子和鸡鸭留在了旧院里，她每次回来就嚷嚷着说米花把娘住的地方当成了养殖场。其实，她根本不知道，兔子和鸡鸭这些动物都喜欢土，没有土的滋养，它们都活得不精神。婆婆喜欢住在旧院里，她却说米花不愿意让老人住新房。总之，米花做什么，她都觉得不顺眼，她都要吹毛求疵找点碴儿，好像不压米花一头，她就过不了似的。当然，她也不是没有好，每年都给明明买衣服。回娘家，大包小包总是带一大堆。给婆婆兜里塞钱，都是好几百。只要一出门，就给米花买衣服，不管她喜欢不喜欢，非要逼着她穿上，不穿她就噘着嘴不高兴，本来是好事就变成了坏事。人都有个惯性，对不好的事都印象深刻，就是因为小争的臭脾气，她的一些好就被遮住了。最让米花耿耿于怀的是，小争每次回来，都用一种领导的口吻，喋喋不休地让他们在县城买房，从柳阳的房价说到省城的房价，从省城延伸到北京，好像全国的房子都归她管似的。偏偏米花跟她的想法不一样，俩人白菜豆腐青白分明。米花对外面的世界不大关心，对看不见够不着的事也不感兴趣，她只想踏踏实实地过好眼下的日子。小争的话她根本听不进去，每次都找借口溜走，小争就追在她的屁股后面说："别觉得你能耐，有你哭的时候！"见米花无动于衷，她就说狠话："不在县城买房，明明打一辈子光棍！"米花实在听不下去了，就回她一句："任你说下天来，我就是不买！"小争恨恨地说："那咱们走着瞧！"米花也硬邦邦地回应："走着瞧就走着瞧！"

是啊，走着走着就走出门道来了，走着走着就走出对错来了，走着走着就走出输赢来了。

米花不得不承认，小争赢了，她输了，她不光后悔，还哭了。

9

米花和成强在柳阳城转了三天，彻底蒙了。

柳阳的房子五花八门，什么大证小证，二手房回迁房，什么全款首付，期房现房……各种从来没有听说过的名词让米花云里雾里。售楼部和房屋中介的电话每天都接好几个，他们说着标准的普通话，不厌其烦地介绍着自家的房源，米花听着每一个都说得有道理，哪一个房子都值得买。真让他们做决定的时候，米花却支支吾吾说再想想，再考虑考虑，总觉得前面有万丈深渊在等着他们跳一样。

柳阳的房价已经涨到七八千了，最便宜的两室一厅也得六七十万，首付加上中介费交易税将近二十四五万，装修最少也得五六万。明明要结婚，彩礼八万八，买一辆低配的桑塔纳或捷达首付也要两万多，还有家具家电床上用品请客招待……这一笔笔算下来，快五十万了。

看着这么庞大的数字，米花和成强你看着我，我看着你，都傻了。他们所有的积蓄加上成强预支的工资，满打满算才十二万，甭说结婚了，房子首付还有十几万的缺口。

米花和成强把七大姑八大姨统统捋了一遍，除了小争光景强点，其他的还不如他们呢，即使张口也拔不下几根毛来。

米花愁得又抹起了眼泪，她说："成强，你说这么多钱，咱上哪儿弄去？"

成强安慰她说："别急，有羊慢慢就赶山上了。"

米花说："关键是咱没羊啊。"

成强低下头，不言语了。

中介公司的电话又打来了，成强挂断了；紧接着又一个电话打来了，成强接了，恶狠狠地说了一句："不买了！"

米花一惊："不买了？"

成强皱着眉说："不买了，不买了，烦死了！"

米花心里的火苗也突突地朝外冒："不买了，话说得轻巧，真能做到吗？"

成强黑着脸，像庙里的泥胎似的一动不动，米花的火压不住了，冷笑着说："你一个大男人要是烦死了，我岂不是该上吊了？"

话一出口，米花就后悔了。结婚这么多年，她和成强还没红过脸呢。自己这么说，不是在逼他吗？他已经拿回来了三万呀，还能让他怎样？

成强好像根本没有听见米花的话，端坐着一动不动。

米花推了推成强说："想什么呢？"

成强看着米花说："这处房子真不该盖！"

其实，这样的想法在米花的心里回旋了好多次了，她悔得肠子都青了，但从成强的嘴里说出来，就好像有了埋怨的意思，一股无名怒火从心头升起，她冷冷说道："这房子可不是我一个人盖的！"

成强赶紧解释："我是想说，既然房子不该盖，咱们是不是考虑卖了？"

米花腾地站起来："你说什么？卖房？你还不如把我卖了呢！"

成强上下打量着米花，扑哧笑了："你能值多少钱呢？"

都这般境况了，成强还能笑出来，米花又急又气，她抹了一把泪说："反正房子不能卖！"

成强连忙说："不卖，不卖，咱们想想办法，看看能借回来多少。"

成强闷头抽完一盒红石，才拿出手机说："有鱼没鱼撒一网吧。"说完，他开始挨个跟亲戚们打电话，这家三千，那家五千，倒是没有一家顶脸，可满打满算才凑了三万。

成强的关系算是用尽了，也只能看米花了。俗话说，上山打虎易，开口借钱难。米花这个人，要脸面，轻易不开口求人。十年前，公公肺癌住院，她把仓里的粮食、圈里的肥猪、刚买的三马子都卖了，也没张口借一分钱。小争主动拿了五千，公公去世后，米花把乡亲们随的礼钱硬还给了小争，气得小争说米花剥夺了她赡养父母的权利。

米花在大街上转了一圈儿又一圈儿，中途遇到一个要好的姐妹，两人说东道西拉呱了半天，她还是张不开嘴。这个好姐妹似乎看出了什么，主动问她："米花，有事呀？"她愣了一下，还是笑着说："没事，能有啥事呀。"好姐妹走了以后，她又后悔没把话说出来，就追着去了，到了人家门口，她又停下了，她怕人家万一拒绝了，反倒伤了脸面，以后的关系就生分了。犹豫再三，她还是走了。

转到了二妮儿的家门口，米花停下来了，二妮儿的男人常年在外打工，二妮儿也不闲着，这么多年，家里也没有花大钱的事儿，肯定攒了不少钱。她家姑娘大，儿子才十五岁，还不到花钱的时候，跟她张口应该没有问题吧。当然，跟二妮儿借钱，得把话说圆了，不能让她起了疑心。

米花走进二妮儿家，看见二妮儿正坐在屋檐下打电话，嘴里骂骂咧咧的，就知道二妮儿在跟她家女婿发脾气。二妮儿的闺女在山西打工搞了个对象，二妮儿嫌远不同意，闺女干脆先斩后奏把证领了。谁知结婚后，女婿不正干，尤其喜欢喝酒，一喝醉了就摔东西。二妮儿想让闺女离婚，闺女舍不得孩子，一直打不定主意，就这么憋憋屈屈地过着，实在扛不住的时候就跟二妮儿打电话哭诉。这么远的路，二妮儿也不可能过去，就只能在电话里安慰安慰闺女，再把女婿骂个狗血喷头。

二妮儿见米花进门，示意她坐在旁边的凳子上，足足骂了十几分钟才把电话挂了。米花见二妮儿气得呼呼喘气，就劝二妮儿说："别上火了，气大伤身。"

二妮儿稳了稳神叹口气说："闺女结婚一定要知根知底，家庭条件、长相丑俊都不重要，关键要看这个人，人不好，是一辈子的累。你家明明多好啊，不抽烟不喝酒，又勤谨又懂事，所以我才把俺家红莲说给他。"

二妮儿的话一下说到了米花的心里，她不由接口说："你家红莲跟了俺明明，算是进了佛堂了。"话一出口，米花立刻就后悔了。佛堂是什么？是供着敬着没有烦忧的地方，照这样说，她还怎么能开口向二妮儿借钱呢？

二妮儿见米花一副欲言又止的样子，似乎猜到了什么，笑着问："找我有事？"

米花说："也没啥事，就是想让你去试试那件衣服。"

二妮儿扑哧笑了："别兜圈子了，想让我试衣服为啥不拿过来呀！"

米花脸红了，她不好意思地说："你这双鹰眼，什么都瞒不过你！"

二妮儿说："有屁快放！"

米花迟疑了一下说："这几天我跟成强在柳阳城里转了转，房子的情况基本摸清了。"

二妮儿打断米花的话说："在县城买房子可是大事，柳阳城可不比咱月亮湾，猫腻大着呢。我听说，咱村有好几家，房款交了好几年了，房子连个影儿也没有。还有一家，花了五六十万，最后却办不下来房产证。反正里面的说道挺多。你最好找小争参谋一下，这事她比咱们懂，咱村好几家买房都找她，外人的事她还管，更何况亲侄子的事，你可别为了心里那点小疙瘩犯了糊涂，终归是家里人，砸断骨头连着筋呢。"

米花笑着说："这还用说，这几天她正给咱摸房子呢。"

二妮儿说："这就好，有个好亲戚就是不一样。"

米花叹口气说："可惜她的钱都没在手底下放着，一时半会儿拿不回来，她让我先从别处周转一下，等她的钱回来了再还给人家。"

借钱的事就这么自自然然不动声色地说出来了，米花心里松了一口气。

二妮儿明白了米花的来意，迟疑了一下说："米花，我明人不说暗话，手里存着二十几万，要放在前几天，我眉头不皱最少给你五万，现在情况不一样了，不瞒你说，红莲的事提醒了我，我和孩子她爹这两天商量好了，也准备凑钱在柳阳买房哩，要不然怕走了你的老路。"

二妮儿的话让米花的心一下子沉到了底。前段时间，二妮儿还嚷嚷着在村里盖房子呢，什么结构啊、风格啊、门窗啊等等，都跟米花探讨了好多次。二妮儿扬言，她家的房子既要采纳米花家的优点，又要有自己的创新。她还说，也要在大门口栽一棵苦楝树，让米花给她找一棵更好的，米花早就留意了，娘家房后的山坡上有一棵，冬天结的苦楝籽像金灿灿的珍珠一样。怎么短短几天，就天上地下换了人间一样？

米花喃喃问："我家房后的苦楝树你不要了？"

二妮儿叹口气说："苦楝花再好看也不顶房子啊。"

米花还能说什么呢，她站起来跟二妮儿说："既然这样，咱们就一起买吧，回头让明明姑姑也帮忙参谋一下。"

二妮儿说："要得要得，两家一起买说不定还便宜呢。"

傍晚时分，成强也回来了。米花到厨房端了一碗绿豆小米稀饭和一盘腌黄瓜放到桌子上。成强呼噜呼噜喝着粥，一句话也没有说。

米花坐在成强对面的沙发上，呆呆地也不言语。屋里的空气像是凝固了似的，只有墙上的石英钟哒哒地响着。

婆婆拖着病腿，从西院挪蹭过来了，她把一个蓝布包递给米花说："这是小争平时给我的零花钱，今儿三百明儿五百的，顶不了什么大事，也是当奶奶的一片心意。"

米花眼圈红了，这可是闺女孝敬娘的私房钱，米花怎么好意思接呢。这要是让小争知道了，还不闹翻了天啊。

婆婆把布包硬塞给米花说："快拿了吧，盖房子时我都没舍得给你，就等着给俺孙子娶媳妇花呢。"

米花打开婆婆的布包，里面是厚厚的一沓钱，有一百的，有五十的，还有十元五元的，米花数了数，一共一万两千多。米花看着花花绿绿的钞票，一个念头油然而生，把新房卖了！

婆婆走了以后，米花把自己的想法说了，成强惊得张大了嘴巴："别别别，我说卖房是瞎说呢。"

米花说："我左思右想，除了卖房没别的出路了。"

成强安慰米花说："咱还有小争这棵大树没动呢。"

米花叹口气说："小争是不是一棵大树还不一定呢。"

成强拿起手机就跟小争打电话。

小争说："现在想通了？早干吗去了？全款变首付，首付变车库！我没钱，一分也拿不出来！"

成强的嘴哆嗦着，一句话也说不出来。

米花气得咬牙切齿地说："我就是卖房子去地，也不朝你妹妹借一分钱！"

10

自从哥嫂要在柳阳买房子，小争的心里就像跑进了一只猴子，翻出来跳过去，折腾得难受。说起来她也在城里生活了十七八年，说起来她也算是见过世面的人。开过饭店，打过官司，斗过小三，离过婚，说起来她也算是城里一个老人了，这几年她也帮乡亲们买过房，而且还不止一次，按说房地产方面的门道，她早就摸得一清二楚，可为什么帮哥嫂买房，她总是腻腻歪歪犹豫不决呢？后来，她想明白了，给别人买房，她是个局外人，也就是人家把房子挑好了，让她找个熟人跟房地产商说说，能不能便宜一点，说白了就一锦上添花的角色。这点小事，对小争来说，轻车熟路，小菜一碟。有画圈儿这层关系，她和县城的房地产老板们都混了个脸熟，只要她张口，多少都给点面子。何况县城的房价本来都有伸缩性，老板们也都乐意做这样的顺水人情。所以，每一次小争都办得很漂亮，都让乡亲们高兴。这一次不同了，她由局外人变成了当事人，由旁观者变成了参与者，没有了以前的超脱，心里一直在打着鼓。

由于对买房的内幕摸得太清，小争反而失去了方向。她比谁都清楚，这套房子，对于哥嫂意味着什么，这是他们透支了下半辈子的血汗钱换来的，稍微有一点差池，就可能要命！所以儿戏不得，草率不得。这几天，她把柳阳的新楼盘旧楼盘和二手房中介公司转了个遍，却没有找到一套合适的房源。哥嫂的家底，她非常清楚，把亲戚朋友借遍，撑死才能凑上二十万。这二十万，就决定了只能买能贷款的房子。小证的房子比大证的一平方米便宜两千多，可这种房子没产权，也就是闭着眼瞎住，但也有一些人图便宜还是冒险买。这种房子都是要全款，便宜也得四五十万，哥嫂不可能拿出来。

这两年，县城的房地产形势不错，大证虽然是现房，基本都是剩头剩尾的，都是挑剩下的，不是户型不好，就是楼层不好，小争不愿意让哥嫂买别人不要的房子。新楼盘倒是开了几个，可都是因为手续不全，售楼部今天开门明天关门的，买这种房子真不知道要"期房"到什么时候？一个楼盘已经卖了快五年了，还没开槽呢。小争想来想去，期房也买不得。

就这样一一排除，就只剩下二手房了。二手房的交易，也不是那么容易的，不是房龄太老，就是楼层太高，反正总有不如意的地方，不然好好的房子，谁肯卖呢！偶尔遇到一套差不多的，卖家的嘴张得像瓢一样，哥嫂那点可怜的首付，根本不够。当然，十万八万的缺口，小争应该给哥嫂凑上，可关键的问题是，她的存款都被画圈儿占住了。一想到这个，小争就气得牙疼，恨不得拿刀把画圈儿给砍了。可想来想去，这事儿也有自己的责任，画圈儿也并不像别人说的那样在故意骗她，而是自己误判了投资形势。当时，画圈儿决定投资的时候，也是跟小争商量了的，画圈儿认为县城的房价涨到这个价位，已经超出了老百姓的承受范围，再发展下去，就可能卖不动了，他想独辟蹊径去发展农村市场。县城买房的主力军都是农民，如果把楼房盖到农民的家门口，农村拿地便宜，房价比县城便宜一半还多，几十万的差价，他们肯定会选择便宜的。画圈儿搞了一辈子的建筑，建筑成本是多少，他都清楚，一平方米挣个六七百，应该没有一点悬念。

画圈儿说得有理有据，小争不光听进去了，还很激动，她说："如果真做成了，这是办了一件功德无量的事，柳阳的房价，太他妈的坑人了！"

画圈儿说："对呀，我这是为咱老百姓排忧解难呢，小争你要支持我，等成功了，我买辆宝马娶你！"

小争被画圈儿说得心里一热一热的，当场就拍板说："我把五十万的积蓄都给你！"

画圈儿激动地说："我给你按二分的利息！"

第二天转账的时候，小争其实也犹豫了一会儿，但无论怎么想，答应了的事再去反悔，就有点不仗义了。再想想，这么多年，画圈儿瘸着个腿，挣下这几百万也不容易，他总不能拿着自己的全部积蓄开玩笑吧，就咬牙把款打过去了。

两年后，画圈儿的房子盖起来了，户型设计合理，外观时尚漂亮，小区里还堆了假山，搞了绿化，比县城的小区一点也不次。可是，一进入销售阶段，傻眼了，看的多，买的少。无奈之下，画圈儿只好要赖皮了，工人工资、材料款都拖着不给，逼着人家用房子抵。就这么死拉活拽，也只勉强卖了三分之一，别说挣钱了，本也收不回来。自然，小争的钱也就被套牢了。

画圈儿把手机号码换了，几乎所有人都很难再见到他的身影，只有小争有他的新手机号，这是小争唯一感到安慰和踏实的地方，就好像画圈儿是天上飞的风筝，而她还攥着那根线。小争几乎每天都跟画圈儿通个电话，问他人在哪里。他一会儿说在北京，一会儿说在南京，一会儿又说就在柳阳城，搞得小争云里雾里，总觉得不定哪天她手里的那根线就断了。

小争打电话跟画圈儿说了哥嫂买房的事，让他凑钱。画圈儿一开始答应得挺好，说："行行行给你凑。"后来一等再等，不见踪影，小争就再给画圈儿打电话，画圈儿就跟小争诉苦："姑奶奶啊，都说一日夫妻百日恩，我都到了这般田地了，你就别再逼我了。"

小争听了这话也心酸，但是哥嫂买房的事也耽误不得，马踩着车呢。小争了解米花的性子，要不是走投无路，她才不让哥哥张这个嘴呢。她虽然当时情绪不好，说一分不给，但那只是气话，再怎么说，哥哥嫂子是她的亲人，明明又是娘家的根儿，她怎么可能袖手旁观呢。

小争左右为难，在画圈儿和娘家之间来回摇摆，最终天平的砝码还是倾斜到了娘家这边，她硬着头皮继续跟画圈儿要钱。画圈儿被逼得没法，就建议小争买他在村里开发的房子。

画圈儿说："我按成本价给他们。"

小争一听就炸了，冲着手机喊："画圈儿，你真他妈的不要脸，算计到我头上来了！"

画圈儿说："姑奶奶，你再逼我，我只有跳楼了！"

小争气得把电话摔在了沙发上，眼泪也掉了下来，心里有了一种暗无天日看不到一点光明一丝希望的恐惧感，她的心里开始忐忑不安起来，生怕画圈儿再换了手机号码，断了她手里的线，那五十万就真打了水漂了。

画圈儿指望不上，小争就只好另寻出路。想来想去，真正能开口借钱的也只有开服装店时认识的一个女顾客。这个女顾客是一个官太太，也是因为老公在外面包了情人，经常赌气到她店里买衣服，一来二去，两人熟了，同病相怜，慢慢成了无话不谈的闺蜜。

小争跟女顾客打了个电话，先说了画圈儿的事，才转着弯儿提了借钱的事。没想到，女顾客用调侃的语气说："要猴的被猴耍了，画圈儿真给你画了个圈儿，让你钻进去了。"说完，放肆地哈哈大笑起来。

小争气得满脸通红，但还是强忍下怒火，用一种不冷不热的口吻说："咱俩半斤八两，你不也是被逼得出局了吗？"说完就把电话挂了。

小争叹口气，自己和沈女士都是可怜人，何苦这样相互作践相互伤害呢？两人的关系怕是就此决裂了。这么一想，小争的心里涌起一阵深深的孤独和悲凉。这么多年在城里打拼，咋就没有一个能说话的人呢？咋就没有一个可以依靠的人呢？男人走了，画圈儿跑了，闺蜜远了，女儿在省城读书，以后不知道要飞到哪里，自己后半生的归宿在哪儿呢？死了又能埋到哪儿呢？再想想哥嫂在城里买房，再想想明明和红莲，又能比她强多少呢？明明和红莲以后在城里的生活，真的像她期望的那样一片光明吗？没有固定的收入，却有固定的房贷，稍微有点风吹草动，他们能搁得住吗？在城里所谓已经站稳脚跟的她，又能给予他们多少帮助呢？女儿大学毕业后，面临着要在省城买房的问题，省城的房价是柳阳的两倍，这对于她来说，也是一座难以翻越的高山。她自身难保，又凭什么自以为是地去做哥嫂和明明的靠山呢？小争第一次对自己的能力产生了怀疑，她忽然觉得米花的思路似乎也有道理，认清自己的位置，长在自己该长的地方，踏踏实实地过好自己的日子，一步一个脚印地朝着自己的目标努力，能走多远就走多远，能飞多高就飞多高，这难道不是一种很好的选择吗？

小争正在沉思，娘的电话打过来了。娘说："小争，你哥嫂说要把新房卖了，你得赶紧想想办法啊！"

小争愣了，她气呼呼地说："早就该卖了！我有啥办法？"

话是这么说了，但放下电话，小争的心像割肉一样疼起来。她拨通了画圈儿的电话说："画圈儿，我小争这辈子从来没有低过头，也从来没有跟任何人说过软话，可我真的是走投无路了，哥嫂要卖老家的房子了，那可是我从小长大的地方啊。我求求你，这两天你就是头拱地也要给我凑上二十万，不然，我没脸活在这个世上了！"

小争说完，哇的一声哭了起来。

11

米花和成强就卖房子的事达成一致后，还是决定跟明明商量一下。

明明一听，也不同意卖房。他说："办几张信用卡，相互倒着在银行里透支吧。"

这种拆了东墙补西墙的方法，米花听说过，总觉得这是一种不靠谱的危险方式，一不小心就会背上沉重的包袱。她曾听小争说过，她朋友的一个孩子曾经因为透支信用卡，背上了沉重的债务，因为压力太大得了抑郁症。

为了打消儿子这个可怕的念头，米花故作轻松地说："房子卖了还能再盖，等过几年日子宽松了，咱盖一处更漂亮的。"

明明哭丧着脸说："媳妇我不娶了。"

米花说："净说傻话，打着灯笼难找的媳妇，凭啥不娶？"

明明说："妈，我一定好好干，多挣钱，帮你们还'窟窿'。"

还能说什么呢？谁家的父母活着不是为了孩子呢。

米花把卖房子的风放出去后，她原以为会很快出手的，因为在房子盖好之后，好多人都来参观，都说她的房子盖得好。而她也想好了，都是一个村的乡亲，低头不见抬头见的，不管谁买了，只把成本收回来就行了。可米花没有想到，情况大大出乎她的意料，看的人不少，就是没人买。米花情急之下，把价钱咬牙降了一万，还是没有人接手。

米花急得出了满嘴的燎泡，成强的头发也白了不少。

这样的局面让米花彻底垮了，她躺在床上不吃不喝，像个死人一样。

成强害怕了，找来二妮儿劝她。

二妮儿安慰米花说："别着急，你们的方向可能错了，村里人都往城里跑，谁还买房子呢。听我家男人说，现在大城市的人又开始往村里跑了，说是村里空气好，吃的喝的环保。回头让俺家男人跟咱村在外面的大老板们说说，看看他们有没有回村买房的。"

米花像抓住了救命稻草似的，立刻坐了起来，让二妮儿立马打电话。

两天后，二妮儿带回了好消息，月亮湾早先一个卖了老家房子去广东发展的老板，看了二妮儿男人在微信上发的图片，有意要买米花的房子。

几天后，老板就坐飞机回来了。他看到米花家门口的苦楝树，兴奋地说："太好了，太好了！"

老板对米花家的房子非常满意，他对米花说："房子盖得真不错。"

米花的眼圈红了。

老板说："价钱你说，我不还价。"

米花说："只要你喜欢，价钱好说。"

二妮儿插言问："听说你在大城市有好几套房子，为啥还在村里买呢？"

老板看着二妮儿说："金窝银窝不如自己的草窝，外面的房子再好，也不是家啊！"

二妮儿的脸上一片迷茫，怎么村里的人朝外跑，外面的人又想回来呢？

米花的心里也一揪一揪地疼，成强像个木头人似的，一言不发。

老板问成强："让二妮儿当个中间人，咱们签个简单的协议。"

米花说："能不能迟一天，我把儿子叫回来，一家人拍张照片，留个纪念。"

老板说："当然可以。"

老板走了以后，婆婆哇的一声哭了起来，一边哭一边说："俺一辈子都想住上这样的好房子，可惜一天也住不上了。"

米花抹着眼泪说："娘，今晚就搬过来住一宿吧。"

娘摇头说："住一宿又能怎样？"

米花烙饼似的折腾了一个晚上，还是决定跟小争打个电话。她在电话里轻描淡写地说："房子卖了个好价钱，我想让一家人在新房子里拍个全家福，你能回来就回来吧！"

小争气呼呼地说："米花，你这臭德行，什么时候才能改改呢，全家福少了我小争，还叫全家福吗？"

挂了小争的电话，米花拿着手机开始在新房里拍照，每拍一处，她的心都像是被针扎了一下，每一个地方，每一个角落，都包含着她的创意，渗透着她的心血，散发着她的气息。拍到门口的苦楝树，苦楝花像是懂得她的心思一样，纷纷扬扬地飘落下来。恍惚间，奶奶的话在她的耳边响起：

——生你的时候，苦楝花开得正好，花蕊像米粒一样，就给你取名米花。

——你这个小米花，为啥总跟别人想得不一样？

——为啥不在山上守着爹娘，非要嫁到那么远的地方？

——苦楝树也叫苦恋树，也是相思树，你无论走到哪儿也不能忘了家。

米花看着一地的落英，心里对奶奶说，奶奶，米花终于跟别人一样了，也要进城了。

门外一阵汽车喇叭响，小争回来了。

她下车抽了抽鼻子，陶醉地说："真香啊！"

小争看见苦楝树下站着的米花，脸色苍白，目光呆滞，头发乱蓬蓬的，像是一下子老了十岁！

小争心里一酸，差点落下泪来，她快步走过去，冲着米花吼道："米花，你好大的胆子，竟敢去卖房！"

米花呆呆瞅着小争，没有任何反应。

小争从包里拿出一张卡说："这是二十万，这房子我买了！"

米花木然回答："已经答应人家了。"

小争瞪眼说："他能买我就不能买？"

米花的嘴哆嗦着，说不出话来。

小争把卡塞到米花的手里，轻声说："嫂子，有一天我在城里混不下去了，就搬回来跟你一起住，好吗？"

米花攥住小争的手，哽咽着说："好，咱一家人一起住！"

小争说："口说无凭，拍照为证。"

小争拉过米花，举起了手机。姑嫂俩头靠着头，缤纷的苦楝花落在了她们的头上，她们笑了，笑得眼泪都出来了。

好大一棵树

1

老宗是苏芸心里的一块膏药，她想撕下来，可是，总有一些意想不到的事，让她下不了决心。

苏芸在紫烟街开着一家茶叶店，名叫紫烟阁，是老宗帮着她开起来的。她觉得，只有关了紫烟阁，才算跟老宗彻底结束了。

转让告示贴出去三天了，只有一个人问了问租金。前段时间，苏芸跟老宗提过转让的事，他什么也没说。苏芸想，是不是该跟他说一声。

苏芸拿起手机才想起来，已经十几天没有老宗的消息了。手机响了好一阵，老宗才接了，他有点不高兴地说："不是跟你说了吗，打另一个号码。"

老宗的手机号码经常换，苏芸只记得最初那一个，那个号码打了十几年，十一个数字像刀子一样，早就刻在她的心里了。

苏芸也有点不高兴，老宗最近神神秘秘的，似乎有什么事瞒着她，接她电话也躲躲闪闪的，总是把电话挂了，用另一个号码再打过来。苏芸觉得老宗有点过了，她又不是他什么人，根本没必要这样神经过敏，于是，就淡淡地说："我记不住别的号码。"

老宗埋怨道："不是让你存了吗？"

苏芸说："懒得存。"

老宗语气缓和了："有事吗？"

苏芸把转让的事说了。

老宗沉默了一会儿说："转就转吧，现在的形势，茶叶店不好做了。"

苏芸心里一沉。她原以为，老宗会反对的，最起码要阻拦几句。没想到，他说得这么轻描淡写，好像茶叶店跟他没有任何关系，是关是开随她的便。苏芸后悔给老宗打这个电话了，热脸贴了冷屁股似的。

苏芸把电话挂了，立刻清点店里的东西。因为早就有了转让的打算，余货不太多，除了几箱高档礼盒不好出手，中低档的没多少本钱，大不了赔本甩卖了。

紫烟阁坐南朝北，店面不大，前后从中间隔开，北面是紫黑色的实木展柜和收银台，南面隔成了四个小间，中间是走廊，厨房和仓库在左边，右边一间是茶室，一间是卧室。

卧室的西南角放着个衣柜，暗橱里藏着几张存折，是苏芸十几年的积蓄。看着存折上不算多也不算少的数字，她的心里有点复杂。五十万，对于从月亮湾走出来的她来说，不算个小数目了。在城里有房有车还有存款，在苏芸的三亲六戚当中，她已经算是个人物了。其实，她心里很清楚，在柳阳，这点钱充其量算是一个小秕子。远的不说，就说老宗吧，存款有多少她不清楚，资产可是明摆着的，公司就不用说了，单说房子不知道有多少，柳阳有，省城有，海南有……就是傍着他的小三小四，也都有了房子，那个最得宠的小三，房子还不止一套。有一次老宗跟她发牢骚，说那个小三贪心不足，给了两套单元楼还不行，非要一套别墅。苏芸开玩笑说："房子对你来说，还不就是地里长的庄稼嘛。"老宗哭丧着脸说："你这个傻丫头啊，你以为房子像韭菜一样，割了一茬又一茬啊。我实话告诉你，比他娘的唐僧取经还难呢，不经过九九八十一难，房子盖不起来。"苏芸心里说：我看容易得很呢，不然哪有闲钱养女人啊，而且还不是一个。嘴上说的却是："人家如花似玉一娇娘，送套别墅也值啊。"老宗哼了一声："我对女人可是有底线的，该给多少，我心里有数。"

苏芸想想老宗的话，觉得自己的这点积蓄，跟老宗或者老宗的小三小四们一比，简直就是毛毛雨，稍微有点风吹草动就烟消云散了。前一段，一个表侄娶媳妇，光彩礼就给了二十万。去年春天，老宗的工地出事，摔伤两个民工，一个人赔了七八十万。这么一想，苏芸心里有点慌，茶叶店一关，就等于坐吃山空，儿子眼看就要高中毕业，上大学、找工作，都要花钱。

刚认识老宗那几年，老宗不止一次说要送苏芸一套房子，那套房子当时十几万，如果厚着脸皮要了，现在已经升值到七八十万了。这样的念头一闪现，苏芸先吓了一跳，无功不受禄，天下没有免费的午餐。如果当时真要了，她还是现在的苏芸吗？如果当时真要了，她跟老宗的小三小四们又有什么分别？如果当时真要了，老宗这块膏药还能撕得掉吗？如果当时真要了，恐怕不是她把老宗当膏药，而是老宗把她当成膏药，早就撕掉了。

苏芸摇摇头，甩走了那个可笑的念头。她把存折放好，开始整理衣柜里的衣服。她的衣服大部分是绿色的，有豆绿、墨绿、嫩绿、草绿……那件光滑柔软的丝绸旗袍，是老宗从苏州给她买回来的，墨绿色的底，一朵一朵淡粉色的荷花，苏芸一眼就喜欢上了。每年春节晚会上，她都穿着这件旗袍演出。老宗说，穿上这件旗袍，在舞台上那么一站，眉眼、身段、气韵全有了。苏芸抚摸着荷花花瓣，心隐隐疼了一下。她犹豫了片刻，还是横下心，把旗袍摘了下来。等把绿色的衣服挑拣完，衣架上也剩不下几件了，看着空荡荡的衣柜，苏芸心里一阵轻松，觉得老宗的面容一下子远了。

2

入伏以后，天一下子闷热起来，空气中弥漫着一种黏糊糊的潮味儿。

一到这个时候，兰枝心里就堵得慌，找不到对象就拿苍蝇出气，好像跟苍蝇有几辈子的仇，拍个稀烂也不觉得解恨。尤其遇到雷雨天，她的心口就像着了火，一边骂一边冲着天上喊："老天爷，你瞎了狗眼，山活了二十八岁，针尖大的坏事都没干过，凭啥这么对待他？"

山是在河滩里放羊的时候被雷击死的，随着他走的还有十几只羊。

文良一回来，兰枝就住了嘴。她在文良面前，不是敞亮的，时不时得藏着掖着点。每当这个时候，兰枝就格外地想念山。她在山跟前是可以随便哭随便笑的，不高兴的时候，还可以张口骂两句。山总是嘿嘿地笑，好像兰枝的骂也能让他高兴似的。

文良来这个家的时候，兰枝才三十六岁，她怕俩孩子受委屈，不愿意再生。文良就把俩孩子当成了亲生的，尤其是对儿子洋洋，更是宠溺。文良对山的爹娘也孝顺，该给的东西，该到的礼数，都做到了前面。等兰枝心软了，想给文良生一个的时候，却怎么也怀不上了。每当看到文良在田里干活，兰枝就觉得对不起文良。她在文良面前，从来不发脾气，文良急躁起来，骂她两句，她就像山那样，只嘿嘿地笑。吃饭的时候，文良不坐下来，她是不动筷子的。做了好吃的，她总是跟俩孩子说，要让干活的人先吃。山去世的时候，兰枝刚出月子，因为总是哭，落下了一身的毛病，无法跟村里的妇女们一样出门打工。她心疼文良，就多包了几亩地。反正自己家的地，可以由着性子干，累了就歇会儿，歇过来了再干。

一晃十几年过去了，兰枝和文良省吃俭用，翻盖了新房，打发闺女出了嫁，供洋洋读了大学。她以为人生大事基本完成了，刚想喘口气，没想到麻烦来了。兰枝原以为，洋洋上了大学就有了一个好前程，没想毕业五年了，却一直找不到像样的工作，燕子一样四处飞，有一段时间还被骗进传销团伙，幸亏他堂姑苏芸出面，动用了公安的关系才把他解救出来。

文良见洋洋在外漂着混不出个上下，就让他跟着自己到工地打工，踏踏实实挣个辛苦钱，以后瞅机会娶个媳妇，也算是有了归宿。兰枝不甘心也只能默认了，村里好几个跟洋洋一样的后生，在外漂了多年，连个媳妇也说不下。

洋洋在工地干了不到半月就受不了了，又要出去闯荡。走的时候，话说得倒是挺有气势："不混出人样来，绝不进家门。"

一个深夜，洋洋打电话回来，哭着跟兰枝说："看不见一点光亮，活着没有意思了。"

兰枝吓得心惊肉跳，哭着要去省城找洋洋。省城这么大，洋洋不接电话，到哪儿找去？好不容易熬到天亮，洋洋终于接了电话，他说："昨晚喝多了。过几天他要去参加一个考试，只要考上了，这辈子就有希望了。"

兰枝悬着的心落了地。她虽然不知道洋洋考的是什么，但是，只要是考试，她认为就是好事。

兰枝把这个消息告诉了文良，文良也挺高兴，他说："只要孩子有进取心，考到哪儿咱供到哪儿。"

考试后的第二天，洋洋打电话说："妈，考得还行。"

兰枝心里一亮！对正在吃饭的文良说："洋洋考得还行。"

文良咽下一口饭，笑眯眯地说："不看看是谁的儿子呀，能考差了？"

兰枝心里一酸，到厨房炒了俩鸡蛋端到文良跟前。

文良嬉笑着说："看我儿子出息了，巴结我呀？"

兰枝扑哧笑了："八字还没一撇呢，别瞎咋呼了。"

过了几天，洋洋又打电话说："妈，这一次也许不行，我明年再考。明年再考不上，我就死心了，回来老老实实种地。"

兰枝一下掉了泪。

文良忙问："怎么啦？"

兰枝答："洋洋这次也许考不上。"

文良安慰她："别见风就是雨的，还没揭锅盖，你咋知道馒头没蒸熟？"

3

紫烟阁开在柳阳县城的西北角。

选址的时候，老宗担心位置太偏，没有顾客。苏芸说："喝茶的人喜欢静。紫烟阁，好听、雅致，最适合开茶叶店了。"

老宗大胳膊一挥："紫烟阁，这个名字好，就冲这三个字，我支持你！"

老宗给了苏芸十万，苏芸坚持打了借条，老宗当场把借条撕了。

紫烟阁装修的时候，老宗建议请专业的装饰公司好好设计一下。苏芸不同意，她说："一个喝茶聊天的静心小宅，轻淡自然就可以了。"

苏芸按着自己的想法，从乡间找来泥瓦匠，砌了青砖灰瓦的门头，白灰勾缝，椿木大门，黄铜门环，原木原色的牌匾上刻着墨绿色的柳体大字——紫烟阁。

装修完毕后，苏芸请老宗过来视察。老宗里外转了一圈，最后站在紫烟阁的门前，用一种领导的口吻说："不错，不错。"

苏芸问："好在哪儿？"

老宗左右看了看，然后说："也说不上哪儿好，就是觉得熟悉，好像回到了小时候。"

苏芸心里一动，老宗的"熟悉"，就是她想要的感觉。

紫烟阁开张以后，苏芸几乎长在了茶叶店。尽管她用心经营，紫烟阁绝大部分的顾客还是来源于老宗的圈子，尤其是逢年过节，近一半的利润是老宗的朋友们带来的。

苏芸对老宗有了亏欠，不知道怎么报答，就把后面向阳的一间改成了小茶室，专门等老宗来的时候喝茶。茶室的装修苏芸很是费了一番心思，壁纸是古朴的青砖图案；吊顶是深绿的竹片一条一条拼接的；苏芸老家的院子里有一棵大槐树，枝繁叶茂，苏芸把大树拍成了照片，放大装裱后，挂在了北墙上。

老宗没事的时候，就来喝茶。一进茶室他就盯着大槐树看，看着看着就会动情，说想起了老家，想起了小时候。老宗喜欢坐在靠窗的位置，苏芸自然就坐在对面洗茶泡茶。窗外的光线照进来，苏芸的脸比较明亮，老宗的脸就模糊一些。刚坐下的时候，苏芸有些不大自然，总觉得她在明处，老宗在暗处，一切都在老宗的掌控之中。

老宗见她愣神，就问："想什么呢？"

苏芸笑着说："这个店名义上是我的，其实真正的老板是你啊。"

老宗哈哈大笑："你这个傻丫头啊。"

苏芸愿意老宗喊她傻丫头，就像兰枝喊她芸儿一样，暖乎乎的，有一种亲切感。

老宗喜欢听苏芸说话，听着听着就会走神。

苏芸就问："想什么呢？"

老宗笑眯眯地说："听你说话，像按摩一样舒服。"

苏芸便放松下来，絮絮叨叨地说个不停。说说东，说说西，天马行空，想到哪儿就说到哪儿。

老宗听着听着就又开始走神。

苏芸又问："想什么呢？"

老宗说："你说话的样子，很像一个人。"

这个人是谁，老宗不说了，苏芸也没有问。老宗只说，那个人的眼睛像山泉一样清澈，声音像画眉一样婉转。

老宗平时说话挺糙的，时不时冒出一句粗话，可说起那个人，就文绉绉的。老宗说，那个人挽着发髻，比薛湘灵还好看。苏芸就把头发留长了，也挽起了发髻。老宗说，那个人喜欢绿色。老宗一来，苏芸就换上绿色的衣裳。老宗高兴的时候，就让苏芸唱一段。老宗喜欢听《锁麟囊》，于是苏芸就唱：

> ……
>
> 一霎时
> 把七情俱已昧尽
> 参透了酸辛处泪湿衣襟
> ……

县剧团散了以后，除了每年的春节联欢晚会，苏芸几乎没有机会登台了，唱着唱着她就进入了角色，而老宗也听得如痴如醉。

等苏芸唱完，老宗鼓掌叫好，情不自禁站起来，拉住苏芸的手。苏芸开始是温顺的，等老宗的眼里蹿出火苗，她甩开了老宗的手。

事后，苏芸总是想，为啥就不能跟老宗那样呢？是老宗长得太不起眼了吗？似乎是，似乎又不是。男女相处久了，相貌是可以忽略不计的。老宗自有老宗的优势，通透练达，在柳阳县城呼风唤雨，很多女人苍蝇一样围着他转。

紫烟阁刚开张的时候，几个地痞来找碴儿，买了茶叶不给钱，硬说茶叶发霉了。老宗一个电话，就来了一群人，三下五除二把这几个地痞摆平了。苏芸的丈夫周路远是个拉二胡的，剧团散了以后，东一榔头西一棒槌的，也没个固定职业。苏芸请老宗喝了一场酒，就把他安排到了化肥厂，虽然跟二胡不沾边，总算是有了稳定的收入。侄女师专毕业一直找不到工作，大哥愁眉苦脸来找苏芸，正好遇到了老宗，老宗说："别着急，这事包在我身上。"不到俩月，侄女就去柳阳二中上班了。

苏芸问老宗为侄女办事花了多少钱，老宗嬉皮笑脸的，一会儿说花了一块钱，一会儿说花了一百万。

老宗不说数，就没法给。苏芸不安地说："老宗，不能这样啊。"

老宗开玩笑："如果觉得亏欠，就跟我睡了。"

苏芸哼了一声："睡也是我睡你，不是你睡我。"

老宗笑了："我就喜欢你这股劲儿，敞敞亮亮的。"

苏芸心里一热，半真半假地拖着长腔道："果真如此，这般念想，那就从了吧……"

老宗的眼睛闪闪发光。苏芸咬咬牙，把手伸给了老宗，等老宗紧紧地抓住，她又挣脱了。老宗有点恼火，半开玩笑半挖苦地说："苏芸，不简单哪，知道吊男人的胃口了。"

苏芸涨红了脸。

老宗叹口气说："你跟那人一样的性子。不过，这样也挺好的，一定要坚持住啊，不然真让我得手了，也就没啥意思了。"

老宗没有说准苏芸的心思，她才没想那么多呢。其实，说白了就是一种本能的拒绝，就是不愿意，就是热不起来。可是，这样的话苏芸是不会跟老宗说的，就好比有些话老宗不跟她说。他们俩之间，好像有一种默契，什么话该说，什么话不该说，心里一清二楚的。比如，逢年过节，老宗送礼，在茶叶盒塞一包东西，等人来取。那包东西是什么，老宗不说，苏芸也不问。

前段时间，老宗神色慌张地跟她说："大领导好像遇到了点麻烦，我要避一避，没事就不要打电话了。"这个"大领导"时常在老宗的嘴里出现，他到底是谁，苏芸一次也没问过。

苏芸要关紫烟阁，表面的理由是生意越来越不行了，深层次的原因是她想摆脱老宗，好像这个时候不摆脱，以后就更难摆脱了。这么多年，她心里清楚得很，她现在的一切，都得益于老宗的安排。还有他们之间不清不明的状态，她也不知道会往哪个方向走，但不管是哪个方向，她似乎都没有想好，总觉得他们之间缺点什么，总觉得老宗跟她认识的其他男人们也没什么两样，尤其是最近这一段时间，这种感觉更明显了。

自从老宗神色慌张地说要避一避，苏芸的心里就有了隐隐的担忧，下意识觉得老宗好像处在危险之中。一路走来，老宗帮了她这么多，她一直认为，老宗有了事，自己帮他是理所当然的，可老宗显然不是这么想的，她问了他几次，老宗都答非所问，话里话外还透出一丝的戒备和警惕，完全没有了以往的亲切和默契。

老宗的态度让苏芸有点难过，老宗城府太深了，什么事都像是被他牵着鼻子走。这种感觉让她有点累，她突然觉得，他们在对方的心里已经不太重要了，彼此就像是嚼烂了的口香糖，咂不出什么味道了。

4

兰枝讨厌伏天，却喜欢伏天的玉米，一天一大截，一天一个样，好像用手揪着一样噌噌地朝上长，前两天才半尺高，过两天就齐腰深了，一排排一行行，那么整齐，那么欢实，那么蓬勃，那么有活力。

兰枝是在玉米地里接到洋洋的电话的。洋洋的声音像玉米一样雄壮有力："妈，笔试第五名，成功进入了面试！"

洋洋的声音从手机里传出来，跟田野里的风汇合在一起。玉米们像是听到了洋洋的喜讯，也跟着兴高采烈起来，摇头晃脑，舒胳膊伸腿儿，哗啦啦的，像是开怀大笑，又像是起劲地鼓掌。

兰枝在玉米地里笑了又笑，等笑够了，她才想起应该先打两个电话，一个是文良，一个是苏芸。

兰枝犹豫了片刻，还是把第一个电话打给了苏芸。

苏芸接到电话，也惊喜万分，她说："太好了！笔试第五名，不简单！让洋洋好好准备面试，面试比笔试还重要呢。"

挂了电话，兰枝有点纳闷，怎么考上了，还要准备面试啊？转念一想，面试可能就跟相亲一样，看看人长得什么样吧？洋洋一米七八的大个子，不胖不瘦，不瘸不拐，不聋不哑，眉眼脸盘也不丑，还怕相看？这么一想，兰枝的心就又雀跃起来，拿起手机就给文良打电话。

文良不等兰枝说话，就大声喊："洋洋早跟我汇报了！"

兰枝赶紧朝回走。文良急性子，心里装不住事，嘴上把不住门，家里有点事，恨不得全天下人都知道。洋洋的事，她虽然觉得八九不离十，可苏芸说了，还要面试，终归还没落到实处，兰枝还是愿意再忍一忍，等板上钉钉了，文良就是拿着大喇叭喊，她也会跟着高兴的。

尽管兰枝一溜小跑地朝回赶，等她到家，院子里已经站了一大群人。几个妇女围上来，嚷嚷着说："兰枝，啥也别说了，请客吧。"

文良从兜里掏出一百块钱，递给兰枝说："买点瓜子糖块、下酒菜。女人们嗑瓜子、吃糖，男人们喝点小酒，庆祝庆祝。"

一瓢水泼地上了，怎么也收不回来。否认让外人笑话自家男人说话没准儿，顺着他说吧，又没底气，犹豫了片刻，兰枝接过钱说："别听文良瞎嚷嚷，这事他只说了一半，面试考上考不上还不一定呢。"

文良大胳膊一挥说："笔试考上了，面试算个啥？就咱洋洋这小伙儿，还怕面不上？"

一个妇女说："就凭洋洋的帅模样，当演员也选得上！"

一个邻居也想当然地说："面试也就是走走过场，洋洋这官，是当定了！"

大家这么一说，文良更是笑得合不拢嘴了，催着兰枝说："别磨蹭了，赶紧去吧，嘴皮子痒痒了。"

兰枝到超市买了糖、瓜子、小菜，想了想，又加了一条鱼一只鸡。有鸡有鱼才成席，既然文良这么欢喜，就让他先挣足面子吧。

兰枝提着大包小包朝回走，迎面碰到了村主任，她把手里的东西朝上提了提，冲着村主任喊："叔，到我家喝酒去呀。"

村主任问："兰枝，家里有喜事呀？"

兰枝叹口气说："洋洋考乡镇的工作，笔试过了，面试还没考呢，文良就嚷嚷开了，张罗了一群人喝酒。"

村主任问："哪儿的乡镇？"

兰枝答："柳阳的。"

村主任眼睛一亮："好事好事，不简单不简单，苏家的祖坟上总算长了棵蒿子。"

村主任是在夸奖洋洋，兰枝听着却有点别扭，尤其是最后一句话，透着一种蔑视的意思，好像苏家的人都没本事，就是洋洋出息了，也仅仅是棵蒿子。兰枝想，如果洋洋的事真定了，她就会很有底气地对村主任说，说不定这棵蒿子会长成一棵大树呢。但是，这句话现在万万不可说，说了最后考不上就等于打了自己的脸。她放低声音说："叔，这话说早了，洋洋连棵毛毛草都不是，他苏芸姑说了，面试比笔试还重要呢。"

村主任说："苏芸说得对，笔试分占百分之四十，面试分占百分之六十。"

兰枝蒙了："原来面试这么重要啊。"

村主任说："当然了，我战友的孩子，一连三年，笔试都通过了，就是面试通不过。"

兰枝慌了："这可怎么好，八字没一撇的事，闹得满城风雨。"

村主任安慰她说："不管怎么说，笔试过了，也算是好事。文良热心，你不要扫了他的兴，先让大家高兴一番，回头再合计。"

兰枝恳求村主任说："叔，你一定过去，帮着回旋一下，不然丢人丢大了。"

兰枝和村主任到家，文良和几个男人就着一盘花生米已经喝上了。见村主任进来，文良端起一杯酒，满面红光地说："村主任，这杯酒你得喝了，咱洋洋要是当了乡长，我是乡长他爹，你就是乡长爷爷了！"

文良的话逗得大家哈哈大笑。兰枝皱着眉，心里的火噌噌朝外冒。她原来以为文良直肠子、急性子，没想到他说话还这么不靠谱。兰枝看着文良红布一样的脸，越看越难看，越看越失望。她不由想，这事如果放在山身上，他即使再高兴，也只会笑在心里，不笑在脸上。

村主任跟每人喝了一杯酒，才说："洋洋这事不光是文良家的好事，也是咱月亮湾的好事。但是呢，这好事才成了一半，只有面试过了，才算是定了，也就是说，革命还没成功，洋洋仍需努力。"

村主任见多识广，他的话就是权威。一个妇女小声说："原来是空欢喜呀。"

村主任反驳她："怎么是空欢喜呢？洋洋笔试能通过，已经很不简单了，好多人连面试的门都进不了呢。"

村主任把笔试面试讲解了一番，大家听明白了，情绪也就不如原来热烈了，酒也喝不上劲儿了。

大家起身朝外走，村主任跟几个妇女说："回家后，你们都给土地奶奶上炷香，拜托她老人家保佑洋洋面试成功。"

一个妇女打趣道："村主任也信土地奶奶？"

村主任笑着说："土地奶奶是娘们家的事，我信土地爷爷。"

一群人都笑了起来，兰枝心里一暖。

兰枝把文良扶到床上躺下，要给村主任沏茶。

村主任摆手说："不用了，我该走了。"

走到门口，村主任停下来对兰枝小声说："洋洋面试的事，可不要大意了，我听战友说，笔试公平，面试有猫腻，你也找找关系，不然就吃亏了。"

村主任的话像一记闷棍敲在了兰枝的头上，她压根没想到，这种事也需要找关系，走后门。她急兮兮地说："叔，我一个平头老百姓，上哪儿找啊，你帮帮俺吧！"

村主任叹口气说："这是大事，我可帮不上忙。"

村主任是月亮湾最有本事的人，他要是帮不上，谁还能帮呢？

村主任想了想说："有一个人能帮。"

兰枝急问："谁呀？"

村主任说："苏芸。"

5

张贴在紫烟阁大门一边的转让告示被风吹得翘起了角儿，一副无精打采的样子。

门前的大街上不断有车辆驶过，没有一辆慢下来。人行道上有人走过来，走过去，都心不在焉似的，到了门口，没有一个人停下来看一看，好像紫烟阁不存在一般。只有窗前的梧桐树，东摇西晃的。一片巴掌大的叶子落下来，在地上翻转着，飞舞着。

苏芸一阵心酸。剧团解散的时候，她和几个姐妹在剧团门口挥泪告别，和现在的场景极其相似，门口梧桐树上的叶子一片一片朝下飘落。几个姐妹都走了，只有她不甘心又返了回来，赖在剧团的宿舍半个月，才放弃了幻想，去一家超市当了收银员。

认识老宗以后，苏芸接触的面广了，对城里的事比原来懂得多了，亲戚朋友有事找她，她都能帮着出出主意，而且也能说到点上，一些无关紧要的小事，她也乐意帮忙。帮的过程中，遇到了难处，她就问老宗，每一次都帮得很圆满。慢慢地，在月亮湾，尤其是在家族中，她就成了有本事的人，找她的人越来越多。

老宗不止一次地数落她，你就是一个"事儿姥姥"，该管的不该管的都瞎热心。说归说，该帮忙的时候，老宗还是会帮，遇到一些苏芸实在办不了的事，他还会亲自出面去办。去年春天，洋洋陷入传销团伙，苏芸把剧团的同事和她的粉丝们问了个遍，谁也帮不上忙，就只能找老宗了。老宗动用了公安的关系，才把洋洋救了出来。

苏芸请老宗喝茶表达感谢，老宗语重心长地说："以后少管这些闲事，你已经离开月亮湾，变成城里人了，月亮湾对于你来说，没有任何意义了。"

苏芸觉得老宗的话也对也不对。从形式上来说，她离开月亮湾已经二十多年，月亮湾跟她没有太大关系了，一两年甚至三四年不回去，对她的生活也不会有任何影响。但是，从内心深处，她总是无法跨过这道坎儿，月亮湾就像是长在了她身上，随时随地就会冒出来。在街上遇到月亮湾的人，她觉得亲切。有乡亲来店里买茶，她不假思索就按了进价。在剧团的时候，她就开始学普通话，但无意之中还是会带出月亮湾的口音。父母都已过世，每隔十天半月，她就要回月亮湾一趟。每次回去，兰枝家是必去的，不在兰枝家的炕上躺一会儿，就好像白回来似的。

兰枝是苏芸的堂嫂，苏芸跟她对脾气，两人一见面，就有说不完的话。每次回家，脚没站稳，她就要去兰枝家，嫂子气呼呼地说："咱家有蒺藜，兰枝家有花呀？"

嫂子还真说对了，不知道为什么，苏芸觉得兰枝家比自己家好，比自己家暖和。闺女回娘家，哥嫂当然要盛情款待，尤其是最近几年，苏芸一进门，嫂子就张罗着出去买菜，苏芸怎么拦也拦不住。嫂子买菜，要走半道街，见人就说，小姑子回来了。每次看到嫂子这样，苏芸心里就有点别扭，觉得嫂子的举动有一种表演和刻意。兰枝就不这样，每次她一进门，兰枝总是先喊："芸儿，芸儿回来啦。"苏芸喜欢听兰枝喊她芸儿，又软又暖，总让她想起娘喊她的样子。兰枝也从不给苏芸买吃的，家里有什么就让她吃什么：新蒸的馒头、晒好了的红薯干、糖醋腌的洋姜、熟透了的柿子……厨房实在没吃的了，兰枝就给苏芸现做，烙一张香喷喷的葱花饼，擀一碗热乎乎的面条，卧上两个白胖的荷包蛋，到菜畦里揪一把绿油油的芫荽撒到锅里……每一次都让苏芸吃得舒心。

兰枝就像新做的被子，好的是暗腾腾的里子，不是华丽丽的面子。兰枝跟月亮湾的女人不一样，身上有一股戏中女子的味道，眉眼弯弯，笑中含情，穿着打扮，朴素而雅气，得体而不张扬。每次看到兰枝，苏芸总会想起薛湘灵，想起王宝钏，想起更多更远的那些女子们，想起她们的坚韧和侠义，想起她们的清澈和干净。

　　兰枝和山刚结婚的时候，像一个娇滴滴的小姐，除了说话好听，什么活也不会干。山在田里劳作，她拿条手巾，跟屁虫似的黏在后面，一会儿给山擦擦汗，一会儿给山捶捶背；山在锅台上做饭，她搬个板凳坐在一边，叽叽喳喳说个不停；大年初一的早上，拜完年，她一个新媳妇不在炕上猫着，缠着山带她到村南大河滩里玩。族里的一个长辈数落山："你这哪是娶老婆啊，分明是娶回来个活奶奶嘛。"山一点也不恼，嘿嘿笑着说："我娶老婆不是为了干活，而是为了舒服，一听她说话我就浑身舒坦，跟喝了蜜一样。"

　　山去世后，族里的人都说："这样的媳妇，别说一年了，一个月都守不住。"只有苏芸说："你们看走眼了，我这个嫂子强得很，能享福也能受罪。"

　　苏芸还真说对了，兰枝一守就是十年。而且十年之内，什么活都会干了，什么苦也都能受了。文良来了以后，她的态度整个翻转了，把文良捧上了天，让自己低在了尘埃里。每当看到兰枝低眉顺眼地跟文良说话，苏芸就有一种在舞台唱戏的感觉，心里不由自主地就哼唱起来：

　　……
　　一霎时
　　把七情俱已昧尽
　　参透了酸辛处泪湿衣襟
　　我只道铁富贵一生享定
　　又谁知祸福事顷刻分明
　　想当年我也曾撒娇使性
　　到今朝只落得旧衣破裙
　　……

一辆黑色的奔驰从西边驶来，快到紫烟阁门口的时候，慢了下来，苏芸心里一紧。

奔驰车在门口停了一下，又缓缓开走了。

苏芸看清了，不是老宗的车。

苏芸犹豫了片刻，开始撕墙上的告示。翘了边的告示，撕起来并不容易，中间部分牢牢地粘在瓷砖上面。苏芸一点一点撕着，老宗和兰枝在她的脑海里交替出现，她忽然意识到，自己这么多年来之所以跟老宗走不到那一步，是因为兰枝在她前面站着，不知道从什么时候起，兰枝已经变成她的一面镜子了。

这么一想，苏芸心里就有一种说不出来的懊恼，看着怎么撕也撕不干净的转让告示，她不由难过起来，也许因为兰枝，老宗这块膏药，跟眼前的转让告示一样，也不容易撕掉呢。

6

兰枝跟苏芸打完电话，心里七上八下的。依着姑嫂多年的交情，而且又是第一次开口求她，苏芸说什么也该应承下来，最起码也应该说"我尽力吧，办法总比困难多"。家里的人有事找她，这句话她可没少说。去年，洋洋误入传销团伙，传销窝点在距离柳阳三百多里的一个县城，既没有亲戚也没有朋友，兰枝和文良急得团团转也想不出办法。正在走投无路时，苏芸回来了，她说："别着急，办法总比困难多。"说完，就开始不住地打电话、接电话，不到半天时间，洋洋的事就有了着落。

想想苏芸常说的那句话，再想想苏芸刚才说的，虽不是天壤之别，也算是冷热两重天。"容我想想吧"，这话不温不火，却包含着无限的不确定。难道洋洋的事她不想管，需要想想再做打算？这可是涉及孩子前程的大事，如果苏芸出手相帮，孩子的命运和她后半辈子的日子可就是天上地下了，苏芸那么聪明，这么浅显的道理，她就想不透吗？

兰枝越想心里越没底，越想心里越慌。苏芸是她唯一的救命稻草，如果指望不上了，只能听天由命了。想到天，兰枝的心里长了满满的气。人们常说，世上什么最大？天最大，无边无际，没有尽头。可天大在哪儿？抬头就能看见，眨眼就能吃人，山不就是被天吃了吗？还有洋洋的事，都说是天大的事，可天理何在？说什么天道人心，天地良心，天有道吗？天有心吗？面试需要找关系，找不到关系，就只能听天由命。洋洋的事跟天扯上了关系，还能有个好吗？

文良说："你先别着急，就容人家想想吧。刚才我听村主任说了，这可不是仨核桃俩枣就能办了的事，得好好掂量一下，家里这点水，能不能撑得住？"

文良的话一下子惊醒了兰枝，光顾着掰扯苏芸那句话，没把要害想进去，光说让人家帮忙，没说让人家怎么帮。这年头，空嘴说空话怎么行，真金白银要跟上。

兰枝扭身朝屋里走，打开柜子，看看家里有多少钱。

文良跟在后面说："要不打电话问问洋洋，看看别人怎么办？我就不信，这么多考试的，都找关系。"

兰枝心里咯噔一下，她看着文良的脸，心像针扎了一下，到底不是亲生的，针头线脑的事看不出来，一遇到大事就现了原形。

兰枝本来想说："你就是怕花钱呗。"但是又想，文良就是真这么想，也是人之常情，谁愿意把白花花的血汗钱扔进黑窟窿里呢。洋洋这种事，细思量一下，还真没底，到底花多少，最后能落到哪儿，谁也说不清。

这么一想，兰枝心里平和了，她换上一副笑脸说："你是一家之主，你说咋办就咋办。"

文良得意地说："看看，没主意了吧？"

兰枝顺竿爬："背靠大树好乘凉啊。"

文良大胳膊一挥说："走吧。"

兰枝问："去哪儿？"

文良说："找村主任，打问打问，到底花多少，咱好做准备。"

兰枝脸一红，看来自己多想了，她紧走两步，用手拍打文良背上的尘土，动作又轻又柔。

这个时候，苏芸的电话打过来了。

文良抢过手机，张口就说："他姑，洋洋的事全靠你了，需要花钱尽管说话。"

挂断电话，文良高兴地说："他姑就是不简单，想得太周到了。她说，找人的事千万不要跟洋洋说，免得影响孩子的情绪。她让洋洋赶紧找一个面试班，最好找正规的培训中心。找人的事也不要跟任何人说，免得别人说三道四。"

兰枝心里一热：芸儿啊，苏家有你，是我们的福气啊。

文良问："村主任家还去不？"

兰枝说："不去了，咱就听苏芸的。"

7

紫烟阁又开了。

周路远挺高兴："开就开着吧，反正没鱼有虾。"

苏芸皱眉，周路远这辈子也就是小鱼小虾的出息了。老宗不如周路远高大英俊，心比周路远大得多，小鱼小虾之类的事他从来不放在眼里。刚认识老宗的时候，苏芸经常跟周路远说起老宗，下意识想让他学学老宗。周路远不以为然，老宗这么行，那么行，有一样他不行，不会拉二胡。

仔细一想，周路远说得也对，人活在世上，都有自己的长处和短处。

老宗的长处是挣大钱过好日子，周路远的长处是拉二胡让自己高兴，两者好像也没什么高下之分。其实，苏芸也不是看重钱的人，她只不过是想让周路远学一学老宗的宽广，可两人一个豆腐，一个白菜，谁也成不了谁。

道理苏芸是想明白了，可总是在某些时候，无法随着自己的心走。尤其是遇到了困难，周路远和自己都无法解决时，她就会想起老宗，内心深处就会有一个念想：如果周路远也像老宗这么能干就好了。可是，她又非常清楚，这个念想是虚妄的，根本不可能变为现实。这个念想从认识老宗的那一天起，就好像长在了她心里，总是不由自主地冒出来。紫烟阁重新开张，也跟这个念想有关，洋洋的事一来，那个念想就又如影随形了。

老宗一直没有来，也没有任何消息。

苏芸坐在紫烟阁发呆。洋洋的事箭在弦上，射向哪里，她没有方向。

兰枝的电话又打来了："芸儿啊，洋洋如果考上了，就成了吃皇粮的官人。"

苏芸说："我知道。"

兰枝说："芸儿呀，我知道你为难，可嫂子可天下也找不出第二个人了。"

苏芸心里一软："你先别急，我打问一下再说。"

兰枝说："芸儿啊，你就是脑袋拱地也得帮这个忙，谁让你是洋洋的姑，谁让你有这个本事呢。"

兰枝的话里透着自家人的随性随意，却又包含着逼迫的意思，赶鸭子上架似的。这不是兰枝的风格啊，她一向都是四平八稳，不乱阵脚的。苏芸觉得肩上压了一块大石头，她说了一句"你容我好好想想吧"，就挂了电话。

话是这么说了，事却不能等了，火烧眉毛了，马踩着车呢，苏芸不由也急了。兰枝的话是躁了些，却是实情。把苏家的祖宗八代将一遍，除了她苏芸，还真找不出第二个人来办洋洋的事，别说办了，能商量的人都找不出一个来。

苏芸一遍又一遍地翻看着手机。在柳阳认识的人说起来也不少，通讯录里的人有几百个，每一个看着都很熟悉，也都很陌生。翻来翻去，能说一说这事的人也没有几个，而且还不是太确定。仔细一想，也就是在一起吃吃喝喝的关系，而且基本上苏芸都不是主角，一般是老宗请客她作陪，说白了就一陪客的花瓶。其实，连花瓶也算不上，年轻貌美的小三小四才是老宗的花瓶。

苏芸掂量了好久，才跟三个人打了电话，约他们晚上一起吃饭。苏芸没说有什么事，有事不能电话里说，酒至半酣才是最佳时机。

这三个人，一个是县医院的办公室主任，他的关系很广，柳阳各个部门的领导他都熟悉；一个是苏芸的粉丝，南方一个做水暖管件的老板，他也喜欢听戏，苏芸跟他谈得来，是除了老宗之外关系最好的一个朋友了；另一个是人事局姓刘的副局长，是位女性，四十来岁，浓眉大眼，说话干脆利索。苏芸分析了一下，三个人之中，刘局长跟这事最沾边，是饭局中最重要的一个。

电话打了以后，苏芸开始犹豫是不是叫上老宗。这三个人，有两个是通过老宗认识的，他们跟老宗的关系比她要铁。这个饭局如果有老宗出面，只有好处，没有坏处。

苏芸拨出老宗的号码，却无法按下呼叫键。不知道为什么，紫烟阁关了几天，好像把她跟老宗的缘分关住了。

饭局定在晚上六点。还不到五点，办公室主任和南方老板先后打来了电话，他们有了更重要的饭局，都不能参加了。四个人的饭局，少了两个人，太寡淡了，苏芸跟南方老板说："是不是能左右兼顾一下，哪怕来得晚一点，也没有关系。"

南方老板说："饭局中有一个领导要参加，怠慢不得，抱歉，抱歉啊。"

苏芸心里一阵凄凉，这就是城里所谓的圈子，原来这么脆弱，没有了利益往来和吃吃喝喝，一切都是浮云。

刘局长准点到了，一听那两个人不来了，冷笑一声说："这种人我见多了，见风使舵，落井下石，还不是听到了风声，故意避开了。"

苏芸嗅到了一种不同寻常的味道。"见风使舵、落井下石"显然跟她苏芸无关，却又当着她的面说出来，好像又跟她有关似的。这种无关而又有关的话题，敏感而又意味深长，问与不问都有玄机。如果没有洋洋的事，苏芸会选择不问，因为敏感话题往往跟是非紧密相连，远离是非，是苏芸自我保护的一种方式。但这一次苏芸问了，而且问得直截了当。因为她非常清楚，是非对于女人来说，有时候是麻烦，有时候也是拉近关系最有效的手段。

苏芸问："老宗落井了？"

刘局长意味深长地看着她："你真不知道吗？"

苏芸反问："知道还问吗？"

刘局长的口气急切起来："苏芸啊，你说老宗能躲过这一劫吗？"

苏芸有点措手不及。老宗遇到了麻烦，她感觉到了，什么样的麻烦，老宗不说，她不知道，能不能躲过那一劫，更不知道。她只能含糊其词地说："老宗福大命大，肯定能逢凶化吉。"

刘局长舒了一口气："如果真是那样，就太好了。老宗可千万别出事，他一出事，麻烦就大了。"

刘局长脸上的担忧，让苏芸疑惑了。在她的印象中，老宗跟这个刘局长的关系没那么近。老宗跟她说过，这个刘局长表面上看起来单纯，其实挺狡猾的，一门心思向上爬，是个八面玲珑的人物。苏芸以为老宗不喜欢这个人，跟她的交往也只是表面上的应酬，没想到，一个老宗不喜欢的人，竟然这么为他担忧，看来两人的关系并不像老宗嘴上说的那么简单，说不定跟他的小三小四没什么分别，或者还有其他的什么猫腻。苏芸心里冷笑着，嘴上却笑嘻嘻地说："有个大局长为他牵心挂肚，就是躲不过这一劫，他也该'含笑九泉'了吧。"

刘局长似乎意识到了什么，端起酒喝了一口，说："你说得对，老宗福大命大，咱们就不要为他操心了。"

刘局长一句"咱们"就把自己撇清了，担忧老宗的不是她自己，而是"咱们"。

苏芸对"咱们"有点反感，被拉上贼船似的。老宗跟刘局长到底是什么关系，苏芸不清楚，但她跟老宗的关系，跟这个刘局长好像不一样，至于不一样在哪儿，苏芸也想不明白，也许比她要近，也许比她要远。人在屋檐下，不能不低头，反感也不能表露出来，有求于人家呢。苏芸脸上赔着笑，跟刘局长干了一杯酒，岔开了话题，说起了洋洋的事。

刘局长说："这种事，可能，也不可能。"

苏芸听不透刘局长的话是什么意思。

刘局长解释道："咱中国的事，上边的出发点都是好的，一到了下边，都给念歪了。"

苏芸还是一头雾水，她想追问，刘局长却不愿意说了，她打断苏芸的话说："我一个公职人员，这种事只能点到为止。"

苏芸从包里拿出一个小盒子，推到刘局长面前说："前一阵去云南，看到一副玉手镯，挺适合你的。"

刘局长打开盒子，眼睛一亮！

玉手镯色泽温润，透着一股清雅之气，一看就价值不菲。这是老宗送给苏芸的，当时苏芸大着胆子猜了五千，老宗摇头说："少了，少了。"苏芸不想要，老宗硬塞到苏芸手里说："别说贵贱，适合你就行。"苏芸虽然喜欢，却一直没戴，总觉得什么时候要还给老宗，没想到现在派上了用场。

刘局长推辞了一番，收下了。

苏芸心里酸酸的不是滋味，手镯戴在担忧老宗安危的女人手上，也算是"物尽其用"了吧。只是，刘局长的手腕有点粗壮，配不上手镯的清雅。

饭局结束时，刘局长跟苏芸说："这件事就是能办，难度也相当大，如果是老宗，也许能办，不过老宗……"

苏芸点点头："我知道。"

刘局长叹口气："你知道就好，等老宗没事了再说吧。"

8

兰枝按着苏芸的吩咐，给洋洋打电话，让他报面试培训班。

洋洋说："早报了，已经开始培训了。"

文良一听挺高兴，说："这小子别看不言不语的，心里有数。我看咱就别瞎操心了，孩子大了，翅膀硬了，让他自己去飞吧。"

文良的话说得兰枝心里热乎乎的。洋洋最近的表现不错，每句话都说得十分在理儿，好像一下子长大了。当娘的，谁不愿意自己的孩子有出息呢，这是家门的荣光，当娘的荣光啊。兰枝暗下决心，既然孩子这么争气，当爹娘的，就是砸锅卖铁，也要给孩子助把力。

苏芸一直没有回音，兰枝也没有再问，她了解苏芸的脾气，没有谱的事从来不说，一旦说了，就八九不离十了。兰枝最佩服苏芸这一点，说话做事不慌不忙，有一种男人的稳重。兰枝觉得苏芸跟山有些相似，又有所不同。她跟山一样聪明能干，却比山少了一些锋芒，多了一些低调。这一多一少，恰到好处，符合女人的身份，又比山略高一筹，只可惜是个闺女，不然肯定是苏家的头雁。事实上她也早就成了苏家的依靠，尤其是最近几年，已经长成了一棵大树，为苏家挡风遮雨。别人能不能感受到，兰枝不清楚，反正她是感受到了。山刚走的那几年，她的头是不敢抬起来的，总觉得自己低人一等，总觉得背后空荡荡的。现在好了，有这个堂妹在，她的腰杆硬气多了，无论遇到什么事，心里不再那么害怕，反正后面有一个人托着底呢。月亮湾的人，见了乡里的派出所所长大气都不敢出一口，谁有本事搬得动公安局局长？可苏芸一个电话，就让公安局局长发号施令从传销团伙救出了洋洋。这件事传出去以后，月亮湾的人都惊了，整个村子都在议论这件事，就连村主任的态度也变了。原来村主任可从来没正眼瞧过文良，现在见了文良笑容满面的，小年夜还让文良到他家喝了几杯。兰枝心里明镜似的，文良一个外地来的上门女婿，村主任犯不上跟他套近乎，他拉拢的是背后的苏芸。

当然，女人的本事让人佩服，也让人嫉妒。关于苏芸的能量，月亮湾有一些传言，话里话外说苏芸背后靠着一个人。每当兰枝耳东耳西听到这些闲言，就有点心虚。如果苏家的依靠是拿一个女人的身子换来的，那就是耻辱了。可是，每当面对苏芸清澈的眼神，兰枝又觉得这些传言不足为信。

有一次，姑嫂俩说体己话，兰枝试探着说："芸儿，听说柳阳你有一个朋友，挺有本事的。"

苏芸说："是有这么一个人。"

兰枝问："怎么认识的？"

苏芸说："说来话长，那是十年前的事了，家里一袋小米生了虫，我怎么也舍不得扔掉，就拎着去了一个花鸟鱼虫店，想送给他们喂鸟。没想到老板娘不领情，用怀疑的眼光看着我，好像我的小米有毒。我挺生气，抓起一把小米就朝鸟笼子里撒，气呼呼地说：'如果鸟死了，我赔你！'老板娘轻蔑地打量着我说：'你赔得起吗？'这时候，一个人像从地上冒出来似的，跟老板娘说：'她赔不起，我赔！'老板娘的态度立刻变了，低头哈腰地跟我道歉。"

兰枝笑了："听着跟唱戏一样。"

苏芸说："还有更巧的呢。有一天，我从超市下班朝回走，手里拎着一袋小红豆，准备回家熬粥喝。当时不知想什么，反正是在走神，手里拎着的袋子晃荡晃荡的，一下子就晃掉了，袋子破了，小红豆撒了，骨碌碌滚了一地。周围有很多人，都瞅着我笑。我满脸通红，手足无措。这时候，一个人走过来，递给我一个塑料袋，并蹲下来帮我收拾撒落在地上的小红豆。我撑着塑料袋，他用手捧着朝塑料袋里装。等收拾完了，我才看出来，这个人就是在花鸟鱼虫店帮我解围的人，心里怦怦直跳，为啥就这么巧呢？他也认出了我，笑着说：'为啥我手里凑巧就有一个塑料袋呢？'"

兰枝听得入了迷："那人长相如何，比妹夫好看不？"

苏芸摇头："不好看，像块土豆似的。"

兰枝叹口气："这世上的人，哪儿有十全十美的。"

苏芸问兰枝："为什么跟他两次见面，都和粮食有关呢？"

兰枝张口就说："你和他一样，都是从地里长出来的嘛。"

苏芸心里一热，兰枝总是这么聪明，一句话就说中了她的心思。而老宗却做不到这样，这个问题，她也问过老宗。老宗的回答总是跑偏，一会儿说，这是缘分，一会儿又说，命中注定，反正就是隔靴搔痒，点不到疼处。每当这个时候，苏芸就会想，如果老宗跟兰枝一样就好了。看着兰枝温暖的笑脸，她不由动情地说："嫂子，你记着，等哪一天我不在你炕上躺了，就证明是人们传的那样了。"

兰枝急问："为什么？"

苏芸答："怕脏了你的炕。"

兰枝心里一下轻松了，她不由说道："你就是真那样了，也脏不了嫂子的炕。"

苏芸的眼圈红了："有嫂子这句话，我就知足了。"

兰枝一把抓住苏芸的手，心里一阵愧疚，觉得自己的试探太不应该了。苏芸是什么样的人，她比谁都清楚。别看她在外面风风光光八面玲珑，其实她是有原则的。兰枝不止一次听她说过："别听人们瞎嚷嚷，其实我跟你没什么两样，有些地方甚至还不如你，我不过是比别人早出去了几年，又因为唱戏的原因多认识了几个人，这些人跟咱月亮湾的人不一样，根本交不了心，都是浮在面上的，说白了，就是相互应酬，相互利用。不过，我从没给咱苏家抹过黑，什么事该做，什么事不该做，我自有分寸。"

其实，稍微用心想想，这种事情不该想更不该问。如果苏芸真靠了男人，而且是大本事的男人，她的家产应该比现在大得多。还有她跟妹夫的关系，也没那么好了吧。每年正月初三，两人一起回娘家，从坟上烧纸回来，一大家子人坐在一起喝酒聊天，喝到高兴的时候，文良就会喊："苏芸，唱一段！"两口子像是早就准备好了，一个拉二胡，一个唱京戏，琴瑟和谐，鸾凤和鸣。

兰枝比谁都清楚，洋洋面试的事可比传销那件事大多了，如果苏芸真能帮忙办成了，在月亮湾又是一声惊雷，随之而来的也许是更大的绯闻和闲言。所以，尽管兰枝心里着了火一样焦灼，也只能不动声色，静静地等待苏芸的回音。

一晃三天过去了，兰枝沉不住气了，出来进去的，做什么事都心不在焉。文良倒是把心放到了肚里，一副"高高挂起"的样子。兰枝问："文良，孩子的事，咱还问问不？"

文良说："让孩子自己努力吧，说不定真能考上呢。"

兰枝咽下一口气："说不定的事，可不能冒险啊。"

文良想当然地说："本来就是说不定的事啊，考上或者考不上。"

文良就是这么简单，想到了一就不再操心二。兰枝有点难过，如果有山在，哪儿用得着她操心呢。山是走一步看三步的人，他要是能活到文良这个岁数，肯定是苏家，甚至是月亮湾数一数二的人，就是村主任也不一定能比过他，苏家好不容易出个人才，还被老天爷掐了尖儿。

兰枝越想越心疼，疼也无法说出来，连喊疼的地儿都没有，只能自己受着，自己舔自己的伤口。

9

与刘局长吃了一顿饭，苏芸有点灰心。一个人事局的副局长，有职有权，又是内行，还说不好办，她算老几啊。这样的大事，她还是别想了，再想就是不知天高地厚掂不出自己的分量。俗话说，有多大的荷叶包多大的粽子，她也就是一只小蚂蚁，即使粉身碎骨又有多大的能量呢？当然，刘局长也说了，老宗也许能办。但是，能办的前面有个也许，就是不确定，有变数。况且老宗目前的处境，他就是能办，也不好意思开口啊。刀在人家脖子上架着呢，你还找他管闲事，这不是异想天开吗？于情于理也说不过去呀。

想到刘局长对老宗的担忧，苏芸愧疚了，自己只顾着洋洋的事，没有考虑到老宗的安危。听刘局长话里的意思，老宗恐怕是真有了麻烦。到底是什么麻烦呢？苏芸还真想不出。交往十几年了，苏芸对老宗的事知之甚少，两人的话题虚的多，实的少。老宗偶尔提一提生意上的事，也就是三言两语，基本上都是带情绪的话。比如说："最近办了一件事，特漂亮，苏芸，唱一段。"比如说："这几天跟着'大领导'去了一个地方，'大领导'很高兴。"比如说："今天谈了一个项目，不太顺，苏芸，泡绿茶，败败火。"……苏芸就唱一段，泡茶，听他说高兴的话，仅此而已。至于他为什么高兴，跟"大领导"去哪儿了，哪个项目不顺，老宗不多说，苏芸也不问。不知道为什么，苏芸对老宗总有一种奇怪的感觉，说不清是敬畏还是戒备，心里像隔着点什么让她跟老宗走不近。老宗似乎也是同样的感觉，下意识也在防着什么，他们的关系，近在咫尺，又远在天涯。

静下心来一想，老宗不露面已经快一个月了。苏芸有些着急了。老宗一个生意人，一不偷二不抢的，能犯什么事呢？可是，网上经常曝出一些比老宗还大的生意人被抓的消息，这些生意人跟老宗有些相似，好像也是跟"大领导"们有瓜葛。苏芸越想越不安，越想越担心，想到老宗也许从此不再出现，想到老宗温和的面容，想到老宗喊她"傻丫头"的亲切，想到老宗帮她的点点滴滴，想想洋洋这件事的难处和迷茫，苏芸的心里不由一阵难过和不舍，同时还有一种失落和恐惧。这个时候她才发现，老宗已经成了她的依靠，成了她生命中无法割舍的一部分，没有了老宗，她像是一片落叶，只能随风飘零。

苏芸想给老宗打个电话，问一问他好不好，或者告诉他紫烟阁又开了，问他什么时候过来喝茶。总之，只要听见他的声音就行。

苏芸熟练地按出了老宗的号码，却又犹豫起来，想想老宗目前的未知状态，想想打电话可能给老宗惹麻烦，她把电话放下了。过了一会儿，她又想，也就是打个电话，能惹什么事呢？唯一的可能，就是别人误解她跟老宗有男女关系。即使这样，又能如何？管它呢，天塌下来不是天外还有个天吗？反正十几年的交情了，人家落难了，不打个电话问一问，怎么也说不过去。

苏芸横下心来，飞速地按下了拨出键。

手机里传出来："您拨打的电话已关机……"

苏芸的手无力地垂了下来，一种巨大的恐慌弥漫开来，她呆呆地坐在茶室老宗常坐的位置，大脑一片空白，抬头看看对面墙上的那棵大树，碧绿的叶子好像一点一点地变黄了，一片一片地飘落下来。

10

兰枝提前也没打个招呼，就到了柳阳。

苏芸在紫烟阁门口等了二十多分钟，兰枝和文良才到了。两人下了公共汽车，没舍得打出租，坐了辆摩托三轮过来。看着两人手里的大包小包，苏芸心里一酸，埋怨道："来就来吧，带什么东西呢。"

文良说："第一次登门，不能空着手啊。"

兰枝佯装嗔怪道："我说芸儿不是外人，人家不听，跟新女婿去丈人家似的，恨不得把超市都搬进来。"

文良被兰枝说得满脸笑容，苏芸心里也热乎乎的，她喜欢兰枝对文良的态度，什么好都先把他放在前头，什么时候都不揽功，什么话从她嘴里说出来都听着舒服。

三个人扯了一会儿家常话，苏芸就把找刘局长的事一五一十地说了。

兰枝一脸迷茫，文良有些急躁，这到底是能办还是不能办啊？

苏芸本来想说不好办，但是看着兰枝期待的眼神，怎么也说不出口。

兰枝眼里的光一点一点暗了下去，她叹息了一声说："芸儿，你也别太着急了，能办是咱洋洋的命，不能办也是他的命。"

文良也接口："我跟你嫂子啥也不懂，我们都听你的。"

兰枝和文良眼巴巴地看着苏芸，脸上是绝对的依赖和信任。

苏芸一下子觉得肩上有千斤重，心里也左右为难。她说不能办，他们信；她说能办，他们也信。关键的问题是，到底能不能办，她自己也搞不清楚。如果她自己图清净说不能办，万一别人办了，岂不是耽误了孩子一辈子的前程？如果她说能办，让他们心怀希望而自己又没有能力办成，岂不是更让他们煎熬吗？

文良气呼呼地说："如果大家都凭本事考，愿赌服输，咱也甘心。"

这何尝不是苏芸的想法呢，为了给自己和兰枝一个交代，苏芸决定再努力一次，办成办不成先放在一边，关键是先搞清楚到底有没有这种可能。

病急乱投医，苏芸顾不上电话上说事不合适了，她把可能与这种事有关联的人打了个遍，一共有五个人跟这件事沾边，两个人说这种事绝对不能办，三个人说有这种可能性，其中有一个是那个南方老板，说自己去年刚办了一个，托的是人事局刘局长的关系。

苏芸一听，马上就问："花钱了没有？"

南方老板说："你这么聪明的人，这种事还用问吗？"

苏芸笑着说："我不知道深浅，你给交个实底，到底几个数能办？"

南方老板迟疑了一下，才小声说："没有十个八个办不成。"

兰枝和文良的表情像六月的天一样，随着苏芸的电话来回变化，一会儿阴，一会儿晴，等听到南方老板的话时，他们脸上都是灿烂的阳光了，苏芸的心里也燃起了希望的火苗，既然已经有了成功的先例，为什么不拼一次呢？当然十万八万对于兰枝一家来说是一笔巨款，能不能拿出来，愿不愿花，苏芸做不了他们的主。

没想到，兰枝眉头也没皱一下就说："不用考虑了，咱办。"

文良也不假思索地说："为了孩子，砸锅卖铁也办。"

既然两人态度这么坚决，苏芸也有了信心，怕他们有压力，就安慰他们说："十万八万是不少，但是，一旦办成了，最多三年，洋洋就挣回来了。"

兰枝说："你不用开导我，我想得开，办成了就等于洋洋在城里有了地，有了一辈子的饭碗。"

文良也大方地说："尽管放心去办，就是多个一万两万，我也拿得起！"

苏芸感动了，文良一个半路来的继父能做到这份儿上，已经相当仗义了！她这个做堂姑的，更应该全力以赴才对。

苏芸打通了刘局长的电话，说晚上请她喝茶，怕刘局长拒绝，她放了一个烟幕弹，说老宗有消息了。

刘局长还是拒绝了，不过话说得挺实在："茶不喝了，不就是孩子那点事嘛，我倒是有个关系，可以试试。"

苏芸一阵狂喜，连声说："谢谢，谢谢，回头我好好请你。"

刘局长说："请的时候，叫上老宗吧。"

苏芸心里一惊，不由问道："老宗有消息了？"

刘局长笑着说："这句话该我问你呀。"

苏芸的脸一下子涨得通红，她尴尬地张着嘴，说不出话来，她的烟幕弹在刘局长面前变成了笑话。

见苏芸红着脸发愣，兰枝以为事情不顺利，就安慰道："芸儿，别着急，大不了咱不办了。"

苏芸回过神来，把刘局长的话说了。

兰枝像是抓住了救命的稻草，高兴得不知道说什么才好，文良也激动地说："回家我就把那只羊杀了，你给人家送去。"

苏芸说:"不用,八字没一撇呢。"

兰枝说:"没一撇也是人情。"

11

兰枝和文良坐上了回月亮湾的公共汽车。

文良隔着车窗朝外看,嘴一刻也不闲着。一会儿说:"兰枝,你看这座楼,离市场挺近,买东西方便,咱给洋洋买这儿的房吧。"一会儿说:"'未来强者'幼儿园,这名字好,孙子就在这儿上学吧。"一会儿说:"兰枝,等洋洋上班了,咱把亲戚朋友都叫上,到'帝豪大酒店'撮一顿。"……

兰枝知道文良心里高兴,瞎嘚瑟呢,就小声跟他说:"别咋呼了,八字没一撇呢。"文良把嘴凑到兰枝耳边小声说:"我看十拿九稳了,洋洋他姑能量不小,我偷偷数了一下,不到半个钟头,她打了三十多个电话,先不说办事,单说她一个女人家,在柳阳认识这么多人,而且听着都是有头有脸的人物,已经很不简单了。"

兰枝侧过脸看文良,既熟悉又陌生,她第一次发现,原来文良粗中有细,也有心计呢。

文良的屁股一欠一欠的。兰枝说:"屁股底下有蒺藜啊。"文良干脆站起来了,从兜里掏出烟,给车上的男人们发起来,嘴上还说:"老哥今天高兴,请大家抽根烟。"

一个男人问:"老哥,有啥高兴事啊,说出来也让大伙高兴高兴。"

文良笑眯眯地说:"我娃中状元了。"

车上的人都笑了起来。

兰枝哭笑不得,站起来拽文良,不好意思地对大家说:"他喝多了。"

兰枝把文良摁到座位上,气呼呼地说:"五十多岁的人了,咋就没有一点稳当劲呢。"

文良还是笑嘻嘻的，可兰枝却笑不起来，她在发愁钱的事。

回家后，兰枝愁眉苦脸地说："你把大话说下了，钱从哪儿来呀？"

文良扭身朝外走。兰枝忙问："你去哪儿？"

文良说："借钱呗，慢钱没有紧钱有。"

兰枝瞪他一眼："你以为这是盖房娶媳妇啊。"

文良说："这事比娶媳妇盖房还大呢。"

文良虽然说得有道理，但苏芸说了，这事无论如何也不能摆在桌面上。

文良不以为然，撇撇嘴说："现在离了请客送礼办不成事，有啥大不了的啊。"

兰枝说："芸儿不是说了吗，请客送礼的事咱老百姓不怕，她也不怕，怕的是为咱洋洋办事的人，七八万够人家钻监狱了。"

文良抓抓头说："我差点坏事了。不过，不出去借，钱从哪儿来呀？"

兰枝说："芸儿不让咱们到处借钱，说她那儿有。"

文良不同意从苏芸那儿借钱，他说："又不是亲姑，人家能帮忙办事，已经难得了，再从人家那儿拿钱，没有这样的道理。"

兰枝跟文良的想法一样，苏芸一个女人家，在外打拼，挣钱不容易，又不是三千五千，一时半会儿又还不了，人家又不好意思张口要，岂不是天大的亏欠？

两人统一了思想，只在最近最可靠的亲戚中借钱。两人跑了两天两夜，连上家里的积蓄一共才凑了六万。兰枝愁得嘴里起了燎泡，她哭着跟文良说："要不，咱不办了？花这么多钱，以后怎么过啊？"

文良也不咋呼了，一根一根地抽烟，憔悴了许多。

兰枝心疼地说："要不，咱厚着脸皮让芸儿添点？"

文良把烟按灭了："不用，我出趟门，回来钱就有了。"

兰枝问："去哪儿借啊？"

文良说："我的朋友遍天下，你就别管了。"

三天后的晚上，文良回来了，手里提个袋子。他把袋子递给兰枝说："五万，够了吧？"

　　兰枝打开袋子，五摞崭新的百元票子。

　　兰枝惊问："从哪儿弄的？"

　　文良眨巴眨巴眼说："偷的，抢的。"

　　兰枝还想追问，文良说："还没吃饭呢。"

　　兰枝赶紧到厨房，擀了文良最喜欢吃的面条，还炒了一大盘葱花鸡蛋。

　　文良吃了一大碗面，喝了半斤白酒，才心满意足地说："兰枝，上床睡觉。"

　　两人躺在床上，文良一把搂过兰枝，就要做那种事。

　　兰枝想着钱的事，有点不情愿，但还是顺从了。

　　文良的动作跟往常不一样，一下一下，像是发狠似的，很激烈，很暴力，嘴里喃喃说道："老天爷，让我种上吧，种上吧。"

　　兰枝害怕了，拉着灯，看到文良满脸的泪水。

　　兰枝惊呼："文良，怎么啦？"

　　文良抹了一把泪说："兰枝，我把山西老家的房子卖了，那是我的根儿，我的后路啊。"

　　兰枝一下明白了，原来文良卖掉了老家的祖宅，那可是文良念念不忘的地方，他经常跟兰枝说，等洋洋娶了媳妇，不稀罕他们了，他就带着兰枝回老家，那是个有山有水的地方，比月亮湾漂亮多了。

　　兰枝看着文良孩子一样无助的脸，眼泪唰地流了下来，她一把抱住文良，一字一句地说："如果洋洋以后不管你，我拿刀把他杀了！"

　　文良叹口气："现在的世道，亲生的儿子不管爹娘的多了。"

　　兰枝哭着说："你比亲爹还亲！"

　　文良抱住兰枝哽咽着说："兰枝，你可千万不要走在我前头啊。"

　　兰枝含泪说道："文良，你放心，我就是先走了，洋洋如果不孝顺你，我做鬼也饶不了他！"

12

苏芸瞅着兰枝和文良送过来的十块"砖头",心扑腾扑腾地跳个不停。十万啊,对于兰枝和文良来说,是汗珠子、心尖子,是天和地一样长长的岁月。他们等于预支了半辈子的光景,去买一个未知的命运。十万元方方正正地摆在桌上,还不如家里的锅盖大,苏芸看着却像是一座山。尽管兰枝反复说,该花就花,该扔就扔,就是最后办不成了,咱也不后悔。但是,把这么多钱扔出去,苏芸一时不敢决断。

周路远也被吓住了,一改往日的漠然,心急火燎地说:"又不是仁核桃俩枣,不能随便瞎扔啊。多一事不如少一事,把钱退回去!"

苏芸有点不甘心,刘局长已经答应了试试,这个机会千载难逢。

周路远撇嘴说:"试试,说得轻巧,到时候钱花了,事没办成,你怎么收场?"

苏芸也一直为这种可能担忧着。她想横下心来放下,但是,刘局长的"试试"像迷雾中的一丝光亮,就在不远处闪烁着,她总觉得,只要大着胆子赌一把,那束光亮也许就会照耀在兰枝和洋洋的头上。

苏芸心里开了锅一样,焦灼着,翻腾着。

苏芸的手机突然响了起来。看着手机上那一串熟悉的号码,她的心差点跳出来。

老宗不等苏芸说话,就急呼呼地说:"苏芸,你赶紧到元亨公寓来一下,有急事。"

周路远问:"谁呀?"

苏芸说:"老宗。"

周路远眼里一亮:"正瞌睡呢,来了个枕头,你问问老宗,这种事他有经验。"

苏芸看了周路远一眼，犹犹豫豫地说："不想麻烦人家了。"

周路远催道："这是大事，赶紧问吧。"

苏芸迟疑了一下："老宗说有急事，要不，你跟我一块去吧。"

周路远又恢复了以往的淡漠："我就不去了。"

苏芸没有勉强，周路远就是这样，啥事都不愿意操心，一有了依靠他就躲得远远的。

去元亨公寓的路上，苏芸的心情有点复杂。这么长时间不见老宗了，真有点想念呢，不知道他的事儿解决了没有。老宗用的是她熟悉的那个号码，说明可能逃过了那一劫。如果老宗没事了，洋洋的事就更有希望了。有老宗在，那十万块钱就不是山了，变成了一块小坷垃，被老宗一踢，就成了亮堂堂的前程了。老宗早不来、晚不来，偏偏在她左右为难的时候来了，这是洋洋的命运，也是她苏芸的命运啊。这么一想，苏芸就有点怦然心动了，跟老宗认识这么多年，这是第一次有这样的感觉。

元亨公寓是柳阳最高档的一个小区，是老宗开发的一个大项目，据说里面住的不是达官就是显贵。罗马风格的小区大门，几个门岗都是二十出头的小伙子，穿着笔挺的制服，二十四小时轮流值班。小区正中是一个巨大的湖面，波光粼粼，湖边种了金丝垂柳，碧绿的枝条随风摇曳。

苏芸看着一排排气势雄伟的高档别墅，看着别墅上面高高的天，心里突然有了一种义无反顾的悲壮感，好像要去奔赴一个未知的命运，又好像去跟自己的过去诀别。

按下门铃的时候，苏芸心里咚咚直跳，一个荒唐的念头突然冒了出来，如果老宗再坚持，就从了他吧。但是紧接着，一个疑问开始闪现，如果这样了，是为了兰枝和洋洋，还是为了自己？

直到老宗的脸出现在她的面前，她也没有想出答案。

苏芸早就知道老宗富，富到什么程度，她没有一个清晰的概念，走入别墅的一刹那，她的头脑中跳出一句戏词："见宫殿尽是金装玉砌。"

老宗却没有让她参观别墅的意思，一进门就急呼呼地说："你跟我来。"

苏芸跟着老宗上了二楼。一个房间里放着几十箱高档茅台酒，老宗指着茅台酒对苏芸说："你帮着我把这些酒打开，一瓶一瓶倒进厕所的马桶，顺着下水道冲走。"

苏芸惊得说不出话来。她意识到了危险，想扭头就走，却迈不开脚步。老宗的脸像霜打了的茄子，没有一点血色。

苏芸按着老宗的吩咐，把茅台酒搬到卫生间，然后打开箱子，撕开盒子，拧开盖子，倒入马桶，冲走……

苏芸知道，酒是粮食的精华，好几斤粮食才能酿出一斤白酒，眼睁睁看着这些"粮食"被哗啦啦地冲走，苏芸的心像刀扎一样疼。她的眼前闪现着烈日下农人在田里劳作的样子，心里有了一种深深的犯罪感。因为老宗常喝这种酒，苏芸知道价钱，她估算了一下，这些要消失的酒值几十万！那得是多大一垛粮食啊！如果给了兰枝，办洋洋的事还花不清呢。

苏芸实在忍不住了，停下手问："这是谁的酒？"

老宗答："一个领导的。"

苏芸问："这是谁的房子？"

老宗答："这个你不必知道。"

苏芸问："你的事呢？"

老宗答："基本摆平了。"

苏芸问："非得这样吗？"

老宗答："谁拉走都有后患。"

苏芸问："什么后患？"

老宗说："你不懂。"

苏芸不问了，发狠似的，哗啦啦地，倒得很快！

一个多小时，才把酒倒完，箱子、盒子、空瓶子堆了一大片。

老宗把一串钥匙递给苏芸："明天你找个收废品的，分批把这些空瓶子卖了。"

苏芸问："这就不危险了？"

老宗说："当然，酒没有了，就仅仅是废品和垃圾了。"

苏芸接过了钥匙，像是跳进了一个深渊，她第一次发现，原来老宗不仅仅是依靠，也是一张网。老宗用十几年的岁月，已经把她网死了！

苏芸有些懊恼，有些不甘心，她用脚踢了一下地上的瓶子，咬牙切齿地说："这种事为什么不找你的小三小四？"

老宗说："你这个傻丫头啊，在这个世界上，你才是我最信任的人。"

苏芸明明知道老宗说的也许不是实话，心里还是热了一下，她跟老宗说："走，咱们喝茶去！"

13

苏芸和老宗来到紫烟阁。

老宗问："不是关了吗，怎么又开了？"

苏芸本来想说，不舍得。说出口的却是周路远的话："没鱼有虾，开着吧。"

进了茶室，老宗四下看了看，感叹道："恍如隔世啊。"

苏芸坐下来，烧水，泡绿茶。

老宗说："泡红茶吧。"

苏芸抬头看老宗，老宗的脸又黑又黄，好像刚得了一场大病。她心里一酸，给老宗泡了上等的普洱，轻声说："这段时间，吃不好，也睡不好吧？"

老宗说："可不是，真他妈不是人过的日子。"

老宗端起茶，喝了一口说："丫头啊，还是你活得自在。"

苏芸心里说，我也不自在，有大事在头上压着呢。苏芸想说说洋洋的事，但看着老宗疲惫的脸，就张口问："要不唱一段？"

老宗的眼亮了一下，很快又暗淡下来，他把头靠在沙发上，叹口气说："别唱了。"

苏芸看着老宗，既心疼又失落，她发现，他们之间的气场有点不对，她连老宗的心思也猜不对了。她以为老宗该喝绿茶败火，老宗却说喝红茶；她以为老宗愿意听一段，老宗却说别唱了。

老宗眯了一会儿，直起身说："把茶叶店改成咖啡馆吧，现在流行喝这个。"

苏芸瞥了老宗一眼："说得轻巧，多大的投资啊。"

老宗拍拍胸脯："有我呢。"

苏芸心里一暖。她起身到卧室，看着床上扔的绿衣服，犹豫了片刻，换上了一件绿色的羊绒裙子。

苏芸重新坐下来，老宗看着苏芸，眼前一亮！感叹道："苏芸，你是我心中的一片绿荫啊！"

苏芸突然站起来说："咱俩换换地方坐吧。"

老宗好奇地问："为什么呢？"

苏芸说："我想看看你是什么样子。"

老宗笑着站起来，坐到苏芸的位置，下意识地用手遮住脸说："不好意思。"

苏芸让老宗放下手来，盯着老宗看。

老宗端端正正地坐着，明亮的光线照进来，老宗身后的那棵大树焕发着勃勃生机。

老宗问："我在你心里什么样儿呢？"

苏芸说："好大一棵树啊！"

不知道为什么，说完这句话，苏芸的眼圈红了。

老宗忙问："怎么啦？"

苏芸低下头说："没事。"

老宗看着苏芸："傻丫头，有事快说。"

老宗温和的脸上透着关切，苏芸就把洋洋的事一五一十地说了。

老宗皱着眉头说："这事你放下！"

苏芸说："这是孩子一生的大事。"

老宗说："这种事你管不了，现在是什么形势啊。"

老宗的脸上显出一丝慌乱。

苏芸心里一软，老宗刚从麻烦中出来，余悸未消，这件事谈得真不是时候。她给老宗续了一杯茶，打住了这个话题。可兰枝期待的眼神却不时地在她的眼前闪现，她忍不住又说："人事局的刘局长说，她有关系可以试试。"

老宗冷笑一声说："这个女人狡猾得很，她想通过我找一个领导，我一直躲着她，她说帮你也是冲着我来的。"

苏芸说："这两件事好像没关联啊。"

老宗瞪了她一眼："你想得太简单了，这里面水深得很，有些事不跟你说，是在保护你，可惜你不懂。"

苏芸的手机响了起来，是刘局长打过来的。

刘局长说："老宗平安着陆了。你侄子的事，我找了一个关系，已经说好了，你可以去找他，去的时候带盒高档茶叶，具体什么茶，电话上不适合说，咱们见面再谈。"

苏芸挂了电话，长出一口气说："总算是有眉目了。"

老宗恼怒地说："我的话你听不懂吗？"

苏芸愣了，她觉得老宗的恼怒没道理，即使刘局长帮忙真是冲着老宗，也跟她苏芸没关系呀。看着老宗阴沉沉的脸，苏芸既恼火又有一丝的怀疑，她不由冷着脸问："老宗，这么多年了，你说句真心话，这件事真不能办吗？"

老宗叹口气说："如果是前几年，这件事我能办，我就是不能办，还有领导能帮忙。现在的形势，为了一个不相干的外人，我不可能冒这个险。"

老宗说的句句是实话，句句都合理，苏芸听着却冷飕飕的，尤其是那句"不相干的外人"，让她更觉心寒。她瞅着老宗的脸，突然觉得那么陌生，好像从来不曾认识一样。这个时候她才明白，原来老宗真不是她什么人，跟她手机里存的所谓的朋友们没什么两样。

看着老宗若无其事地喝茶，苏芸心里百感交集。十几年的岁月风一样在她的眼前闪过，她拼命地抑制住眼里的泪，静静地看着老宗说："孩子的娘是我这辈子最珍视的人，为了她，我想去试试。"

苏芸站起来，扭身朝外走。

老宗拽住苏芸的手，急急说道："丫头啊，这个世界上，如果连你也不相信我了，还有什么意思呢。"

苏芸回头看着老宗，发现他一下子像是老了十岁。

这个时候，老宗的电话响了，铃声是苏芸的清唱：

……
一霎时
把七情俱已昧尽
参透了酸辛处泪湿衣襟
……

不知为什么，洋洋的事忽地一下远了，苏芸瞅着老宗苍老的面容，眼泪唰地流了下来……

树上的鸟儿成双对

1

尽管早有预料，可事到临头，德顺还是有点蒙。生死攸关的事，德顺想跟人说说。瞌睡当不了死，其实说说也没啥用。可德顺就是想说说，就好比傍黑在喇叭上放黄梅戏，别人听不听是一回事，他愿意放是另一回事。

说给谁呢？德顺想来想去，脑海里倒是钻出两个人来：一个是宝成，一个是小蚊子。按理说，人遇到了过不去的坎儿，最先想起的应是自家的亲人。德顺父母双亡，一人吃饱全家不饿，只有一个本家侄子就是宝成。宝成曾经过继给德顺，只是后来两人闹掰了，宝成一怒之下自立了门户。尽管德顺与宝成早已不相往来，但真有了大事，德顺第一个想到的还是宝成，手机电话本上存的第一个号码也是宝成。德顺盯着宝成的号码，想起宝成的绝情，心底的火开始往上冒，他想关掉手机，却错按了呼叫键。看着屏幕上忽闪忽闪的宝成，德顺叹口气，把手机放在了耳边。手机提示音是空号，看来宝成换了号码却没有告诉他。怎么可能告诉他呢，宝成媳妇瑞枝已经在大街上宣布了，与德顺划清了界限。德顺想起瑞枝那张油腻腻的大脸，心里恨恨地说，宝成这小子，耳根子就是软，弹不了自家的婆娘。小蚊子的电话倒是打通了，小蚊子说他在河南。没容德顺说第二句话，小蚊子就把电话挂了。小蚊子说话不大靠谱，尤其是在电话上，德顺经常见他人在月亮湾，却歪着嘴说在外地。

两个最想说的人都断了线，德顺的心里有点空。他站在医院门口的洋槐树下，左看看，右看看，像是迷路的人在分辨方向。医院门口来来往往的人很多，没有一个面熟的。数伏以后，天一天比一天闷了，空气中弥漫着黏糊糊的潮气。树上的知了扯着嗓子吱吱地叫，叫得德顺心里乱绞绞的。德顺瞅着进进出出的人，每个人的脸都跟这鬼天气一样，阴沉沉的。到这个地方来的人，不是病就是伤，怎么可能有笑容呢？德顺看不到自己的脸，但能想出，肯定跟阉割了的驴一样。想想世界上的人，谁不怕死呢？德顺觉得自己没有吓瘫已经蛮不错了。去年小蚊子偶尔头晕，吓得三天三夜没合眼，生怕得了半身不遂。想想小蚊子的熊样，德顺有了底气，自己好歹也活了五十八岁，比起七老八十的有点亏，比起那些年纪轻轻就走了的可就赚大了。横竖也就一个死，躲也躲不过，干脆就活一天赚一天吧。这么想着，德顺就觉得自己应该四处逛逛，最起码到饭店撮一顿。已经是数着指头过日子的人了，再不抓紧吃点喝点，恐怕以后再也没机会了。

医院东侧有一家面馆，小蚊子请德顺吃过一次，里面的面条现擀现煮，非常筋道。还不到正午，面馆里没有顾客，只有一个中年妇女低头擀面。中年妇女的围裙有点脏，手腕处有一圈面饹馇，脸也油腻腻的。中年妇女见德顺进来，放下擀面杖，在围裙上抹了一把。德顺心里咯噔一下，不等那女人招呼，就急匆匆地出了面馆。

从面馆出来，德顺有点后悔，一个被医生判了死刑的人，还介意什么脏净呢，人家不嫌晦气已经不错了。这事要是让小蚊子知道了，肯定会挖苦他。小蚊子经常挖苦他穷讲究。江山易改本性难移，腻歪也好，讲究也罢，都是娘胎里带来的，想变也变不了。德顺忽然哪儿也不想去了，他生在月亮湾，长在月亮湾，最后还得埋在月亮湾，月亮湾才是他最该去的地方。

德顺上了开往月亮湾的公共汽车，破旧的车厢里弥漫着一股刺鼻的柴油味儿。车上人不多，前后都有空座位。以前德顺喜欢坐前面，尤其是副驾驶的位置，视野开阔，眼前敞亮。这次他却坐在了后面，下意识觉得坐在后面是一种推迟和拖延。

车开动后，后面颠簸得厉害，德顺想换到前面。可一看前面那个座位的邻座是个女人，烫着卷发，乱蓬蓬的像绵羊的尾巴。德顺最看不惯女人烫头发，一看心里就无抓无挠地慌。德顺不想换了，他觉得坐在"羊尾巴"的旁边，还不如颠簸的滋味好受。

公共汽车走走停停，不断地有人上车下车。德顺忽然想，人活在世上，就像这车上的乘客，什么时候上车，在哪个站点下车，都是有定数的。德顺心里一阵轻松：既然自己到站了，那就准备下车吧。

一个穿红裙子的女人上车了，德顺心里一惊！这个女人怎么那么像"那个人"啊。德顺心里像是突然闯进了一只兔子，怦怦乱跳。女人在德顺旁边坐下，德顺赶紧朝里挪了挪。德顺斜眼偷偷瞅女人的脸，越瞅心里越慌乱。女人圆圆的脸，大眼睛，双眉弯弯，似笑非笑，除了年龄不符，简直跟"那个人"一模一样！

德顺很想跟小蚊子打个电话，告诉小蚊子他看到了"那个人"——不是，是看到了跟"那个人"一样一样的人。车又颠簸起来，女人的头一仰一仰的。德顺不由担心起来，很怕车突然一停，磕碰着她。德顺站了起来，要跟女人换座位，让女人坐在里面。女人冲德顺微微一笑，德顺眼前顿时一片明媚，觉得女人更像"那个人"了。

女人要下车了，德顺站起来给女人腾位置，动作磨磨蹭蹭，一副很不情愿的样子。女人侧身从德顺身边走过，动作轻盈灵活。

德顺眼巴巴地瞅着女人的背影，心里万般不舍，恨不得跟着下去。隔着车窗，德顺看到女人像一簇火焰在跳，越来越远，越来越小了。

德顺心里的火焰一点一点着起来了——临走一定要把"那个人"带上！

2

宝成爹会一手烧砖窑的手艺，钱挣得不少，却都填了外面女人的野坑。自家的老婆孩子住着鸡窝一样的房子，却帮衬着别人家的老婆孩子盖了好几处新房，娶了好几房媳妇。

男人年轻时血性旺，偶尔犯点花事也算正常，划拉划拉哪个村没有几段风流韵事？况且男人大都懂得取舍，一般都是要上几年就收心了，回家跟老婆孩子踏踏实实过起了日子。那些痴情的女人，遇到这样的事情，往往能沉得住气，她们像是宽容的母亲在等候贪玩的孩子，耐心地数着日子，熬着岁月。也许一两年，也许四五年，也许时间更久一点，总之，只要她们有足够的耐心，总能守得云开见月明。

宝成娘守了一辈子也没有等回那个负心男人。宝成爹到了知天命的年纪，不但没有回心，反而跟着一个唱戏的女人跑了，从此活不见人，死不见尸。

儿女姻缘，一看人，二看财，三看门风。宝成爹臭名远扬，宝成姐姐在本村连个好婆家也寻不下，只好嫁到了遥远的山西。宝成长得跟他爹就像一个模子里刻出来的，谁家姑娘敢冒这个险？谁家姑娘不怕走宝成娘的老路？光景不强门风不好，甭说本村的姑娘了，就是十里八乡的，只要一打问，亲事就黄了。

眼看着比自己小的人都当上了爹，宝成着了急。宝成娘也愁得吃不下饭，睡不好觉，娘儿俩经常大眼瞪小眼唉声叹气。说媳妇这种事不是着急就能解决的，你就是急破了脑袋，媳妇也不会从天上掉下来。为了给宝成成个家，宝成娘甚至动了让女儿离婚给儿子换亲的念头。五尺高的汉子牺牲姐姐的婚姻成全自己，还不如杀了自己好受呢。宝成跟娘发了一通火，夹起一个草席到村南的河堤上躺了一天。

宝成从河堤上回来，一个点子已经成竹在胸了——那就是，改换门风过继成别人家的儿子。宝成反复想过了，给外姓当儿子得改名换姓，也不现实。现在的人都不傻，半路多出的儿子不一定靠得住。再就是目的性太明显，为了娶个媳妇，改名换姓会被人耻笑，一辈子在村里抬不起头来。月亮湾没有比德顺更合适的人选了：单身一个，无儿无女，又是宝成的本家叔叔，从辈分上跟宝成爹一个级别，过继给德顺顺理成章，天衣无缝。

宝成被自己这个想法搞得很激动，但他不敢跟娘提，怕娘伤心，只好拐弯抹角地提德顺。宝成娘的心像窗户纸，宝成把话一描，娘就领会了儿子的意思。娘说，德顺比宝成爹强百倍，名声光景在村里都不错，宝成跟了德顺就等于媳妇上了半块炕。宝成跟了德顺，两股家产一股承，甭说德顺手里的积蓄了，单凭德顺那处宽宅大院就能给宝成晃个媳妇。

结干亲、认亲家、收养过继这类事一般都找个中间人。宝成娘说，这种事终归不体面，由她出面比较好，当娘的为了儿子，磕头作揖都不算丢人。

月亮湾的人都知道德顺是个腻歪人，没想到这事德顺答应得挺痛快，宝成娘去了一次就说成了，三天后就召集乡邻喝了认亲酒。

宝成过继给德顺不到仨月，就有点后悔了。人都说，不是一家人，不进一家门。可宝成进了德顺的门，却与德顺融不成一家人。

宝成心眼活，说话做事喜欢揣摩别人的心思，很容易与人打成一片。德顺心眼实，认死理，笼络不住人心。村里红白喜事随礼，宝成认为自己和德顺成了一家，他随了，德顺就不必再随了，礼尚往来人家也只回一份。德顺认为，乡里乡亲抬头不见低头见的，他不随礼面子上不好看。德顺这样搞得宝成很被动，不随吧，自己岁数还小，别人会认为他看不开事，有损他在村里的声誉；随吧，明摆着是吃亏。

宝成也看不惯德顺的矫情。一个大男人，每天像女人一样换两套衣服。到建筑工地干活换上工作服，下班回家穿得跟国家干部一样。庄稼人吃饭，如果家里没客来，一口锅，几个碗，怎么省事怎么来，吃饱了就行。德顺别看是个光棍，吃饭的程序搞得挺复杂，饭菜必须上桌，即使一把花生豆，一根老黄瓜，也得用盘装了。还有晚上睡觉，庄稼人谁不是把鞋一脱抬脚上炕呀。德顺晚上脱下来的鞋要放在固定的地方，而且还要并排着站队。有时候宝成忘了，德顺就会嘟嘟囔囔，弄得宝成哭笑不得。

出门打工，宝成是谁出的工钱高，他就跟谁干，老板让怎么干他就怎么干。德顺干活不说工钱高低，只要跟老板对脾气了，就跟着干，不对脾气了，就拍屁股走人。现在的老板，讲究的是速度和效益，德顺却坚持慢工出细活。装修贴地板砖，别的工人一天贴三十块，德顺连二十块也贴不了。有一家房主埋怨德顺干活磨蹭，德顺找来一根铝合金横杠在地板上划，让房主仔细听。德顺贴的地板砖，无论朝哪个方向划，发出的声音都是一致的。德顺再用横杠在别人贴得地板上划，磕磕绊绊的，声音不一致。德顺跟房主解释说，不是贴得不平整就是下面空，所以发出的声音不一致。房主彻底服了德顺，坚持要其他人返工。德顺虽然证明了自己干活的水平，却把老板和一块干活的工人都得罪了。宝成劝他，干活不随主，纯粹二百五，你睁一只眼闭一只眼大家都欢喜。德顺梗着脖子跟宝成嚷，干活要实在，做人要厚道。

尤其让宝成受不了的是，只要一有空闲，德顺就跟宝成显摆自己的房子。德顺说，房子是他三十岁的时候盖的，整整一年才盖起。一个大工没找，只找了一个小工和泥搬砖。一砖一瓦都是他自己垒起来的，黄土掺着白沙，最后用水泥勾的砖缝。房顶的檩条，都是上尺子量了的，两头一般粗。椽子也都是四面见线，每一根都上刨子推出了光面。为了找到好芦苇，他一连赶了五趟集。这么多年过去了，房顶的芦苇没一根烂的。

德顺的房子当时在月亮湾村算是好房子，可现在早就过时了。宝成忍不住跟他抬杠，让他跟小臭子的房子比，德顺绕过来绕过去，还是说自己房子的好。德顺经常扬扬得意地对宝成说："不是我吹，这房子再住五十年一点问题都没有。"

什么事都有个磨合期，磨合期一过，也就顺了。宝成慢慢习惯了德顺的脾气秉性，虽然有些事看着不顺眼，但也就睁一只眼闭一只眼了。

庄稼人过日子，没别的窍门，只要肯出力，日子就能过得好。宝成身强力壮，干活舍得下力气。德顺一年四季也不闲着。两个壮劳力打工挣钱，家里的光景一天比一天瓷实。

有了梧桐树，不愁招不来金凤凰。很快就有媒人登门了。

3

德顺从医院回来，直接就去找小蚊子。

小蚊子这次没说谎，家里只有他老婆一个人。小蚊子的老婆模样不丑，就是有点缺心眼，吃凉不管酸，小蚊子每天到哪儿做什么她从来不管不问。德顺经常笑话小蚊子，娶这样的老婆纯粹是聋子的耳朵——摆设。小蚊子嬉笑着说："有总比没有强，反正晚上有个配套的。"德顺哼了一声："宁吃仙桃一口，不吃烂杏一筐。"小蚊子说："有肉谁吃豆腐，要是爹娘给咱一副好皮囊，就凭咱这本事，还不娶个七仙女回来？"

小蚊子这话说得虽有点夸张，却有一半是实情。小蚊子长得像个小老鼠似的不起眼，可嘴皮子好使，死人能被他说活，活人能被他说死，是月亮湾有名的呱呱雀。小蚊子没有什么正经职业，东一榔头西一棒槌的，经常有陌生人来月亮湾找小蚊子要债。每年一到腊月，小蚊子就不见了踪影。正月里人们见到小蚊子，问他到哪儿去了，他装出无奈的样子说："别提了，在外面要账，外面欠我的钱老多了，都要回来，在月亮湾能盖一处别墅。"

小蚊子的话，人们这个耳朵听，那个耳朵跑，没人愿意跟他打交道，怕一不留神，被他忽悠了。月亮湾被他忽悠的人不少，其中吃亏最大的是德顺。几年前，小蚊子给德顺领回来一个外地媳妇，四十岁上下，模样俊美，双目有神。明眼人一看就是个"鹰"，德顺却鬼迷了心窍，给了小蚊子一万，拿着小蚊子不知从哪儿弄来的结婚证四处炫耀。他粉刷了房子，找了一群妇女做被褥，杀了一头三百斤的大肥猪，演了两场戏，大张旗鼓地把女人娶进了门，结果新媳妇跟了德顺七天就飞走了。

七天被骗了一万，村里人都为德顺抱不平，都说新媳妇是小蚊子放的鹰，都骂小蚊子丧尽天良。宝成抄起铁锹，先把小蚊子家的锅砸了，然后逼着小蚊子退钱。小蚊子喊冤叫屈，说女人是他在县城的婚介所找的，事先也经过了德顺的同意。宝成骂小蚊子放屁！小蚊子喊叫着让德顺过来对质。

两人吵得不可开交的时候，德顺过来了，人们都为小蚊子捏了一把汗。德顺看了看宝成，宝成用目光为他打气，德顺又看了一眼小蚊子，小蚊子鼻涕眼泪一脸委屈。德顺回头对围观的乡亲们说："这事算个屁，一万元就当是死了一头牛！"

德顺的话把乡亲们逗乐了。有人说德顺这句话说得高明，否定了宝成，蔑视了小蚊子，更恶心了那个跑了的女人，她只不过是德顺买回的一头牛！

其实，在德顺的内心，对小蚊子也有点不满，一万元毕竟不是个小数目，是他的血汗钱。但是他的不满终归不是那么理直气壮，小蚊子办这件事之前，征得了德顺的同意，小蚊子只不过在他的面前多说了几句女人的好而已。

女人跑了以后，德顺也怨过恨过，但德顺无论怎么想，都觉得自己如果真的被骗了也是心甘情愿，与小蚊子没有多大关系，小蚊子充其量算是个媒人。德顺更介意的是，他给小蚊子的那一万都给了谁，女人到底得了多少？女人虽然只跟了他七天，可不知为什么，从德顺的内心深处，已经把她当成自己的婆娘了。

小蚊子指天发誓说他没得一分，一万元全给了县城的中介所，至于中介所分给女人多少他不知道。小蚊子还慷慨激昂地说，如果德顺咽不下这口恶气，他愿意陪着德顺去找这个女骗子，依着他小蚊子的人脉关系，她就是飞上天，也能把她抓下来。

小蚊子的大话说得好，但德顺跟着他跑了俩月，连一个人影也没找见，倒是又贴进去了两千多。

找不见女人，小蚊子带着德顺去找中介所闹事，可那个中介所早已人去楼空。小蚊子一边大骂中介所丧尽天良，一边为德顺找平衡。小蚊子问德顺："睡了女人没有？"小蚊子一问这个，德顺就脸红脖子粗的。小蚊子一看，就知道德顺得手了，于是他就振振有词地说："既然得手了也算不亏了，就当是找了高价小姐吧。"德顺恼了，怎么能把这事跟找小姐扯在一起呢，他德顺可是顶天立地的大男人，从来没干过偷鸡摸狗的事。

正如小蚊子所料，德顺的确是得手了，而且还不是一次，可他行的是堂堂正正的夫妻之事。那七天之中不是一般地好，是相当相当地好。女人很温柔，一举一动，一颦一笑，都是情意。这样的好怎么可以说出来呢，说出来糟践了女人也糟践了自己。这是德顺的秘密，也是德顺的幸福，虽然只有七天，但足够德顺回味一辈子。

小蚊子一听德顺提女人就挖苦他，骂他没出息，逮到个母猪也成七仙女了。小蚊子愿意听德顺骂女人，总嫌德顺骂得不解气，似乎不这样就无法洗脱他的嫌疑。其实小蚊子越这样，越让德顺觉得此地无银三百两，只是德顺不愿意再深究，与女人的好比起来，小蚊子的那点疑问算什么呢。当然有时候他也顺着小蚊子骂几句，但他骂得轻描淡写，一点也没有气势。每当德顺想起那七天的好，就对女人没了怨恨，对小蚊子反而有了一种感激。

德顺跟小蚊子打了好几次电话，小蚊子都说回不来。德顺发起了火，小蚊子有点摸不着头脑，问："有啥天大的事呀？"德顺冲着电话吼："我得了送死的病了，你看着办吧！"小蚊子赶紧问："顺哥，说啥呢？"德顺啪地把电话挂了，任小蚊子再怎么打，他都不接了。

小蚊子的电话停了以后，德顺心里空落落的，觉得刚才发火有点不应该。人家小蚊子又不是自己什么人，回来是情分，不回来是本分，自己有什么理由指派他。德顺想跟小蚊子回电话，拿起手机又觉得没必要，两人交往又不是一天两天了，德顺什么样的脾气小蚊子又不是不知道。德顺在小蚊子这儿好像有特权，想说什么就说什么，即使说得不对，小蚊子也不计较。两人也有抬杠红脸的时候，可不出三天，小蚊子就憋不住了，主动跟德顺说了话。每次两人和好，小蚊子都唉声叹气地说："顺哥，我算是拿你没办法，一物降一物，卤水点豆腐，你就是我的克星啊。"每次听到小蚊子这么说，德顺心里都美滋滋的，很有成就感。

　　果然，不到半天时间，小蚊子就现身月亮湾了。德顺一见小蚊子的面，眼圈就红了。小蚊子连忙说："顺哥，这不回来了嘛！一听你有事，我参翅就飞回来了。"德顺心里一热！觉得整个月亮湾就小蚊子跟他近，像他的亲人。

　　小蚊子眨巴着小眼在德顺的脸上扫来扫去，德顺的脸上挂着一层霜。小蚊子拽条板凳坐在德顺旁边："顺哥，到底咋回事？"

　　"我到医院检查了，肝上长个瘤子。"德顺的眼圈红了。

　　小蚊子急问："检查结果呢？"

　　德顺说："扔了。"

　　小蚊子说："顺哥，人吃五谷杂粮，哪有不得病的。现在科技这么发达，换心换肝都能做，长个瘤子算个屁！我听说东北一家医院专门拉瘤子。"

　　德顺打断了小蚊子的话："看病的事以后再说，现在有一件更重要的事想让你办。"

　　小蚊子赶紧说："顺哥，你就是要天上的星星，我也想法给你摘下来。"

　　德顺的心一热，眼忽地潮了。他起身给小蚊子沏了一杯菊花茶，雪白的菊花在水里轻轻摇晃。德顺叹口气说："小蚊子，我找你没别的意思，就是想让你划拉划拉，看看周围有没有合适的女人。哥是有日子的人了，到了那边不能再孤单了。"

小蚊子有点蒙。按说人到了这般田地，早就万念俱灰了，没想到德顺还有这样的心思。

见小蚊子不答话，德顺有点急："小蚊子，说话呀。"小蚊子只好敷衍说："中，中，想找个啥样的？"

德顺跟小蚊子讲了在公共汽车上见到的"那个人"。小蚊子有点糊涂："你的意思是让我去找车上那个女人？"

德顺摇摇头。"不是，跟'那个人'差不多就行，岁数别太小了，最好是圆圆的脸，大眼睛……德顺说着说着，脸突然红了。只要能找到，我肯定好好待人家，装裹买最好的，寿材用松木的，迎娶的仪式也按咱月亮湾的规程办。"

小蚊子终于听明白了，原来德顺是想结一门阴婚。小蚊子连连摇头。德顺的想法太荒唐了！阴婚是什么？是死人与死人的联姻。德顺是得了绝症，但还活着，活人娶个死媳妇，这在月亮湾的前前后后再前前后后，是绝无仅有的事。

小蚊子以为德顺尝到了女人的滋味，想媳妇入了迷，就笑着问德顺："顺哥，手里有多少钱？能从村东铺到村西不？"

德顺也笑着答："村西铺不到，铺到十字街没问题，当然得换成一毛一毛的碎票。"

小蚊子一拍大腿："那就成了，跟我走！我让你过过媳妇的瘾！"

德顺明白，小蚊子是要带他去娱乐场所。小蚊子以前也说过这样的话，德顺也动摇过，有一次还跟着小蚊子去了县城，可他一闻美容院的脂粉味就恶心，扭头就出来了。小蚊子总拿这件事笑话他。自己到了这般境地，小蚊子还拿这个取笑他，德顺有点难过。"小蚊子，别看咱哥俩这么好，你还是不了解我……"说着说着，德顺的眼窝湿了。

小蚊子赶紧解释："哥呀，你就想开点吧，这么大岁数了，还结什么阴婚呢。城里的女人多的是，胖的瘦的，丑的俊的，只要你愿意，天天娶媳妇，夜夜当新郎。"

德顺噌地站起来，气呼呼地说："小蚊子，别说了！"

小蚊子瞅了德顺一会儿，叹口气问道："顺哥，真想结门阴婚？"

德顺点点头。

小蚊子把胳膊一挥："既然你真想结，兄弟就帮你办。可咱丑话说在前头，你家宝成同意不？"

德顺把眼一瞪："这事跟他无关！"

4

宝成过继给德顺后，也犯了跟德顺一样的毛病，东挑西拣亲事总也定不下来。

人们都觉得纳闷，宝成不是个腻歪人啊，莫非被德顺传染了？其实，宝成不是腻歪，而是心里早就有了人，那个人是房子后面赵家的闺女瑞枝。

瑞枝是德顺看着长大的，说话像开机关枪，开步就跑，没一点稳当劲儿。瑞枝年纪不大，却经常东家长西家短的念是非。尤其让德顺看不惯的是，瑞枝处事比较虚。

有年夏天雨水多，赵家的猪窝塌了，找德顺攒忙垒猪窝。小蚊子不请自来，搬砖和泥打下手。攒忙是人情，晚上要酒菜招待。赵家没有儿子，只有瑞枝一个姑娘，瑞枝娘几年前去世了，饭菜自然是瑞枝张罗。那天晚上，赵家的菜数量不少，八个盘，摆满了桌子，名字也好听：芹菜炒肉、萝卜炒肉、豆角炒肉、尖椒炒肉、干菜炒肉、大葱炒肉、蘑菇炒肉、胡萝卜炒肉。可仔细一看盘里的素荤搭配，只有菜尖上趴着几片肉。德顺用筷子扒拉着盘里的菜，如坐针毡。抬脚走了吧，好像在争吃争喝，不走吧，实在难受！并不是德顺没吃过肉，而是觉得赵家这样招待是在小看他。瑞枝爹是个实在人，觉得这样的菜实在说不过去，一脸尴尬地赔着笑脸。为了找回点面子，瑞枝爹拿出了两瓶瓷瓶装的老白干，比别人家高了好几个档次。

小蚊子心眼多，偷偷到厨房转了一圈儿，看到案板上还放着有半斤肉。也就是说，瑞枝用半斤肉炒了八个盘。小蚊子回到桌上，暗暗给德顺使眼色，两人不吃菜，光喝酒，一根烟的工夫，一瓶酒就见底了。那天晚上，德顺和小蚊子喝了赵家两瓶老白干，仔细算账，赵家也没省了。

小蚊子的嘴，比风还快。第二天，月亮湾就流传开了："瑞枝的菜——半斤肉，八个盘。"村里人再说到谁不实在，就不直接说了，而是说谁谁就是瑞枝的菜。

德顺觉得小蚊子这样宣传一个姑娘不厚道，毕竟他俩喝了人家两瓶老白干。可德顺再怪罪，小蚊子话说出去了，也收不回来了。于是，德顺见了瑞枝爹就有点不好意思。

瑞枝听说小蚊子这样宣传她，堵着小蚊子家门口大骂了一场，引来一街筒子人围观。一个没结婚的姑娘，像泼妇一样骂人，怎么说也不是一件光彩事。瑞枝爹费了好大劲，才把瑞枝拖回去。

瑞枝的举动让德顺心里的那点内疚一下消失了，对瑞枝的厌恶又增加了几分。他心里恨恨地说，哪个男人娶了她，倒了八辈子血霉！

德顺做梦也没有想到，这个倒了八辈子血霉的男人竟然是他的侄子宝成！德顺知道宝成跟瑞枝处对象后，三天三宿没让宝成睡觉，磨破了嘴皮也没让宝成回了心。德顺说，瑞枝模样一般般。宝成说，模样不能当饭吃，好看的女人是非多。德顺说，瑞枝是个电驴子，饭都做不熟。宝成说，生的营养高，他的胃口好，不怕。德顺说，瑞枝心眼多，不实在。宝成说，心眼多不会被人骗。德顺给宝成讲"半斤肉八个盘"。宝成说，这样的女人会打算，娶了她光景只会朝上走，不会向下溜。德顺说一，宝成答三，理由比德顺还充分。宝成说，瑞枝是个独生女，娶了她就等于多了一份家产。瑞枝家就在咱家后面，将来可以翻盖成前后院。宝成的话德顺听了很反感，觉得宝成过继给他的目的并不单纯，好像也是在谋他的家产。德顺对宝成冷冷说道："你想得太长远了吧，你是娶媳妇还是娶房子？"宝成赶紧改口说："我当然是娶媳妇了，赵家家族大，瑞枝爷爷死的时候九辆大车，咱家家族小，娶了她就等于在村里有了靠山。"

宝成的话德顺越听越不顺耳。宝成年纪不大，鬼心眼倒是不少，娶媳妇还想着寻靠山，太势利了！既然宝成跟了他，他就是宝成的爹，他就有义务管教他。德顺忍下火开导宝成，人生在世，靠天靠地不如靠自己，只要咱行得正，坐得端，就没人敢小瞧。媳妇婆来是要过一辈子的，人好才能过得顺心如意。

宝成不以为然，觉得德顺只是嘴上的功夫。如果他现实点，也不至于打一辈子光棍。宝成说："叔，我可不想跟你一样，我的想法很实际，找个女人，生俩孩子，安安生生过日子。"

宝成这样说，等于揭德顺的短了。德顺的脸火辣辣的，张口想骂宝成几句，宝成却扭身走了。德顺又急又气又委屈，觉得宝成到底不是亲生儿子，根本没拿他这个爹当回事。看着宝成的背影，德顺恨恨说道："你小子就是找个蛤蟆绿豆回来，老子也不管了！"

德顺在气头上说狠话，真正事到眼前他还是放不下，眼看着宝成跟瑞枝越来越黏糊，德顺又着了急。德顺想，宝成岁数再大，没成家之前在他跟前还算是个孩子。婚姻是人生大事，关系着一辈子的幸福，他不替宝成把好关，就是失职，就对不起祖宗。什么叫远？什么叫近？整个月亮湾村，除了宝成那个没影儿的爹，还有谁比他跟宝成近？如果没有家族血缘，如果不是这个远近，他吃饱了撑的过继个儿子给自己惹气生。

宝成一点也没有回头的迹象，除了吃饭干活，整天长在了瑞枝家。眼看着两人好得如胶似漆，德顺只好去找宝成娘。

宝成娘叹口气说："咱家的男人啊，一个比一个死性，哪个也不让我省心。"

宝成娘这句话德顺听着耳熟，娘活着的时候也经常这样说，德顺心里热乎乎的，觉得宝成娘肯定站在他这边。没想到，宝成娘转口又说："世上没有十全十美的姻缘，都是凑合着过。"

德顺心里酸酸的不是滋味，他气呼呼地说："你窝窝囊囊过了一辈子，舒心吗？"

宝成娘眼圈红了："我也知道瑞枝不像咱家的女人，可宝成这么大了，万一他跟你一样，张罗不下媳妇，不埋怨我这个当娘的吗？"

德顺听出来了，宝成娘是在堵他的嘴。德顺二十郎当岁的时候，正是说亲的好年纪，德顺娘挑挑拣拣，比德顺还细致。宝成娘一直认为，德顺没成个家，也不沾他娘的光。听宝成娘这么说，德顺心里很不舒服，他皱起眉头，斜了宝成娘一眼说："我可从来没有埋怨过娘，我的亲事跟娘一毛钱关系都没有，如果真遇到可心的女人，娘可做不了我的主。"

宝成娘的脸上挂不住了，她淡淡一笑说："你娘做不了你的主，俺就能做得了宝成的主？"

德顺无话可说了。瑞枝不好，可宝成觉得可心，宝成娘确实做不了宝成的主。道理德顺是想明白了，可宝成娘的态度，让德顺有点凉心，有一种热脸贴了冷屁股的感觉。皇上不急太监急，既然人家亲娘都这么说了，他这个过继的"爹"，何必操这个闲心呢，干脆就做个甩手掌柜，让人家娘俩看着折腾吧。再退一步说，即使宝成娶了瑞枝过不好，也怨不得他德顺，反正月亮湾的人都知道，他与宝成的关系，也就是个名分，就像腿肚子上扎刀子，离心远着呢。

宝成知道德顺的犟脾气，说服他比登天还难，干脆一不做二不休，把生米做成了熟饭。瑞枝的肚子里有了宝成的骨肉，德顺也只能妥协了。

本来德顺打算把房子翻盖了，再给宝成娶媳妇，由于对宝成有了成见，德顺就取消了盖房的计划，把旧房装修了一下，就把瑞枝娶进了门。从此，宝成对德顺有了芥蒂，觉得自己到底不是亲生儿子，德顺舍不得花钱给他盖新房。

瑞枝结婚后，由于记着德顺的恨，一点也不给德顺好脸色，经常找碴儿跟德顺拌嘴，抓空就朝宝成的耳朵里灌输德顺的不是，搞得宝成对德顺也很不满意。

德顺认为宝成耳根子软，怕老婆，对宝成也很失望，觉得老了也指望不上他，开始后悔把宝成过继过来，几次去找宝成娘，想让宝成回到他娘那边，但一看到宝成娘那张苦凄的脸，就张不开口了。

宝成和德顺虽然住在一起过日子，其实心已经远了。

5

德顺从二十来岁开始说亲，相看的对象足足有一个加强连，都是他挑三拣四腻腻歪歪错过了机会。

德顺二十六岁的时候，娘去世了。临终前，把德顺的婚事托付给了宝成娘，求她务必给德顺说个媳妇。宝成娘给德顺说的媳妇也不少，德顺一个也没看上。眼看着德顺快三十了，宝成娘着了急，咬牙保媒说娘家的堂妹。堂妹人是人个是个，可以说是百里挑一。见面那天，半道街的人出来看，都说这次只要人家姑娘愿意，德顺肯定没的说。果然，一见面德顺就相中了，宝成娘以为这个媒人酒她是喝上了。没想到，两人赶了一趟集，回来就散伙了，还是德顺先提出来的。宝成娘质问德顺："人家姑娘哪儿配不上你？"德顺说："姑娘第一眼看着漂亮，一接触就觉得不顺眼了。"德顺的理由把宝成娘气得三天没吃饭，她觉得德顺纯粹是胡说八道，姑娘又不是孙悟空，怎么可能今儿好看明儿就丑了。宝成娘拉卜脸来，冷冷说道："德顺，你要是不愿意就明说，不要拿着不是当理儿说。"德顺还是那句话，就是越看越不顺眼。宝成娘二话没说，连明彻夜继续保媒，把堂妹说给了本村另一户人家。结婚那天，宝成娘为了赌气，故意让花轿在德顺门口停下，一口气吹了半个钟头的唢呐。

宝成娘的堂妹嫁过来后，生了一儿一女，日子过得跟红灯似的。时间久了，宝成娘的怨气也消了。有一次，宝成娘的堂妹在大街上领着俩孩子玩耍，正好德顺出来了，宝成娘指着堂妹和孩子偷偷问德顺："兄弟，眼气不？"德顺点头说："眼气。"宝成娘又问："后悔不？"德顺摇头说："不后悔。"宝成娘心里的火腾地又上来了，她觉得德顺没说实话，从此再也没有给德顺说过媒。

后来小臭子娘也走了宝成娘的老路，而且比宝成娘上的火还要大。那个时候德顺已经三十多了，媒人已经很少登门了。小臭子娘把娘家侄女说给德顺，比德顺小七八岁，模样不丑，配德顺绰绰有余。也许是岁数大了，德顺没了底气，亲事很快就成了，娶亲的日子也定下来了。月亮湾的人都以为，这一次德顺娶媳妇的饸饹是吃上了。可是万万没想到，临到结婚的前一天，又出了岔子，女方突然提出要一台缝纫机，不然明天不上轿。事到临头突然加码，的确是不厚道。可日子定了，彩礼给了，猪羊杀了，食箩也准备好了，亲戚朋友也发了喜帖，院子里的大小灶也点着了火，一点回旋的余地也没有了，就像羊儿钻了套，除了等着挨宰没别的选择。

结婚盖房是人生大事，乡邻们争着给德顺凑钱。德顺说，一台缝纫机的钱他有。当家的赶紧安排人去买。没想到德顺拦住了，他说："这个媳妇我不娶了！"德顺的话把一院子的人都震愣了。人们都了解德顺的脾气，说出的话轻易不改。可现在是什么情况？绝对不是赌气要愣的时候。大家都劝德顺千万不要意气用事，亲事黄了损失的不是女方而是德顺，钱财就不用说了，传出去十里八乡都是一件丢人的事。当家的甚至说，缝纫机的钱他出了。宝成娘把德顺拉到一边劝，因为是本家嫂子，因为事情紧迫，宝成娘的话说得也不客气："兄弟，抖劲儿也要看时候，你不是二十郎当岁的小伙子了，要掂量好自己的分量，就凭你现在的条件，能说上媳妇算是巧摸了，过了这个村可就没这个店了。"宝成娘话说得够到位了，人们觉得德顺该答应了，可是德顺反而更上劲儿了，他郑重其事地对宝成娘说："嫂子，这可不是一台缝纫机的事，跟这样的人过一辈子，她愿意我还不愿意呢。"德顺这般拧劲儿，宝成娘无可奈何又哭笑不得，她认为没必要跟德顺再废话，他脑瓜子糊涂了自己可不能不清楚，宝成娘决定摆出嫂子的架子硬做主，先凑钱把媳妇娶回来再说。宝成娘作为一个远房嫂子，这样做也算是尽了全力，谁知德顺一点也不领情，气呼呼地跟宝成娘嚷嚷："要娶你娶，反正我不娶了！"管事的人见德顺不说正经话，抬脚走了。乡邻们也觉得德顺太过分，也都散了。

为了一台缝纫机，媳妇没娶成，损失了钱财，得罪了乡亲，跟小臭子娘成了仇人，鸡飞蛋打一场空，德顺在十里八乡出了名。原来人们以为德顺就是腻歪点，经过这两次黄了的婚事，都认为德顺脑袋瓜子不清楚，堂里不亮。从此以后，再也没有媒人登门了。

宝成结婚以后，瑞枝经常跟德顺拌嘴，宝成夹在中间两头为难，就起了给德顺张罗一个老伴的念头。一开始瑞枝不同意，怕花钱还多个累赘。宝成开导媳妇说："找个老伴不是年轻人娶媳妇，摆几桌热闹一下花不了几个钱，说不定咱还能收点礼钱呢。"宝成的话让瑞枝动了心。宝成娘体弱多病，连个孩子也照看不了，德顺如果娶个老伴，就等于家里多了一个免费的劳力，带孩子做饭就不用她操心了，自己可以腾下身子打份工，就是给小臭子家拔鸡毛一个月也能挣个千儿八百的，既补贴了家里的杂花，又可以落个好名声，外人也会说他们孝顺，连老人的终身大事也操心。

瑞枝想通了，积极性也上来了，四处托人给德顺张罗老伴。也许该瑞枝露脸，放出消息不到俩月，本村一个大车司机突然车祸去世了。大车司机只有一个独生女儿，家里的房子是新盖的。现成的新房摆着，一个姑娘又没有负担，这样的人选可是千载难逢。宝成和瑞枝暗暗商量，说什么也不能让这个机会错过了！为了把这盘"好菜"装进自家的篮子，宝成和瑞枝费尽了心机。瑞枝没事就去笼络这个寡妇的四邻，听说谁跟她关系好，她就跟谁套近乎，一把青菜、几个北瓜就收买了人心。宝成听说这个寡妇和支书是远亲，家里的事都是支书帮忙做主，支书喜欢喝酒，宝成没事就买俩小菜找支书喝酒，一来二去，宝成和支书拉近了关系，加深了感情，酒桌上就把德顺的亲事说成了。

宝成和瑞枝以为大功告成，剩下的就是喝喜酒了，没想到最后关头德顺又蹚了稀。寡妇提出了一个条件：两人不领结婚证，活着的时候搭伙过日子，死了她还埋在原来男人的坟里。寡妇比德顺小十多岁，男人刚去世不久，提出这样的条件也算是人之常情。宝成觉得这个条件根本不算回事，完全可以接受，先把这辈子的事办好，下辈子的事谁见了？况且时间久了，两人在一起过得有了感情，寡妇改变主意也说不定呢。宝成把这些道理跟德顺念了三天三夜，也没把德顺念通，他认准了一条理儿，不领结婚证就不是合法夫妻，埋不到一个坟里更不算妻。最主要的是，德顺认为寡妇的心里没有他，跟她结婚没意义。

宝成和瑞枝破财费力不讨好，竹篮打水一场空，火上大了。瑞枝半年没跟德顺说话，宝成也不给他好脸色。这样僵持了一年，双方的气才消了一些。

没想到，德顺放着煮熟的鸭子不要，却要娶天上飞的鹰，宝成和瑞枝好说歹说，磨破了嘴皮，也没让德顺回了心，他像是童话中那个光屁股的皇帝一样，轰轰烈烈地上演了一场婚礼秀。

6

月亮湾一千多口子人，能被人经常挂在嘴上的也就那么几个。宝成自认为不是个秕子，站在月亮湾的大街上跺两脚，多少也能起点狼烟。月亮湾名头最响的一个是支书，一个是小臭子。支书有权，可他在宝成眼里，也就那么回事。老子英雄儿好汉，支书的爹、支书爹的爹都当过月亮湾的老大，沾的都是老子的光。脱了支书这层皮，他跟宝成一个尿样，论干活出力气他跟宝成没法比。小臭子在月亮湾最有钱，可宝成也不服他，他的钱来路不正，卖的是注水的鸡肉，挣的是昧心钱。而他宝成呢，六亲难靠，本以为远房叔叔德顺是个依靠，没想到半路净身出户。别人过日子，多少都有爹娘的积蓄垫底，而他宝成却是半路搭窝棚，平地起高坡。都说四十不惑，可宝成四十不到，就把月亮湾的枝枝蔓蔓摸得门清，谁家跟谁家近，谁家跟谁家有芥蒂，谁心里打什么样的小算盘，藏什么样的小九九，宝成都一清二楚。他见什么人说什么话，在月亮湾混得顺风顺水。

可人活在世上，不可能诸事顺心，德顺是宝成的一块心病。无论在什么场合，只要有人一提德顺，宝成立马黑脸。

都说一朝被蛇咬，十年怕井绳。宝成觉得德顺纯粹是猪脑子，被小蚊子耍得晕头转向，却一点也不醒悟。小蚊子在村里名声很臭，宝成从心里看不起他，可德顺却跟小蚊子胳膊不离大腿，没事就跟小蚊子凑在一块嘚瑟。不管是冬天还是夏天，也不管是喝酒还是喝茶，面前总是摆一方桌，两人分坐对面，跟会儿女亲家一样。庄稼人除了过年待客，平时谁喝茶呀，可德顺和小蚊子经常一起喝茶。其实也算不上茶，无非是一些菊花、猪牙草什么的用开水泡了，可德顺愿意叫这些花花草草——茶。

宝成一见小蚊子进门，扭身就出去了。开始德顺看不出宝成是在故意避开，次数一多就察觉了，于是德顺就不高兴，说宝成不懂礼数，家里来客了，应该陪着。宝成心里哼了一声说：小蚊子算什么客呀！月亮湾谁拿他当回事，迟早有一天被他忽悠了，你就败火了。

宝成只猜对了一半，小蚊子不知从哪儿弄来个女人，骗了德顺一万，德顺却一点也没败火。宝成找小蚊子算账，德顺却远近不分，是非不明，当着一街筒子的人说，这事算个屁，一万元就当是死了一头牛！德顺当众挼了宝成的脸，瑞枝气得夺过宝成手里的铁锹，咣的一声扔在德顺的脚下，大声嚷道："从今天起，你不是宝成的叔，宝成也不是你的侄子，我们一刀两断！"

瑞枝在大街上把话说出去了，宝成也只好就坡下驴，收拾东西搬到了瑞枝的娘家。

宝成与德顺闹掰后，德顺在自家房上安了一个高音大喇叭，每天日头一落山，喇叭就会响起，比村委会的喇叭还响亮，吵得四邻不安。小臭子找德顺理论，德顺一点不认理。"我在自家放喇叭，关你啥事？"小臭子说："吵得慌。"德顺说："这么好听的戏，怎么会吵得慌呢。"小臭子气得脸红脖子粗也无可奈何，两家做邻居这么多年，小臭子了解德顺的脾气，认准了的理儿，天王老子也不听。要不是这般拧劲儿，为啥好好的男人连个媳妇也说不下呢，总是少根筋缺根弦，总有一窍不通，总归是脑瓜子不清楚。小臭子觉得，娘当年给德顺保媒纯粹是瞎了眼。宁跟清楚人说句话，不跟糊涂人打场架。小臭子按下心里的怒火，低声下气地跟德顺商量："顺叔，要不咱换个别的听听，比如流行歌曲什么的。"德顺说："流行歌曲都是亲嘴扭屁股的，听着恶心。"小臭子心里的火苗突突地朝上窜，要是放在往年时候，小臭子早跟德顺干上了。但是现在他不能这么做了，往年他跟德顺一样，都是村南月亮河里的小蝌蚪，现在他成了金光闪闪的小金鱼，再与德顺一般见识，不是自我轻贱嘛。

　　小臭子跟德顺讲不清，就去找宝成评理。宝成虽然知道德顺安喇叭是跟他斗气，但他与小臭子不对眼，嘴上说我跟他不来往，心里却说，左邻右舍都不吭声，就你闲得蛋疼！

　　德顺的喇叭放的最多的是黄梅戏《天仙配》。一个大老爷们听软绵绵的黄梅戏，一个老光棍听《天仙配》，本身就是个笑话。人们一听到喇叭上唱"树上的鸟儿成双对"就偷着乐。小臭子故意问德顺："顺叔，你啥时候成双对呀？"德顺笑眯眯地答："快了，快了。"每当宝成看到这样的情景，恨不得找个地缝钻进去。

　　宝成趁德顺白天不在家，从墙头上跳进去，把喇叭摘了扔到村南的河里，正巧被小蚊子看到了。小蚊子不知轻重，嚷嚷着说要告诉德顺。宝成横眉立目地对小蚊子吼道："你算哪根葱！敢胡咧咧我收拾你！"

　　没人告诉德顺，德顺也知道是宝成干的，别人谁有这样的胆子？小蚊子鼓动德顺去找宝成算账。德顺叹口气说："老子和儿子的账，怎么算？"

小蚊子有点纳闷："不是划清界限了嘛，怎么又算不清了？"德顺咬牙切齿地说："这个兔羔子，他有劲儿偷，我就有劲儿买！"

于是，宝成头天偷了喇叭，德顺第二天就买回新的。这样拉锯了几次，宝成觉得一个喇叭一百多，白白扔了实在可惜，也就不去偷。于是，德顺的喇叭就长久地保留下来，傍晚的黄梅戏也就咿咿呀呀地一直唱着。时间久了，人们也就习惯了，几天听不到喇叭响，就会相互问，德顺干啥去了？

德顺的喇叭好长时间没响了。傍晚听不到喇叭响，人们还有点不适应，总觉得少了点什么。人们站在大街上，话题总会扯到德顺的喇叭上。有人说，好像有十天不响了。有人说，比半月还长。

德顺的喇叭不响，对于别人没什么，顶多是说说而已，但对小臭子来说可是件好事，耳根子总算清净了。小臭子以为德顺出门打工去了，一留意却发现德顺就在家里。人在家，喇叭却不响，很不寻常，很蹊跷。小臭子跟德顺面和心不和，两家因为德顺的亲事闹得很生分，好多年连话也不说。小臭子发家后，见识广了，肚量宽了，就主动跟德顺说了话，见德顺岁数大了，在建筑队卖苦力，挣的工资也不多，就不计前嫌找德顺给他家的屠宰场打工，出的工钱比建筑队还高，却被德顺拒绝了。小臭子自认为是个聪明人，月亮湾的人都在他的掌控之下，他相信没有钱办不到的事，没想到在德顺这儿碰了软钉子。小臭子有个毛病，巴结他的人他看不起，不拿他当回事的人他倒很在意。小臭子没事的时候，就站在街上观察德顺，越观察越觉得他不顺眼，心里越恨得痒痒。

德顺最近出门很少，有时两三天也不见踪影，偶尔有一次遇到了，小臭子与他搭话，德顺耷拉个脸，点点头就急匆匆地走了。小臭子瞅着德顺的背影，既生气，又好笑，一个穷光棍，抖的什么劲儿！

小臭子让老婆翠兰到德顺家摸摸底。翠兰撇嘴说："光棍汉的家脏兮兮的，我不想去。"

翠兰是睁眼说瞎话，德顺家可不脏，院子干净得跟城里的广场一样，叉耙扫帚全放在西南角的小房里。棉花柴也剁成一尺来长，绑成小捆垛得整整齐齐。光棍汉过日子，最难的是针线活儿，被褥好几年才拆洗一次。德顺的被褥，伏天拆一次，腊月拆一次。每次让女人们帮忙拆被褥，他都搞得跟过节一样，三荤三素六个菜，饮料管够。女人们一走，宝成娘就数落他："吃喝的钱比买一套新被褥还多，也不知你图的啥？"德顺说："拆洗过的被褥有一股味儿。"宝成娘奚落他："是女人的味儿吧。"德顺急赤白脸地辩解："不是女人味儿，是日头的味儿，是娘的味儿。"

翠兰探出来的消息让小臭子更加迷惑不解，德顺像是得了什么病，小蚊子在他家，在商量结阴婚。翠兰哼了一声说："小蚊子还能干出正经事来，无非是又想骗德顺俩钱花花，德顺就是个傻蛋，好了伤疤忘了疼，又抻着脖子等着挨宰。"

7

德顺相看过的女人不少，有丑的有俊的，有高的有矮的，但是印象最深的是那个跟了他七天的女人。只要一闭上眼，德顺就能想起第一眼看到女人的样子：女人坐在小蚊子家堂屋的椅子上，见德顺进来，站起来冲德顺浅浅一笑。女人圆圆的脸庞像宝成娘，低眉顺眼的样子让德顺看到了娘的影子。

依着以往相亲的经验，第一次见面，两人的谈话不会时间太长，说的也都是一些陈谷子烂芝麻的客套话。这一次两人谈了一个多小时。女人没有问德顺多大啦家里有什么人家境如何，是那种天马行空的随意闲谈，好像跟老朋友拉家常一样。女人说话的声音很好听，每一句话德顺都听着顺耳。这样的谈话德顺觉得贴心，比跟小蚊子聊天还过瘾。德顺说话的时候，女人从不插话，只安静地倾听。德顺一下拉开了闸门，竹筒倒豆子一般。

德顺当时都说了什么，因为太兴奋太激动，已经记不大清了，好像什么都说了，又什么都没有说。德顺只记得他把那件事也说了：有一年他骑自行车驮着娘去县城赶集，路上遇到一个小伙跟他赛车，德顺后座上驮着娘，总也超不过小伙。德顺急了，对娘说："娘，娘，你下来！等我超过那个人再回来接你。"德顺追了三四里，终于超过了那个小伙，才心满意足地返回来接娘。虽然挨了娘一顿骂，但德顺觉得挺自豪的。回家后就跟人讲，没想到大伙听了都当笑话传。小蚊子说他二，劝他以后不要再讲了。德顺梗着脖子跟小蚊子抬杠。小蚊子问他："你超过那个人有用吗？"他想了一下答："有用，超过他我觉得高兴，高兴我就觉得值。"

德顺跟女人讲这些时，情绪有点紧张，怕女人也跟别人一样笑话他。女人的确是笑了，不过她笑得非常灿烂，像初秋盛开的向日葵。德顺忐忑地问女人笑什么？女人说："我觉得有趣呀，第一眼看到你，就觉得你跟别人不一样，没想到你这么有趣。"

这些特别"有趣"的、"跟别人不一样的"的话，德顺从来没听过，女人的话像一轮暖暖的太阳，把德顺的心照热了。

谈话结束，女人提出到德顺家里看看，德顺既高兴又担心。瑞枝不爱拾掇，家里乱糟糟的。

宝成没在家，瑞枝见女人进来，黑着脸，爱搭不理的。女人一点也不在意，亲切地跟瑞枝打招呼。瑞枝哼了一声，找借口出去了。德顺的心一直悬着，生怕事情有变。

女人从家里出来，看到门口的竹子停下了脚步。女人用手摸着竹叶问："是你种的吗？"德顺说："是娘种的。"女人欢喜地说："太好看了！月亮湾的人不光有趣，还这么浪漫啊。"女人说的是月亮湾的人，德顺听着就是在说他，月亮湾除了他德顺，还有谁家有竹子！

女人跟德顺说："就冲门口的竹子，我嫁给你了！"

德顺欣喜万分！看着竹子下的女人，德顺心里偷偷说：娘，我终于找到喜欢的女人了，她跟你一样，也喜欢竹子。

婚事定了，总得赶趟集吧。德顺曾经跟两个女人赶过集，一个是宝成娘的堂妹，一个是小臭子娘的侄女。一开始德顺看着两个女人都挺俊，都是在赶集的过程中德顺看着不顺眼了。两个女人在集上的表现差不多，扭扭捏捏的，攥着拳头让德顺猜。其实德顺早就看出来了，她们都愿意多花点钱，什么东西都愿意买最好的，生怕自己吃了亏掉了价。德顺在集上看中了一条毛线围巾，色彩艳丽，特别适合宝成娘的堂妹。宝成娘的堂妹也看中了这条围巾，但一问价钱，立刻说太便宜，不要了。德顺的心立刻凉了。至于小臭子娘的侄女，德顺更不舒心，这个女人上辈子像是个乞丐，见什么要什么，好像集上的东西不要钱一样。

　　德顺觉得女人一到了集上，就从绵羊变成了饿狼，他不知道这个女人在集市上的表现如何。由于对女人有了极好的感觉，德顺有了包容之心。小蚊子说过，女人结婚前在男人眼里是宝，结婚后就变成草了。这句话以前德顺听不进去，现在觉得有道理。既然是宝，就应该有宝的价钱。德顺暗下决心，自己岁数不小了，只要女人在集市上不要金山银山，就咬牙从了吧。

　　由于有了心理准备，德顺在集市上表现得很大方，不断地提议女人买东西。女人却连连拒绝，只买了一身衣服，价钱也不贵。女人说，买那么多衣服没用，当下穿不着也是浪费。德顺大为惊讶，宝成和瑞枝一直跟他念叨，婚介所的女人都是骗子，德顺心里也多少有一些疑虑。见女人什么也不买，德顺多了一个心眼，想试探一下她。德顺带着女人到了首饰店，鼓动她买一条金项链。女人看了一眼，拽着德顺出来了。女人说，她一个庄稼人，又不是青春少女，配不上这么贵重的东西。女人的话，让德顺感动万分，所有的纠结和疑虑一下子消失得无影无踪，取而代之的是心甘情愿的慷慨付出。德顺让女人买一件贵重物品，女人不买，德顺就赖着不回家。女人实在拗不过德顺，只好随着德顺的意，坚持只买了一条红裙子。德顺高兴地说："我就喜欢女人穿裙子，我娘说，穿上裙子就能转出风来。"裙子穿在女人身上，立刻增色十分。德顺两眼发亮，不顾集上人多，对女人说:"转一圈儿,我看看。"女人像个听话的孩子,转了一圈儿,像一阵风,更像一团跳动的火焰。德顺的心里突然有了女人说的那种浪漫,他一定要像电视上那样,给女人一个不一样的婚礼。

德顺一夜没合眼,终于想出一个特别的点子:德顺看出来,女人喜欢红色,德顺决定婚礼全用县城红色的出租车,至少要八辆,排成一个长队。新郎车用一辆新五征牌农用车,预示着他们踏上了新征程,过上了新生活。

德顺的婚礼果然把月亮湾的人震了。德顺戴着大红花站在一辆新五征上,像首长一样向乡亲们挥手致意。整个月亮湾沸腾了!德顺望着欢笑的人群,心里得意地想,他德顺的婚礼,后一百年不敢说,前一百年谁也赶不上!

婚礼的过程中,有个给亲戚长辈磕头的仪式。宝成反复叮嘱德顺,女人不是咱当地的,多个心眼没差。磕头的时候让女人前后左右都磕一下,好让乡亲们看清她的相貌,以防她逃跑的时候乡亲们都认得。德顺嘴上说完全没必要,但是搁不住宝成不断撺掇,只好默许了。德顺怕女人不愿意,就跟女人撒谎说是月亮湾的风俗。

女人磕头的姿势既标准又优美,德顺看着像舞蹈一样。看着女人前后左右的低头弯腰转身,德顺心疼得要命!德顺心里不住地骂宝成,觉得宝成是在故意要笑他,出他的丑,几次想停止这个累人的把戏,都被女人制止了。女人摆手说:"按咱月亮湾的风俗办,我不累。"德顺既欢喜又自责,觉得自己辜负了女人。

新婚之夜,德顺才知道女人并不傻。德顺讪讪地问:"既然早看穿了,为啥还照做?"女人瞪他一眼:"为了你的面子啊。我怕人家说,德顺媳妇不懂事,况且我又不跑,还怕人看?"

女人的话,让德顺掉了泪。那一刻,德顺对女人完全没有了戒心。抱着女人美妙的身子,德顺觉得这么多年的寻找和等待都值了!什么结婚后女人是草,他要一辈子把女人当成他的宝!

新婚第七天,女人说,按着娘家的风俗,七天后要回门。宝成强烈地阻拦，德顺一句也听不进去。趁宝成和瑞枝不在家，德顺偷偷把女人送到了汽车站，并塞给女人三千块钱。

女人含着泪说："竹子喜水，别忘了浇水啊。"

德顺点点头。

"不出十天，我就会回来。"女人信誓旦旦地说。

谁知，女人这一走，就肉包子打狗一去不回了。

8

德顺想结一门阴婚不是心血来潮，这个念头早就在他的脑海里忽闪。

半路的光棍难当。原来德顺体会不到这句话的滋味，自从娶过那个女人，他觉得那滋味不是难当而是难熬了。人就是有这样的贱毛病，没吃过的东西也就那么回事，一旦尝过了就有了想头，而且想头还很强，比过年吃不上肉还难受。小蚊子经常讥笑他，就过了七天，有那么想吗？德顺一会儿觉得有那么想，一会儿又觉得没有。别说小蚊子不信，有时候德顺也怀疑自己的感觉，甚至觉得荒唐可笑。女人跑了以后，德顺在人面前表现得满不在乎，一旦剩下他一个人时，他的眼前都是女人的影子。女人的一颦一笑，一言一语，像电影上的慢镜头，在他的脑海里一点一点地回放。女人的每一句话都说得恰到好处，都与他心灵相通，好像钻进他心里看了一般。尤其是到了晚上，女人就像传说中的狐仙，在他的身边缠绕，让他辗转反侧，彻夜难眠。

渐渐的，德顺觉得自己的身体有了变化，先是腰疼腿疼找上门来了，紧接着头发也白了。最明显的是吃饭，原来两大碗还吃不饱，现在一碗就撑了。人是铁，饭是钢，饭吃不下去了，力气自然是小猪尾巴一溜细了。德顺勤快，一年四季，除了侍弄庄稼，一天也不闲着。德顺在建筑工地当瓦工，干得多挣得多，德顺的工资在建筑队都是拿头等，最近几年，渐渐地成了尾巴。

人活在世上，能吃饭能干活才是福气，吃不下干不动就算是废了。德顺心里清楚，自己快到头了。德顺预后，什么事都愿意早做打算早安排。女人刚走的那两年，德顺一直想着再找一个，没事就到村里几个爱说媒的女人家里坐坐，去的时候带点孩子喜欢的瓜果。能说媒的女人都是人精，德顺嘴里不说，她们也明白德顺的意思。几个媒人都先后替德顺张罗过，可是德顺一个也没对上眼，都是只看一眼就没戏了。

随着年龄的增长，给德顺说媒的人渐渐少了，偶尔有人张罗一个，也都是歪瓜裂枣，不是有毛病，就是有残疾，要么就是半痴半傻。这也怪不得媒人，一个五十多岁的人，能找到个母的已经很不错了，水灵灵的黄花大闺女，能嫁给你德顺？这些话有些人干脆当着德顺的面说，德顺嘴上不言，也觉得人家说的有道理，但是从他的内心深处，总有那么一点不甘心，总不愿意就这么迁就了。娶媳妇为啥？月亮湾的小孩都会念："小小子儿，坐门墩，哭着喊着要媳妇儿。要媳妇儿干啥？点灯说话，睡觉生娃。"德顺觉得这首儿歌真好。点着灯才能看清媳妇，对眼了才愿意说话，不对眼自然就没话说，睡觉生娃娃更是无从谈起。"点灯说话"就是德顺找媳妇的标准，就像《天仙配》中的鸟儿成双成对唧唧喳喳。德顺认为，这样的要求不算过分呀，可为啥就是找不到呢？世界那么大，那么多的女人，难道就没有一个跟他对眼的？不是已经有了一个嘛，小蚊子介绍的那个，虽然只有七天，但跟他对眼，能跟他"点灯说话"。那七天，睡觉生娃娃的事做得不少，话说得更多。女人跟德顺讲了很多关于她的故事：她是个苦命人，丈夫因为跟她赌气喝农药自杀了。虽然现在看来，她讲的故事可能是半真半假，或者假的多真的少，但有一句话，德顺觉得女人说的是真话。女人说："德顺啊，你是个好男人，如果有下辈子，我还想做你的老婆，你还愿意娶我吗？"女人说这句话的时候，眼里闪着晶莹的泪花。德顺当时被女人的眼泪弄得意乱情迷，他当然一连声的"愿意愿意"了！女人跑了以后，她的那句"真话"在德顺的心里打了折扣，失了分量，想是想，娶她是另一码事。德顺这辈子下辈子要娶的女人，一定是比这个女人更好，她只要跟了德顺，绝对不是七天，而是一辈子。

德顺一边在这辈子寻找自己的女人，一边开始考虑寻找下辈子的女人了。当他感觉到自己的身体一天一天走向衰弱的时候，这个念头一天比一天强烈了。只是这个念头一直在他的心里打转转儿，不敢轻易说出来。德顺活了五十多岁，何尝不清楚这世上的道道呢。要想找下辈子的女人，只有一个途径，那就是结一门阴婚。按着月亮湾的风俗，结阴婚的一般都是早逝的年轻未婚男女，爹娘出于疼爱儿女的心情，认为生前没能为孩子成个家，死后也要为孩子完婚，这样才算是尽到做父母的责任。结一门阴婚花费很大，尤其是男方，给女方的彩礼比活人还要高。这几年青壮年男子意外死亡比女人多，死亡女子的身价一直水涨船高。按着德顺的岁数和财力，结一门阴婚在月亮湾是一件不可思议的事情，要被人笑掉大牙的。

德顺是个单身，对于别人的说三道四他可以完全不在乎。关键的问题是，还有一个宝成。尽管宝成与他脱离了关系，但宝成是他的侄子谁也变不了，因为他的事让宝成受奚落是理所当然的，宝成跟着他丢面子已经不是一次两次了。德顺的内心深处，其实对宝成是有亏欠的，尽管两人秉性不同，脾气不合，但是一些事宝成是为他好，德顺还是明白的。每次一想到这些，德顺的心里就纠结不安，结阴婚的事，在他的心里打个旋儿也就过去了。

可是，德顺得了绝症，可是，德顺在公共汽车上看到了"那个女人"，这件事他就不能再犹豫，不能再等了。德顺思前想后，觉得这阴婚一定要结，必须要结。如果不带个可心的女人到那边，他觉得自己这辈子白活了！

9

别看瑞枝喜欢念是非，可她分得清里外。别人家的事她可劲儿地念，自己家的事尤其是不好的事即使全村人都知道了，她也是掩耳盗铃紧闭嘴巴。德顺要结阴婚的事，早已成了月亮湾的大新闻，她仍旧是装聋作哑。

翠兰在月亮湾和县城有两个家，算是半个城里人，偶尔蹦出一句话让人听着新鲜。她说瑞枝是在"裸奔"。"裸奔"这个词月亮湾上岁数的人听不懂，年轻人都知道是咋回事，哧哧地笑不言语。翠兰为了显摆自己的能耐，用月亮湾的话做了解释，"裸奔"就是光着屁股在大街上跑。

月亮湾屁大点地方，什么事都包不住，翠兰的话像风一样，很快就传到宝成的耳朵里。宝成喝了半斤酒，抄起菜刀就朝门外走。翠兰的烂嘴在月亮湾是出了名的，谁也不跟她一般见识。为了一句话动刀子有点太夸张了，瑞枝明白自家的男人只不过是虚张声势做做样子，他心里真正的火不在翠兰身上。

媳妇不让闹，宝成就偃旗息鼓就坡下驴。宝成这么听话并不是他怕媳妇，而是压根他就没打算闹。好男不跟女斗，他只不过是借这个由头出出气。媳妇能明白他的心思，给他找了个台阶下，宝成很满意。别人都说瑞枝不实在，宝成一点也不在乎。实有实的好处，虚有虚的妙处。在宝成看来，别人的媳妇是娶来用的，无非是吃饭睡觉生娃娃，而他的媳妇是用来品的，时间越久，越能品出好处来。月亮湾的女人，哪个脑袋瓜子比瑞枝转得快？要不是媳妇在家里掌握着方向盘，他能过成这样的光景？如果媳妇心眼死，不会揣摩他的心思，顺着他来，说不定他真的拿着菜刀去找翠兰闹，那么后果就像翠兰说的那样——他又"裸奔"了一次。

想到"裸奔"，宝成的心像是被刀子划了一下。翠兰的话虽然说得刻薄，但却一下戳到了他的痛处。宝成觉得现在他就像翠兰说的那样——在"裸奔"。因为这个感觉，他已经三天没有去上班了。建筑工人一天工资一百多，三天的损失就是好几百，比剐他的肉还疼。两个儿子都不小了，正是花钱较劲的时候，总这么闲着也耗不起。宝成也有自己的人生规划，奋斗几年，也和小臭子一样，在县城买一套房子，当上城里人。瑞枝就更不用提了，一分一厘都在她的肋骨上串着，虽然什么话也没说，但脸上的冷风却一阵阵地朝宝成脸上吹。瑞枝劝宝成去上班，先过好自家的日子最要紧。

宝成人虽然在工地上班，心却在德顺那里，干活的时候总走神。宝成原以为与德顺脱离了关系，德顺就跟他再不相干。没想到德顺一直贯穿在他的生活当中，德顺荣他也荣，德顺耻他也耻。现在德顺得了送死的病，他能袖手旁观吗？宝成倒想这样，可他的心为什么像压着一块石头呢？宝成清楚德顺的家底，手里的积蓄足够他住院看病。再说了，现在有了新农合，住院也花不了多少钱。宝成实在想不明白，为什么德顺不去住院，而是要结什么狗屁的阴婚。难道找个死老婆比自己的命还要紧吗？命都没有了，还要死老婆做甚？

听说又是小蚊子给德顺张罗结阴婚，宝成气得咬牙切齿。他觉得小蚊子跟着德顺瞎胡闹，是存心让德顺在村里闹笑话。打狗还要看主人呢，德顺是不争气，可他的身后还站着个宝成呢。小蚊子这么捉弄德顺，就等于没把他宝成放在眼里，不给小蚊子点颜色看看，乡亲们会说他窝囊草包。上次放鹰骗钱的仇还没报，这一次老账新账一起算！

一个中午，宝成见小蚊子从德顺的家里出来，截住他说："小蚊子，知道我是谁吗？"小蚊子眨巴着小眼说："当然知道了，你不是宝成嘛。"宝成瞪着眼说："知道就好，俺家的事你少掺和。如果敢打我叔的主意，小心你的腿！"

警告了小蚊子，宝成开始考虑德顺的后事。他想得很清楚，虽然他跟德顺名义上脱离了关系，但他跟德顺的叔侄关系变不了。德顺不去住院，乡亲们会笑话宝成不孝顺，等于在村里有了污点。德顺死了，打幡摔碗的还是他宝成，没人会替他干这个活儿。当然德顺的家产，也只能归他宝成，别人一点也沾不上边儿。想到德顺的家产，宝成有点急，小蚊子一天到晚长在德顺家，说不定又在图谋德顺的钱财。德顺病了，脑袋瓜子又不清楚，万一又被小蚊子骗了，损失的可是他宝成。

瑞枝对德顺的病不关心，但对德顺的钱财很上心。听宝成说小蚊子可能在谋德顺的钱财，瑞枝赶紧出主意。德顺的钱肯定都在信用社存着，咱先断了别人的后路，在信用社找个熟人，把德顺的钱先冻结了。宝成觉得瑞枝这个办法不错，但信用社又不是自家开的，谁肯帮忙办这样的事？瑞枝说，小臭子的表弟在信用社当副主任。为了这种事去找小臭子，宝成舍不下脸来，怕小臭子小看他。瑞枝赶紧说："男人的脸大，女人的脸小，这种事你别管，我去。"

不到半天，瑞枝就回来了，脸上喜滋滋的。她关上门，小声对宝成说："我买了两条好烟，一条给了小臭子，一条给了小臭子的表弟。小臭子的表弟偷偷查了一下，德顺的钱还不少，有六万多呢。"宝成一惊！没有想到德顺存了这么多钱。宝成有点高兴还有点心酸，他知道，这些钱都是德顺一分一厘攒下来的。

瑞枝把事办得这么妥当，宝成心里高兴的同时也有了一种担忧，事情是通过小臭子办的，宝成觉得自己在小臭子那里有了短处，万一这件事小臭子告诉了翠兰，翠兰肯定会四处宣扬，到时候乡亲们会笑话宝成不关心德顺的死活，只关心德顺的钱财。

瑞枝眉飞色舞地开始做起了规划：如果德顺不住院，这笔钱基本就算落下了。至于德顺以后的丧事，乡亲们上的礼钱就足够了。德顺平时随礼不少，丧事办完，肯定还有剩余。如果真是这样，那就太好了，家里的积蓄再加上德顺的六万多，在城里买套房子的首付基本就够了。瑞枝越说越高兴，好像半路捡了金元宝。

宝成望着瑞枝那张发光的脸，心里突然涌起一阵厌恶。他第一次觉得德顺说得有点对，自己老婆的心眼儿实在不咋样，眼睛里除了钱，什么也看不见。

那天晚上，宝成怎么也睡不着，与德顺在一起的点点滴滴，开始在他的脑海里闪现。平心而论，德顺除了脾气与宝成不合，对宝成还是很不错的，跟亲生儿子没有两样。尤其是吃的方面，德顺一点也不吝啬。他心疼宝成干活苦，隔三岔五到商店割几斤肉，自己不舍得吃，留着给宝成改善伙食。原来宝成不讲究穿衣打扮，自从跟了德顺，宝成显得利索多了，德顺一年给宝成买好几身衣服，过两天就逼着宝成换洗。宝成嫌麻烦，德顺就瞪眼说，晃媳妇的年纪了，不讲究穿戴可不成！宝成觉得好笑："叔讲究了一辈子，咋没晃个媳妇？"德顺就瞪眼说："你小子别着急，说不定哪天我给你晃个婶子回来。"宝成的眼前闪现着德顺瞪眼的样子，想到这张脸过不了多久就会在这个世界上彻底消失，宝成心里一揪一揪地疼，眼里不由掉下泪来。

瑞枝见宝成翻来覆去睡不着，以为宝成跟她一样，也在为德顺的钱激动，就安慰他说："赶紧睡吧，钱跑不了。"

这一次瑞枝非但没猜对宝成的心思，说出的话还让宝成非常恼火！他猛地坐起来，拉着灯冲着瑞枝狠狠地说："如果你爹要死了，你还睡得着吗？"

10

月亮湾的女人喜欢在大门外种丝瓜点眉豆。一到夏天，家家户户门外的院墙上不是挂着水蛇一样的笨丝瓜，就是挂着一串串深紫色的眉豆角。

月亮湾有两家跟别人家不一样。一个是宝成娘家，一个是德顺家。宝成娘爱花，她家的大门外种的都是花，前年种的是对叶梅，去年种的是牵牛花，今年种的是送闺女花，不知道明年种什么。德顺家的大门外不种豆也不栽花儿，他家门外是一大片竹子。竹子是南方的草木，月亮湾极少见，人们也不喜欢它。丝瓜眉豆可以入口，宝成娘的花儿看着养眼，竹子不开花不结果百无一用，只有德顺说它雅气。月亮湾的人左看右看，看不出这一片绿油油的植物雅气在哪儿。论叶子它比不上野地里的灰灰菜茂盛，论枝干它比不上槐树、枣树的风骨。人们觉得德顺的话矫情，跟他南蛮子的娘一个德性。

德顺的房子在宝成娶亲时重新装修了，屋里院里都不是原来的模样了，只有门外的竹子留了下来。瑞枝进门以后，几次都想把竹子砍了种上丝瓜眉豆，都被德顺拦了下来。德顺护门口的竹子跟蝎子屁屁似的，瑞枝气呼呼地对宝成说："竹子就像你叔的娘！"

瑞枝还真说对了，竹子就是德顺娘留的根儿。德顺娘是南方人，用月亮湾的话说是个南蛮子，十五岁的时候被德顺爷爷买回来给德顺爹做了老婆。有人问过德顺娘是哪里人，她一会儿说是云南一会儿说是广西，搞得人云里雾里。德顺也问过娘的老家到底是哪里，娘叹口气说，她被卖到月亮湾时，已经被转卖了三次，老家到底是哪里她已经记不清了，只记得门外有一大片竹林，是个有山有水的地方。

德顺娘嫁到月亮湾后，就在门口种了几棵竹子。竹子喜水，只要水分充足，它就长得欢。等到德顺满地乱跑的时候，门口的竹子已经串成一大片了。德顺娘没事的时候，就坐在竹子下发呆，眼里雾蒙蒙的。小时候的德顺见娘不欢喜，就问娘怎么啦？娘说，想起了南方的山水。

自从德顺病了以后，总是想起娘来。娘跟月亮湾的女人不一样，身材娇小玲珑，肤白如雪，眉眼弯弯像初月般明亮有神，说话轻声慢语像春天柔和的风。德顺想娘的时候，就到竹子下站一会儿。风吹竹动，德顺仿佛听到了娘的耳语，嗅到了娘的气息。德顺记得娘说过，她之所以嫁给爹，是因为月亮湾，她一听到这个村名，就觉得熟悉亲切，好像找到了家一样。娘说这些话的时候，德顺记得爹在场，德顺很为爹抱不平，原来娘嫁给爹不是看上了爹这个人，而是因为一个村名。德顺爹是典型的北方男人，脾气暴躁，一生气就砍门口的竹子，却从来没跟娘发过火。而娘跟爹生气的时候总是恨恨地说："你铲了竹子，也留不住人，我迟早要走的。"因为娘这句话，小时候的德顺一直有一种恐惧感，总怕娘像一片云彩飘走了。

在德顺的印象中，娘和爹还算是恩爱的，可有时候德顺又觉得娘跟爹并不是那么好，娘的心好像一直在云彩中飘着。娘是五十多岁的时候去世的，可她的装裹衣裳早就预备下了，一针一线都是自己缝制的，每年夏天都拿出来晒。月亮湾女人的装裹一般都是套三：白褂、小袄、大袄。德顺娘的装裹多了一件裙子，藏青色的底，绣着粉红的荷花和一对戏水的鸳鸯。每次晒的时候，娘都抖擞着这条裙子对德顺说："顺啊，娘走的时候，千万别忘了给娘穿裙子，穿上裙子娘就能回家了。"说完这句，她还会再说一句："我死后千万不要给我烧纸钱，烧了我也收不到。"德顺搞不明白，为什么穿上裙子就能回家了？娘说，穿上裙子一转圈儿就会旋转出风来，风儿会把娘带到有山有水的故乡。

德顺一直搞不明白为什么娘年纪轻轻就预备下了装裹。娘这么迫切地想走，是因为想念故乡还是想念故乡的人？那对鸳鸯代表了什么？德顺影影绰绰听宝成娘念过是非，说娘的心里根本没有爹，不然为什么结婚十几年才有德顺？为什么生了德顺再没怀过？宝成娘的话一直都在德顺的心里萦绕。德顺记得爹临去世的时候，对娘说了一句狠话："我一辈子也没穿过一双合脚的鞋！"德顺娘的针线活儿在月亮湾可是出了名的，她绣的花儿跟活的一样，可她为啥给自己的男人做不出一双合脚的鞋呢？难道娘真的像宝成娘说的那样，心里没有爹？可是德顺怎么想也觉得不可能，爹卧病在床的那几年，德顺亲眼看到，娘端屎端尿悉心地侍候。爹去世后，娘也经常瞅着爹的遗像哭，也经常说要走的话，但一直到死，娘也没走出月亮湾一步。

想完了爹娘，德顺又想身边的人。小蚊子夫妻根本没法提，两人正如小蚊子自己所说，也就是晚上睡觉有个配套的。宝成和瑞枝，德顺更不看好。瑞枝心眼子多得像马蜂窝，连眼睫毛都是空的。如果不是给宝成生了两个儿子，瑞枝在德顺的心里连三分也拿不到，宝成跟瑞枝根本就不是一路的，可是月下老人却给牵了红线，配了姻缘。小臭子和翠兰，表面是夫妻，心是两张皮。小臭子与其说是翠兰的男人，还不如说是翠兰的领导，德顺从来没见过小臭子好好跟翠兰说过话。德顺听小蚊子说过，小臭子发家后，经常在外面找小姐，翠兰好像也知道，可德顺一次也没听见翠兰跟小臭子闹过。德顺不明白翠兰这么忍是为了什么。还有那个跟了他七天的女人，她的男人为什么自杀呢？女人当时没有说，德顺也猜不出来。还有宝成娘和宝成爹，德顺一想他们就来气，对于这个远房哥哥，德顺只有一个态度，那就是嗤之以鼻！至于宝成娘这个嫂子，他是又气又恨又怜，觉得她为这样的男人耽误自己一辈子，太不值了！小臭子爹和小臭子娘，郎才女貌特别登对，两人又是一见钟情。小臭子爹和小臭子娘曾经是德顺心里的样板夫妻，可是仔细一观察，还是看出了很多不和谐的地方。小臭子爹爱喝酒，醉酒后爱耍酒疯，这一点德顺就很看不惯。他认为，男人不论是清醒着还是醉了，都不能作践自己的老婆，作践老婆的男人最没出息。小臭子娘在德顺眼里原来是个刚性人，后来发现她变窝囊了，尤其是小臭子爹瘫痪以后，她简直变成了一个面团，见谁都矮三分，没囊没气，任人宰割。

德顺左思思，右想想，怎么想都觉得他眼前的这些夫妻不和谐，不对路，都不是他心中想的那样。可这些不和谐的夫妻却成双入对地过了一辈子，只有他德顺落了单。

一阵风吹过来，竹叶随风轻轻摇曳。德顺想，不知道小蚊子能不能给他找到可心的女子。如果能找到，他该给女人准备装裹了，装裹里面一定要多个裙子，他想带着媳妇飞到南方去看看娘。

11

霜降以后，天一天比一天冷了，院子里的老槐树开始掉叶子。原来德顺喜欢看落叶，黄灿灿的像满地的黄金。现在看着树叶一片一片落下来，德顺心里一片凄凉，觉得自己就像落叶一样，很快就要被泥土吃掉。

尽管吃了不下十个中医的药，德顺的病还是一天比一天重了。肝部越来越疼，疼起来就是一身的汗，脸色也越来越黑。明明睡了一晚上，第二天一早还想睡。德顺记得娘说过，人全凭精气神活着，精气神没了，人也就不行了。德顺感觉到，自己的日子已经不多了，说不定哪一天睡着了就再也醒不过来了。德顺原以为自己想开了，可事到临头他还是有些不舍。每天睁开眼，他在屋里屋外来回转悠，看看这儿，摸摸那儿，家里的每一件东西，都能让他想起过去的日子，过去的人。

德顺的炕头放着个枣木柜子，这是德顺亲手打制的第一件家具。德顺十六岁的时候，突然迷上了木匠，初中没读完就说什么也不上了，一门心思研究木工。娘希望德顺好好念书，一见德顺摸木工家当，就用棍子敲德顺的手。爹却认为儿子学一门手艺比读书强，就到城里给德顺买了一个新刨子。为了这个，娘跟爹生了好长时间的气。为了让娘高兴，德顺学会木匠后，亲手给娘打了一个枣木柜子。别人做的柜子，画的不是喜鹊登枝就是鸳鸯戏水。德顺打的柜子，画的是青山绿水和翠绿的竹林，竹枝上落着两只小鸟，一只抬头，一只低头，一唱一和恩恩爱爱。娘看见柜子，欢喜得不得了，说柜子上面画的就是她家乡的样子。

娘去世这么多年了，好多东西都丢了，唯独这个柜子德顺一直留着。柜子已经破旧不堪，竹林也已经模糊，德顺还是舍不得扔，一直放在炕头上。

自从病了以后，德顺经常打开柜子看看。柜子里的东西不多，一红一绿两个绸子被面、几张存折、一把木工用的刨子。被面是娘为德顺结婚预备的，娶那个女人的时候，宝成娘说，绸子被面早过时了，也没有派上用场。每次看到被面，德顺心里都很难过，觉得娘在埋怨他，结阴婚的念头又增添了一分。存折是德顺一辈子的积蓄，不多也不算少。以前德顺看见存折觉得踏实，现在看觉得也没什么意义，只不过是几张废纸。刨子是爹买给德顺的，希望德顺学好木工养家糊口。德顺不到二十，就成了村里有名的木匠，可惜后来木匠已经过时，除了偶尔给乡邻攒忙干点小活，已经没有什么用处了。德顺摸着爹买给他的刨子，觉得自己这辈子一事无成，既对不起爹，又对不起娘。

天气晴朗的日子，德顺会到街上走走，见到乡邻就像见到亲人，眼里不知不觉就潮了。

宝成娘门口的送闺女花还没开败，像宝成娘年轻时明媚的笑脸。看着红艳艳的送闺女花，想想宝成娘凄苦的一生，德顺忽然很想去找宝成爹，即使找到天涯海角，也要把他找回来，给宝成娘一个交代。但仅仅是念头而已，天地这么大，他到哪儿找去呢？况且自己时日不多了，即使有决心找，也不可能实现了。想到宝成娘以后的日子，德顺心里隐隐担忧，瑞枝不情理，对宝成娘不孝顺，以前有德顺在前面戳着，瑞枝不敢太造次，没了他这个长辈护着，万一有一天瑞枝给婆婆气受，谁还肯为宝成娘出头呢。想到宝成娘以后没了依靠，德顺心里一揪一揪地疼。

宝成娘看见德顺，就泪眼婆娑地劝德顺去医院。任宝成娘磨破了嘴，德顺也不去。德顺说他只相信中医。宝成娘说："如果人人都像你这样，医院早关门了。"德顺说："关门不关门我不管，反正我不去，你见咱月亮湾哪个得了癌的人在医院治好了？"宝成娘端出长嫂的架子："你不去也得去，赶明我就让宝成架着你去！"德顺梗着脖子："拿刀杀了我也不去！"叔嫂俩急赤白脸地争吵，吵来吵去宝成娘就抹眼泪。宝成娘一哭，德顺就住了嘴。

原来德顺从来不去小臭子家，现在他每天都偷偷到小臭子家门口转一圈儿，但却一次也没有进过小臭子家的门。德顺对小臭子家有一种复杂的情感。这么多年，他之所以跟小臭子不大来往，是不愿意想起与小臭子家的一些旧事。

小臭子爹三十多岁的时候，因为一次醉酒，从马车上摔下来，轧断了双腿，瘫在了床上。家里三个孩子两个老人，只有小臭子娘一个劳力挣工分，日子过得很艰难，有时候连饭也吃不饱。德顺当时是生产队的饲养员，掌握着牲口饲料。生产队的饲养员朝家里偷饲料，几乎是生产队公开的秘密。德顺单身一人，从来没有朝家里拿过一把饲料，但是看着小臭子娘单薄的身影和孩子们可怜巴巴的眼神，德顺破了例。为了不被人发现，德顺挖空心思想了一个办法，隔段时间就让小臭子娘给他拆洗被褥，趁机把粮食装进枕头里，大明彻亮地送给小臭子娘。

这件事除了德顺和小臭子娘知道，直到现在还是个秘密，这是德顺这辈子干的最不光彩的一件事。

小臭子娘感激德顺，有一天晚上，来到牲口圈里，低着头对德顺说："兄弟，嫂子没有别的报答你，如果你不嫌弃嫂子老，长得丑，嫂子愿意……"德顺的心怦怦乱跳，他沉默了好一会儿，硬起心肠对小臭子娘说："嫂子，别这么说，你小看兄弟了，我这么做了，还算人吗？"

其实，在月亮湾，喜欢德顺的女人不少，也有给德顺抛媚眼的，德顺的心里只是动动而已。遇到嫂子辈的，也就说说荤话，过过嘴瘾，真枪实弹的事他可从来没干过。并不是德顺不通风情，而是在他的心里，这些女人都不是他的菜。他对小臭子娘，除了怜悯，没有任何想法。小臭子娘的相貌身材，言谈举止，德顺都不是很喜欢。

小臭子娘为了挽回自己的面子，就把娘家侄女说给德顺。结婚的前一天，为了一台缝纫机，德顺说什么也不娶了。小臭子娘流着眼泪求德顺："兄弟啊，你有个三回九转行不？你这么做，咱俩在月亮湾可就都没有脸了！"德顺不为所动，坚持把婚事黄了。德顺再让小臭子娘拆洗枕头，小臭子娘把枕头里的粮食倒进猪圈，咬牙切齿地说："你不要脸，俺还要脸呢！"

小臭子娘的话，像鞭子一样抽在德顺的脸上。从此德顺再也没有踏入小臭子家半步。小臭子娘去世那天，德顺不止一次想过，人死为大，不要再跟她计较了，再怎么说，她为自己说媒，也是情分。小臭子娘出殡的时候，德顺在小臭子家的门口徘徊了好几次，但最终也没有进门。

如今，德顺站在小臭子家的门口，眼前闪现着小臭子娘流泪的脸，想到自己时日不多，很快就要见小臭子娘了，心里涌起一阵悲凉。只是他还是想不明白，为什么没跟小臭子娘的侄女结婚，他就没脸了。

终于有一天，德顺又在小臭子家门口转悠，被小臭子遇到了，小臭子顺嘴说："顺叔，家里坐会儿？"德顺趁势进了小臭子家的门。从此以后，德顺每天都到小臭子家里坐一会儿，跟小臭子什么都聊，好像与小臭子成了比小蚊子还铁的朋友。话说得多了，也就随意了，小臭子就问德顺为什么不给他打工，德顺振振有词地说："人敬我一尺，我敬人一丈。你一次都没到家里请过我，凭什么给你干？"

德顺还主动跟小臭子提了以前的旧事，说小臭子娘当年给他说过媒，对他有恩，他一直记着小臭子娘的好。小臭子见德顺这么说，心里很高兴。小臭子问德顺："当年人财两空后悔不？"德顺摇摇头说："娶了才后悔呢。"小臭子有点不高兴，当年那个女人毕竟是自己的表姐，否定她就等于没把他小臭子放在眼里。德顺不顾小臭子的眉眼高低，接着这个话题朝下说："男人娶老婆，跟搭伙做买卖不一样，伙计搭不好，一拍两散，两口子过日子，不顺心可是一辈子，从小到大我是舒着蔓儿长的，窝憋着过我不愿意。"

小臭子心里一动，不由看了一眼在屋檐下黑着脸的翠兰，忽然觉得德顺的话好像也有点道理，自己娶了翠兰，虽然说不上窝憋，但也不是很舒心。

话不说不明，灯不拨不亮。德顺把话说开了，小臭子的心结也没了，再看到德顺也就顺眼了，他不但开着车拉着德顺四处找中医，还主动去找宝成，让他劝德顺去住院。宝成嘴上说，我娘的话他不听，我说了也白搭。但是小臭子发现，宝成到大街上的次数多了，到了德顺门口，脚步明显慢了。小臭子看得出来，宝成是挂念德顺的病，只是碍于面子，不愿意主动求和。小臭子想帮德顺和宝成解开这个疙瘩，翠兰说他吃饱了撑的，人家的家事，轮不着外人瞎操心。翠兰的话说得难听，却有几分道理。家里的矛盾就像夫妻打架一样，外人越掺和，事情越复杂。宝成和瑞枝都不是省油的灯，尤其是瑞枝，什么事到她那儿就成了一路十八弯，说不定事情办不好，反惹一身骚。

小臭子打消了念头，但只要一有空闲，他就观察德顺的动静。德顺上房的时候多了，宝成就住在德顺家的后面，德顺上房只有一种可能，他想宝成了。小臭子看着德顺在房上孤独的身影，心里酸酸的不是滋味。他忽然觉得，跟德顺做了一辈子的邻居，对德顺的了解太片面了，只看到了他的缺点，没看到他好的一面。小臭子忽然希望德顺能活得长久一点，他想跟德顺在一起喝场酒，唠唠嗑儿。小臭子只要一天看不见德顺出门，就指挥翠兰去看，生怕德顺死在家里没人见。

德顺的确是想宝成了，他每天上房就是为了看宝成一眼。虽然多数时候看到的是瑞枝，但是他也没有那么气了。仔细想想，瑞枝也不是没有一点好，最起码会过日子。俗话说，外面有个好耙子，家里有个好匣子。瑞枝就是一个好匣子，宝成挣下的钱，她一分一厘都算计着花，几年下来，省下了一份不错的光景。除了供俩孩子上学，还翻盖了她爹的旧房。看着瑞枝在家里放下铁锹拿起扫帚，德顺有了一丝困惑，难道宝成对了他错了？德顺不由扪心自问，如果让他娶一个瑞枝这样的媳妇，他愿意吗？无论怎么想，答案都是否定的。他生来就是这样的人，宁可没有，也不要凑合。

德顺看着瑞枝的身影，心里不由得想，如果他死了，宝成会不会给他料理后事？瑞枝会不会哭？虽然答案不是很确定，但是德顺还是很安慰，因为他觉得，如果他死了，整个月亮湾只有宝成和瑞枝跟他有关联。他的家产也只能由宝成来继承，别人谁也没有这个资格。想到了家产，德顺忽然有了一丝内疚，宝成好歹跟了自己一场，他留给宝成的也只有这么一处旧宅了。

这么想着，德顺从房上下来，回屋从柜子里拿出他的存折，一共六万八。德顺看着手里的存折，一会儿觉得这只不过是几张废纸，一会儿又觉得很重要。结阴婚要花钱，看样子一时半会儿花不出去。并不是小蚊子不尽力，小蚊子倒是给他张罗了两个。一个是个十六岁的姑娘，得白血病死的。德顺说，岁数不般配，自己能当人家的爷爷了。一个岁数相当，生前的照片也看了，德顺也满意，可德顺不知听谁说的，女人是个瘸子。德顺说什么也不娶了。结个阴婚也这么挑剔，小蚊子有点烦，要不是德顺答应他事成后给他三千元跑腿费，他早撒手不管了。

阴婚的事如果生前办不了，死后交给谁呢？德顺侧面试探过小臭子，小臭子似乎也不愿意帮德顺这个忙。小臭子说，人死如灯灭，一切都是虚无。看来人选似乎只有宝成，可德顺对宝成不放心。宝成对他结阴婚很反对，瑞枝又见钱眼开，钱只要到了她手里，再想抠出来就难了。小蚊子倒是支持德顺，但是把钱给了小蚊子，他还是有点不放心。跟小蚊子的关系再好，他也是个外人。如果宝成和小蚊子都靠不住，二者选其一，德顺宁可选宝成也不选小蚊子。肥水不流外人田，这个道理德顺还是分得清的。想到这里，德顺对宝成有了怨恨，自己得病也不是一天两天了，非亲非故的乡亲都到家里看望了，宝成两口子却门边也没登过。德顺几次看见宝成在门口站着，但一看到德顺从家里出来，扭身就走了。德顺觉得宝成的心太硬了，不由在心里骂道：你小子别牛气，我看咱俩谁耗得住谁？反正这天底下，没有老子跟小子低头的道理。德顺骂着骂着，心里又渐渐委屈起来：你小子再牛气，也是个小辈，给叔低下头也矮不了几分。

德顺越想越难过，就去找小蚊子。德顺坐在小蚊子的对面，却不愿意跟小蚊子提宝成。德顺跟小蚊子说："我想到南方看看，找找娘的故乡。"小蚊子说："南方大着呢，你到哪儿找去？"德顺又说："想看一眼公共汽车上的女子。"小蚊子说："看一眼又能咋样？"德顺又说起了那个跟了他七天的女人，小蚊子瞪眼说："你就死了那条心吧。"德顺心里更难过了，娘的魂儿去了南方，那个女人也不知飞到了哪里，阴婚的事也没有影儿，看来他死后只能是孤零零的一个人了。德顺不由一阵悲伤，问小蚊子："我走了，你想我不？"小蚊子眼也没眨："当然想了。"德顺心里暖了一下："那你去移几棵竹子吧。"

德顺等了几天，也不见小蚊子去移竹子，心里有点失望。过了几天，小蚊子来了，只字不提移竹子的事，倒是问起了德顺的钱财。德顺淡淡地说："钱算什么，身外之物，生不带来，死不带去。"小蚊子问德顺有多少，德顺本来想说六万，结果顺嘴说了八万。小蚊子眼一亮！问德顺："存折放在什么地方？可别让宝成偷了。"德顺说："就在炕上的柜子里，谁愿偷，偷去！"小蚊子忌恨宝成，故意挑事，说宝成威胁他，说你家的事让我少掺和，不然就打断我的腿！

德顺听了，虽然嘴上说这小子纯粹是吃饱撑的，但心里还是有了丝丝暖意，觉得宝成到底还是自家的亲人。

小蚊子走后，德顺赶紧把存折藏到了另一个地方，但一想小蚊子这么精明，藏在哪儿他也有可能找到，就赶紧去找小臭子，让他帮忙去找信用社的亲戚，说万一有一天自己突然走了，钱除了俺家宝成，谁也不能支取。

小臭子看着德顺，想起前段时间瑞枝找他帮忙冻结德顺的账户，忽然觉得宝成和瑞枝太他妈的差劲了！

小臭子没有到信用社去找亲戚，而是直接去了宝成家，他先把德顺的话说了，然后说："你叔把心都掏出来了，你们就看着办吧！"

12

德顺去住院了，是宝成娘拿着农药瓶子逼着去的。宝成娘跟德顺说："你死了，宝成还活着；你不去住院，宝成就没脸活，我也没脸活。"

德顺前脚去医院，宝成后脚就到了。宝成见到德顺，叫了一声叔，眼圈就红了。德顺看着宝成，气呼呼地说："你小子纯粹是多管闲事！"

德顺在医院住了一个多月，宝成在医院侍候了一个多月。结阴婚的事，德顺一直念叨，翻过来倒过去还是让宝成去找小蚊子。宝成道理讲了一箩筐，德顺一句也听不进去。宝成见说不通德顺，就敷衍他说，等出院了他亲自帮他张罗，德顺才放了心。

瑞枝一开始抱怨宝成对德顺太上心了，后来见宝成非但不听她的话，还横眉立目跟她吵，就见风使舵改变了态度，没事也经常到医院看看。当然每次从医院回来，她都在大街上添油加醋宣讲一番。在她的讲述中，宝成成了大孝子，待德顺比亲爹还要好。而她也成了宽容贤惠不计前嫌的儿媳，待德顺跟亲爹一样。为了让乡亲们相信她的话，她经常到村里的超市买点糕点拿到医院。一开始瑞枝的行动有表演的成分，时间久了，看到宝成跟德顺和睦相处，她也很受感动，终于开口叫了德顺一声叔。瑞枝这声叔叫得德顺泪流满面。瑞枝看到德顺掉泪，眼里也湿了。

尽管宝成尽了全力，但是德顺终归没有过了年，腊月二十三，灶王爷上天的日子，德顺死在了自家的炕上。宝成、宝成娘、瑞枝、邻居小臭子、朋友小蚊子都在身边。德顺临走的时候回光返照，他用这段时间，交代了自己的后事。存款除了住院的花费还剩四万，一万办丧事，两万让宝成留着给他结阴婚，剩下一万给宝成娘当养老的钱。宝成娘眼泪唰地流了下来，说什么也不要。德顺说："嫂子，这辈子我就听你的话，你也听我一回。"见宝成娘不松口，德顺突然火了："你这个女人怎么比我还拧劲儿呢！"宝成娘见德顺着急，赶紧说："好，兄弟这份情义，嫂子领了。"房子不用说，留给了宝成。德顺看着宝成说："叔这辈子对不住你，没给你盖处新房子。"宝成眼圈红了："叔，说啥呢，等你病好了，咱俩攒劲把房子翻盖了。"德顺说："炕席子底下压着三千元，这些钱给小蚊子，阴婚的事儿小蚊子虽然没有办成，可是人家也费劲了，他答应过给小蚊子跑腿费，就一定得给。"小蚊子赶紧用眼看宝成，没想到宝成冲他点了点头，从席子下面把钱找出来，递给小蚊子。小蚊子说什么也不要，涨红着脸说："顺哥是我最好的朋友了，拿这个钱，我还算人吗？"小蚊子的话让小臭子大受感动，望着炕上的德顺和守在身边的小蚊子，小臭子忽然想，如果他有一个像小蚊子这样的朋友该多好！

德顺的丧事办得特别隆重，乡亲们都过来捧场，尤其小臭子，特别卖力，洗碗烧水什么都干，一点也没有老板的架子。

出殡的时候，宝成举着灵幡，放声大哭，瑞枝也哭天喊地。在小蚊子的提议下，葬礼唢呐的曲子换成了《天仙配》，小蚊子说，这是德顺最喜欢听的。人们听着"树上的鸟儿成双对，夫妻双双把家还"的曲子，都连连感叹，德顺一辈子也没成双成对，不知到了那边，他甘心不？

三天后，上坟烧圆三纸。小蚊子突然倒地昏迷，睁开眼后，说自己是德顺，神态语气与德顺一模一样。

人们都惊了，不知如何是好。只有宝成娘比较淡定，她问附在小蚊子身上的"德顺"："兄弟，还有什么没交代清的，跟嫂子说吧。"

"德顺"说："嫂子，我在那边太孤单了。"说完，埋头大哭。

宝成娘似乎明白了什么，赶紧吩咐糊了个纸扎的女人，烧在德顺的坟前。可是附在小蚊子身上的"德顺"仍然不走。

宝成娘叹口气说："兄弟，没想到你死了还这么挑剔。"

"德顺"不满意，就继续糊。糊了不下十个女人，"德顺"还是摇头。

一只鸟儿飞过来，围着德顺的坟头转了一圈飞走了。

宝成娘看着远去的小鸟突然说："兄弟，我明白了。"

宝成娘就亲自糊。宝成娘糊的纸人，圆圆的脸，大眼睛，眉眼弯弯，似笑非笑……

宝成娘糊的纸人烧在德顺的坟前，小蚊子把头朝后一仰，倒在了地上，长长地出了一口气，恢复了正常。他打量着周围的人，疑惑地问："我这是怎么啦？"

又到了春暖花开种瓜点豆的季节，宝成和瑞枝收拾德顺的遗物。不知为什么，宝成对德顺门口的竹子产生了兴趣，他对瑞枝说："今年咱家门口不种丝瓜了。"

瑞枝问："那咱种什么？"

宝成说："我想把叔门口的竹子移几棵过来。"

城墙土

1

迪巧要去做一件事。

这件事要是应验了，王小花就会低下她那高昂的头。想到王小花垂头丧气的样子，迪巧心里就雀跃了一下，但很快又隐隐作痛起来。

王小花在迪巧的心里扎了一根刺，迪巧把半辈子攒的劲儿全使了出来，愣是没有把这根刺给挑出来。

是王小花太厉害了吗？迪巧可不这么想。论长相，王小花也就是眼睛大点，脸盘不如迪巧耐看；论身材，王小花瘦得麻秆似的，远不如迪巧匀称；论心眼儿，王小花算计的那些小九九，迪巧心里门儿清，只是不愿意跟她计较罢了！

王小花办的那件缺德事，月亮湾的乡亲们明镜似的，背地里都说王小花不地道，可王小花把脸一抹就这么做了。迪巧几次想跟王小花掰扯掰扯，让她拍着胸脯好好想想，这么多年，她迪巧哪一件事对不住她？哪一件事不是让她三分？可是，几次走到王小花家门口，迪巧又退了回来。王小花的个性，她非常清楚，既然把事儿挑明了，想必王小花早就做好了充分的准备，自己去，除了撕破脸打打嘴官司，百事不顶，只能让王小花找到借口，让事情变得更糟。

迪巧把该找的人都找了，该托的关系都托了，也没能让王小花回心转意。迪巧左思右想，除了去办那件事，再也想不出更好的办法了。

李春羊更愿意当面锣对面鼓地斗争，动不动就说，不是鱼死，就是网破！

李春羊话说得挺有气势，怎么个鱼死网破他心里没底，也就是说说狠话解解气罢了。结婚这么多年，迪巧太了解自家男人了，如果他真有这个胆儿，王小花也不敢这么昧良心啊。

迪巧不想跟春羊费话。家里有了大事，都是迪巧说了算。她让春羊去给王小花送钥匙，春羊惊讶地看着她："都这样了，还让她看门？"

迪巧说："没有撕破脸，还是好邻居。"

春羊气呼呼地说："我不去，看到她就来气！"

迪巧刚一出门，就看到王小花从家里走出来。她的脸上立刻堆起了笑，把钥匙朝王小花一扔："小花，我和春羊去一趟柳阳城。"

王小花接住钥匙，把手一扬："放心吧，门丢不了。"

迪巧说："锅里焐着刚蒸熟的包子。"

王小花嘻嘻一笑，说："还用你说呀，你家哪儿我不知道？"

看着王小花那张假兮兮的脸，迪巧再也笑不出来，一头钻进了自家小客货的驾驶室。

春羊奚落道："跟演戏似的，你累不累呀！"

迪巧脸上挂了霜，气呼呼地说："你懂个屁！这叫缓兵之计。"

等车开出了一段路，迪巧回头冲着王小花骂了一句："王小花，你等着，我一定要让你家破人亡！"

2

迪巧心里的那根刺，是公公李大牛种下的祸根。

十五年前，月亮湾刮起一股建厂风，稍微有点本事的人都想当老板，乡里也大力支持，制定了好多优惠政策。只要是建厂占地，一律绿灯，村民之间协商好了，村委会负责丈量土地，乡土管所办理审批手续。

李大牛要投资十来万建一个狐狸养殖场，把亲戚朋友都借遍了，也只凑了五万，只好到信用社又贷了五万。

李大牛养殖场占的是郭喜喜的地，一亩地一年六百。郭喜喜的地在村西口，南边紧挨着省道，交通便利；西边是一片杨树林，空气清新，适合养殖。唯一让迪巧不踏实的是，他们两家没有像其他户那样，找个中间证人，三方签字画押落在纸上，仅仅是公公和郭喜喜两个人口头约定。

俗话说，口说无凭，立字为证。迪巧觉得公公这事办得不牢靠。两家关系好的时候，啥事没有，万一情况有变，被动的可就是自家了。

公公不以为然，大胳膊一挥说："我跟你喜喜叔是一辈子的好朋友，他的脾气我知道，吐口唾沫就是个钉，他答应了的事，一辈子也变不了！"

两年后，李大牛辛辛苦苦养的狐狸贱得没人要，十万元打了水漂。李大牛搁不住打击，一病不起，在床上躺了不到半年，就撒手西去了。

公公去世后，家里的外债压得迪巧喘不上气来，她让婆婆在家带孩子，自己和春羊搬到了养殖场。

狐狸是养不成了，迪巧左思右想，他们现在是挣起赔不起。为了保险，迪巧觉得还是围绕养殖做文章。月亮湾最近几年养奶牛的特别多，却没有一家饲料经销商，饲料都是跑到几十里外的柳阳县城去买。经销饲料利润虽然不高，但是稳定，几乎没有赔钱的可能。

经过反复考察，迪巧争取到一个品牌饲料的经销权，把养殖场改成库房，做起了饲料经销商。

迪巧头脑灵活，点子多，善于与客户搞好关系，负责推销；春羊踏实可靠，脾气好，负责送货上门。两口子一文一武，配合默契，生意越做越顺，不到两年，他们经销的饲料就占据了月亮湾周边的市场。

郭喜喜见到迪巧，感慨地说："看看你们过的日子，红灯似的，你公公要是活到现在就好了。"

这句话正巧被王小花听到了，她白了公公一眼，看着迪巧，半真半假地说："你家过得再好，也是沾俺家的光，俺家的地风水好。"

　　迪巧心里一惊！养殖场占地一直是她的软肋，生意做得越红火，她就越担心王小花起事端。

　　春羊说迪巧杞人忧天，月亮湾占地建厂的有十几户，没听说谁家闹过矛盾。

　　迪巧说："如果当初白纸黑字落在了纸上，哪有这样的担忧。"

　　春羊不以为然："咱爹走了，可喜喜叔还在呢。"

　　春羊遇事只看三尺远，不撞南墙不回头。郭喜喜不找麻烦，迪巧信；他的儿子郭蛮子一门心思开大车，也不可能找麻烦；王小花找不找麻烦，迪巧一点也摸不准，她觉得找的可能性很大。

3

　　郭蛮子买了一辆大车跑运输，村里的院子不能停车，就在迪巧养殖场对过自家地里盖了一个停车场。

　　两家门对门，隔着一条路。路西是迪巧家，路东是郭蛮子家。

　　自从两家做了邻居，迪巧无论做什么都高看王小花一眼，礼让她三分。家里来客换了饭，迪巧都喊她过来吃。地里种了新鲜的瓜果，摘回来先送过去让她尝鲜。每次进城赶集，迪巧都给她买点小礼品，一条丝巾一块布料都是情意。郭蛮子常年出车在外，他家地里的重活都是春羊帮着干。王小花闲着没事养了几只羊，饲料都是从迪巧这里买，迪巧都是按成本收，没挣过她一分钱。每年的除夕夜，迪巧都把王小花两口子请过来，好酒好菜当客一样招待。

　　迪巧这么掏心掏肺地对待王小花，就是一块石头也被暖热了。没想到，她千担忧万小心，王小花还是找上门来了。

那是一个傍晚，迪巧正跟春羊往客货上装饲料，王小花来了，她没有像往常那样，搬个凳子坐在一边，而是主动上前帮着往车上装饲料。

王小花爱干净，经常撇着嘴说饲料有味儿，每次装卸料，她都夸张地离得很远。

春羊跟王小花开玩笑："今天日头从西边出来了，闻不到味了？"

王小花笑着说："今天感冒了，鼻子不灵了。"

尽管迪巧一再不让王小花帮忙，王小花还是帮着把饲料装满了车才去洗手。

迪巧进屋沏了两杯茶，两个人坐在院子里，一边喝茶一边聊天。

王小花问："生意不错吧？"

迪巧说："马马虎虎。"

王小花叹口气说："比蛮子开车强多了，守家在地的，风吹不着，雨淋不着。"

迪巧摸不透王小花葫芦里卖的什么药，心里七上八下的。王小花一向都是心高气傲的，觉得她比谁都强。她看不起迪巧经销饲料，说那是伺候人的体力活，见到春羊开车送料，就说寒碜话，有时候故意奚落春羊："人家让送到炕上，你送不？"春羊红着脸答不上话来。迪巧接过话茬儿替春羊回答："别说炕上了，送到被窝里咱也送。"月亮湾的人都知道，当年郭蛮子看不上王小花，王小花把郭蛮子灌醉了，钻进郭蛮子的被窝，把生米做成了熟饭，才逼着郭蛮子娶了她。

迪巧有一搭没一搭地跟王小花扯着闲话，扯着扯着，王小花就扯到了养殖场占地上，她说："俺家公公真没远见，这么早就把地糟蹋了，省道北侧的占地，听说已经一千多了。"

尽管早有预料，但一直担心的事摆在了眼前，迪巧还是有些慌，她连忙说："怎么没远见啊，当初的猪肉才三块钱一斤，六百元就能买回一头大肥猪。"

王小花顺着迪巧的话说："是啊，现在物价这么高，六百元连半块猪也买不了，还不如种庄稼合算呢。"

迪巧说不出话来了。

这个时候，王小花的手机响了，王小花一边接电话一边朝外走，走到门口的时候，她回头对迪巧说："这几年你们生意不错，你跟春羊商量商量，地价是不是能涨点？"

迪巧没有想到，王小花话说得这么直接，这么理直气壮。她并不在乎涨多少，关键的问题是，王小花这么做，就等于背信弃义，把原来俩老人的约定给否了。

迪巧望着王小花的背影，恨不得撵上她也理直气壮地说："当年怎么说的怎么算！"但不知为什么，迪巧没有底气，心里一直有个声音在提醒她，这是人家的地，王小花的地……

春羊送料回来了，迪巧劈头盖脸地冲春羊说："看看咱爹办的好事，怎么样，狼来了吧？！"

春羊有点摸不着头脑："怎么啦？狼啊狗啊的。"

迪巧把王小花的话说了，春羊抬脚就朝外走，迪巧问："干吗去？"

春羊说："找喜喜叔。"

迪巧拦住他："话都挑明了，找也没用。"

春羊问："你说咋办？"

迪巧狠狠地说："不就是一年多几百嘛，咱给她就是。"

4

月亮湾有个老规矩，家里有了事都找个明白人念念。明白人是村里的诸葛亮、和事佬，红白事他们当家做主，矛盾纠纷他们调解斡旋。他们不如支书村长有权，却比支书村长实用。村里没有了支书村长，乡亲们觉得没什么，可村里没了明白人，乡亲们会觉得迷茫彷徨，好像一下子没有了方向。

月亮湾的明白人原来是海爷。海爷岁数大了，口齿不清了，头脑不灵了，就把这个担子交给了刘义。刘家家族大，刘义爷爷弟兄五个，到了刘义这一辈，光男丁就二十多个。刘家人抱团，在月亮湾举足轻重，没人敢小瞧。

李春羊五代单传，是村里的孤门小户。占地的事说大不大，说小不小，迪巧想请明白人好好念念，最好能三方签字画押，以绝后患。

迪巧原想带两瓶酒去找刘义，但想到平时自家跟刘义没交情，两瓶酒分量有点轻。迪巧想把刘义请到饭店，又觉得这么做太刻意，好像自家理屈一样。她想让春羊带着酒菜去刘义家里，两个男人喝点小酒不显山不露水的。可转念一想，春羊酒量不行，万一喝多了说了棒槌话，让刘义小看就不好了。想来想去，还是把刘义请到家里比较牢靠。

春羊很快就回来了，刘义说什么也不肯来。

迪巧心里一沉，觉得刘义看不起自家男人，不由一阵懊恼，好像自己也矮了半截，她皱着眉头问春羊："你怎么说的啊？"

春羊说："我说王小花想涨地价，找你到家里念叨念叨。"

迪巧问："他怎么答的？"

春羊说："他说乡里乡亲，低头不见抬头见的，没必要搞得那么复杂。"

迪巧明白了，她家跟王小花家门对门，刘义怕王小花看见了，落嫌疑。

迪巧觉得这件事必须拿捏好分寸，既要表达心意，又不能失了面子。迪巧记得，刘义有一次在大街上发牢骚，说村里的女人们懒得很，连馒头也不蒸了，下辈子一定找一个会用起子蒸馒头的老婆。

迪巧几乎把月亮湾走遍了，才从一个八十多岁的老奶奶家里找到了发面的起子，蒸了一大锅馒头，馒头顶上还点了红色的梅花。

迪巧让春羊去给刘义送馒头。春羊说什么也不去，他说一个大男人提着一篮子馒头去求人，太丢人了！春羊不出头，家里的大事小情都靠迪巧，迪巧既生气又无奈，摊上这样的男人，有什么办法呢。

迪巧提着一篮子馒头，来到刘义家门口，脸上热辣辣的，站了好一会儿，才硬着头皮进了门。

刘义和老婆正在屋檐下吃晚饭。迪巧把篮子放在饭桌上说："我蒸了几个发面馒头，尝尝吧。"

刘义眼一亮！拿起一个馒头，咬了一口说："就是这个味儿，跟我娘蒸的一样。"然后，掰了一块递给老婆，说："你尝尝，用起子蒸的馒头就是比用发酵粉蒸的好吃！"

这个时候，迪巧才发现刘义家饭桌上也是新蒸的馒头。迪巧尴尬地看着刘义老婆，一时不知道该说什么，就赶紧拿起刘义家的馒头，掰了一块放在嘴里，说："婶子蒸的馒头吃着有劲儿。"说了这句话，迪巧又觉得不合适，这分明是在说人家的馒头硬嘛。

刘义老婆是个随性人，根本没在意迪巧的话，也拿起迪巧的馒头吃了起来，还不住地说好吃，让迪巧以后教教她。

吃完饭，迪巧跟刘义老婆扯了一会儿闲话，才把话题绕到了自家养殖场占地的事上。

刘义说："王小花这人不简单，一般的男人都比不上她。这事恐怕我一个人办不了，得找个郭家的长辈压压她。"

刘义提到"郭家的长辈"，迪巧心里有点虚，担心自己没有家族依靠，刘义会不会一头热，就拿话激他："叔，月亮湾谁不知道你办事公正啊，那么多大事你都管得了，这点小事还能难住你？"

刘义说："这可不一定，小河沟里也翻船。"

迪巧说："叔，您尽管放心办，我都听你的。"

刘义说："有你这句话我就踏实了，你放心，我会尽力去办。月亮湾这么多占地的户，没有一户提出要涨价。我得跟王小花好好念念，这不仅仅是你们两家的事，还关系着月亮湾的整体局势。"

三天后，刘义回了话，王小花不买他的账，一口咬定，不管别人家怎么样，她家的地价一亩地涨到每年一千！

刘义无奈地说："我好说歹说，王小花就是不松口。"

迪巧说："叔，你尽到心就行了，碰到王小花这样的人，谁也没办法。我就是担心别的占地户不高兴，怪我开了个不好的头。"

刘义说："这个你不用担心，其他的占地户我去说，责任在她，不在你。"

迪巧痛痛快快地把地价涨到了一千元，王小花欢欢喜喜地把钱接了，却怎么也不答应签协议。这一下把刘义彻底得罪了，他四处摆列王小花的不是，其他的占地户也都骂王小花。

迪巧心里有点平衡了，王小花一年多了几百块钱，名声在月亮湾可是臭了。

5

迪巧家的仓库是养殖场改造的，棚顶的石棉瓦有的已经破损，遇到阴雨天就朝下淋水。迪巧想把养殖场重新规划一下，不光要翻新仓库，还要盖几间新房。

地价虽然涨了，但双方还是没有一纸协议，迪巧心里不踏实，担心王小花再起波澜。

春羊说："过去问问不就得了，让咱占，咱就翻盖，不让咱占，就这么凑合着吧。"

迪巧不想直接去问，春羊想得太简单了，万一王小花真不让占了，他们就没有退路了。

阴历四月十五，迪巧娘家村过庙会，她从娘家带回来粽子，喊王小花两口子过来吃。春羊到厨房炒了俩菜,四个人一边喝酒一边吃粽子。趁着酒兴,迪巧就把改造养殖场的想法说了出来。

郭蛮子大大咧咧地说:"盖吧,缺钱了说话。"

郭蛮子的话,迪巧不在意,她在意的是王小花的反应。没想到,王小花也挺痛快:"你家的小破房早该拆了。"

迪巧悬着的心总算是落了地,为了再确认一下,她故意对王小花说:"到时候你可要帮忙做饭啊。"

王小花笑吟吟地说:"那还用说!"

四个人开始研究房子怎么盖,郭蛮子建议,修房盖屋是大事,该去北庄找王瞎子阴阳一下。

王小花呸了一口:"不在宅子不在坟,全凭各自人,他一个瞎子,懂个屁!"

王小花的态度,让迪巧吃了定心丸,她开始大张旗鼓地翻修养殖场。郭蛮子跑前跑后地帮着张罗,王小花也几乎长在了迪巧家,帮着买菜做饭,两家热乎得像亲兄弟一样。

迪巧有点愧疚了,觉得自己确如春羊所说,有点神经过敏。地价不该涨也涨了,王小花再不地道,也得看跟谁。抛开两家老人几十年的友情不说,单凭两家的邻里关系,王小花也不该太过分了。宁得罪远亲,不得罪近邻,王小花又不傻,这样的道理她能不懂?

半年后,迪巧家的养殖场彻底变了样。北边五大间仓库,棚顶是红色的彩钢瓦。仓库的地面铺了瓷砖,红红绿绿的饲料堆放得整整齐齐,空气里弥漫着香甜的饲料味道。院子东南角靠近门口,是一溜三间东房,外墙贴了雪白的墙砖,室内也做了装修,扣板吊顶、水晶灯,窗帘也换成了新的。迪巧还在院子里搞了绿化,西墙边种了一片翠绿的竹子,南边院墙下栽了三棵垂柳。

自从盖上新房,迪巧的心就彻底放松了,跟王小花的相处也变得自然起来,不再像原来那样,刻意地讨好她,偶尔话头不对也跟她抬几句杠,但是都没有红过脸，只要一看王小花较真，迪巧就立刻转弯，让她占个上风。

可是，这样的关系并没有持续多久。

盖上房子的第二年，迪巧就耳东耳西地听说，王小花跟村里的女人们说，迪巧家能够这么快翻身，全是沾了她家地的光，还说当初占地的时候根本没拿尺子量，两家老爷子用脚一踢就搞定了，说是一亩，其实最少也有一亩二。

迪巧听了这些话，心里特别不舒服。她家翻身与王小花家的地有什么关系呢，还是这块地，公公养狐狸不是赔了个倾家荡产嘛，她家的地即使是金銮殿，她跟春羊不好好干，也是白搭。

迪巧心里不服气，嘴上却什么也没说。村里女人之间的关系，微妙得很，今天这个跟那个好了，明天那个跟这个臭了。好的时候把对方说成一朵花，不好的时候把对方说成臭斑虫。女人之间的话稍微不慎，就会添油加醋越捎越多，一不留神就会变成一场是非。

这样的话王小花即使真说过，迪巧也不能问，问了就等于搬起石头砸自己的脚。反正王小花没有当着自己的面说，她就只能装糊涂。但是有一点，她必须搞清楚，那就是占的地到底是多少。如果真如王小花所说，她就给人家把钱补上。

趁着王小花到城里赶集，郭蛮子出车也没在家，迪巧和春羊拿着皮尺把她家的养殖场丈量了一下，结果与王小花说的正相反，还不到一亩，是九分五。

迪巧一下坦然了，原来一直是王小花家沾着光。

春羊拽着尺子说："等王小花回来让她亲自量，看她还有什么话说。"

迪巧瞪了春羊一眼："少这么点地对咱生意有什么影响？就这么暗着吃点亏也不一定是坏事，如果有一天王小花真提出来重新丈量，她知道自己沾了光，就不会找麻烦了。"

6

一晃三年过去了。

迪巧又去给王小花送地钱，王小花没在家，郭蛮子痛痛快快地接了。

可是，吃晚饭的时候，郭蛮子又把钱送了回来。他说："今年跑车不太顺。"

郭蛮子今年接连出了两次车祸，但这跟地钱有什么关系呢？迪巧不接钱，郭蛮子吞吞吐吐地说："今年在县城给孩子按揭买了楼，日子有点紧，小花说开个饭店，过几天想找王瞎子算算，路西好还是路东好。"

春羊急了："你家开饭店，我家怎么办？"

郭蛮子的脸一红一红的。

迪巧赶紧把钱接过来，和颜悦色地说："蛮子，你也知道，我家盖新房刚三年，也花了不少钱，你回去跟小花好好合计合计，最好还占路东。"

郭蛮子一走，迪巧一屁股坐在沙发上，说："春羊，坏了，要出大事了！"

春羊起身朝外走："我去找喜喜叔。"

迪巧拦住他："你去找喜喜叔有什么用？你还看不出来吗，都是王小花的点子，郭蛮子只是个炮！"

春羊有点急："不找喜喜叔，你说怎么办？"

凭空冒出这种事，迪巧心里也有点慌，她以为涨了地价，盖了新房，就算是万事大吉了，没想到刚过三年，王小花又出幺蛾子了。

迪巧冷静了一会儿说："这事先不要声张，观察观察再说。"

春羊嘴上答应了，心里还是沉不住气。平时送货回来，他总是把小客货停在王小花家南边的空地上，为了表达自己的不满，这几天送货回来，他直接把客货开进了自家的院子里，好像要与王小花家划清界限。

这个举动被迪巧发现了，她逼着春羊把车停到原来的地方，埋怨道："你一个五尺高的汉子，咋这么幼稚呢。"

春羊气呼呼地说："我就是要与她家划清界限。"

迪巧火了："你有种，今天就把养殖场拆了！"

春羊梗着脖子不服气："我凭什么拆，当初说好了的，只许咱不占，不许他撵！"

迪巧问："谁说好了的？"

春羊说："咱爹和喜喜叔。"

迪巧又问："咱爹呢？"

春羊答："咱爹是没了，可喜喜叔还在呢。"

迪巧追问："如果喜喜叔不承认呢？"

春羊涨红着脸说："绝对不可能！"

春羊就是这样，别人一眼就能看准的事，他得琢磨好半天，而且还特别犟，认准了就照直朝前走，从来不拐弯。迪巧觉得与春羊对话简直就是对牛弹琴，他的想法永远跟不上自己的思路。每当这个时候，迪巧就特别沮丧，觉得自己不是嫁了个男人，而是找了一个不懂事的孩子。

迪巧表面上若无其事，心里却一直打着鼓。她一直在想，王小花把话放出来了，就是在等她的态度，如果一直置之不理，王小花急了，可是什么事都做得出来。

王小花一直按兵不动，见到迪巧，该说就说，该笑就笑，好像这件事从来没发生一样。

迪巧觉得一辈子面对这样的邻居实在太可怕了。想想这几年的日子，除了努力做生意，她的心思几乎全用在王小花身上了。这一亩不会说话的地，简直成了套在她头上的紧箍儿，王小花什么时候想让她头疼，她就得头疼，什么时候想让她低头，她就得弯下腰来。这样的感觉让迪巧憋屈极了，她凭什么要活在王小花的阴影下？迪巧真想豁出去，当面去问问王小花，如果真不让占了，就给个痛快话，她立刻拆房子走人！

迪巧要去找王小花，还没出门她就迈不开步了。她已经把这儿当成自己的家了。院子里铺的碎石片，是石材厂扔了的下脚料，春羊拉回来，一块一块拼成了美丽的图案；西边的竹子串成一大片了，郁郁葱葱的；西北角的石榴树，是女儿前年栽的，已经开始挂果了；南墙边的三棵柳树，也长成碗口粗了，一到春天，嫩绿的柳枝随风摇曳，美得像画一样。

迪巧左看看，右看看，前看看，后看看，院子里的一切都像是她的孩子，在无声地呼唤着她。迪巧犹豫了，迪巧不舍了，迪巧不想争气了，争气不养家，养家不争气。她暗暗下定决心，不管想什么办法，也要把这个"家"保住，这里已经成了她的根，失去了它，她六神无主。

7

迪巧让春羊跟她一块儿去找刘义，毕竟他是一家之主，总缩在后面不出头也说不过去。当然，春羊肯定要说棒槌话，那就让他说吧，就算跳起来也没有关系，一个男人适当地表达些硬气，也不一定是坏事。

尽管这么想了，但走到刘义家门口，迪巧还是不放心，叮嘱春羊说："说话注意点，不该说的别乱说。"

春羊嘟囔了一句："知道了。"

刘义很热情，见迪巧和春羊进门，赶紧吩咐老婆沏茶。

迪巧把事情说了以后，刘义很愤慨："王小花总这么昧着良心干，就不怕遭报应吗？"

刘义的话一下就说进了迪巧的心里，郭蛮子今年出了两次车祸，把前几年挣的钱都搭进去了。举头三尺有神明，王小花总办缺德事，老天爷也看不过眼了。

迪巧让刘义继续帮忙说合，刘义为难地说："不是叔不帮你，是实在帮不了。上次的事你也知道，我几乎是倒着从她家出来的，再也丢不起这个人了。"

春羊说："迪巧，算了吧。"

迪巧不理会春羊，因为出了刘义家的门，她实在不知道该朝哪里去。迪巧恳求刘义："叔，你说的都对，按说，我们不该总是麻烦你，可是，你也知道，俺又没有家族院房，真有了事，除了叔，还能指望谁呢？"迪巧说着说着，眼圈就红了。

刘义安慰迪巧："先别急，容我再想想。"

迪巧给春羊使眼色，让他说几句感谢话，没想到春羊张口就说："叔，你也别想了，我算是看准了，月亮湾属王小花大了，你这个管事的也是个摆设。"

迪巧急了，瞪了春羊一眼："你别胡说八道了，月亮湾没有咱叔摆不平的事。"

迪巧很怕惹恼了刘义，没想到春羊的话歪打正着，把刘义的劲儿激上来了，他说："迪巧，你还别说，春羊说得对，如果弹不了王小花，我还真成摆设了。"

迪巧赶紧顺着刘义说："别听春羊瞎胡说，叔是不跟王小花一般见识，如果真较真，叔一个手指头，就能按住她。"

刘义笑了："叔可没那么大能耐。不过，既然你们两口子信我，我就厚着脸皮再去蹚一水，办好了你们别高兴，办不好你们也别恼。"

迪巧赶紧说："叔，你怎么办怎么对。"

刘义又看春羊，春羊也说："叔，我听你的。"

刘义这才说："咱先分析一下，王小花到底想咋样？"

春羊说："这娘们前晌姓张，后晌姓李，谁知道她到底想咋样。"

刘义问迪巧："你说呢？"

迪巧认为郭蛮子一开始接了钱，就不大可能开饭店。迪巧心里这么想，嘴上却谦虚地说:"叔,我脑瓜子木,想不了那么多,还是你说吧。"

刘义说:"我估摸着王小花开饭店是借口,无非又想涨涨价。"

春羊急了:"地价涨了才三年。"

刘义说:"是啊,按说真不该再涨了,可谁让咱摊上这么个人呢!"

迪巧愤愤地说:"上次一亩地涨到了千元,在月亮湾冒了尖,占地户都在骂,她就不怕乡亲们戳脊梁骨吗?"

刘义点了点头:"我也想不透王小花到底怎么想的,人活在世上,不就是活张脸吗?为了区区几百块钱,得罪乡邻,值得吗?"

迪巧叹口气:"王小花已经不要脸了。"

刘义劝迪巧:"吃亏是福。看看你们过的日子,除了占地这点麻烦事,其他都不错。春羊为人实在,乡亲们都念好,去年你婆婆住院,乡亲们都去看望。回头再看看王小花,郭蛮子一年出了两次车祸,有谁搭理他?还有,你家的一儿一女都考上了大学,这多荣耀!再看看她家,大儿子勉强上了一个三流技校,毕业后工作没着落,在外面漂着。二儿子高中没毕业就不上了,到建筑工地打工卖苦力。路都是自己走的,福都是自己修的,老天爷在天上看着呢,她再怎么扒搂也比不上你啊!"

刘义的话迪巧越听越顺耳,越听越觉得有道理,越听越觉得自己的日子比王小花过得好,越听越觉得这都是吃亏得来的福报,越听心里越热乎,她不由对刘义说:"叔,你尽管放心去办,如果王小花提出的价格不是太离谱,我都应了,反正有生意做着,一年多几百块钱也不是什么大事,大不了让春羊多扛几袋料。"

春羊不同意:"这样没边没沿地涨,啥时候是个头?"

迪巧问:"不涨人家让你拆,你说咋办?"

春羊脖子一梗:"我就是不拆!地是她家的,房子可是我的。"

迪巧反问:"没有地,哪有你家的房?"

见迪巧和春羊争吵,刘义说:"你们两口子再商量商量。"

迪巧说:"不用商量了,叔你看着办。"

三天后，刘义回话了："迪巧，这事不好办啊！"

迪巧的心朝上蹦了一下。

春羊问："她要多少？"

刘义说："不是涨价的事了，她提出让你们一次性买断！"

迪巧一下愣了！

最近几年，月亮湾省道两边的地有买断盖房的，听说乡土管所都罚了款。迪巧家的养殖场距离村子很远，她从没有想过买断盖房子。

迪巧急了："她家的地是集体的机动地，是用来调剂人口增减的，凭什么她卖钱？"

刘义叹口气说："现在谁还讲政策啊，地分到一家一户，就成了个人家的了，谁愿意卖多少就卖多少，只要有人愿意买就行。省道两边已经有很多户卖地了，乡土管所知道了，也只能罚款了事，这样一来，就变相地认可了这种做法。"

春羊问："一次买断要多少钱？"

刘义说："按当前的行情，一亩地大概在三万左右。"

春羊看迪巧，迪巧一时也不知该说什么。

刘义说："这不是仨钱俩钱的事，你们两口子好好合计合计，我去找村长念念，王小花这人敬官，也许村长的话她听。"

刘义这么费心，迪巧很感激，她说："叔，咱把村长叫到饭店去坐坐？"说了这句话，她马上后悔了，好像自己巴结村长一样。

刘义没介意，他说："这个时候，哪有心情去饭店啊。"

刘义一边朝外走一边嘟囔："现在的人，都钻进钱眼儿里去了，有些事咱就是想管好，也管不好啊。"

8

　　春羊倾向于一次买断王小花的地，他说："长痛不如短痛，省得整天为这事提心吊胆。"

　　迪巧觉得春羊说的也对，王小花认钱不认人，整天被她牵着鼻子走实在太憋屈了，不如咬牙一次买断，落个清静自在。可是，一次性拿出三万块钱，迪巧还是有点疼。这几年生意是不错，可花项也不小，仅返修养殖场就花了五万多，再加上婆婆住院以及两个孩子的学杂费，不光把积蓄花完了，还亏了两万。

　　春羊说先找亲戚们借借。一听借钱，迪巧急了，公公当年欠下的那些债，好不容易还清了，再去借钱，她觉得面子上过不去。他们好歹也做了这么多年的生意，不娶媳妇不盖房又要借债，亲戚们会怎么看？

　　春羊说："钱我去借。"

　　迪巧问："你去哪儿借？"

　　春羊说："这你就别管了。"

　　春羊的话里透着一丝得意，好像他到哪儿都能借到钱，借钱是一件很容易的事。迪巧心里不舒服了，不管怎么说，借钱也不是一件光彩事，春羊说得这么轻松，好像能借来钱是一种本事。迪巧承认，以他们现在的光景，只要张嘴，亲戚们都给面子。可这些人缘是你李春羊走出来的吗？要不是我迪巧，仅凭你能过成这样？迪巧看着春羊那张脸，越看越觉得不顺眼，原本英俊周正的脸耷拉着，一副畏畏缩缩的样子，当年相亲时的感觉一点也没有了。

　　春羊被迪巧看得有点发毛，抹了一把脸，问："我脸上有什么？"

　　迪巧叹口气说："我在想，这地到底该不该买？"

春羊说:"有什么可想的,买就是买,不买就是不买。"

迪巧瞪了春羊一眼:"你以为别人都跟你一样啊,有一是一,有二是二。"

春羊说:"如果都跟你和王小花一样,有一想成三想成四,世界就乱套了。"

春羊总是在一些不合时宜的场合说一些不合时宜的话,迪巧不知说过他多少次了,总也改不了。每当遇到这种情况,迪巧先是生气,而后就是无奈的叹息,多年的夫妻生活让她明白了一个道理,夫妻之间,谁也别想改变对方一丝一毫,就好像天成不了地,地也成不了天。

有客户打电话要买饲料,春羊赶紧到仓库里装饲料。一眨眼的工夫,八袋饲料就装上了车。春羊会打算,心疼油贵,十袋以下不用小客货,都是用电瓶三轮车。春羊麻利地跳上电动三轮车,三拐两拐出了门。

迪巧望着春羊的背影,心里一阵安慰。自家的男人,心眼儿不多,也不会花言巧语,可干活没人比得上,庄稼人过日子,不就图个力气嘛。再算算刚刚送出去的八袋料,净挣四十。

这四十元的纯利润,让迪巧的心情好了起来。她想,就按春羊说的,一次性买断吧,如果地成了自家的,心里踏实了,把猪料、兔料、鸡料都上全,说不定三两年就把地钱挣回来了。当然,借钱这样的事肯定不能让春羊去,男人的脸大,还是由自己来做吧。迪巧绝对不会在月亮湾借钱了,公公倒了的牌子好不容易重新竖起来,不能再让它倒了。爹手里还有两万养老钱,存了定期一直没动,大不了厚着脸跟爹张一次嘴。俗话说,一个闺女是爹娘三辈子的累,谁让爹摊上了她这个穷闺女呢。

刘义说地钱大概三万左右,左到哪里,右到哪里,迪巧要做到心中有数。这样的事要想搞清楚,去问买卖两方都行,迪巧觉得去问买方更合适,因为她跟买方算是一个阵营的。

迪巧做事喜欢立竿见影,想透了的事愿意马上去做,她到门口张望了两次,都不见春羊的影儿。迪巧知道,春羊送完料肯定在跟客户闲拉呱,这是迪巧教给他的，说是可以跟客户联络感情，春羊执行得还不错，就是有时候把握不好火候，说高兴了就忘了时间，好在客户都不拘礼数，跟春羊混得自家人一样，有空就跟春羊闲拉呱，没空就直接撵他，快轱辘走吧。春羊也不恼，顾客是上帝嘛，滚吧轱辘吧都是一个意思，都没有恶意。

迪巧站在门口左右张望，就是不见春羊回来。

王小花从家里出来了，见迪巧在门口东张西望，问："嫂子，有事啊？"

迪巧只好说："等春羊呢。"

王小花主动说："有事走吧，有我呢。"

迪巧心里说，办了缺德事，心虚了。走了几步，迪巧忽然想，你王小花帮我看门，却不知道我为你家的地摸底。这么一想，迪巧就有点高兴，好像无形当中王小花被她算计了似的，她不由回头看了一眼，见王小花站在她家门口，在心里骂了一句：一条看门狗！这么骂了，又觉得不对，看门狗也比王小花忠义。于是，迪巧就又在心里骂了一句：一头喂不饱的狼！

9

月亮湾的村东，原来是一个小化工厂，最近几年环保形势紧张，没有开工就被取缔了，有一户就买来当了宅基地，盖了房子。

迪巧去这户人家打问价钱。

这家的男人出去打工去了，女人在家，迪巧夸房子盖得好，女人自豪地说："花了十七八万呢。"

迪巧又夸她家的光景好，女人谦虚地说："都是男人打工挣的辛苦钱，买地、盖房、娶媳妇，落下了三万的亏空。"

见女人主动提到了买地，迪巧赶紧接口问："买地花了多少？"

女人说："前年买的，不到一亩，花了两万七，折合下来，一亩地三万吧。"说到这里，女人有点不平衡，她说："谁家分了省道两边的地可是沾了大光，地价一直往上涨。前年上半年一亩地还不到两万五，下半年到了俺家，就涨成了三万。"

女人的话一下就拉近了两个人的距离，迪巧把自己家的事一五一十地跟女人说了，说着说着就掉了泪。

女人倒了一杯水，递给迪巧，也跟迪巧说起了心里话，她说，其实她家买地的时候，也跟迪巧家差不多，地主要价很高，不到一亩地要三万，刘义和村长折腾了一个月，才降了三千元。当时赌气想不买了，可是孩子要娶媳妇等不得，村里又没宅基地，没办法才咬牙买了。

迪巧问："有合同吗？"

女人苦笑着说："有倒是有，可是我估摸着也没用，自己糊弄自己罢了。"

迪巧忙问："有合同还不管用？"

女人笑着说："管用乡里还罚款啊。"

迪巧糊涂了，既然明知道不合法，乡里又罚款，为什么还要买呢？

女人说："俺家男人说，合法不合法吧，房子盖起来不给拆就行，好多户都这么干，法不责众，就这么糊涂着吧，反正没房子娶不回媳妇。"说到这里，女人劝迪巧："你家又不缺房子，最好别买。说实话，住这样的房子一点也不踏实，总害怕有一天上边突然来了政策，重新分地或者又回到集体，房子说不定就保不住了。"

迪巧心里一惊一惊的，她原以为花了钱，地就成了自家的，没有想到还有这么多的后患。

女人起身到里间拿出合同让迪巧看。合同是手写的，内容特别简单，一条是占地的面积，长多少，宽多少；一条是地的价格；一条是期限。猛一看合同挺公平，细一想很迷茫。尤其是最后一条"一次性买断，永远不追究",一次性买断是真的,永远是多久?谁也说不清。说不清就有无限的可能,永远也可以是三十年,也可以是三年啊。

迪巧把自己的担忧说了,女人忧心忡忡地说:"国家的政策,咱老百姓说了不算,不瞒你说,俺娘家的宅子原来大着呢,都是俺老爷爷给地主家扛长工挣下的,可是村里一规划,就都充了公,又能咋样?"

迪巧说:"既然这样担心,为啥还买呢?"

女人叹口气说:"俺家男人说,国家的土地政策三十年不变,最起码这三十年没事吧。"

迪巧问:"三十年以后呢?"

女人说:"三十年以后再说吧,咱能不能活三十年还不一定呢。"

迪巧笑起来:"你倒是挺乐观。"

女人说:"不乐观又咋样,咱一个穷老百姓,管不了那么多事,过一天少两晌吧。"

迪巧觉得女人的话有道理,世界上的事就是这样,该糊涂的时候就得糊涂,想得太清楚了,就没法过了。比如自家占的地,不买,人家王小花就让你拆,不拆就给你找麻烦。

女人对迪巧的处境很同情,她给迪巧出主意说:"你最好找一个能拿住王小花的人,王小花这个人够上,你去找找村长。"说到这里,女人笑了一下。

迪巧猛地想起来了,女人跟村长是表兄妹,她赶紧夸村长好,并说选举的时候,她选的是村长。

趁着女人高兴,迪巧就恳求她帮忙找村长。女人说:"村长挺和气的,你去找也没事。"

迪巧看出来了,女人的推辞并不坚决,迪巧把话说得既诚恳又谦虚:"我知道村长挺和气,可我这个人一遇事就慌,话说不到点儿上,咱们都是一样的病,你就帮帮我吧。"

女人被迪巧说动了,她诚心诚意地说:"这事我帮你。不过,你先让刘义办，这种事乱插手不好。"

话说得差不多了，迪巧起身告辞，临出门的时候，女人给迪巧透露了一个消息，王小花也在活动，也在找人打问行情，不过找的不是占地的户而是地主，还挑拨人家卖便宜了。女人冷笑着说："王小花就是个起事精，也不看看我是谁，她前脚刚走，后脚人家就把话传给我了。"

迪巧心里一喜，原来王小花聪明反被聪明误，无意中已经得罪了村长的表妹。

10

迪巧刚进门，春羊也回来了。

春羊把车停到北棚，走进屋里开始抽烟，脸上阴沉沉的，像是跟谁发狠一样。

迪巧忙问："客户少给钱了？"

春羊不吭声。

迪巧又问："与人吵架了？"

春羊还是不言语。

迪巧急了："你哑巴了？"

春羊把烟狠狠地按在烟灰缸里，说："这世道，真他妈的没好人了，连喜喜叔也坏了良心！"

迪巧心里一惊："你去找喜喜叔了？"

春羊点了点头。

迪巧急了："谁让你去找的？"

春羊急赤白脸地说："我就愿意找，怎么啦？"

迪巧压住火气，这个时候，她不能跟春羊吵架，既然木已成舟了，再说什么也没用。现在最重要的是听听郭喜喜说了什么。迪巧缓和了一下语气说:"先别气,再急咱也不吵架,免得让东边看了笑话。"

春羊火气小了,说:"我送完料往回走,看到喜喜叔在老家门口坐着,就想问问他。一进喜喜叔家的院子,我心里就热乎乎的,不由就说起了小时候的事。喜喜叔很高兴,他还记得小时候给我编过蝈蝈笼子,还说蛮子也是我压炕引来的。我不懂什么叫压炕,喜喜叔说,他和蛮子娘结婚好几年没孩子,咱爹就给他出了一个主意,让我到他家睡三晚,就跟鸡下蛋放引蛋差不多。那时候我还不到三岁,认生,在他家一直哭,娘心疼得掉泪,爹却硬着心肠让我在他家睡了三宿。果然,不到两年,就引来了蛮子。"

春羊说的这些都与地不沾边,迪巧却听着挺好,让郭喜喜想起以前的好,他才可以对比王小花的错。

春羊说:"说了一会儿小时候的事,我就跟他说了咱们这几年的日子,说了当年咱爹跟他的约定,说了王小花涨地价,说到了现在要买断的事。"

迪巧的心里一阵紧张,不由埋怨道:"你转弯太快了。"

春羊说:"明摆着就是这么回事,何必拐弯抹角呢。"

迪巧催促:"喜喜叔怎么说?"

春羊说:"喜喜叔低着头不说话。我看出来了,他心虚有愧,想避开这件事。我就追问他,他却故意打岔,发起了牢骚,把王小花和你……"

说到这里,春羊看了迪巧一眼,扑哧笑了:"喜喜叔说王小花和你都不是省油的灯。还把我跟蛮子臭骂了一顿,说俺俩都是窝囊废,家里都是母鸡打鸣娘们当家。"

迪巧愤愤地说:"喜喜叔怎么能这么说呢,自家婆娘个滚刀肉,却拉我当垫背的。人家这么说你媳妇,你就没吭声?"

春羊说:"他怎么骂我跟蛮子都没事,可说你母鸡打鸣就不对了。我跟他说,喜喜叔,不是我护媳妇,我家迪巧跟你家小花不一样,她当家没错,可是说理,没理的事她从来都不做。你家小花就知道东家长西家短地念是非。"

迪巧心里有些安慰，自家男人知道维护自己的脸面。可是，春羊这么说王小花，郭喜喜会不会不高兴？毕竟王小花是人家的儿媳妇。

春羊说："喜喜叔没有不高兴，就是不往占地的方面说。"

迪巧猛地醒悟过来，只顾着说闲事了，正事倒忘了。

春羊说："喜喜叔不提地的事，我就直接问，当年跟我爹的约定还记得吗？他说记得。我又问，按着约定，该不该涨价？他说，按说不该涨价，可是物价涨了。我说，物价涨了，地钱也涨了，涨到月亮湾最高价了。他低头不言语。"

迪巧急了："你说话别拖泥带水的，直接说重点。"

春羊说："喜喜叔说，买断就买断吧，省得麻烦！我一听就来气，跟他说，你以为我开着银行啊。"

迪巧说："说得好！"

春羊说："喜喜叔说，谁也没开着银行，蛮子要是日子过得好，也不会卖地。接着他就跟我唠叨起蛮子的不容易，跑了这么多年大车，最后连个辛苦钱也没落下。儿子好不容易谈了个对象，人家女方要在县城买房，不买就不结婚。我越听越不对劲，他转来转去，都是为自家着想。我不愿意再听了，干脆就问，买断就买断，喜喜叔你说多少钱？他说，这事我不做主，你问蛮子吧。我一听火大了，蛮子跟我要十万，你也不做主？"

迪巧也急了："你傻呀，怎么能这么问！"

春羊涨红着脸说："从此我跟郭喜喜一刀两断，他死了我也不抬他！"

迪巧忙问："你先别急，他怎么回答的？"

春羊说："人家说，俺家的地无价！要不是机动地，就是给座金山也不卖！"说到这里，春羊激动起来："你听听这话说的，跟王小花简直是一个鼻孔出气！"

迪巧的心一下子沉了下去。她没有想到，郭喜喜会是这样的态度。在迪巧的内心深处，一直把郭喜喜当成她最后的救命稻草，到了关键时刻，他一定会仗义执言。毕竟月亮湾的人都知道，郭喜喜是个厚道人，毕竟他跟公公是一辈子的好朋友，毕竟他接受了公公的请托。迪巧一直记得，公公临终前，拉着郭喜喜的手说："喜喜，俩孩子交给你了，你要帮着他们渡过这个难关啊！"郭喜喜流着眼泪答应了。

迪巧越想越不甘心，蛮子和小花是郭喜喜的儿子媳妇，他向着也是天经地义，但是向人向不过理啊，他这么昧着良心说话，不怕别人戳脊梁骨吗？迪巧越想越觉得郭喜喜的变化太大了，不亲眼所见，她无法相信。

迪巧就去找郭喜喜，想亲耳听听他怎么说。

郭喜喜一见迪巧，抬脚就走，郭喜喜越躲，迪巧心里越生气，她干脆截住他，问："喜喜叔，当年你跟俺爹的约定还算数吗？"

郭喜喜一脸的羞愧，红着脸说："脚大不由鞋，儿大不由爷，我老糊涂了，管不了小辈的事了。"

郭喜喜说完，眼里滚下了两颗老泪。

迪巧看着郭喜喜流泪的脸，再也说不出话来。

11

一晃十几天过去了，刘义一直没动静。迪巧有点为难，催得太急了，她怕刘义不高兴，毕竟人家帮忙办事，不图仁不图俩的。不催吧，她又怕村长表妹那头儿撂凉了。

只要春羊不出去送货，迪巧就去村里的商店转一圈儿。刘义家就在商店对面，她希望能碰到刘义，好借机问问他。

迪巧去了几次，都没见到刘义，倒是在商店门口碰到了刘义的老婆。刘义老婆把迪巧拉到一边说："迪巧，你叔为你家的事上大火了，好几宿都睡不着觉，嘴里长满了燎泡，饭都吃不了了。"

怪不得刘义一直不回话，原来气成了这样。迪巧不安地说："婶子，对不起啊，为了俺家的事，让叔上了这么大的火。"

刘义老婆四下看了一眼，小声说："你猜王小花要多少？六万啊！她也不怕风大闪了舌头！"

迪巧的头一蒙，眼前一下冒出好多金星，要不是刘义老婆在面前站着，她恐怕会摔倒。

迪巧想到王小花可能要大价，她想过要三万五，也想到过要四万，但绝对没想到王小花会狮子大开口，竟然要六万！

迪巧咽了好几口气，才把自己平复下来。她强撑着安慰刘义老婆说："婶子，好好劝劝我叔，办不成咱不办，可别伤了身子。"

刘义老婆叹口气说："谁说不是呢，又不是为自家的事，何必动真气呢，可他就是不听，觉得丢了面子，没法给你们交代。"

刘义老婆走了以后，迪巧从村里朝养殖场走，她走走停停，刘义老婆说的六万在她的耳边呼呼作响，就像地里一排排的玉米，怎么也看不到头。路边草丛里的蟋蟀吱吱地叫着，迪巧听着也像是在叫"六万六万"……迪巧朝草丛踢了一脚，几只蟋蟀四散奔逃，钻进玉米地里没了踪影。很快，玉米开始晃动，好像被那几只蟋蟀惊动了似的。起风了，玉米哗哗地响了起来。迪巧扭头朝回看，突然觉得，月亮湾的大街不像原来那么直了，像弯弯曲曲的山路。

迪巧突然想哭，地里的玉米左摇右晃，像是在召唤她。迪巧一头扎进玉米地里，狂奔起来，玉米叶子划在她的脸上，她一点也不觉得疼，反而觉得很过瘾！迪巧像一只迷路的羔羊，左碰右撞，直到把自己累得喘不上气来，才瘫软在垄沟里。

迪巧开始放声大哭。风像是故意配合迪巧似的，越刮越大，四周的玉米也像是与迪巧的哭声应和，哗啦啦地响着，迪巧的哭声被淹没了。

12

晚上，刘义过来，对迪巧说："你婶子说下午见到你了，我怕你们着急，就过来看看。"

迪巧心里一暖，瞪了春羊一眼，说："叔，你来得正好，人家正要去拼命呢！"

春羊嚷道："她可真敢要价啊，她家的地能长出金子啊！反正日子没法过了，大不了一命抵一命！"

刘义厉声说："春羊你四十多岁的人了，怎么净说棒槌话，动不动就命啊命的，人的命可只有一条。"

春羊还是很激动："被人骑着脖子拉屎，活着还有什么意思！"

刘义腾地站起来，拿出一副要走的架势，说："春羊，你要是这么说，我也就不管了，你看着办吧，愿意打架就去打，打死谁埋谁。"

迪巧赶紧拦住刘义，说："叔，你千万别走，我知道你都是为我们好。"说完，她瞪着春羊说："还不赶紧给咱叔拿烟。"

春羊去柜子里找烟，刘义也就顺势坐下了。

春羊递给刘义一根烟，并帮他点着。刘义吸了一口烟，才说："春羊啊，听叔一句话，千万不要冲动，这架打不得，也打不起，村东口王家二小子的事，你也知道吧？"

刘义一提村东老王家的事，春羊一下蔫了。

老王家的事，是月亮湾的大新闻。去年夏天，北庄一个人偷老王家地里的艾草，被老王家的二小子当场捉住，那个人觉得一把艾草不算回事，非但不认错，还不说正经话。王家二小子一怒之下，拍了这个人一铁锹。这下可好，拍的不是地方，脾被拍坏了，送到医院摘了脾。人家做了法医鉴定，要判王家老二的刑。王家老二东躲西藏，半年不敢回家。网上通缉了，总跑着也不是事，王家就请刘义出面找北庄管事的人协调，来回折腾了好几个月，赔了对方十几万，才被轻判了。

春羊叹口气说："叔，打也不能打，骂也不能骂，就这么忍着？"

刘义说："不忍着咋办？说实话，我也憋屈得很，好几宿睡不着觉，觉得自己太窝囊了，跟海爷差远了。那时候，海爷的话在月亮湾就等于圣旨，谁敢不听？现在呢，我说上一百句，人家也不一定听一句。前几天，我连着三宿找到王小花家里，软的硬的，荤的素的，把嗓子都说哑了，人家一点也不给面子，咬定就是六万，少一个子儿也不行。"

迪巧气愤地问："她凭什么要六万啊？"

刘义说："王小花说得有鼻子有眼，听起来也挺有道理。她说，要不是没过门的儿媳妇逼着在县城买房，她也不想把地卖了。"

迪巧急了："这算哪门子的道理啊，她家娶媳妇，让俺家掏钱买房？"

刘义打断迪巧的话："你先别急，听我说完。王小花说，县城里的地一亩几十万，省道两边的地也一直在涨价，以后涨到什么程度，谁也不知道，也许超不过十年，就能涨到十万了。"

王小花的推理，让迪巧目瞪口呆，她冷笑着说："北京天安门的地还上千万呢。"

刘义说："谁说不是呢，可她一句话就把我问住了，你知道十年后月亮湾的地价是多少吗？"

春羊气愤地说："王小花就是个滚刀肉！"

迪巧也不得不承认，王小花确实有一套，她的理由谁都知道是诡辩，却辩得连刘义这样的聪明人也无话可答。迪巧心里一阵悲凉，她带着哭音说："叔，你费心了，我认栽了，给她家拆！"

刘义说："别着急，你算算账，拆了损失多少？"

春羊咬牙说："拆了我找别的地方重新盖，就是赔上几万我也认了！"

刘义劝道："争气不养家，养家不争气，这么拆拆盖盖，损失可不是六万啊。"

迪巧算了算账，刘义说得有道理。想起改造养殖场时，王小花两口子的积极表现，迪巧就越觉得王小花可恶，心里像是着了一团火，她忽然觉得自己被王小花彻底耍了，三年前就钻进了人家的圈套。

春羊埋怨迪巧："当年我说直接问问吧，你不同意，现在成了这样，傻眼了吧！"

事情到了这种地步，迪巧彻底乱了方寸，她无助地问刘义："叔，我们该怎么办？拆吧，我不甘心；不拆吧，六万我真拿不出。再说了，咱村也没这样的价，我问过了，最高是三万，多一万半万我认，多一倍，我接受不了！"迪巧说着就哭泣起来。

刘义看不下去了，安慰她说："先别哭，咱再想想办法。"

迪巧把见到村长表妹的事跟刘义说了。

刘义说："我跟村长已经谈了，他也没辙。王小花也找村长了，哭哭啼啼地向村长借钱。村长说，碰到王小花这样的人，县长来了也没有用！"

一听王小花也找了村长，迪巧急赤白脸地说："我就不信，天下就没人管得了她？明天我就去告她，她凭什么卖机动地得利？当年乡里可是给俺办了占地手续的，她没有权利让俺拆！"

迪巧的话一下提醒了刘义，刘义兴奋地说："迪巧，你这话算是说到点儿上了，如果能查到当年的占地手续，你就跟她打官司，乡里的占地手续，可比村里的合同顶用。"

迪巧像是在黑暗中一下看见了光亮，激动地说："乡里不行，我去县里，我就不信没人管这个事！"

刘义也激动了："我跟你一块儿去，我一个战友在司法局上班，我让他帮忙找个律师好好问问，看这官司到底能不能打赢。"

刘义这么铁了心帮忙，迪巧很感动。考虑到刘义这么明着帮自己，王小花肯定记恨，迪巧劝刘义说："叔，你有这份心我们就知足了，不要为我们得罪了人。"

刘义说:"她既然不怕得罪我,我还怕得罪她?"

13

第二天一大早,刘义就站在迪巧家门口,故意大声地喊:"迪巧,快点走啊!"

王小花应声出来,看见迪巧和刘义,愣了一下,很快就笑着问:"出门啊?"

迪巧响亮地答:"到乡里问点事。"

王小花看了刘义一眼,冷笑着说:"刘义叔可要尽心啊,办好了让迪巧好好请请你。"

刘义当然听出王小花话里的三回九转,不冷不热地说:"事情办好了,你也该好好请请我!"

迪巧赶紧接口说:"是啊,少了王小花,啥事也办不好!"

走到村东口,迪巧对刘义说:"叔,村长表妹答应帮忙找村长,咱是不是该跟人家说一声?"

刘义说:"是该打声招呼,免得人家挂念。"

迪巧走进村长表妹家里,工夫不大就出来了,她冲刘义招手喊:"刘义叔,你过来一下,村长正好在呢。"

村长很热心,听说他们要去乡里,就主动说一起去。村长说:"王小花这事办得不地道,家里再缺钱也不能这么办。她到家里找我借钱,说起这件事,我狠狠地批了她一通,她不顶嘴不抬杠,就是不松口。"

刘义气呼呼地说:"王小花这么没边没沿地乱涨价,就是坏了咱月亮湾的规矩,如果不想办法杀杀她的邪气,以后村里的事情可就全乱套了!"

有村长跟着,土管所的人很热情,放下手头的工作就开始查找当年的占地档案。档案柜里乱糟糟的，没有清晰的次序，要想找到好像很不容易。迪巧不住地说着"辛苦了、谢谢"之类的好话，生怕人家不耐烦了。

足足翻了一个多小时，终于找到了迪巧家的占地手续。

迪巧眼里一下落了泪。

土管所的人说："先别激动，看看内容再说吧。"

迪巧看不下去，在她的心里，这几张发黄的纸就是她的救命稻草，有了它就等于有了凭据，王小花就不能再撵她了！

土管所的人和刘义、村长一起看合同，看完他们相互看了一眼，都无奈地叹了口气。

村长对土管所的人说："还是你解释吧，你比我们懂政策。"

土管所的人很和气，他让迪巧坐在对面，说："这是一份企业临时占地审批表，说白了是当年乡里为了发展乡镇企业制定的土政策，也没有在县土管局备案，占地期限也只有十年。既然村长跟着来了，也不是外人，我就跟你实话实说，别折腾了，这张审批表现在就等于一张废纸，早就过了期限。"

土管所的人说的话，噼里啪啦像冰雹一样砸在迪巧的头上，她无助地看着刘义，喃喃自语："叔，怎么办？怎么办？"

刘义眼里也是茫然一片。

村长忍不住发起了牢骚："咋净办糊涂事，这不是糊弄老百姓嘛，十年的期限，十年后怎么办？你们想过吗？还有买卖土地，根本就不合法，你们也只是罚款了事。"

土管所的人比村长的牢骚还大，他气呼呼地对村长说："你别站着说话不腰疼，你以为我们愿意啊，我也是老百姓出身，也同情老百姓不容易。可是，国家的政策我管得了吗？买卖土地是不合法，可就是有人私自买卖土地，形成了这么一种事实，也没有其他措施，房子盖起来了，除了罚款又能怎样？把房子拆了，老百姓的损失岂不是更大？"

说到这里，土管所的人突然批评起村长："你身为村长，怎么知法犯法？我记得你表妹也是非法占地罚了款的，你怎么不制止还纵容？严格地说，你的责任也不小！"

村长被土管所的人批得灰头土脸，他站起来说："好了好了，咱们走吧。"

从乡政府出来，迪巧的思维像是短路了，她呆呆地看着刘义和村长，眼神空洞而绝望，像是迷路的孩子分不清方向了。

刘义要到县城找律师。村长说："我觉得没必要，你刚才也听到了，占地手续都不合法了，律师能有什么仙法？"

迪巧一听，彻底崩溃了，她一边哭一边嚷："我迪巧长这么大，从来没干过一件昧良心的事，老天爷凭什么这么对待我？六万元借借找找俺能拿得出，但是春羊的脸往哪儿搁？为什么别人三万就能买，让俺出六万？你们俩都是月亮湾的明白人，你们说说，月亮湾有没有这样的理儿？"

刘义和村长被迪巧问得脸一阵红一阵白的。刘义看着迪巧，对村长说："你我大小都算是管事的，这事政府管不了，法律管不了，你作为一村之长，不能再说管不了。按咱月亮湾的老规矩，不能让好人吃亏，坏人沾光。"

村长说："你年龄比我大，经验比我多，你说咋办就咋办，我听你的。"

刘义沉默了一会儿，说："我看这事只有一个字——拖！今天你去找，明天我去办，先协调租她十年，不行租五年，如果还是不行，就引导着她打官司。"

村长咂咂嘴说："这个办法好！她起诉得拿起诉费，还要去法院跑关系，有本事就让她跑，让她跳，看她能折腾出什么花样来。"

迪巧止住哭，问村长："你不是说官司打不赢吗？"

村长冷笑着说："官司是打不赢，但是一场糊涂官司打下来，最少拖半年！"

刘义说："对，饿死不做贼，屈死不告状，王小花跑不了几趟，就败火了！"

看着月亮湾两个最厉害的人都向着自己，迪巧心里一下子就平衡了，她甚至想，就是把房子拆了也值了！

14

按着刘义的叮嘱，迪巧一直不动声色，见到王小花比原来还亲热。

迪巧经常看到有不同的人从王小花家里进进出出。迪巧知道，这些人都是刘义和村长找的。

一晃一个月过去了，王小花没有松口。一晃又一个月过去了，王小花还是没有松口。

事情一直按着刘义的计划发展，迪巧却并不踏实，她的心里始终绷着一根弦，只要王小花不在眼前，她就脱去伪装，六神无主！尤其是春羊，更让她提心吊胆，尽管她反复叮嘱，让春羊一定沉住气，跟往常一样不显山不露水，可春羊根本不具备这样的表演素质，看到王小花，不是爱理不理，就是抬脚就走。迪巧只要看到春羊站在门口，就赶紧追出来，生怕春羊与王小花话不投机吵起来。

这样的日子过得太累了！迪巧吃不好饭，睡不好觉，眼看着就要过年了，迪巧更加焦虑起来。每年除夕，迪巧都要请王小花两口子过来坐坐，今年还请不请，迪巧拿捏不准。

春羊的态度很坚决："请个屁！有东西喂了狗也不给他们吃！"

迪巧征求刘义的意见，刘义说："请，为什么不请？"

迪巧有点担心："万一王小花直接问咋办？"

刘义说："还是一个字——拖！告诉她，你正在找地方，找到了就拆。"

迪巧说："这不就等于认输了吗？"

刘义开导她："表面是退了一步，可什么时候找到地方，可是咱说了算！"

除夕的夜晚，迪巧还跟往年一样，请王小花和郭蛮子到她家里来。她做了八个凉菜八个热菜，比往年都丰盛。迪巧反复叮嘱春羊要保持淡定，春羊虽然嘴上答应了，可脸上却一直结着冰。迪巧心里不踏实，想来想去，还是请了两个要好的姐妹过来帮忙周旋。俩姐妹明白迪巧的意思，一开始就把目标对准了春羊和郭蛮子，不停地闹着劝他俩喝酒。不到一个小时，俩人都喝醉了。春羊歪在床上睡着了，王小花架着郭蛮子朝回走。

迪巧暗暗高兴，这一关总算是过去了。

可是，走到门口时，王小花扭回头说了一句话："迪巧，房子是你家的，地可是俺家的，拖得时间越长，地价越高。"

王小花的话，让迪巧的信心轰然倒塌！王小花说的一点没错，自己家的房子没有根基，一直就在半空中飘着。

迪巧惴惴不安，晚上总是梦到自家的房子塌了，自己被压在下面出不了气！

大年初三，迪巧到公公的坟上烧纸，想起自己的困境，迪巧忍不住一边哭一边埋怨："爹，你当年办的糊涂事，可把我们害苦了！爹，你不知道吧，郭喜喜也变了！爹，你当初要是听我一句话，哪有今天的麻烦啊……"

上坟的人很多，不是爹娘刚去世，很少有人哭。就是哭，也是象征性地哭几声就算了，像迪巧这么没头没了地哭，而且还是儿媳妇哭公公，人们觉得新鲜，不断地有人对迪巧指指点点。

迪巧索性扯开嗓子，大声地哭起来。她就是要让人知道，迪巧不规矩了，她就是要让人知道，儿媳妇哭老公公，就愿意这么大声！

村长表妹闻声过来了，劝住迪巧，问："那件事还没了？"

迪巧止住哭声，点了点头。

村长表妹说："王小花真是不要脸了！我听说好多人找她，她都不给面子，看来是不想在月亮湾混了。"

迪巧叹口气说："人家在县城买了房，不打算在村里住了。"

村长表妹劝迪巧："回去吧，老在坟上坐着，不吉利。"

迪巧说："不想回，心里憋得慌。"

村长表妹四下看了一下，朝迪巧身边凑了凑，小声说："你实在憋闷，我告诉你个法子，你去北庄找王瞎子算算，看看你家的事到底能走到哪儿？"

北庄的王瞎子迪巧听说过，月亮湾的人结婚都找他看日子，迪巧不大信这个。她说："村长都管不了的事，找他有用吗？"

村长表妹说："怎么没用，灵验着呢，我晚上睡觉不踏实，去一次就管用了。"

见迪巧半信半疑，村长表妹又说："你别不信，比咱们有头有脸的人还信呢，我经常看到开着小车的人去找他。不瞒你说，村长有事还去找他化解呢。"

有头有脸的人迪巧没看见，村长可是在她的眼皮子底下，迪巧说："我现在就去。"

村长表妹说："别说风就是雨，大初三的，你可别去，去了也不接见你，最好过了初五再去。"

初六一大早，迪巧起了个早去找王瞎子。

王瞎子虽然眼睛看不见，但面容和善，一副佛像。

王瞎子问她："有何事要问？"

迪巧就开始讲她占地的事，说着说着，就掉了泪。

王瞎子听完，气愤地说："我最见不得这种不仁不义之人，你莫哭，我帮你出这口气！少则三天，多则仨月，必有报应！"

听着王瞎子的话，迪巧的头上像是有一束亮光闪过！

15

月亮湾往南一百多里，有个滋阳城，围着滋阳城有一座古城墙，是很多年以前建造的。

迪巧要在二月二那天去滋阳城取九斤城墙土。王瞎子说，二月二，龙抬头，只有那天取来的土，才可以压住王小花的头。

迪巧看到古城墙的第一眼，心里突然有一种莫名的悲伤和失望。在王瞎子的描述中，古城墙高三丈二，上宽二丈，下宽三丈，雄伟壮观，高大威严。但是迪巧眼前的古城墙残破不堪，伤痕累累。迪巧不由怀疑起来，这样的城墙土能起到王瞎子说的作用吗？

迪巧打通了王瞎子的手机。王瞎子说："城墙就是被破坏了，世道才乱成了这样。咱要的是城墙的土，建的是天上的城墙。"

迪巧不再怀疑了。

听王瞎子说，城墙有人看护，挖土的时候要当心被人抓住，迪巧就让春羊站在一边望风，自己拿着小铲和袋子去挖。

这是迪巧第一次做贼，尽管偷的仅仅是土，但她的心里还是怦怦直跳，拿小铲的手也不住地哆嗦。看着一铲一铲的土被装进塑料袋里，她既惊恐又不安，不由默默地对着城墙说：对不起啊，我就用九斤。

迪巧估摸着差不多了，正要朝下走，春羊突然喊了一句："有人来了！"

迪巧一慌，脚下不知被什么东西绊了一下，突然摔倒了。迪巧赶紧爬起来，顾不上疼痛，先找扔出去的塑料袋。塑料袋里的城墙土撒了一半，迪巧赶紧用手捧着往里装，春羊也跑过来帮忙。

虽然腿上磕了一大块淤青，但迪巧一点也不觉得沮丧，反而有点兴奋，她觉得这是上天对她做贼的惩罚，心里的不安也消失了。

迪巧和春羊回到月亮湾的时候，已经是下午两点多了。

王小花把卖料的钱和钥匙交给迪巧，笑着说："你跟春羊哥到城里浪漫，让我给你家当短工，就没给我买点好吃的？"

迪巧心里一慌，以往每次去城里，迪巧多少都给王小花买点东西，迪巧就编瞎话说，半路上车坏了，修车修了半天，根本没走到城里。

王小花根本不信，她半开玩笑半认真地说："别骗我了，你跟春羊哥光顾着办坏事，忘了我了。"

王小花话里有话，迪巧却没有分辩。去了一趟滋阳，迪巧见到王小花心里有点虚。

时针终于指向了十二点，外面黑洞洞的。春羊和迪巧轻轻打开自家大门，迪巧站在门口听了听，王小花家没有任何动静。迪巧把九斤城墙土分成了三份，一份撒到了自家北棚的后面，一份撒到了自家东厢房的后面，最后一份撒在了王小花家门前，撒土的时候，迪巧念念有词。

深更半夜，迪巧的声音颤巍巍的，像庙会上跳大神的巫婆。春羊突然有点害怕，觉得迪巧好像鬼魂附体了。

回到家里，春羊问迪巧："快说说，到底怎么回事？"

迪巧说："王瞎子说，在咱家北面撒土，代表房子后面建了一座城墙，咱家就有了靠山。王小花家的房子高，咱家的房子低，她家一直压着咱家的运，咱在东边撒土，就压了她家的运，她家的房子再高，也高不过咱的城墙。"

春羊问："在她家门口撒土，代表什么呀？"

迪巧瞪了春羊一眼："这还用说吗，出门就有一堵高墙挡着，她家还有个好？"

春羊又问："为什么要九斤城墙土呢？"

迪巧得意地说："九就是久啊，也就是永久地压住王小花的头了。"

春羊一下子兴奋起来："如果这事真灵验了，可就太神奇了！"

说来也怪，自从撒上城墙土，迪巧总是做同样的梦：王小花家门口长出了一座高大的城墙，郭蛮子出门就撞在城墙上，碰得满脸是血！

迪巧觉得是王瞎子的方法显灵了，心里隐隐高兴起来，但很快就被一种恐慌压住了。不管怎么想，迪巧都觉得这件事如果应验了，也会应在郭蛮子的身上。这样的感觉让迪巧于心不忍，郭蛮子跟王小花不一样，如果郭蛮子出了事，迪巧会一辈子良心不安。郭蛮子的车几天不回来，迪巧就心惊肉跳，总觉得郭蛮子出车祸了。

迪巧犹豫了几天，决定只保留自己家的城墙，把王小花家门前的城墙给拆了。

尽管王小花家门口的城墙土早已没了踪影，但迪巧还是起了个大早，拿着扫帚，把王小花家的门口认真地扫了一遍。

那天晚上，迪巧就做了个吉利的梦：她家的房子后面长出了一座高大的城墙，房子靠在城墙的前面，显得非常牢固。

迪巧在梦里开心地笑了，笑得非常响亮！

去
高
蓬

1

二哥把那事说给红颜，就义无反顾地去东北了。

红颜瞅着二哥额头上老丝瓜一样的皱纹，一句话冲口而出："二哥啊，你六十二了，不是二十六！"

二哥挠了挠头——这是红颜熟悉的动作，看似一副六神无主的样子，实则心里早打定了主意。果然，二哥把一张银行卡塞到红颜手里说："咱娘就先靠给你了，抽空去高蓬看看，院子里的草该拔了。"

不等红颜回话，二哥扭身走了。

红颜心里一片茫然，她追了两步，停下了。二哥的脾气，犟得很，无论她说什么，也不可能回头了。

二哥的背已经有点驼，步子也不如原来利索了，红颜鼻子一酸，心里长了满满的气。二哥土埋多半截的人了，为啥还做这种事！这是一个六十二岁的人该做的吗？二十六岁的都不该做。

红颜的脑海里闪现出二嫂的脸，二嫂的脸上有火也有泪，她的心里像针扎了一下，忽然觉得二哥在她的头上压了一块大石头。

这样的重量红颜担不起，从小到大，芝麻大的事她都没在心里装过，什么事都有人替她想，替她拿主意。结婚前，她是老小，一家人拿她当宝一样，尤其二哥，比爹娘还疼她。怕她受委屈，婆家就在本村找。挑来捡去，红颜相中了新年。结婚后，她就成了甩手掌柜，家里的事都是新年掌舵。新年常说："我哪儿是娶老婆，分明是娶回个女儿嘛。"孩子也说她是个

"面人儿"，别人捏她什么样儿，她就成什么样儿。新年和孩子的话，红颜一点也不介意，"女儿"也好，"面人儿"也罢，不都是福气么。月亮湾的女人们聚在一起，经常跟她开玩笑，都说"红颜薄命"，为啥你是"红颜福命"呢？这句话红颜愿意听，越听越觉得自己命好，越听越觉得自己有福。如果不是娘家一摊子烂事，她真觉得自己过得是神仙一样的日子。

从什么时候起，日子跟从前不一样了呢？好像是娶了大龙媳妇以后，好像又不是。新年说："一个巴掌拍不响，大龙媳妇不说理儿，二哥也不是省油的灯。"以前红颜有点偏向二哥，现在她觉得新年的话有道理。就说压在自己头上的石头吧，就跟人家大龙媳妇一点关系也没有，归根结底，是二哥砸的，不对，是二哥身边的那个东北女人砸的！

二哥急匆匆地让她来，急匆匆地说完事也不容她说话，又急匆匆地走了，说明那事很不寻常！

红颜觉得头上的压力更大了，不行，她不想背着石头过日子。谁的包袱谁背，谁的孩子谁抱。

想到了"孩子"，红颜的心猛地"哆嗦"了一下！

2

二哥发达后，在东北、柳阳、高蓬都买了房子。东北的房子不用说，是给那个女人买的。柳阳的房子，是给娘买的。高蓬的房子，二哥说给自己买的，准备老了到那儿住。

二哥好几年不回家，二嫂就把气撒在了娘身上。除了一天送三顿饭，从不进娘的屋。二嫂的理由很充分，他不管我了，凭啥让我管他娘？让那个野女人来管啊。

二哥想接娘到柳阳住。娘说什么也不去，她黑着脸说："城里再好，住着个野女人，也成了猪窝狗窝，我死也不去！"

二哥无奈，只好把娘送到了柳阳最好的敬老院。

二哥在柳阳的家，家里人除了二嫂和红颜，好像都去过。二嫂不去，是她不知道在哪儿。别看二嫂蔫乎乎的，真恼火了，邪性得很！她去了非有一场打闹不可。红颜不去，是怕二嫂伤心。最近两年，在新年的劝说下，二哥给大龙二龙在柳阳都买了房，家里人对二哥的态度一下变了，除了二嫂，都对二哥和那个女人的事睁只眼闭只眼了。原来与二哥水火不容的大龙媳妇，虽然嘴上一直喊着不让老东西进门，真见了二哥，也只是虚张声势地嘟囔两句，就找个借口躲出去了。二龙两口子没事就朝柳阳跑，跟那个女人打得火热。大哥大嫂也成了双面人，表面与二哥划清了界线，背地里早就与二哥来往开了。每次红颜看见二嫂苦凄凄的脸，心里就不好受，觉得一家人都背叛了二嫂。

红颜在电话里问大嫂二哥住在哪儿，大嫂不容红颜把话说完，就抢着说了一大通："红颜，赶紧跟你二哥借钱，不借白不借，弄一块是一块，反正钱也落不到咱家里，都被那个狐狸精套走了。"

大哥大嫂以及亲戚院房，在向二哥借钱这件事上，观点出奇地一致，好像二哥的钱是大风刮来的，谁都可以搂一耙子。他们之所以这样，都是因为那个女人，说白了是害怕肥水流进外人田。无论二哥跟那个女人关系多好，在他们的心目中，她终究还是一个"外人"。

红颜几次打断大嫂的话，都被她抢了回去。红颜火了："你烦不烦啊，二哥不见了！"

大嫂气呼呼地说："你说谁烦？你说说，哪句话没道理？"原来大嫂只听到了第一句，根本没听到或者说根本不关心第二句。红颜心里一阵难过，突然觉得二哥有点可怜，好像除了她，没有人关心他去了哪里。

红颜耐着性子听大嫂唠叨了一番，又问二哥的住处。

大嫂问："你真的不知道？"

红颜有点气："知道我还问你啊。"

大嫂这才说:"县医院东边的丽水湾,你问门岗就知道了,你二哥名声大得很。"

红颜刚要挂电话,大嫂突然问:"你去二哥家干啥?"

红颜愣了一下,一时不知如何回答。

大嫂说:"听二龙媳妇说,那个女人一个多月没露面了,可能是她妈生病了。这可是个好机会,你去了,好好劝劝你二哥,岁数也不小了,该回头了。"

红颜心里说,回不了头了,走得更远了。

丽水湾小区门岗的大爷一听红颜要找二哥,连声说:"晓得,晓得,进门右拐,一单元十六楼西门。"

红颜站在电梯里,看着显示屏上一闪一闪向上的红箭头和不停变化的数字,突然有了一种升天的感觉。出了电梯,她隔着楼道里窗户朝下看,心里惊呼一声,老天,比高蓬的馒头山高多了。

红颜稳了稳神,分辨了一下东西,才站在二哥的家门口。

红颜刚想敲门,二嫂凄凉的面容突然出现在她的眼前,伸出的手不由缩了回来。

门里面传来电视的声音,红颜心里一阵激动,看来二哥在家!

她抬手敲门。门开了,二龙媳妇穿着睡衣站在门口。

红颜一惊,心里突突直跳,她愣愣地瞅着二龙媳妇,不知道该说什么。

二龙媳妇也愣了一下,很快就反应过来了,笑着招呼:"小姑啊,快进来。"

防盗门咣当一声关上了,红颜心里也咣当了一下,觉得自己好像被关进另外一个世界。她站立着东张西望,宽敞的客厅金碧辉煌,晶莹剔透的水晶灯闪闪发亮,客厅西南角是一棵茂盛的幸福树,青花瓷的花盆比家里的水缸还要大,整面东墙是电视背景墙,图案很像高蓬的馒头山,山脚下是一大片金灿灿的向阳花。墙上挂的电视机比村里放电影的银幕小不了多少。她不得不承认，土生土长的二哥真的发达了！而且发达得让她无法想象。她不由想起二嫂乡下的破旧小屋，与眼前的豪宅相比，真的是天上地下！

二龙媳妇穿着真丝睡衣，走来走去，一副女主人的样子。红颜心里很不是滋味，她斜了二龙媳妇一眼，脸上露出轻蔑之色。对于这个侄媳妇，红颜一直觉得很陌生。她是二龙从网上聊来的，柳眉杏眼，娇小玲珑。结婚后，她总是跟着二龙在外跑，即使回来了也不干活，不是玩手机，就是打电话，没有一点过日子的样子。

二龙媳妇没注意到红颜脸上的神情，用牙签扎起茶几上果盘里一颗草莓，递给红颜吃，很自然。

红颜没有接，心里却软了，觉得自己的轻蔑有点过了。

二龙媳妇见红颜不吃水果，就自己吃起来，一边吃，一边低着头看手机。

红颜皱起了眉头，心里有些别扭，问："二龙呢？"

二龙媳妇说："出去了。"

红颜又问："你爹呢？"

二龙媳妇说："去台湾了，给一个大老板看项目，好几个月才能回来。"

红颜紧问："什么时候走的？"

二龙媳妇说："下午两点半的飞机。"

红颜看了看表，已经三点多了。这个时间，二哥已经在天上了。

红颜正在走神，二龙媳妇突然说："小姑，我爹说去台湾，他是不是又跟原来一样，不回来了？"

看来天下没有绝对的秘密，二哥的事说不定什么时候就露馅了。为了掩饰心里的慌乱，红颜恨恨地说："走就走吧，反正你们也成家立业了，有他不多，没他不少！"

二龙媳妇摇摇头说："那可不行，咱家属我爹有本事了。就凭二龙那两下子，如果没有我爹罩着，我早不跟他过了。"

红颜心里一惊，这个侄媳妇果然不牢靠，说不定什么时候就飞走了，她想数落她几句，话到嘴边又咽了回去。毕竟这是侄媳妇不是侄子。

红颜问："那个女人咋样？"

话一出口，红颜就后悔了，她有点难为情，姑姑跟侄媳妇谈论这种话，有点不合适。

没想到，二龙媳妇一副少心缺肺的样子，张口就说："当然不错了，不然我爹能看上？我爹要抽烟，烟灰缸递过去了；我爹要喝茶，茶泡好了；我爹要看书，老花镜就在手上……总之，像神一样供着我爹。"

红颜好奇地问："关系真这么好？"

二龙媳妇说："当然了，一会儿看不见，我爹就到处喊，小丽，小丽。比小年轻的还黏糊，到哪儿都带着她，一点也不觉得臊。"

红颜心里想，自己年轻的时候跟新年也没这样好过。她叹口气说："看来你爹不可能回头了。"

二龙媳妇摇头说："也不见得吧，这段时间小丽不在，我爹总是跟我们提月亮湾，提月亮湾的人，我劝他回家，他说，回家不可能了，跟你娘没感情了。"

说到这里，二龙媳妇朝门口看了看，压低声音说："我娘就是想不开，我爹答应给十万，要是我，早跟他离了，这年头，什么也不如银子实在。我劝过她一次，她不听，还骂了我一顿。我知道她看不上我，就听老大家的。我爹给的生活费，她都给了老大家。给就给吧，我才不稀罕呢。小姑，你别看老大家喳喳得欢，其实就一村里傻娘们，眼里只盯着小钱，不知道我爹是棵摇钱树，随便一摇晃，我就比她得的多。"

二龙媳妇说得眉飞色舞，红颜越听越不像话，她截住她的话说："你和二龙住在这儿，就不觉得别扭？"

二龙媳妇叹口气说："咋不别扭呢，谁让你家二龙不争气呢，就当是在这儿打工吧。一个外人能哄我爹的钱，为啥家里人就不能呢？她有爱情，我有亲情，我这个儿媳妇比她还硬气呢。"

红颜听不下去了，站起来要走。

二龙媳妇问："不等二龙了？"

红颜气呼呼地说："不等了！"

走到门口，二龙媳妇小声说："小姑，回村千万可别说我们在这儿住着。我倒是无所谓，二龙一个大男人，以后还怎么在月亮湾混？"

红颜冷笑一声："他还知道要脸啊！"

二龙媳妇撇撇嘴："小姑，话别说得这么难听，你不是也来了吗？"

二龙媳妇这句话，像一记耳光重重地打在了红颜的脸上。她逃也似的走出二哥的家门，连电梯也不等了，顺着楼梯快步朝下走去。

3

初冬时节，路两旁的槐树落光了叶子，褐色的枝桠伸向灰蒙蒙的天空。空旷的田野里，小麦刚露头，显出淡淡的绿色，远没有春天的勃勃生机。两条小狗从村里跑过来，看到呆立路边的红颜，远远地瞅了瞅她，撒腿朝田野里跑去。

一辆班车开过来，卸下从柳阳回来的乘客，掉过头又开走了。望着远去的班车，红颜真想追上去，把二哥的事扔在车上，拉到柳阳甚至更远的地方。

红颜拖着沉重的脚步朝回走，心里装着这么大的事回家，还是第一次。

快到十字街时，二嫂迎面走来，低着头，弓着肩，头发乱蓬蓬的，一副痴痴呆呆的样子，个子也好像比原来矮了好多。

红颜心里一酸，不由摸了摸口袋，口袋里有二哥给的卡，还有娘的养老费。

二嫂走近，红颜喊了一声二嫂，就低下了头，愧对二嫂似的。

二嫂问："去哪儿了？"

红颜迟疑了一下，还是回答："去柳阳了。"

二嫂脸上一片平和，她又问："咱娘好不？"

红颜心里一热，赶紧说："咱娘还好，你不用惦记。"

二嫂的脸上掠过一片乌云。她呆呆地望着远处，不咸不淡地说："有个大本事的管着，哪用得着我操心啊。"

二嫂说的"大本事"是指二哥。这句话她常说，红颜每次听到都不言语，一副甘愿代哥受过的样子。

二嫂说："见到老东西了吧？"

这才是二嫂该说的话，红颜听了并不生气。都是女人，将心比心，如果新年跟二哥一样，也在外面养个小三，她会说得更难听。

二嫂沉着脸，直直地盯着红颜，眼神里有愤怒，还有若隐若现的期待和伤心。

红颜低下头，心里一阵难过，对二哥的气又涌上了心头。二哥呀二哥，你屁股一拍远走高飞了，扔下这个可怜的人，该怎么办？红颜从口袋里掏出娘的养老费，递给二嫂："这是二哥给你的。"

二嫂木然地接过来，一张一张数了起来。数完钱，她突然抖擞着手里的钱，破口大骂起来："这个老王八，给这么点，打发要饭吃的吗？"

红颜蒙了，她本意是安抚二嫂，没想到却激怒了她。

二嫂越骂劲儿越大，越骂越难听，不一会儿就引来一群人围观。

红颜尴尬地看着二嫂，又气又恼，一句话冲口而出："二嫂，嫌他不好，跟他离了！"

这句话犹如火上浇油，二嫂几步趁到红颜跟前，指着她大声喊道："一窝的狐子不嫌骚！"

看着二嫂扭曲的脸，红颜觉得既可怕又陌生，这哪里是她熟悉的二嫂啊，分明就是个泼妇。她不由偷偷想，怪不得二哥不回来呢。

大嫂闻声赶过来了，她把红颜推到一边，走到二嫂跟前说："大嫂知道你心里苦，老二的良心让狗吃了，你就可劲儿地骂吧，怎么解气就怎么骂，你骂累了，大嫂帮着你一起骂！"

二嫂怔怔地望着大嫂，放声大哭起来。

二嫂一哭，事儿就算过去了。围观的几个女人，连拉带拽地把二嫂劝走了。

大嫂埋怨红颜："干吗捅这个马蜂窝？"

红颜委屈地说："我也是为她好。"

大嫂咂咂嘴："你呀，管又管不了，净没事添乱，一点也不长脑子，娘的养老费凭啥给她？你偏的是她，向的是她，这下败火了吧。"

红颜被大嫂数落得满脸通红，可她心里并不服气，她最看不惯大嫂这一点，当着二嫂的面，说得跟亲姐妹似的，转过身就说风凉话。

见红颜不搭腔，大嫂转了话题："咱家的事啊，说不清道不明。当年你二哥相亲，我跟着去的，一看两人就不是一路人，一个是天上飞的，一个是地下跑的，能过到一块去？"

红颜从来不知道，大嫂还有这样的先见之明。她心里一动，就想探探大嫂的底，于是她问道："大嫂，你觉得二哥跟那个女人咋样？"

大嫂撇撇嘴："能咋样，老牛吃嫩草呗，都是钱惹的祸。"

红颜摇摇头："不光是钱吧，二哥说过，他们有感情。"

大嫂哼了一声："什么感情，全是狗屁！穷得叮当响的时候，咋没女人跟他？也就是你二嫂死心眼，换成我，早跟他蹬蛋了！"

红颜心里又一动，接着大嫂的话说："是啊，离了俩人都自在。"

大嫂四下看了看，小声说："你一个当小姑子的，可不要这么说。宁拆十座庙，不破一门亲。这要是让外人听见了，还不笑话死你！"

"笑话就笑话吧，我说的都是实话。"红颜不以为然。

大嫂瞪了红颜一眼："实话也不能说，你二嫂苦了一辈子，好不容易熬到你二哥发达了，吃不上肉，总得有碗汤喝吧。你二哥每月都给她生活费，比我可强多了。你大哥瘫在床上好几年，我一天不动手，饭都吃不上。都这么大岁数了，有男人没男人，也就那么回事吧，只要有吃有喝就行。我说过她好多次，就睁只眼闭只眼吧，可她一句也听不进去，过段时间就给你二哥打电话，不是骂，就是要钱，这么闹来闹去，两口子跟仇人一样，反倒便宜了那个狐狸精。"

说到了钱，大嫂两眼一亮，对红颜说："听我的，找理由跟你二哥借钱，他最疼你了，肯定给你。"

大嫂一提这个，红颜心里更烦了，她气呼呼地说了一句"我不缺钱"，抬脚快步走了。

4

红颜回到家，新年已经把饭做好了。她心里一暖，从娘家带回来的气一下淡了许多。嫁出去的闺女泼出去的水，还是过好自家的日子要紧。

吃过饭，新年坐在客厅的沙发上看新闻联播。

红颜对国家大事不关心，她喜欢看黄梅戏，《天仙配》《女驸马》等经典剧目，她百看不厌，一些唱段都能一字不落地背下来。心情好的时候，她就小声地哼唱，倒也能唱出那么一点点的韵味儿。新年说，哼哼唧唧的，哪如梆子和豫剧带劲儿。红颜说，喜欢的就是那种软绵绵的味儿，一听心里就长出青山绿水来。红颜看得兴起，还拉着新年一起看。可往往一个唱段没完，新年就鼾声大作了。

新闻联播结束后，新年转到戏曲频道，正在播放河南豫剧《卷席筒》。新年来了精神，一边放大音量一边喊："红颜，过来，换换口味。"

红颜喜欢新年喊她的名字，透着一股亲昵和娇宠，就像二哥喊她一样。

屏幕上的嫂子悲悲啼啼地哭着，二嫂和那个女人的面容在红颜的眼前交替出现，她不由悲从中来，啜泣起来。

新年以为她入戏太深，一边把音量调小一边笑着说："唱戏的是疯子，看戏的是傻子。"

这句话新年常说。但这一次不知为什么，红颜听了特别生气，她拿起遥控"啪"地把电视关了，起身进了卧室。

红颜躺在床上，等着新年跟过来。那么，她就会把心里的事说出来，让他拿主意。

可是，悲悲切切的河南豫剧又唱了起来。

红颜心里一阵委屈，她心里装着这么大的事，难道新年就看不出来吗？他肯定看得出来，却又不理会她，这又是什么意思呢？

从结婚那天起，红颜就成了透明人，她把自己的一切都袒露在新年面前，慢慢就变成了新年的影子。新年朝东她朝东，新年朝西她朝西，眉头也不皱一下，就是这么绝对地随从，就是这么绝对地依赖。这样的夫妻月亮湾不多见，男人们羡慕新年有福气，女人们笑话红颜没主见。对于这些看法，红颜都不认可，她觉得，男女之间只要喜欢了，相爱了，就应该像戏文唱的那样——比翼双飞在人间。

想到了这些，红颜不觉得委屈了，自己有事不说出来，难道等着新年来猜吗？这么多年的夫妻了，猜来猜去的，不就生分了嘛。这么一想，红颜就猛地坐起来，冲着客厅大声喊："新年，新年，你过来。"

新年一进卧室，红颜六神无主地说："新年，家里出大事了！"

新年在床边坐下，点着一颗烟，吸了两口，才问："什么事？"

红颜朝新年那边靠了靠，心一下踏实下来。可是，不知为什么，二哥的事怎么也说不出口。在新年面前有口难开，还是第一次。

见红颜吞吞吐吐，新年说："不就是你二哥那点破事吗，有啥不好说的。"

新年的语气透着一种轻视，红颜心里有点不舒服。俗话说，有秃护秃，有瞎护瞎，二哥再不好，也是自己的亲哥，新年轻视他，等于打了她的脸。

见红颜不说话，新年朝客厅走去。

红颜再也忍不住了，冲着新年的背影喊道："新年，小丽怀孕了！"

新年转过身，瞪着眼问道："你说什么？谁怀孕了？"

红颜吓了一跳，从结婚到现在，她还从来没见新年这么慌过，她哭丧着脸说："能有谁呀，还不是二哥身边那个。"

新年愣了片刻，才说："二哥真是糊涂，快要入土的人了，又弄出个孩子来，这不是笑话嘛。"

红颜脸上热辣辣的。娘家总出一些丢人现眼的事，让她脸上无光。她丢脸倒没什么，大不了掩耳盗铃装聋作哑。新年可不是一般人，他是月亮湾的明白人，谁家有了事，不找支书不找村长，都找新年参谋。几个好姐妹私下跟红颜说，你家新年比支书还厉害呢，下次选举一定选他。选不选新年当支书红颜不上心，她在意的是自家的男人比支书还厉害，而这个比支书还厉害的男人偏偏被她红颜选中了。

可是，人生在世，往往只能九九不能十足，这个月亮湾叫得响的人，偏偏摊上了一个不争气的丈人家，偏偏又摊上了一个不入流的舅子哥，偏偏又在一条大街上住着，这边风吹草动，那边也跟着摇晃。从结婚到现在，娘家的事，总是按下葫芦浮起瓢，总是给新年捅嘴。尽管新年从没抱怨过，可是，这种事一而再再而三地发生，就让红颜的心里对新年有了一种亏欠。

看着新年阴沉沉的脸，红颜心里既羞愧又无奈。人来到这个世界上，自己丁点做不了主的，老天安排她生到这样的人家，她有什么办法？

红颜叹口气："这要是让二嫂知道了，还不闹翻天。"

新年也叹口气："是啊，又不是小猫小狗，掐死算了。"

红颜心里咯噔一下。女人怀的是二哥的血肉！

新年沉默了一会儿，才说："这个孩子不能留，留下来后患无穷。"

红颜不由捂住了自己的肚子："新年，那可是条活生生的命啊。"

新年埋怨道："你怎么跟二哥一样，也这么糊涂呢，孩子生下来了，二哥的心还不都跑到了那头儿，咱娘和二嫂以后谁管？"

这样的问题，红颜没想过。

新年愤愤地说："我早就说过，她绝对不甘心做个偏房，怎么样，狐狸的尾巴露出来了吧。"

新年的话句句在理儿，句句都说到了点上。可是，这毕竟关系到一条小生命，红颜再也不能像往常那样，做个甩手掌柜了。

5

一连几天，新年跟往常一样，该干吗干吗，就是不提二哥的事。

红颜不是沉得住气的人，这要是以往，她早问了。不知为什么，在二哥的事上，她有点矛盾，一会儿希望新年把事办了，她好安心。一会儿又觉得还是拖一拖比较好，至于拖到什么时候，她心里又没底儿。有时候，她甚至希望新年把这件事忘了。这个念头一出现，她就隐隐有点后悔，觉得这件事也许不该告诉新年。可是，不告诉新年她又不知道怎么办。

想想二嫂，红颜一会儿觉得她可怜，守了好多年活寡，最后还是被二哥抛弃了；一会儿又觉得她可恨，二哥既然不可能回头了，为啥非要在一棵树上吊死呢。

想想二哥，红颜一会儿觉得他可怜，漂泊多年，叶落归根，家人却只把他当成了一棵摇钱树；一会儿又觉得他可恨，自己一走了之，丢下个烂摊子让她收拾。

想想那个女人，红颜心里更是一团乱麻。年纪轻轻跟个老头，虽说得了点钱财，却浪费了自己大好的青春，想生个孩子还得东躲西藏。放着阳关大道不走，非要当一个见不得人的小三，让人唾弃。可是，二哥不止一次跟红颜说过，她的分量一点也不比二嫂轻，只要家里人认可她，二哥什么都舍得！

红颜像一只无头的苍蝇，从屋里走到院里，又从院里走到屋里。从小到大，她还没有这么复杂过，各种想法在她的脑子里转来转去，头都转大了，也想不出个所以然来。

红颜一直想不明白，二哥为什么把这么隐秘的事情告诉自己呢？难道真像新年说的那样，要这个孩子并非二哥的本意，肯定是那个女人设的圈套，二哥走投无路才向红颜或者说红颜背后的新年求助。

打不通二哥的电话，这个疑问就无法解开。红颜心烦意乱，坐立不安，无论做什么都提不起精神。

新年爱吃手擀面，一连三天红颜都是买馒头。新年不高兴，她竟然跟新年发起了火："我能吃，你就不能吃啊。"

话说出口，她立刻就后悔了。见新年黑了脸，她赶紧说："老是吃馒头，我也腻了，你等着，我擀面条去。"

新年说："算了，凑合着吃吧，吃完你把大龙二龙喊来，别让俩媳妇跟着过来。"

红颜问："她们能听我的？"

新年说："你的话她们不听，我的话她们不敢不听！"

红颜迟疑了一下："你把兄弟俩叫过来，谈什么？"

新年没好气地说："能谈什么？还不是你二哥的事。"

红颜有点急："他们知道了，那还了得？"

新年说："不让他们知道，这杀人见血的事谁去做？总不能让我这个外人去干吧。"

新年的一句"外人"让红颜愣了！从结婚那天起，她就把新年的三亲六故都当成了家人。她从来不知道，对于自己的娘家，新年竟然把自己定义成一个"外人"。红颜看着新年的脸，第一次觉得这个男人有点陌生，忽然之间，真有了那种"外人"的感觉。她不由脸沉了下来，冷冷问道："你不是姑父，是个'外人'？"

新年理所当然地说："姑爷本来就是外戚嘛，如果不是住在一个村，你见谁家的姑爷操心丈人家的事？"

红颜目瞪口呆！她原以为，新年热衷于管娘家的事，从大的方面说，是村里一个明白人的责任，即使这件事发生在别人家，新年也会责无旁贷地去管。往小的方面说，这是一家人血浓于水的亲情。还有更重要的一点，红颜认为这是夫妻之间爱屋及乌的情分，新年娶了她，自然就该看重她的家人。

尽管新年的话符合月亮湾的规矩，但是红颜还是有点接受不了。在她的心目中，新年是比别的男人略高一筹的。如果月亮湾的男人站在平地上，那新年应该是站在馒头山上的，是她一直仰着头看的。这样的跌落，让红颜猝不及防又茫然失措，接下来是一种深深的失望和伤心。

新年一点也没有察觉到红颜心里的波澜，继续说道："这件事你管不了，就不要瞎操心了，你只管把兄弟俩找来，其他的事我自有安排。"

红颜站着没动。

新年又催促："快去呀，怎么管你家的事还这么磨磨蹭蹭的！"

"你家的事"再一次刺痛了红颜，一句话脱口而出："我家的事你不要管了！"

6

红颜当年相中新年的时候，二哥一直意思不大，不说行，也不说不行。红颜问："他到底哪儿不好？"二哥说："说不上哪儿不好，一针扎不出血的感觉。"

红颜迷糊了，一会儿觉得二哥的话对，一会儿又觉得不对，反正二哥不表态，亲事就定不了。事情一拖就是三年，中间也相看过几个，红颜觉得哪个也不如新年。二哥问："就是他了？"红颜说："就他吧，嫁给他我不用操心。"

结婚二十多年，新年对她一直很好，即使偶尔抬杠拌嘴，也从来不跟她较真，总是等她气消了，才心平气和地跟她讲道理，一直讲到红颜心服口服为止。好像每次都是她错了，理儿永远都在新年那边。"不是一家人，不进一家门。"时间一长，红颜就习惯了新年的思维方式，认可了他的道理，对新年形成了一种完全的依赖。

如果不是因为二哥的事跟新年赌气，红颜早把二哥那句话忘了。红颜一激动，就说"我家的事你不用管了"，这句话明显包含着一种生分和距离，夫妻之间"你家""我家"的说来说去，就把关系说远了。其实，话出口红颜就后悔了。虽然先说"你家"的是新年，但她觉得新年先说的"你家"并非有意，而她后说的"我家"明显是一种故意。意识到自己的不对，红颜就想挽回，可是，还没等她开口，新年就说："红颜，你家的事你来管，管不了再来找我！"

新年面无表情语气平和，看不出一丝的不满和恼火，这是新年一贯的作风。以前红颜喜欢，觉得这是临危不乱处事不惊，现在却觉得这是冷血无情。二哥那句话忽地在她的耳边响起，"一针扎不出血来"，此刻用在新年身上，真是太确切不过了！

红颜咽下道歉的话，也心平气和地说："我家的事我来管，管不了再找你。"

说这句话的时候，红颜心里并没有底气，是强撑着说的，很大程度上带着赌气的成分，尤其是后一句，分明是在变相地给自己找台阶下。红颜打心里还是希望新年来帮她挑这副担子，哪怕像以前那样，数落她一番，再用道理说服她。当然，她也知道，这一次的说服有点困难，但是两人可以各说各的理儿，谁说得对就听谁的。夫妻在一块过日子，不就应该这样吗？结婚这么多年，一百条的事都依了你，难道一辈子就该听你的？丁点儿也不能有自己的看法？

新年的冷漠让红颜既伤心又失望。有山靠山，没山自山，既然新年靠不住了，那就自己做自己的山吧。

红颜一下子平静了。她认为，问题的焦点是女人肚子里的孩子，可是无论她怎么想都觉得，除了二哥和那个女人，其他人根本没有权力决定孩子的生死。

这个时候，红颜的手机响了一下，是二哥发来的短信："红颜，孩子五个多月了，是个女孩。都说姑姑像侄女，她肯定跟你一样漂亮！"

红颜一阵惊喜，她拨打二哥的电话，却提示已经关机。

红颜反复看着那条短信，一个漂亮女孩的脸庞在她的面前不停地闪现，她的心一点一点地柔软，一股热流在心底涌动，眼泪止不住掉了下来。

7

二哥的事，二嫂是关键。说服了她，事情等于成功了一半。红颜到了二嫂门口，却没有信心走进去。她想了想，还是觉得找个人帮忙更稳妥。找谁呢？家丑不可外扬，这种事捂着盖着还怕别人知道呢，万万不能让外人插手看了笑话，还是家里人可靠。她掂量了半天，觉得大龙媳妇最合适，二嫂就听她的话。

大龙在村西开了个木材加工厂，两口子吃住都在厂里。

到了大龙厂门口，红颜还是有点犹豫，让一个儿媳妇跟婆婆谈论这种事，有点不合时宜，话也好像不好开口。大龙媳妇脾气火暴，在家里说一不二，一张嘴像刀子，使唤大龙就像孩子一样，跟二哥的关系闹得很僵，有一次还吵到了大街上，红颜好心劝她，她不分青红皂白，跟红颜吵了起来，一点也不给她这个姑姑留面子，气得红颜浑身发抖。时间久了，红颜了解了大龙的媳妇的脾气，对她的态度是能躲就躲，能避就避，实在躲避不开，就这个耳朵听，那个耳朵跑，无论她说什么，都不发表意见。

大龙媳妇看见红颜在门口站着，连忙出来招呼。

红颜硬着头皮进门，心里忐忑不安。

大龙的厂子是一片空旷的露天场地，东北角盖着两间低矮的小房。厂子里静悄悄的，看不见一个工人。

大龙媳妇说，今年生意不好做，经常停工，好多外欠也要不回来。

红颜一阵心酸，觉得大龙两口子也不容易。

两间小房矮小简陋，收拾得井井有条。东边一间是卧室，被褥叠得整整齐齐。西边一间是客厅，东南角放一盆大红的牡丹绢花。红颜知道，这是二哥的风水布局。二哥说过，西南角是儿媳妇的位置，放红花对儿媳妇有利。

看着红艳艳的牡丹，红颜心里一暖。她指着花儿问："你也信这个？"

大龙媳妇说："人家大老板都信，我凭啥不信。"

红颜又问："真管用？"

大龙媳妇笑了笑："就当管用吧。"

看大龙媳妇满脸笑容，红颜忐忑的心平静下来，就想说二嫂的事，可是，一个婆家姑姑跟侄媳妇谈论这种事，好说不好听。万一话不投机，大龙媳妇恼火了，又该怎么办？红颜坐在小屋的床沿上，瞅着大龙媳妇，不知道话从何说起。

大龙媳妇问："小姑，有事吗？"

大龙媳妇一句小姑，让红颜的心踏实了一些。萝卜不大，长在了垄上，反正我长你幼，就是说错了，天也塌不下来，大不了倒着出门就是了。

红颜正琢磨着开口，大龙媳妇又问："小姑，最近见过我爹吗？"

红颜心里又暖了一下，她答："见过。"

大龙媳妇问："家里见的？"

红颜脸一红："在敬老院。"

大龙媳妇点点头："我想小姑也不会去，他家就是金銮殿，咱也不稀罕，不像某些人，要钱不要脸！"

红颜虽然听得出来，某些人是指二龙两口子，但是，因为她也去了二哥家，就不由一阵心虚，总觉得大龙媳妇好像也在影射她。她低下头，不接腔。

大龙媳妇愤愤地说："其实不要脸也有不要脸的好处，给二龙买的房子在市中心，我们的在城边上，光房价就差了好几万呢。小姑，你说说，都是亲爹亲儿子，咋就这么不一样呢？还不是大龙死心眼，不肯低头巴结。"

红颜说："自食其力，活得踏实。"

大龙媳妇叹口气："话是这么说，但是，钱不是好挣的，累死累活还不如人家的两片嘴值钱。我算是看明白了，现在的社会，谁老实谁吃亏。回头你也劝劝我娘，说话也讲点策略，跟我爹打电话，别光要钱，也说点好听话暖暖他的心，说不定哪天就回头了呢。"

大龙媳妇的话三回九转，红颜一头雾水，不明白她到底想说什么。最后那几句，像是要和解的意思。红颜暗暗高兴，如果大龙媳妇想开了，二哥的事就好办了。于是，红颜就劝道："你爹走南闯北也不容易，不管他对不对，别跟他一般见识。"

大龙媳妇笑了笑："我爹的事丢人不假，想开了，也就那么回事吧。村东李家的儿媳妇，跟咱村的电工偷情，被男人堵到了床上，也没见起多大的波澜呀，听说用钱摆平了。这事月亮湾谁不知道，人们议论了几天，也就烟消云散了，人家照样昂着头走路，没见谁给过她脸子看。我爹的事，一开始我也觉得抬不起头来，害怕别人在背后指指点点，可后来发现，人们议论归议论，真见了我爹，还不是羡慕和奉承。"

大龙媳妇的话让红颜张口结舌，年前她还嚷嚷着要去找那个不要脸的女人，什么时候态度变了呢？红颜心里一阵悲凉，看来钱的力量就是大，可以化解矛盾，买来亲情，颠倒黑白，扭转乾坤。

大龙媳妇接着说："前段时间，我跟大龙到柳阳东边送货，路过一个村庄，车上苦布没盖好，碎木屑洒在了大街上，被一个村痞拦住，二话没说，上前打了大龙俩耳光。打完不算，还要罚款五百。一车料也挣不了五百啊，我死活不给他钱，他就拦着车不让走。"

说到这里，大龙媳妇眼圈红了。

红颜的心疼起来，她气愤地说："怎么会有这样的恶人，咱告他去！"

大龙媳妇说："到哪儿告？在人家一亩三分地上，谁向着咱呀。大龙急了，就给爹打了个电话。没想到，事儿很快就解决了，不但一分钱没罚，那个痞子还给我们赔礼道歉。"

红颜松了一口气，她惊讶地说："你爹本事这么大啊。"

大龙媳妇说："我也不知道他找了谁，肯定是个大官吧。你说我爹一个风水先生，咋有这么大的能量呢！还有，咱村村长的儿子，想上柳阳高中的实验班，找了好多关系都办不成，找到我爹，一个电话就办了。"

原来大龙媳妇的转变跟二哥的能量有关。红颜心里有点别扭，但转念一想，也算是个好兆头。她正想开口让大龙媳妇去劝说二嫂，没想到大龙媳妇又说："小姑，你说说我爹，让他跟那个女人断了吧，都这么大岁数了，该给我们小辈留点脸了，老这么执迷不悟，看老了谁管他！"

红颜的心一下凉了半截，她犹犹豫豫地问大龙媳妇："如果……你爹要跟你娘离了呢？"

大龙媳妇把眼一瞪："他敢！如果离婚，我让大龙敲断那女人两条腿！"

红颜再也没敢朝下说，起身要走。

大龙媳妇说："小姑，我爹最听你的话了，我们的房子在县城边上，让他给我们买个车库吧。"

红颜斜了大龙媳妇一眼，没有答话。

走出门口，红颜心里恨恨地说：车库钱太少了，让你爹把北京天安门城楼给你买回来吧。

8

二哥和二嫂的婚姻是一见钟情。

这么多年了，红颜仍然记得二嫂结婚那天的样子，鹅蛋脸，柳叶眉，一双大眼毛茸茸的，梳着两条大辫子，大红色的对襟袄，衬得脸红扑扑的。

新媳妇进门三天没大小，一些坏小子想沾二嫂的便宜，凑上去动手动脚。二哥像狗一样护在二嫂前面，一点也没有男人的矜持和大度。那个年代，人们的观念还很封建，二哥的举动招来男人们的耻笑。

刚结婚那几年，二哥和二嫂虽然经常吵吵闹闹，但也有恩爱的时候。时间一长，慢慢起了变化。二嫂愿意安分守己踏踏实实地过日子，二哥却痴迷易经研究四处游荡，不是到这里会他的易友，就是去那里探讨风水，家里的活儿很少干。俩人的分歧越来越大，争吵越来越多，关系越来越远，最后发展到二哥离家出走。

两人分居了十年，二哥和二嫂的婚姻基本上走到了尽头，两人之间除了责任和仇恨，再无感情可言。

夫妻没有一点感情了，还有凑合的必要吗？如果是红颜，她宁可自己过日子，也不要这样的形式。红颜觉得，她应该说服二嫂，各自给对方一条生路。

尽管有了明确的思路，但是走进二嫂的家门，红颜还是有点紧张。

二嫂住的是老宅子，分前后院，房子是二十年前翻盖的，格局是二哥设计的，跟月亮湾谁家也不一样。月亮湾的房子，大都是一明两暗，中间一间是客厅，客厅两边是卧室，最东头一间是厨房。二哥却把四间房子盖成了三大间的套间房，中间一间是客厅，客厅的北面隔出了一小间厨房。

二嫂对二哥的设计很不满意，盖房的过程中俩人经常拌嘴，二嫂说房子盖得像鸽子笼，住着憋屈。她尤其不满意后面的厨房，黑洞洞的，一直嚷嚷着要在后墙凿个窗户透光。二哥坚决不同意，他说："正北是坎卦，坎卦代表宅主，空了就没有我的位置了。"

后院西南角有一棵香椿树，每年春天，二嫂都掰香椿芽吃。二哥趁二嫂不在家，把香椿刨了，种了一棵榕树，气得二嫂骂了他好几天。

三年后，榕树开花了，蒲公英一样的小花开满了枝头，粉粉的，毛茸茸的，远远望去，如烟似雾，一村子的人都过来看榕花。二哥得意地说："一棵树就让咱家跟别人家不一样了。"

二嫂不以为然："不一样有啥用？"

二哥说："用处大着呢，西南属于坤卦，坤卦代表女主人，我栽这棵榕树，就是希望你跟别的女人不一样，最好能懂我的追求。"

二嫂虽然不懂二哥的追求，但为人厚道，与红颜很投缘，俩人处得像亲姐妹一样。二哥不在家的时候，红颜怕二嫂寂寞，就抱着被子和二嫂挤在一起睡，俩人有说不完的知心话。二嫂气恨二哥不回家，经常跟红颜发牢骚。红颜听了一点也不生气，因为她听得出来，二嫂的牢骚其实是一种心灵的呼叫，她是盼望着二哥的心能回到她的身边。

体察到二嫂的心思，红颜对二嫂多了一分怜惜，她不知道用什么样的话语安慰二嫂，就用行动来体现。有了大龙二龙，红颜就成了兄弟俩的专职保姆，一天到晚抱在怀里，扛在肩上。相比之下，大嫂家的两个女儿，红颜却很少管过，惹得大嫂很不高兴。红颜结婚的时候，二嫂给红颜买了一红一绿两个缎子被面，大嫂却只送了一双袜子。红颜欢欢喜喜地收下了。人心换人心，自己只给了大嫂一两，凭什么要人家半斤？

那个时候，二哥虽然时常外出，但还是经常回家的。每次回家，二哥总会带一些稀罕的吃食，有时是一把杏，有时是一把黑枣、几个核桃。红颜和大龙二龙抢着吃，逗弄得俩孩子一会儿哭一会儿笑的。二哥二嫂坐在榕树下，看着他们三个嬉笑打闹，脸上挂满了幸福的笑容。

红颜望着西南角上的大榕树，仿佛又听到了记忆深处的欢笑。二十多年的光阴也就是一刹那，却几乎改变了所有的一切。院子还是那个院子，却再也听不见笑声了。娘的土炕还在，却已坍塌，娘也漂泊在他乡。二嫂的房间还是老样子，唯独不见了二哥的身影。大榕树倒是粗了好多，却没有了记忆中的枝繁叶茂勃勃生机。

一阵风吹来，榕树的枝叶轻轻地摇晃，一副有气无力的样子，两只麻雀在树枝上叽叽喳喳叫了几声，忽地一下飞走了。

一阵脚步声从前院传来，红颜擦了擦眼，扭身一看，二嫂回来了。

二嫂看见红颜，脸上露出了笑意，她快走了几步，说："红颜来啦。"

红颜上前接过二嫂手里的篮子，篮子里装着刚出土的洋姜。

二嫂说："今年地头的洋姜长得真好，能泡一大罐子咸菜了。"

洋姜腌制咸菜，脆，甜，有一股淡淡的涩味儿，红颜喜欢吃，二哥也喜欢吃。小时候，二哥调皮，趁她不注意，夹走了她碗里的一块洋姜咸菜，她追得二哥满院子跑，不小心摔倒，把手里的碗摔碎了。因了这个碗，二哥被娘用笤帚狠狠地打了一顿。二嫂进门后，红颜把这件事当笑话讲给她听。二嫂笑着说，一块咸菜，有什么稀罕？从那儿以后，二嫂每年都在地头种洋姜，每年都腌洋姜咸菜，让红颜和二哥吃个够。

二嫂把洋姜倒进一个瓷盆，舀水洗了起来。裹着泥巴的洋姜被水一冲，立刻露出了本来的颜色。二嫂捞起一块个头较大的洋姜说："红颜，你看，你看，白白的，胖胖的，像不像二龙小时候的屁股？"

很久没有见到二嫂的脸上有这么灿烂的笑容了，红颜心里感慨万分。

没等她答话，二嫂又自言自语道："这么大一盆洋姜，我一个人两个冬天都吃不完呢。"

二嫂脸上的笑容不见了，取而代之的是一种孤独和凄凉。

看着二嫂脸上的阴晴圆缺，红颜心里酸酸的不是滋味。都说女人嫁人是第二次投胎，关乎着一生的幸福。二嫂就是因为不幸的婚姻，才从一个梳着大辫子的美丽女子，变成了一个目光呆滞人见人怜的苦命女人。这是二嫂的错？还是二哥的错？似乎二哥的错更多一些。就算他与那个女人再好，也是喜新厌旧始乱终弃。

看着二嫂憔悴的脸，红颜对二哥的恨又涌上了心头。她对二嫂说道："二嫂，别这么熬着了，太不值了！"

话一出口，红颜自己先吓了一跳。来的时候，她是准备了很多铺垫的，怎么开头，怎么收尾，都在心里预演了多遍。没有想到，一点也没有过渡，直接就扯上了正题。

红颜紧张地瞅着二嫂的脸，生怕刺激了她。

二嫂用手揉搓着盆里的洋姜，头也没抬，淡淡地说了一句："不熬着，又能怎样？"

红颜蹲到二嫂对面，抓住二嫂的胳臂，激动地说："二嫂，听我一句话，反正二哥也不可能回头了，你干脆跟他离了，过咱自己的日子吧！"

二嫂抬起头，愣愣地看着红颜。

红颜的眼里充满了鼓励和期望。

二嫂脸上的表情由茫然失措很快变成了愤怒，她猛地挣脱掉红颜的双手，腾地站了起来，将手里的洋姜狠狠地摔进了盆里，盆里的泥水溅了红颜一脸。

红颜抹着脸上的泥水，惊愕地看着二嫂。

二嫂指着红颜大声吼道："我一不养汉，二不做贼，凭什么让我给那个狐狸精让位？"

红颜急忙辩解："我不是这个意思！"

二嫂继续吼道："你不是这个意思，是什么意思？"

红颜急得满脸通红，她除了反复重复那句"我真不是那个意思"，再也说不出别的话来。

二嫂的情绪越来越激动，她一脚踢翻了地上的瓷盆，洋姜骨碌碌滚了一地。

二嫂咬牙切齿地说："这么多年我都熬过来了，还在乎这几年？只要我有一口气在，那个妖精就别想进门！"

红颜一边流泪，一边捡拾散落在地上的洋姜。

看见红颜哭了，二嫂停止了吵嚷。等红颜把洋姜全部拣进篮子，二嫂的情绪也慢慢稳定下来。

红颜要走，二嫂没有拦她。

走到门口，二嫂追了出来，将一个北瓜塞到红颜手里，眼里含着泪花说："红颜，你二嫂这把年纪了，离了这个家，你让二嫂去哪儿？死了又埋在哪儿？"

红颜眼泪唰地一下流了下来。

9

红颜不得不承认，她没有本事管这样的大事。新年说过，没有金刚钻，别揽瓷器活。她这辈子注定只能做别人的影子了。

这样的影子生活，红颜一直觉得很幸福，是她上辈子修来的福气。从二嫂的家里出来，这样的感觉打了折扣。一个从来没有想过的问题开始在她的心里萦绕：这样影子似的过一辈子，到底对不对？

秋末冬初，正是农闲时节。月亮湾的大街上比平时热闹，卖苹果的，换大米的，收玉米的，都开着旱喇叭可劲儿地吆喝，一些爱热闹的妇女，即使不买也愿意凑上前摸摸看看，问问价钱。

红颜在大街上走过来走过去，二哥的事像大山一样横在她的面前，无论她怎样努力，也无法翻越。想想二嫂流泪的脸，想想二哥驼下去的背，想想那个未出生的孩子，想想家里的每一个人，都那么遥远那么陌生。她忽然觉得，自己在月亮湾成了孤家寡人，濒临绝境，却叫天天不应，叫地地不灵。

读万卷书，不如行千里路，这是二哥出门前常说的话。第三次走到家门口的时候，一个念头在红颜的心里冒出来，自己这么盲目地走来走去，跟行尸走肉有什么区别？一辈子做别人的影子，跟行尸走肉又有什么两样？

红颜心里敞亮了，好像迷路的人找到了方向，在二嫂那儿丢失的信心又回到了身上。人生没有回头路，既然已经开始了，就不能打退堂鼓，就必须走下去！

红颜拿出手机跟大龙二龙打了电话，让他们赶紧过来。

二龙答应得很痛快，说他正好在月亮湾。大龙说，手头的活儿很紧，能不能晚上再说。

红颜跟大龙发了火："挣钱重要，还是小姑重要！"

这是红颜第一次端姑姑的架子，第一次跟大龙发火，连她自己都觉得惊讶。但是，她却觉得没什么不妥，大龙是她抱大的，她有这个资格。

新年没在家，红颜有点失落。把两个侄子叫到家里郑重其事地谈话，是她人生中的第一次。这个第一次，她想当着新年的面进行，她想让新年看看，她红颜跟过去不一样了。当然，这个"不一样"也许比过去要好，也许比过去要糟糕，而且，糟糕的可能性还很大。但是，红颜不害怕，既然决定不做影子了，就应该有足够的底气接受新年的评判。当然，这种想法毋庸置疑地包含着一种负气，但是，红颜觉得，一个女人，如果跟自家的男人连负气的情绪都没有了，俩人在一起还有什么意思呢。

红颜跟新年打电话，告诉他，把俩侄子叫到家里来了，她要以长辈的身份跟他们谈话。

新年说，他在外面有事回不来，让红颜看着办。

红颜心里一阵难过，觉得新年跟她远了，没有了夫妻间的肝胆相照，两个人好像相隔了十万八千里，形同路人，毫不相干了。她想跟他发火吵架，甚至也想跟二嫂一样，骂他一句老东西什么的，但是，想了想，既然新年主动把自己排除在红颜的生活之外了，她又何必强求呢。

大龙到了。他的头发上沾满了木屑，脸上一层灰尘。这个三十出头的孩子，除了干活挣钱，好像没别的爱好，而且还节俭得要命，每次出门送货，都舍不得进饭店，总是在路边小摊吃一碗面条。

看着大龙脏兮兮的样子，想想他出门被打耳光，红颜心里有点难受，她赶紧让大龙坐下歇歇，拿出两筒露露递到大龙的手上。

大龙接过一筒，一口气咕咚咕咚喝了，抹了抹嘴巴问："小姑，找我啥事？"

红颜把另一筒露露递给大龙，然后说："大龙，你也成家立业了，跟小姑说说，你爹的事到底咋办？总不能老是让外人看笑话吧。"

大龙的脸上一下子布满了乌云，原本黑乎乎的脸更加阴了，他哭丧着脸说："姑，谁不愿意一家人和和气气过日子呢，可我命不好，修下这么个老不正经的爹和一个不要脸的兄弟。"

说这句话的时候，二龙刚好进门。二龙立刻沉了脸，指着大龙问："你刚才说谁不要脸？"

大龙腾地站起来说："说的就是你，你就是不要脸，认贼作母！"

二龙举着拳对大龙说："你再说一遍！"

一看兄弟俩要打起来，红颜气得浑身发抖，她上前把俩人推开，大声骂道："你们眼里还有我这个姑姑吗？都给我滚一边去！"

兄弟俩都站着不动，像两只红了眼的公鸡。

红颜把二龙推到一边说："他是你哥，你不能这么对他。"

二龙梗着脖子说："他是我哥，也不能这么说我呀。"

大龙瞪眼说："我说错了吗？咱娘还活着呢，你跟那个女人打得火热，顾忌到咱娘的感受了吗？"

二龙不甘示弱："你懂个屁！"

兄弟俩针尖对麦芒，你一句我一句，谁也不认输，一点也不把她这个姑姑的话当回事。

红颜一屁股坐在沙发上，一边哭一边骂："你们两个王八羔子，使劲吵吧，越吵越好听，越吵越光彩。"

兄弟俩这才住了嘴，坐在了沙发上，但谁也不看谁。

二龙沉默了一会儿，才对红颜说："小姑，别听他胡说，别看我跟那个女人表面上关系不错，其实都是在演戏呢，说白了，也是讨我爹的欢喜，我打心眼里对她恨着呢。要不是人穷志短，我早找人把她收拾了！"

大龙一脸的不屑："别给自己遮脸了！"

二龙也是一脸的不屑："你除了干活，还懂什么？我这么做，其实也是给咱爹留条后路。你想想，如果我跟你一样，也不跟爹来往，他对这个家还有什么牵挂？早跟那个女人回东北，再也不回来了。我跟那个女人明确说过，你哪天不要我爹了，一定给我送回来，我家的大门永远给爹敞开着呢。"

说到这里，二龙摸摸光头，嘿嘿地笑了："小姑，我这么说，很无耻吧，可我就是要让那个女人知道，她永远没有出头之日，到老到死，都是个见不得光的小三、二奶！"

红颜从来不知道，二龙的脑袋里竟然装着这么多的弯弯绕，这些弯弯绕猛一听很有道理，仔细一想，都是歪理，还很无耻。红颜瞪眼瞅着二龙，既惊讶又生气，如果不是大龙在场，她真想扇他两巴掌。

大龙也好像被二龙的话惊着了，他涨红着脸对红颜说："小姑，你听听，他说的是人话吗？绕来绕去，还不都是为了我爹的钱！"

二龙哼了一声说："哥，你高尚，你要脸，有本事别要咱爹买的房子啊。"

大龙腾地站起来，大声嚷道："别说柳阳的房子，就是省城的房子，我也不稀罕！"

大龙说完，扔下一句"小姑，厂子里还有客户等着呢"，抬脚就朝外走。

二龙也站起来，冲着大龙的背影嚷道："一屋不扫，何以扫天下？话就别说得这么早，你连自己的老婆都弹不了，免得到时候自己打自己的脸。"

大龙回头恨恨地说："有你这样的兄弟，是我的耻辱，这辈子只要有一口气在，绝对不让你进门！"

二龙也大声喊："你就是八抬大轿，我也不去！"

红颜气得满脸通红，却又无可奈何。

大龙走了以后，二龙嬉笑着对红颜说："小姑，随便别人怎么说吧，我也想开了，就当给我爹找了个高级保姆。我爹岁数也不小了，就让他乐一天算一天吧。"

二龙的话越说越离谱，越说越难听。

红颜打断二龙的话，盯着二龙的脸，冷冷问道："既然你这么想得开，我问你一句话，如果你爹跟那个女人生个孩子，你该怎么办？"

二龙横眉立眼地说："她敢！只要生出来，我立马掐死！"

红颜一句话也说不出来了。

10

月亮湾的女人，有了难事和伤心事，有的哭，有的闹，有的死在心里烂在肚里，有的找个知心人念念说说。红颜跟谁也不一样，她不哭不闹不憋着，抬脚就走——去高蓬！

高蓬是哪儿？是个跟月亮湾差不多的村庄，离月亮湾只有十里，比月亮湾多了一个高蓬集，比月亮湾多了一座馒头山。馒头山也不是山，而是一个馒头状的黄沙岗。

红颜年轻的时候，经常跟二嫂一起去赶高蓬集，有时候什么也不买，就为了看看熙熙攘攘的人群，就为了看看集市上花花绿绿的布匹。她记得，有一次在集上跟大嫂碰了面，二嫂塞给红颜二十块钱，让她给大嫂买个礼物，暖一暖大嫂的心。红颜给大嫂买了一个床单，大红的底，一朵一朵粉红的牡丹花。红颜把床单给了大嫂，大嫂立刻喜笑颜开，比床单上的牡丹花还灿烂。大嫂给红颜和二嫂每人买了一串糖葫芦，三个人一边吃着糖葫芦一边逛，说说笑笑像亲姐妹一样。这个温暖画面深深地印在了红颜的记忆深处，直到现在，每次到高蓬赶集，都让她想起当时的情景。

二哥的房子就在馒头山下，原来是一户人家的老宅，二哥花六万买了下来。

人往高处走，水朝低处流，家里人对二哥在东北、柳阳买房都想得通，唯独对他在高蓬买房想不通。只有红颜明白二哥的心思，月亮湾有二嫂在，他是回不去了，他是在高蓬找家的影子。

红颜打开院门，一股熟悉的气息扑面而来。青砖红瓦的房子，木头方格的窗户，石头砌的院墙，东南角的榕树，南墙根下的竹子……一切都跟月亮湾的家里一样，一切都符合二哥的风水布局，只是院子里长满了野草，一派荒凉之象。

望着眼前似曾相识的一切，红颜心里一阵疼痛，二哥修建了一模一样的旧院，却修建不起来一模一样的亲情。

拔完了二哥院子里的野草，红颜上了馒头山。

二十多年前，红颜跟二哥一起赶高蓬集，兄妹俩坐在馒头上说话。红颜问二哥："你为什么喜欢高蓬？"二哥答："因为高蓬有个馒头山，跟咱月亮湾不一样。"二哥问红颜："你说人活着为啥？"红颜答："吃饭干活过日子呗。"二哥摇头说："人来世上走一遭，不能只想着吃饭干活过日子，得有点追求。比如说，你喜欢花儿，我喜欢易经，人生有了这些才有意思。"

红颜喜欢花儿是真的，看到花儿她就欢喜雀跃。她不喜欢易经，但是喜欢二哥说这些话时的表情，神采奕奕，激情昂扬，跟月亮湾男人都不一样。

二哥指着馒头山下对红颜说："你看看，偌大的高蓬集是不是变小了？"

红颜朝下一看，果然如二哥所说，人变得像蚂蚁一样。

二哥说："人活着，要努力站在高处，站到了高处，心就大了。"

二哥发达后，和红颜又上过一次馒头山，二哥在馒头山上给红颜讲他的风水：八卦分先天八卦、后天八卦，每个卦位都有它的职责。比如后天八卦中的坤卦，代表老母、女主人，乾卦代表老父，坎卦代表男主人，震卦代表长子……这些卦位不吉，一切都不吉，阴阳就不平衡，就不和谐。现在的人，都乱了纲常，父不像父，子不像子，母鸡打鸣，公鸡下蛋。他的研究就是在解决这些问题，让每个卦位各司其职，和谐运行。

当时二嫂跟二哥闹得正凶，红颜听了二哥这套理论，不以为然，她问二哥："你既然能让别人家和谐相处，为啥管不了自家的事？"

二哥沉默了好一会儿，才叹口气说："因为别人拿我当神，家里人拿我当人，噢，连人也不是。"

红颜坐在馒头山上，回想着二哥的话，忽然明白了一个道理，二哥看似站到了高处，却并没有完全超脱。无论他走到哪里，家还是他的根儿。还有新年，原来一直认为他跟二哥一样，是站在馒头山上的人，没想到他跟月亮湾的男人没什么两样。两个最看重的人同时跌落了，红颜心里空落落的。

望着高蓬集上熙熙攘攘蚂蚁一样的人群，红颜的心里一阵悲凉。人活在这个世上，谁不想站在高处啊，二哥，二嫂，大龙，二龙，新年，那个女人，还有自己，不都在努力地向高处走吗？可是，不知为什么，他们都好像被一种看不见的力量拉拽着，陷落在泥潭里，怎么爬也爬不上去。也许人生的高处，只不过是一种遥远的想象，就是因为有了这些想象，人生才过得有点意思吧。

想到这些，红颜坦然了。既然站在了馒头山上，就当是站在了高处吧。不要再纠结谁高谁低，谁对谁错了，目前最要紧的是要守住二哥的骨血。因为这个孩子跟大龙二龙一样，是她娘家的根儿，而娘家永远又是她红颜的根儿！

红颜到高蓬集上买了一堆花花绿绿的布，她这个当姑的，要为未来那个"像她一样漂亮的"侄女，准备一份满月礼：棉袄棉裤要准备三五套，小被子小褥子也得五六条。春天一过，孩子就该抱出门了，斗篷也得做一个。

11

红颜从高蓬回来，刚到家门口，就看到二龙两口子急匆匆地过来了。

红颜心里咯噔一下，她稳了稳神，把怀里的包袱往紧里抱了抱。

二龙问："小姑，我姑父呢？"

不等红颜回答，二龙就嗖的一下过去了，二龙媳妇看了红颜一眼，也紧跟着二龙进了她家的门。

红颜皱了皱眉，扭身想朝外走，反正他们找的是姑父，又不是她这个姑。

朝外走了两步，红颜停下了，看两口子猴儿急的样子，莫非发生了什么事？

红颜扭身往回走，心里想，不管是什么事，只要不是那个女人怀孕的事，天就塌不下来。

红颜刚进屋，就看见二龙哭丧着脸对新年说："姑父，刚才那个女人打来电话，说我爹心脏病突发，打 120 送到了当地的医院，正在抢救。"

红颜一惊，她把包袱扔在沙发上，问二龙："你说什么？你爹怎么了？"

新年瞪她一眼："耳朵聋了？二哥得了心脏病，正在医院抢救。"

二龙媳妇接口说："我觉得这事有点蹊跷，这几天怎么也打不通我爹的电话，我就在微信上给小丽留言，让她发一张在台湾的照片过来，她就再也没有消息了，这个小丽一定在玩什么花招，这不，露馅了吧，他们不是去台湾，而是回了东北。"

新年一听，问二龙："消息可靠吗？"

二龙说："她怕我不信，还发了视频。"

新年看了看二龙的手机，吩咐道："赶紧通知大龙，你们哥俩立即买机票去东北，那边有什么情况，随时跟我联系。"

二龙嘟囔了一句："我不跟他一块去！"

新年把眼一瞪："都什么时候了，你小子还分不清轻重，如果你爹在那边有个好歹，你一人能担得起？"

二龙媳妇赶紧说："咱听小姑父的。"

二龙给大龙打电话，大龙不相信二龙的话，说一切跟他无关，他不去。

新年要过二龙的电话，跟大龙发了火："大龙，你别跟我装蒜，天大的事回来再说，你爹生死未卜，你马上收拾一下，跟二龙立刻去东北！"

这个时候，红颜才醒过腔来，她一把抓住新年的手："我也去东北！"

新年说："你就别添乱了！东北这么远，有他哥俩就行了，咱先安排好家里的事。"

红颜六神无主，这个时候，她除了依靠新年，没有任何办法。

见红颜急得来回转圈，新年安抚她："你先别急，先听我说，女人既然主动跟二龙联系，说明二哥的病不轻，她怕出了人命，二龙不饶她。咱们要做好最坏的打算，不打无准备之仗。"

红颜心惊肉跳！她现在满脑子想的都是二哥的病，根本没心思管别的，她嘴里反复说着一句话："二哥到底怎么样了啊？"

新年思索了一会儿，问红颜："二哥给你的卡上有多少钱？"

红颜答："二哥说，卡上有五万。"

新年迟疑了一下说："这笔钱就别言语了，就当是咱娘的养老钱。"

红颜愣愣地瞅着新年。

新年解释道："你想想，万一二哥没了，咱娘谁管？还不是靠咱们。还有，你就是说了，大龙二龙信吗？说不定他们会认为是十万八万，到时候咱就是跳到黄河也洗不清了。"

二哥危在旦夕，生死未卜，无论红颜怎么想，都觉得新年不该在这个时候跟她商量钱的问题。新年的话虽然合情合理，但是对于红颜来说，却是一种深深的伤害，她望着眼前这个侃侃而谈的男人，第一次对他产生了强烈的反感和极度的不信任，她劈手夺过新年手里的卡，大声嚷道："如果二哥没了，钱算个屁！"

见红颜情绪失控，新年转了话题，他跟红颜分析道："如果二哥真的没了，那个女人第一时间会转走二哥卡里的钱。我一个战友在银行当副行长，我让他偷偷查一下，看二哥名下有几张卡，卡里的钱动没动。如果没动，说明二哥目前没事，如果动了，就凶多吉少了。"

红颜哭了："那就赶紧查吧。"

不一会儿，战友回了电话，信息摸得非常全面，二哥名下共有三张卡，建行、农行和工商行各有一张，三张卡上一共有一百多万，目前一分没动！

红颜心里踏实了一些，同时也有点糊涂了，她不明白，二哥一个看风水的阴阳先生，怎么会有这么多钱啊。

新年说："现在的人，有钱的，没钱的，当官的，老百姓，三教九流，黑白两道，不知道为什么，心里都不踏实。找个风水先生指点指点，就成了潮流，二哥就是赶上这个好时候，才发达了。"

尽管新年一再安慰红颜，说二哥目前没有生命危险，但是红颜的心里还是不踏实。尽管新年跟她说，飞机上不能开手机，红颜还是忍不住，不断地拨打大龙二龙的电话。

红颜盯着手机一直到晚上十二点以后，才打通了大龙的电话，二哥的确在重症监护室，现还在观察中。

红颜一夜没有合眼。

第二天一早，二龙又打来了电话，二哥已经脱离了危险，清醒过来，过两天就转到普通病房了。

红颜悬着的心总算是落了地，但是，另一件事很快又浮了起来，那个女人已经六个月的身孕了，大龙和二龙肯定看得出来，他们会怎么办？

红颜被这件事搞得心神不安，她不断地跟大龙二龙打电话，嘴上问的是二哥的病，心里是在担心女人肚子里的孩子。二龙心眼多，红颜不敢多问，她拐着弯问大龙："你爹病了，那个女人管吗？"

大龙气呼呼地说："她敢不管！"

红颜一听，心里更加不安，看来女人在场，事情肯定瞒不住了。可是，大龙为什么没提这件事呢，难道女人隐藏得好，兄弟俩都没看出来？

二龙每天给新年打电话，二哥的病情一天一天好转。每次新年都叮嘱，你们哥俩一定要好好照顾你爹，要让你爹知道，他最终指望的是你们哥俩，而不是那个女人。

每次二龙给新年打电话，红颜都凑上去贴着耳朵听，一次也没听到二龙提那个女人，红颜略微放松了一些，也许二哥这一病是因祸得福，父子和解了，兄弟和解了，那个小生命也跟两个哥哥和解了。

这么一想，红颜心里就踏实了许多。新年不在家的时候，她开始偷偷裁剪那些花花绿绿的布了。

12

十天后，兄弟俩回来了。

新年先问了二哥的情况，然后问二龙："那事处理得怎么样了？"

二龙看了红颜一眼，得意地对新年说："姑父，按您的指示，我跟她一谈，立刻就搞定了，现正在医院躺着呢。"

红颜心里一惊！厉声问道："二龙，谁在医院躺着？"

二龙愤愤地说："能有谁？还不是那个烂女人，竟然想弄出个孩子来。真是人算不如天算，让我爹得了心脏病。我一看她，就气炸了，要不是大龙跟着，我早修理她了。等我爹的病情一稳，我和哥就跟她谈了。我哥就知道瞎嚷嚷，一点也说不到点上，女人开始挺强硬，后来我按姑父教的，跟她说，如果你不把孩子拿掉，我就把你们的丑事放在网上，让全国人民都知道，所谓的易经大师没有易德，抛弃发妻，养小三，看看以后谁还信他！女人一听，立马就妥协了，第二天就去医院把孩子拿掉了。"

新年说："你们还是有点心急了，其实，不跟她谈话，她也不可能把孩子生下来了，你爹这种病，说不定哪会儿就完了，她年纪轻轻，弄个孩子不是自找拖累吗？"

听着二龙和新年的对话，红颜的心一点一点朝下沉，她看看二龙的脸，再看看新年的脸，怎么看都觉得陌生，一点也不像她的亲人。

红颜一边掉泪，一边指着二龙的脸，恨恨地说："二龙，你给我滚出去，从此以后，你没我这个姑姑，我也没你这个侄子，不许你再进我的家门！"

红颜又指着新年说："新年，我这辈子最后悔的是，没听二哥的话，嫁给你这个没血没肉的人！"

新年的脸一阵红，一阵白。他冷冷说道："红颜，别把话说得那么难听，你以为那个女人跟二哥有什么真感情啊，全是扯淡！你好好想想，如果她真想要这个孩子，刀架在脖子上，能让她放弃？"

新年吩咐二龙："让你小姑看看女人发的视频，让她也长长见识。"

二龙打开手机，走近红颜，视频中是二哥在救护车上的画面。

红颜惊呆了！

新年黑着脸问红颜："如果我是这种情况，你还有心思录像留证据吗？"

视频中，二哥脸色乌黑，双眼紧闭，表情痛苦，头顶悬挂的输液瓶左右晃荡着，二哥的手不住地朝上抓挠着，像是拼命想抓住什么东西，却什么也抓不住。

红颜望着视频中二哥挣扎的双手，放声大哭起来！

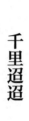

千里迢迢

1

芝芝傍黑就把饭做好了，可两个吃饭的人都没回来。

男人李东坡这个时候不回，芝芝料定他在外面蹭酒喝。李东坡是村里的电工，谁家接个线头换个灯泡，常留他喝两盅。李东坡喝酒不说好赖，三块五块的散装酒，就能让他晕乎了。儿子雄雄到东邻小臭子家查高考成绩去了。

小臭子家盖新房以前，院墙还没一人高，芝芝和小臭子媳妇翠兰常隔着院墙聊天。小臭子发家以后，翻盖了新房，院墙垒得比芝芝家的房子还要高，别说隔墙聊天了，扯着嗓子喊也听不见。

以往雄雄到小臭子家，来回不到二十分钟。小臭子人随和，可他的老婆翠兰不喜人，无论谁到她家，总是耷拉着脸，好像谁欠她钱一样。雄雄到她家，查了信息就走，从不多待一分钟。今天已经快一个小时了，雄雄还没有回来。

芝芝把饭菜温在锅里，朝门外走去。走出门口的芝芝，脑海里忽然闪现出一个念头：莫非雄雄被录取了，和小臭子一起高兴？小臭子没有儿子，却稀罕男孩，见到雄雄，总是很热情。芝芝的脑袋被这个念头搞得一热一热的，脚步也不由自主加快了。

小臭子家的小客货停在前院，车厢的笼子里装满了鸡，鸡在笼子里咯咯乱叫。小臭子的生意是给保定的饭店送白条鸡。芝芝给小臭子家打工，每天在小臭子家前院的东棚里，用手拔净鸡身上的毛。

小臭子以为芝芝来加班，就让芝芝先回家等，说翠兰出去喊其他工人了。

翠兰不在家的时候，芝芝从不在小臭子家逗留。她说："我来找雄雄。"

小臭子说："雄雄查完信息就走了。"

芝芝扭身要走，小臭子忽然说："芝芝，分数线已经下来了，雄雄只考了三百多分，本科就甭想了。"

芝芝的心"咯噔"一下，急忙问："你说的是真的？"

小臭子答："我跟雄雄一起查的。"

芝芝的心一下子沉到了底。

看着蔫头蔫脑的芝芝，小臭子宽慰道："先别急，本科上不了，咱上专科；专一上不了，咱上专二；专二录取不了，还有补录。到时候该托人托人，该花钱花钱，实在不行，再复习一年。"

芝芝的脸像是被人抽了一鞭子，火辣辣的。小臭子说的"本科专科"什么的，芝芝听不懂，可是他话里的意思，芝芝听明白了：雄雄考砸了！

芝芝扭身朝外走。刚出小臭子家门口，就看到雄雄从西面走来。芝芝瞪着雄雄，心里的火苗一窜一窜的，但想到小臭子就在前院站着，就什么也没说，跟着雄雄进了家门。

一进家门，芝芝就问："雄雄，刚才你小臭子叔说你考了三百多分，是真的吗？"雄雄闷头坐在堂屋的椅子上，一言不发。芝芝上前推搡着雄雄的肩膀问："说话呀，到底是不是真的？"

雄雄怯怯地看着芝芝，点了点头。

芝芝的心像是被针扎了一下，她用手指点着雄雄，咬牙说道："娘没日没夜地挣钱供你上学，你就给娘考这么点分数？"

雄雄闷头不语。

芝芝气得一边抹泪一边数落："你平时把书念到狗肚子里去啦？考这么点分数，你对得起谁？娘这辈子就指望你了，没想到你这么没出息！"

雄雄低声啜泣。

芝芝望着哭泣的儿子，心里又气又恨又无奈。

娘俩就这么呆呆地坐着，默默地掉泪。

这个时候，芝芝听到外面翠兰喊："芝芝，芝芝，晚上加班呀！"芝芝赶紧用手抹了一把脸上的泪，走出屋门冲着东边房上的翠兰喊："今晚有事，你找别人吧。"

翠兰嘟囔："有啥大不了的事呀？"

芝芝心里恨恨地说："站着说话不腰疼。如果你家玲玲考了这么点分数，你还有心情加班吗？"

2

月亮湾村南有条河。河水从西边大山深处流出来的，流到月亮湾村的时候，向南拐了个弧形的弯，从高处看，水面就像一弯新月，人们就把这条河叫月亮河。月亮河里有鱼有虾还有小蝌蚪，月亮湾的人常常把村里有本事的人比作小金鱼，把没出息的人比作小蝌蚪。

自从雄雄落地的那一刻起，芝芝就觉得雄雄是一条闪闪发光的小金鱼。她给儿子起名雄雄，希望儿子像山一样雄伟高大。芝芝生雄雄的第二年，又怀了孕。按着村里的土政策，李东坡五代单传，芝芝可以生二胎。芝芝是家里的老二，父母一直忽略她，从小到大，爹不疼娘不爱的。芝芝担心自己生了二胎怠慢了雄雄，就忍痛偷偷做了流产。李东坡思想观念却比较陈旧，一直盼望着李家能香火旺盛，知道芝芝打掉了肚子里的孩子，气得三天没吃没喝，最后芝芝跪下来哀求了半天，他才罢休。其实，从芝芝的内心深处，也希望再生个女儿。把孩子打掉后，她的心里也不好受，晚上经常梦到一个女孩隔着窗户喊她娘。每次从梦中醒来，她都看着躺在身边的雄雄说："儿子，你是娘的小金鱼，有了你，娘就知足了。"

从小到大，芝芝一直把雄雄当成一条小金鱼来养。雄雄上小学的时候，学校有一个老师教的成绩好，芝芝为了把儿子转到这个班，哀求了好多次没有用。听人说，这个老师喜欢吃手擀面，芝芝就每天擀一窝手擀面送到学校去。整整擀了一个多月，老师被感动了，终于答应把雄雄转到了那个班。

雄雄上初中的时候，芝芝见小臭子把玲玲送到了县里的私立学校，也紧跟着把雄雄送了过去。私立学校的学费和生活费一年好几千，凭着芝芝家的收入，到私立学校有点太奢侈了。村里人都说，芝芝是家雀跟着夜猫子飞，就她家的光景，连小臭子家的一个小脚趾头都不如。

对于这些议论，芝芝这个耳朵听，那个耳朵跑。芝芝认为培养孩子就跟种庄稼是一样的，要想庄稼长得好，就必须舍得多浇水多施肥。芝芝听小臭子说，公办学校老师的责任心跟私立学校的没法比。为了儿子将来有个好前途，别说一年花费几千了，就是卖房子去地也是值得的。李东坡说芝芝是穷烧包，芝芝认为李东坡没远见。她一句话就让李东坡停了电："家里的钱都是我挣下的，怎么花你做不了主，我说了算！"

都说种瓜得瓜种豆得豆，投入和产出成正比，可这些为啥在芝芝这儿就应不了验呢？芝芝在儿子身上使的劲儿比小臭子家一点也不少，但最后的收成却大不相同。小臭子家是五谷丰登，芝芝家却是颗粒无收。玲玲一路桃红柳绿，雄雄一路坎坷不平。玲玲去年高考考入了本省的一类本科重点——北方大学。而雄雄呢，中考勉强考上了县二中，高考只考了三百多分，甭说本一本二了，连专科二批也够不上。

芝芝实在无法接受这个结果。雄雄从一条金光闪闪的小金鱼，变成了一条黑不溜秋的小蝌蚪。芝芝怎么想，也觉得不甘心。

雄雄心情不好，芝芝的心情也不好，但她还是忍下气拐着弯开导儿子："雄雄，你知道咱村南的月亮河，有鱼，有虾，还有小蝌蚪。这河呢，就好比咱们月亮湾村，鱼啊，虾啊，蝌蚪啊，好比咱村子里的人……"

"娘，你别说了。"雄雄截了芝芝的话，"你的儿子没本事，成不了鱼，成不了虾，成了河里的小蝌蚪！"

雄雄的话，让芝芝既生气又心酸。她望着儿子说："做个小蝌蚪你甘心吗？"

雄雄叹口气说："娘，考了这么点分数，不甘心又能怎样？"

芝芝沉默了一会儿说："咱再复习一年。"

雄雄说："我能行吗？"

芝芝说："肯定行！只要你好好学。失败一次不算啥，跌倒了再爬起来还是英雄。"

芝芝的话让雄雄也鼓起了勇气，他向娘表示，如果复习，一定要拿出百分之百的力量用功。

3

李东坡一摇一晃地回来了。

一看李东坡涨红的脸，芝芝就知道他不是喝晕了，而是喝高了。李东坡喝晕了比较好对付，回来躺在床上，脑袋一挨枕头就入睡了。李东坡喝高了就比较麻烦，他喝高了精神就亢奋了，不光不睡觉，还要找碴儿闹事。李东坡喝高了喜欢给芝芝训话，训话的时候，还不让芝芝反驳，一反驳就要摔家伙，家里的杯子、盘子、碗，不知摔了多少。后来经的多了，芝芝也就想开了，摔了家伙，日子还得过，家伙还得买，买就得花钱，钱都是自己辛辛苦苦挣来的。想开了的芝芝就妥协了，一遇到李东坡喝高，她就成了哑巴，如果实在听不下去，就找机会溜出去，让李东坡一个人在家折腾，李东坡折腾够了，一切也就风平浪静了。第二天他酒醒了，芝芝再问他，他什么也不记得了。

李东坡喝高了，芝芝的麻烦也就来了。果然，李东坡指着屋子里的小凳子对芝芝说："你——你给我——坐下！"

芝芝坐在凳子上，李东坡摇晃着坐在芝芝对面的一个椅子上，这样就形成了居高临下的局面。芝芝知道，李东坡要开始训话了。芝芝扭头看了一眼站在一边的雄雄，冲儿子摇了摇头，示意他回房间睡觉，她不想让儿子看到李东坡给自己训话的样子。雄雄明白了娘的意思，扭身想回自己的屋，没想到，李东坡冲他喊："雄——雄，你——也给我坐下！"芝芝心里有点急，李东坡给她训话，她不在乎，给儿子训话，她受不了。芝芝冲李东坡说："有啥事冲我说，让儿子睡觉去。"

李东坡不理芝芝的茬儿，瞪着眼问雄雄："考了多少分？"

雄雄低声说："爹，三百多分。"

李东坡把胳膊一挥："别上了，回来给你娶——娶媳妇！"

雄雄才十八岁，芝芝对李东坡说："你喝了酒，别胡咧咧了。"

李东坡打了个嗝儿："我怎、怎么胡咧咧了，今天有人，要给雄——雄，说亲呢。"

雄雄听不上爹的话，起身要走，被爹一把抓住了手："别走，听爹给你讲话！"

雄雄小声嘟囔了一句。儿子的嘟囔，让李东坡非常生气："你小子别，别嘟囔，再嘟囔我打你嘴巴子。咱们月亮湾村，你爹可是这个——"李东坡竖起了大拇指。

雄雄瞪了爹一眼，低头不语。在李东坡看来，妻子和儿子的沉默，是无声的服从和认可。他说兴大增，说着说着，竟然一点也不磕巴了。"雄雄，咱一无钱二无房，为啥还有人上赶着说亲？关键的问题是，你爹我有用！知道'有用'是什么意思吗？有用就是有人求。数数月亮湾村，哪一个能有人求？支书算是咱村最大的官吧，但是谁求他呢？现在公粮不交了，提留不掏了，就是孩子办个结婚证，直接到县里就办了，他这个官没用了，没用了就成了摆设了。咱东边的小臭子，咱村数他有钱吧，但是有用吗？没用，你有钱没人求你，不光没人求，他还要求别人，你娘如果要罢工，他还得求你娘给他家拔鸡毛。回过头来，再看看你爹，月亮湾三百多户，谁家不求你爹？谁家不求你爹，谁家的灯就不能亮，谁家不求你爹，谁家的红白事就没法过。你说说，月亮湾村，谁家不着灯？谁家不娶媳妇不埋人？"

李东坡越说越来劲儿，越说越自豪，俨然成了月亮湾村的英雄。芝芝听不上了："你绕来绕去，都是在自吹自夸。"

芝芝的反驳，让李东坡有点恼："我可不是自吹自夸，只要我吐口，年前媳妇就能上了炕。"

雄雄说："我可不想像你那样活一辈子，我要复习再考。"

李东坡说："天生的橡子做不得檩，复习也成不了长把子瓢。"

芝芝说："成不了也得复习。"

李东坡说："孩子都让你给惯坏了。"

芝芝说："不管你同意不同意，雄雄也得去复习。"

李东坡说："就那点破分，能复习出花来？干脆别叫雄雄了，叫狗熊得了。"

李东坡的话太过分了！芝芝再也忍不住了，猛地站了起来，对李东坡大声喊："李东坡，你胡吣什么？儿子比你强多了，你才是个狗熊呢。"

芝芝的反抗，让李东坡火大了，他顺手抄起一个玻璃杯子，"啪"的一声摔在地上。芝芝气得浑身哆嗦："除了摔家伙还有别的本事吗？"

李东坡把脚一跺："我不就是挣钱少点吗？可我活得挺滋润。"

芝芝讥讽道："是滋润，住着鸡窝一样的房子。"

芝芝的话，让李东坡爆炸了，他吼道："小臭子的房子好，你跟小臭子过去呀！"

芝芝气得说不出话来。

二十年前，小臭子和芝芝相过亲。相亲的时候，芝芝看不上小臭子，却看上了给小臭子壮胆儿的李东坡。当年的小臭子，小鼻子小脸小个子，和高大英俊的李东坡站一块儿根本没法比。芝芝选择了李东坡，而跟随芝芝作伴相亲的翠兰却瞅上了小臭子，认为小臭子的家境好，人活泛，嫁了一准儿吃不了亏。还别说，当年不起眼的小臭子凭着自己的精明，就这么风生水起成了月亮湾村的首富，而当年英俊挺拔的李东坡却干一行败一行。他养猪赶不上好行市，开饭店要不回外欠账，卖豆腐别人赚钱他刚够本。芝芝看他不是做生意的料，就让他到山西的煤矿挖煤，可他干了没三月就跑回来了，说是煤矿砸死了人。后来，村里的电工嫌工资低不干了，村支书让李东坡接了班。村电工月工资五六百，还不够李东坡抽烟、喝酒、随份子，他却干得有滋有味。芝芝与他置气，他振振有词，挣钱是要紧，脸面更重要。每当芝芝看到李东坡醉醺醺地回来，就偷偷想，当年觉得李东坡长得俊，人一看就聪明，自己也不懒，结了婚日子肯定差不到哪里去。可是奇怪，高高大大的李东坡咋就不如瘦瘦小小的小臭子呢？芝芝偶尔和李东坡开玩笑，说在选男人的问题上，还是翠兰眼光准。李东坡不喝酒的时候不在意，喝多了就比较敏感。李东坡一拿这个说事儿，芝芝就住了声，她怕小臭子家听到。

雄雄给爹倒了一杯水，把娘拉在一边说："娘，别跟他一般见识。"

也许是说累了，也许是摔了一个杯子解了气，李东坡嘟囔了几句，见芝芝不回嘴，也就住了声，在雄雄搀扶下，躺在了床上，不一会儿就响起了如雷的鼾声。

李东坡睡了以后，芝芝看到雄雄一个人坐在床上发呆，心里一酸，坐在儿子的床边说："别把你爹的话放在心上，他喝多了，胡说八道呢。"雄雄说："我知道爹喝多了，不过爹说得对，我就是熊包一个，考了那么点分数，给你们丢人现眼。"芝芝严肃地说："不许你这么说，在娘的眼里，雄雄不熊。"

雄雄勉强笑了笑："娘，你去睡吧。"

芝芝从雄雄房间出来，开始动手收拾摔坏的玻璃碴子。李东坡喝高了是可恨，可夫妻这么久了，芝芝还是心疼他的。李东坡喝多了，半夜起来方便，总是不穿鞋，芝芝担心他被玻璃碴子扎了脚。

收拾完地上的玻璃碴子，芝芝又悄悄到雄雄的房间转了一圈儿，雄雄已经睡着了。芝芝站在床前，端详着儿子。雄雄长得很像李东坡，五官端正，剑眉朗目。芝芝叹口气，越长越帅气了，可为啥就成不了才呢。芝芝觉得儿子随了李东坡，心里说不出来的懊恼和失望。

芝芝给雄雄掩了掩被子，回到了自己的屋里。李东坡嘴里发出的酒臭味充满了房间，芝芝捂着鼻子走到了李东坡身边。李东坡没有脱鞋，芝芝把鞋一扒，一股刺鼻的脚臭味扑面而来。要是往常，芝芝会帮李东坡擦擦脚。今天李东坡骂雄雄的话太气人了，当爹的，怎么能骂自己的儿子是狗熊呢，儿子再不好，也是自己的儿。芝芝不想给李东坡擦脚了，就让他这么臭着吧。醉酒的李东坡闻不到自己的脚臭，芝芝被李东坡的臭脚熏得睡不着。芝芝只好起来，拉着了灯，望着李东坡的臭脚，芝芝还是不想给他擦洗。后来，她想了一个办法，找了两个塑料袋套在了李东坡的脚上。这个方法很有效，过了一会儿，屋子里的臭味就小多了。

半夜里，李东坡起来方便，被脚上的塑料袋差一点绊个跟头，拉着灯看明了真相，李东坡又气又笑，他一把掀开芝芝的被子，大声嚷道："芝芝，你搞什么名堂？"醒来的芝芝看到李东坡站在屋地上，裹在脚上的塑料袋像月子里孩子的连脚袜，终于憋不住笑起来。

4

雄雄到县一中复习去了，是小臭子帮忙办成的。

雄雄要复习，到哪里复习却成了问题。雄雄不停地与同学打电话，探讨复习的事。同学们建议雄雄到县一中去复习，他们认为雄雄如果还在二中复习，等于瞎子点灯白费蜡。可到一中复习不是那么容易的。雄雄打听了一下，县一中的复习分数线是三百五十分，学费坐底两千，低一分多拿一百，而且分数线卡得很死，低于三百四十分的不要。

芝芝算了一下账，按雄雄的分数，到县一中复习光学费就得三千多。这个数目芝芝咬咬牙还能拿得出，可分数线的难题，她解决不了。

雄雄的情绪很低落，一天到晚不说话。看雄雄蔫啦吧唧的样子，芝芝着急了，她把亲戚朋友的电话打了个遍，没有一个与县一中沾边的。芝芝思来想去，月亮湾村就属小臭子有本事了，芝芝想找小臭子帮忙，去了他家两次都没张开口。由于相亲那点旧事，芝芝但凡有一点出路，也不愿意求小臭子。

芝芝急得团团转，李东坡却做了甩手掌柜，对雄雄的事不闻不问。芝芝气得向李东坡发火，逼着他出去找人。李东坡喝醉了酒瞎咋呼，真正家里有了事，他拗不过芝芝。李东坡有个战友在县粮食局上班，李东坡跟战友通了电话。战友早就从粮食局下岗了，在县一中没关系。

李东坡这根弦断了，芝芝就再也想不出别的出路了。她只好硬着头皮去找小臭子了。小臭子和翠兰在院子的大槐树下乘凉，芝芝与翠兰东家长西家短地唠了半天闲话，却还是无法向小臭子张口。

小臭子好像看出了芝芝的心思，主动问起了雄雄的事。芝芝赶紧顺坡下驴，把雄雄的事跟小臭子说了。小臭子说："雄雄这个想法对，复习一年涨点分数，说不定能走一个好学校。"芝芝说："我和东坡啥也不懂，你说雄雄到哪儿复习好呢？"小臭子一听芝芝征求他的意见，很高兴，他想也没想就说："当然去县一中了，县一中毕竟是重点，比二中强多了。"见小臭子和自己想的对了题，芝芝心里暗暗高兴，但她还是故意装出懵懂的样子说："雄雄考得分数少，不知道人家要不？"小臭子热心地说："我有个同学在县一中当教导主任，我帮你问问。"当着芝芝的面，小臭子给同学打了电话。听小臭子的语气，两个人关系不一般。只是同学在电话中的答复很模糊，芝芝的心七上八下的。小臭子安慰芝芝说："现在办事，哪里有一口就答应的，既然有活口，就说明有希望，赶明儿我去一趟，不行请他吃顿饭。"小臭子这么一说，芝芝悬着的心才落了实。

小臭子说要请客，芝芝就赶紧回家拿了三百元钱过来。小臭子不要芝芝的钱，芝芝坚持要给，翠兰在一边不耐烦了："芝芝你不相信我家小臭子吗？怕不给钱他不实心给你办？"芝芝不好意思了，把钱收起来说："那你就先垫上，回来再给你算。"

雄雄到一中复习的事，小臭子帮忙办成了，芝芝对小臭子感激得不得了。芝芝给小臭子请客的钱，小臭子说什么也不要。他说，那次吃饭，县一中的同学叫了几个同学，搞成了同学聚会。既然是同学聚会，怎么能让芝芝拿钱呢。芝芝却死活要给，她认为，同学聚会也是因雄雄的事引起，这饭钱就应该她拿。小臭子不说请客的数目，芝芝就估摸着拿出了三百。小臭子见芝芝执意要给，就拿了一百元。他对芝芝说，没花那么多，一百元就足够了。小臭子虽然这么说了，但芝芝却觉得小臭子一定是少要了，于是芝芝就觉得欠了小臭子一个很大的人情。芝芝听翠兰说过，小臭子喜欢吃菜包子，翠兰手笨，总也发不好面。于是芝芝就三天两头发面蒸包子，蒸熟了就喊翠兰过来拿。那一段时间，小臭子家的饭桌上就经常飘着包子的香味。

雄雄到县一中不到半个月，就打回电话对芝芝说："娘，我掏了全劲儿，还是跟不上，全班数我的分数少，老师根本不理我，我不想复习了。"

芝芝急得差点没把手机摔了："你怎么这么没志气呢，你小臭子叔费了这么大的劲儿，花了这么多钱，你说不复习就不复习了，这是闹着玩吗？"

李东坡在一边不阴不阳地说："看看怎么样，我说给惯坏了吧！"

雄雄带着哭音说："娘，对不起！"

芝芝冲着电话喊："别说对不起，你不复习，你说怎么办？"

雄雄说："我想好了，还是走补录吧。"

5

　　雄雄说的"补录"，芝芝听不明白。她记得小臭子也说过补录的话，为了闹明白雄雄说的补录，芝芝又到了小臭子家。

　　小臭子到保定交白条鸡去了，要晚上才能回来。翠兰和芝芝开玩笑："总跑来找我家小臭子，莫非看上他了？"芝芝心里揣着火，但还是强装笑脸与翠兰开玩笑："要是看上，二十年前就看上了，还轮得上你？"翠兰嬉笑着说："是不是后悔了？后悔了咱俩换换。"芝芝说："臭美吧你，就是搭上你家的二层楼，俺也不换！"

　　天擦黑的时候，小臭子从省城回来了。芝芝问小臭子补录的事。小臭子跟芝芝解说得很详细，芝芝却听不懂。小臭子说："说简单点，就是雄雄还有上大学的机会。"

　　芝芝问小臭子："走补录好？还是复习好？"小臭子分析说："怎么说呢，复习，如果雄雄加把劲儿，明年涨上一百多分，最起码能走个差不多的专科。"芝芝叹口气说："雄雄说把劲儿使满了，还是跟不上。"小臭子说："要是那样，也只能走补录了。补录要把志愿填好，志愿填不好，也可能走不了。"芝芝哪里懂什么志愿啊，她让小臭子帮着雄雄填志愿，小臭子笑了："这个我可做不了主，要听雄雄的意见，孩子想干什么，咱们可不清楚。"

　　一边沉默的翠兰听的不耐烦了，她说："雄雄又不是俺小臭子的儿，他可不能全揽了。"

　　一听翠兰不高兴了，芝芝赶紧转话说："你说的有道理，要不先问问雄雄吧。"芝芝打通雄雄的电话，雄雄在电话上说，他已经在县城的网吧填了志愿。一听雄雄填了志愿，芝芝赶紧把电话给了小臭子，小臭子比她懂得多。雄雄拜托小臭子帮他留意录取信息，并把准考证号和登录密码告诉了小臭子。小臭子问雄雄报的什么专业，雄雄说："高护。"一个男孩报高护，小臭子觉得很新鲜。雄雄说："我从网上查了，男孩学高护以后好就业。"

芝芝摸不着头脑了："高护是干什么的？"

小臭子说："高等护理，就是护士。"

护士这个职业，芝芝知道，雄雄奶奶生病住院的时候，芝芝经常看到护士给雄雄奶奶打针输液。不过，芝芝见到的都是女护士，从来没见过男护士。

小臭子说："正因为男护士少，好就业，雄雄才报了高护。"

芝芝问："男护士干什么？"

翠兰接了一句："还能干什么，和女护士一样呗，说白了也是侍候人的活儿。"

芝芝听了翠兰的话，心里很不是滋味。雄雄想当男护士，是她没想到的，一个男孩子，却愿意做女孩子干的活。芝芝的情绪一下子低落下来，原以为孩子上了大学，前途一片光明，没想到上来上去，上成了一个男护士！人高马大的李东坡不如其貌不扬的小臭子会过日子，芝芝还可以忍受，可是儿子要像翠兰说的去干"伺候人的活儿"，芝芝一时接受不了。

小臭子开导芝芝说："不要这么悲观，既然雄雄都不在意，你这个当娘的应该支持才对。现在的大学毕业生，工作太难找了，比雄雄考得好的学生，毕业后还找不到工作。就是玲玲读了本一，工作也还是个未知数。总之一句话，有工作总比没工作强。"

小臭子的开导，让芝芝想开了，当护士总比当农民强，只要雄雄脱离了农村，就算是祖坟上冒了青烟。

6

芝芝一般都是晚上到小臭子家干活，白天没事很少到他家串门。翠兰寂寞了，想找芝芝说话，就到芝芝家。自从小臭子发家以后，翠兰就自觉高人一等，见谁都爱理不理的，除了芝芝，和村里的女人们都拉开了距离。村里女人，背地里都骂她，没有特殊情况，很少有人登她家的门。小臭子为此没少说她，可天生的性子，说也改不了。芝芝也看不上翠兰的德性，虽然晚上给她家干活，但白天从不主动到她家，怕在村里落个巴结富贵的嫌疑。

自从雄雄要走补录，芝芝也就顾不上巴结的嫌疑了，除了吃饭睡觉，几乎长在了小臭子家。

雄雄每天晚上打电话，询问录取信息。芝芝很担心，她怕万一补录走不了，影响雄雄的学习。可芝芝劝也没有用，雄雄虽然答应得很好，但芝芝觉得，雄雄的心思全放在了补录上了。

专科一批的补录结束了，没有雄雄的录取信息。芝芝开始吃不下饭，睡不好觉，短短几天，憔悴了很多，脾气也暴躁起来，动不动就和李东坡发火，为了芝麻大点小事，还摔了一个碗。李东坡一看风向不对，也收敛了许多，醉酒的次数也少了。可芝芝的情绪还是好不起来，每天阴着脸，话也很少说。李东坡说："我看你整天到翠兰家，被翠兰传染了。"

晚上，芝芝在小臭子家的东棚里拔鸡毛，拔着拔着就走了神，手中的死鸡耷拉着脑袋在她的手里歪过来歪过去，芝芝忽然觉得手中的鸡很像自己，无论怎样努力，头也抬不起来了，自己的儿子连玲玲的一半都比不上。翠兰从后院出来了，站在一边对着干活的几个工人指手画脚，芝芝的心里开始愤愤不平，自己不论从哪个方面，都不比翠兰差，为什么好事都让她全占了，光景这么好，孩子还这么争气。芝芝恨恨地揪着鸡身上的毛，越揪越恼火，鸡脑袋差点被她揪了下来。

小臭子从后院出来了，他冲着芝芝喊："芝芝，快过来，雄雄录取了！"

猛一下听到这样的消息，芝芝有点反应不过来，手里拎着一只鸡一动不动。翠兰过来搡了她一把："你愣什么呀，快去看，你家雄雄考上大学了。"

芝芝把鸡扔进筐里，被翠兰拉着进了屋门，手上沾满了鸡毛。小臭子指着电脑屏幕让她看，芝芝盯着电脑屏幕上雄雄的名字，眼里忽然一热，泪水滚涌而出！

翠兰看到芝芝掉泪，撇了撇嘴说："考了一个三等院校，至于这么激动吗？"小臭子骂翠兰："你懂个屁。"这个时候的芝芝根本不在意翠兰说了什么，她的心里只有一个念头，雄雄考上大学了！

儿子考上了大学，这是多么值得高兴的事情！芝芝抑制不住内心的喜悦，对翠兰和小臭子说："走，到我家去，让东坡买俩菜，我们喝点酒庆祝庆祝。"

小臭子也很高兴："对，庆祝庆祝。"

翠兰不太热心，她说："别光顾着高兴，外面的活儿还没干完呢。"

小臭子说："芝芝今晚别干了，一会儿让别人多干会儿就是了。"

芝芝欢喜地说："那好，我回去先准备去。"

芝芝走了以后，小臭子让翠兰到外面拿一只鸡洗干净，一会儿带到芝芝家。翠兰有点不愿意，酸不啦唧地说："我看雄雄好像你的儿子，比玲玲考上大学还上心呢。"

小臭子瞪眼嚷翠兰："你怎么不说人话呢！"

一看小臭子恼了，翠兰就闭了嘴，乖乖到外面拿了一只鸡，放在盆子里面洗了起来。

芝芝回到家里，李东坡正好回来了，看样子没喝酒。芝芝就把雄雄考上大学的事告诉了他，李东坡听了也挺高兴，但只高兴了一小会儿。他说：

"农村的孩子，上了大学有啥用？都是白花钱。老马家的二小子，四年大学花了好几万，最后连个工作也找不上，又不愿意回家种田，东一榔头西一棒槌地在外面漂着。"

李东坡的话，让芝芝的心情打了折扣，但转念一想，上了大学总比不上强。芝芝让李东坡到商店买菜。一听小臭子过来，李东坡有点不乐意。但搁不住芝芝来回催促，就到商店买了四个农家小菜。

李东坡和小臭子俩人不对眼。李东坡认为小臭子只知道钱，小臭子觉得李东坡吊儿郎当不会过日子，两家虽然是邻居，但两个女人来往多，两个男人也就是见面说句话的交情。

一开始，酒桌上只两个女人说话，两个男人都闷头不语。可几杯酒下肚，气氛慢慢就热烈了，尤其李东坡，叽里呱啦说个不停，小臭子也拉开了闸门。两个男人你拍拍我的肩，我拍拍你的肩，说得热火朝天。他们一边喝酒一边回忆小时候的往事，说着说着就都掏出了心里话。小臭子说，他一辈子最后悔的事，就是相亲的时候，让李东坡去壮胆。李东坡说，这辈子他就干了一件不仗义的事，抢了小臭子喜欢的芝芝。

芝芝和翠兰哈哈大笑，都用拳头打自己男人，两家做邻居这么多年，这次聚会，才让他们找到了做邻居的感觉。

7

雄雄被黄海石油职业学院录取了，可专业却不是高护，而是旅游管理。

雄雄的情绪很低落。芝芝问雄雄为什么不开心，雄雄说："学旅游管理毕业后工作不稳定，也不养老。"

芝芝活了四十多年，从来没有旅游过，她对旅游没有概念，更不知道旅游管理是干什么的。可明知道不好，为啥还报呢？

雄雄说："填志愿的时候，觉得黄海石油职业学院的分数线很高，肯定走不了，就报了两个专业，第一个是高护，第二个就随便填了旅游管理。没想到，高护没录取，还真被旅游管理录取了。"

一听雄雄说是随便填的，芝芝气坏了："这么大的事，怎么能随便填呢？"

雄雄小声嘟囔："我也没想到这样，我以为走不了呢。"

芝芝的火大了："你以为走不了，现在走了，你说怎么办？"

李东坡趁水和泥："我看干脆别上了，回来娶媳妇得了。"

芝芝心里的火正无处发泄，李东坡的话让她找到了出口，她指着李东坡吼道："李东坡，儿子这么大的事，你管了什么？你不光不管，还不放人屁，你还算个男人吗？"芝芝像一只急红了眼的公鸡，把李东坡啄得灰头土脸。

李东坡一声不吭，悻悻地走了。芝芝坐在自家的老槐树下，心里茫然不知所措。一片树叶落了下来，芝芝捡起落叶放在手心，树叶黄灿灿的，在阳光的照射下，叶脉清晰可见。一阵风吹来，树叶从芝芝的手中飘走了。望着飘走的树叶，芝芝非常难过，她觉得雄雄就像那片树叶，不知道被风飘到哪里。

因为雄雄报错了专业，芝芝家的气氛一下从春暖花开变成了冰天雪地。李东坡干脆躲在外面不回家，雄雄钻在自己的房间，死活不愿出门。芝芝过一会儿就到雄雄房间转一圈，见儿子正在通电话，她就悄悄出来。这样往返了几次，雄雄不耐烦了："娘，你别转悠了，好不好？"芝芝问："同学怎么说？"雄雄说："说了你也不懂，就别添乱了。"雄雄不让转悠，芝芝就在门口偷听。雄雄打电话的声音带着哭腔："怎么办呢？一想到我娘就难受，这么多年我也不敢说我不是读书的料。我真的很想学好的，可是我拼了命也听不懂，在教室里一坐就害怕。好不容易补录了，可是这个专业毕业了，花钱了，找不到工作还不是白念？我娘为我花了那么多钱，我该怎么办呢？"雄雄的话说得芝芝的心一揪一揪的，看儿子这么难过，这么为她着想，芝芝也不忍心再责备他了。既然事情已经这样了，就面对现实吧。

怎样面对现实呢？芝芝却不知道。旅游管理不好，还去不去？不去怎么办？复习吧，雄雄又退了学费，雄雄不是成绩好的学生，如果想再去，恐怕也没那么容易了。芝芝被这些问题搅得心神不宁，无论做什么都心不在焉，蒸馒头应该放碱，她却放成了苏打。

芝芝爱花，一年四季，除了冬天，院子里都有鲜花盛开。以前芝芝心里不痛快的时候，就会到院子里看花，院子里的花草会让她心情变好。但是，现在怎么看她都觉得院子里的花儿都在嘲笑她。她一边抹泪一边想，我能把花儿养得这么鲜艳，为啥就养不出一个争气的儿子呢？

傍晚，翠兰过来了。芝芝以为翠兰又让她去干活，有点不高兴，下午已经和翠兰打过招呼了，让她找别人。翠兰说："我不是找你干活，是小臭子让你过去一下。"一听小臭子找她，芝芝脸色马上由阴转晴，小臭子成了她的救命稻草，见到了小臭子就等于见到了希望。

小臭子果然带来的是好消息。他说，今天到保定见到了一个朋友，闲聊中和朋友谈到了雄雄的事。朋友说，他的一个老乡在保定的黄海石油职业学院当处长，可以帮雄雄改专业。

小臭子的话对于芝芝来说，就像是阴天出了太阳。她感激地说："你这么为雄雄操心，怎么报答你啊。"

小臭子笑着说："多蒸几笼包子送过来。"

芝芝一连声地说："好，好，我回去就发面，明早就给你蒸。"

小臭子说："明天就别蒸了，朋友和老乡联系好了，明天中午一起到保定吃顿饭。"

芝芝说："你就看着办吧。"

小臭子说："我帮忙办事，可不能帮忙做主，你不去让东坡去，我是怕东坡馋酒，喝多了误事。"

芝芝虽然明白小臭子说的都是实话，但是小臭子直接提出不让李东坡去，芝芝心里有点别扭，她觉得小臭子把李东坡看得太低了。李东坡喝酒是不看场合，十回有九回醉，但是，到保定办事又不是喝闲酒，再怎么说，他也不会搞砸了儿子的前途。

因为有着这样的心思，芝芝就说："还是让东坡去吧，毕竟男人比女人量事宽。"说着芝芝就给李东坡打电话。李东坡一听让他明天去保定，为难说："明天村西老李家做满月，我得管事。"芝芝心里的火腾一下子就起来了，但当着小臭子的面，她也不好发作。她叹口气对小臭子说："别人家的事比天大，自己家的事一点不上心。"

小臭子笑着说："东坡哥在村里的人气就是强。"芝芝撇嘴说："干家里的活不上劲儿，给别人家干活很积极。"翠兰也瞪了小臭子一眼说："男人都一样的德性，给别人家干活比给自己家还卖力。"

芝芝笑着说："我看你是不放心小臭子吧，要不明天你也跟着去？"

芝芝说中了翠兰的心思，翠兰却不肯承认："我有啥不放心的，就他那猴样儿，扔大街上也没人要。"

芝芝故意和翠兰开玩笑："你不去，我可把小臭子卖了啊。"

翠兰说："卖了吧，卖了我换个好的。"

话是这么说了，但芝芝走了以后，翠兰心里的酸味儿还是下不去，撇嘴对小臭子说："我看你是挂着羊头卖狗肉，是不是想带着芝芝出去逛风景啊！"

小臭子说："怎么又胡说八道了，我是为你呢。你瞅瞅咱村里的娘们，哪个稀罕和你说话？要不是芝芝，你还不闷死？"

翠兰还是不高兴："我看你是太上心了。"

小臭子说："你别小心眼儿，这么多年，你什么时候瞧见芝芝对我有半点意思了？再说了，到大城市办事，可不比咱乡下，花多花少，人家跟着心里明白。"

小臭子这么一说，翠兰才不言语了。

8

　　小臭子有一辆半新的桑塔纳，他决定自己开车，说这样方便。芝芝过意不去，她说："回来我给你算油钱。"小臭子瞪了芝芝一眼："见外了不是。"

　　去保定的路上，小臭子的话特别多，话题也很广泛，国内国际热点新闻、房地产泡沫、农村养老保险等等，都不是芝芝熟悉的话题。李东坡也是个话痨，在村里也算是有头有脸的人，以前芝芝觉得李东坡除了钱比小臭子少以外，其他方面与小臭子不相上下。但是此刻坐在小臭子的车里，听着小臭子侃侃而谈，她觉得自己的男人比不上小臭子了。不知从什么时候起，小臭子已把李东坡远远地甩在了后面，而她也好像比小臭子矮了半截。再想想雄雄的前景和玲玲更是天上地下，芝芝的心里涌起一阵说不出来的失落和懊恼。她忽然觉得小臭子这样夸夸其谈，是故意在她面前卖弄，很想刺他几句，但想想人家贴着人贴着车给自己办事来了，何必惹人家不高兴呢，脸上就堆满了笑容，专心地听小臭子说话。

　　小臭子的朋友慈眉善目，人很随和。小臭子和朋友闲聊了几句，看看表，十一点多了，就让朋友定饭店。

　　芝芝以为饭店就在附近，没想到拐了好几道街，走了很长的路，才到了那个饭店。饭店的名字叫"乡巴佬"，芝芝一看这个名字，就感觉亲切，好像在这里遇到了老乡一样。不过芝芝进不了"老乡"的门，饭店门口的旋转门，让芝芝头晕眼花，明明看到门口了，转眼又转走了，她试了好几试，都不敢进去。小臭子在里面喊："你跟着门走。"芝芝大着胆子朝里走，因为走得太急了，头碰到了门上，芝芝窘得满脸通红。

　　进了房间，房间里餐具摆设让芝芝张大了嘴巴，这哪里是乡巴佬啊，分明是金銮殿！处长还没有到，趁朋友到卫生间的工夫，芝芝偷偷问小臭子："我带着一千块钱，够吧？"小臭子说："你别担心，不够我这儿有。"芝芝从心里喊了一声："娘哎，吃顿饭要这么多钱啊。"芝芝开始忐忑不安。

小臭子朋友的老乡黄海石油职业学院的刘处长到了，朋友向小臭子和芝芝介绍。小臭子和刘处长握了握手，芝芝连忙起身打招呼。刘处长客气地让他们坐下，给每人送了一张名片。芝芝把刘处长的名片看了好几遍，小心地放进贴身衣兜里，心里充满了希望。

点菜的时候刘处长说："老百姓挣个钱不容易，随便点几个得了。"小臭子再三说："点几个特色菜。"刘处长还是坚持只点了四个普通菜，这几个菜都是芝芝熟悉的，小白菜炒豆腐、凉拌黄豆芽、韭菜炒萝卜条，只有一个荤菜是西芹炒腊肉。刘处长点菜的表现让芝芝很感动，她悄悄对坐在身边的小臭子说："刘处长是个心疼老百姓的茬儿。"小臭子望了望正在喝酒的刘处长和朋友，把头凑到芝芝的耳边偷偷说："人家是山珍海味吃腻了。"虽然小臭子这么说了，但芝芝还是觉得刘处长是个好人。

喝了几杯酒后，开始谈雄雄的事。刘处长问芝芝："女孩？"芝芝回答男孩。刘处长惊讶地说："男孩想当护士？"芝芝说："是。"刘处长摇摇头说："不好不好，男孩当护士有什么出息。"小臭子连忙解释说："农村的孩子，考虑的不是出息不出息，是出路，毕业后有个工作就知足了，男护士好就业。"刘处长明白了，他说："男护士是好就业，可孩子愿意吗？"芝芝说："这是孩子的意思，他说，能挣钱养活我们就成。"

刘处长问："孩子被哪个校区录取了？"

小臭子和芝芝都糊涂了，他们只知道，雄雄被黄海石油职业学院录取了，到底哪个校区，通知书没下来，他们还不清楚。

刘处长解释说，黄海石油职业学院一共有五个校区，四个在保定，一个在滨海。按孩子的分数，八成是被滨海校区录取了。改专业的事，保定校区可以，滨海不行。小臭子问："滨海校区不也是你们的校区吗？"刘处长岔开话题说："其实旅游专业也挺好的。"芝芝有点急，对刘处长说："可孩子想上高护。"刘处长斜了芝芝一眼："这么点分数，他想上什么就能上什么吗？"芝芝张口说不出话来。小臭子的朋友赶紧帮腔："刘处长，孩子是不争气，可看在我的面子上，你就帮帮忙吧。"刘处长为难地说："我和你既是老乡又是好友，不是不帮忙，是实在帮不上。老实告诉你们吧，滨海校区是挂靠我们学院，财务和人事和我们是分开的，那里的事，我做不了主。"

芝芝问："啥是挂靠？"刘处长回避这个问题："你就别问了。"小臭子恳求道："刘处长再费费心，想想办法。"刘处长沉吟了一会儿说："既然大家坐在一起，就算是朋友了，我给你们说点不该说的话，滨海校区生源少，我不好插手。如果真想上护理专业，那就回去再复习一年，等明年高考的时候，你们再过来，我可以想办法按石油子弟报名，石油子弟分数线很低，二百分就可以录取。"

芝芝惊讶地说："二百分就能录取，差距这么大啊？"刘处长笑着说："是的，这是政策。如果明年政策不变，可以这样；如果变了，我也就没办法了。"

刘处长把话说到这个份儿上，也算掏出了真心。芝芝的心里也燃了希望，为了表达自己的感激，芝芝端起酒杯向每个人敬了两杯酒。几杯酒下肚，芝芝的脸就艳若桃花了。酒桌上有了女人的调剂，气氛一下就热烈起来，不一会儿，两瓶白酒就见底了。小臭子的朋友和刘处长都喝晕了。

出了饭店的门，小臭子把朋友拉一边说："是不是给刘处长意思意思。"朋友说："不用，刘处长不喜欢搞这个，他喜欢唱歌，请他唱歌吧。"

他们先到了一个叫"南方佳人"的歌厅，大堂里站着很多年轻的姑娘，浓妆艳抹，袒胸露背，让芝芝看着脸红。他们进了一个黑洞洞的包间，两个年轻姑娘随后跟了进来，小臭子连忙朝外走，一边走一边说："受不了，受不了，俺是乡下人，见不得这个。"

见小臭子朝外走，芝芝也跟着朝外走。朋友和刘处长迟疑了一会儿，也跟着出来了。朋友问小臭子："搞什么名堂？"小臭子说："里边都是小姐，俺是乡下人，见不得这个。”

小臭子的朋友揭小臭子的老底："你装啥柳下惠呢，又不是没来过。"

刘处长笑着指着芝芝问小臭子："是不是当着咱妹子，不好意思啊。"小臭子说："对对，不好意思，咱找个正经地方吧。"

这是芝芝第一次见到小姐，原来小姐都是年轻漂亮的女孩子。翠兰曾经偷偷跟芝芝诉过苦，说小臭子在外面找过小姐。芝芝听了半信半疑，现在听了小臭子朋友的话，看来翠兰说的是真的。芝芝不由对小臭子有了看法，但是看着眼前这些狐媚年轻的小姐，芝芝心里又想，哪个男人搁得住这样的诱惑呢。

趁朋友给刘处长点烟的工夫，小臭子偷偷对芝芝说："那个地方咱去不得啊，我问了一下，一个房间最低消费八百八，还不加小姐的小费。"

芝芝心里喊了一句："我的天啊！原来唱歌这么贵啊。"幸亏小臭子机灵，不然芝芝兜里的钱还不够呢。芝芝下意识地捂住了口袋，好像不捂住，口袋里的钱一下就飞走了。

去了好几个地方，才找到了小臭子说的"正经歌厅"。这个歌厅看起来不大，也没有袒胸露背的小姐。进包间的时候，芝芝借口上厕所，悄悄到大堂问了一下价钱，这个歌厅虽然便宜，但一个小时也要八十八元。芝芝悲哀地想，她拔一个晚上的鸡毛，还不够到这里吼几嗓子。

芝芝返回包间，刘处长已经开始唱歌了。刘处长和朋友唱累了以后，把话筒递给了小臭子。小臭子选了一首歌曲，拿过话筒唱了起来。这是芝芝第一次听小臭子唱歌，没想到他唱得那么好！望着唱歌的小臭子，芝芝想，这是邻家那个小臭子吗？瞧他唱歌的姿势和神态，哪里有一点乡下小臭子的影子呢？芝芝的脑海里忽然闪现出相亲时的情景，那时的小臭子怎么看怎么丑，而眼前的小臭子，在闪烁的灯光下，动听的音乐中，投入地唱着好听的歌曲，表情鲜活生动，动作潇洒自如，和电视上的歌星不相上下。芝芝盯着小臭子的脸，越看越不像她熟悉的小臭子了。

小臭子唱完以后，刘处长和小臭子的朋友都大声叫好，并鼓起掌来。

芝芝下意识地也举起了手，但却没有拍巴掌。小臭子微笑着看着她，芝芝有点慌乱有点尴尬，她忽然觉得自己在小臭子面前有点胆怯，还有点卑微，一种说不清道不明的懊恼开始在她的心中蔓延。她站起来，快步朝门外走去。

不知为什么，一出歌厅的大门，芝芝的眼里一下子蓄满了泪水。

小臭子追了出来，芝芝赶紧擦了擦眼，然后才回头说："里面太憋闷了，我想透透气。"

小臭子让芝芝到他的车上等。

芝芝坐在小臭子的车里，那种懊恼还是在她的心里挥之不去。她忽然对自己有点生气，你在懊恼什么呢？是在懊恼当初没有选择小臭子吗？芝芝觉得好像是又好像不是。觉得好像是，是因为小臭子唱歌时候，芝芝的确有一种心动的感觉。觉得不是，是因为芝芝很确定，即使现在让她在李东坡和小臭子之间选择，她也不一定选小臭子。至于为什么不一定，她也想不大明白。

一对中年男女在小臭子的车前经过，俩人的穿着打扮都很随意，身上却透着一种说不出来的味道，和芝芝平时见到的人都不一样。芝芝的目光跟着俩人走，街上人来人往，女人却挎着男人的胳膊。俩人走远了，芝芝的心也跟着远了，这就是城里人的生活，这么浪漫这么惬意。想想自己和李东坡也算是一见钟情，但她却从来没有挎过李东坡的胳膊，这就是城市人与农村人的区别吧。

一辆车停在了歌厅的前面，从车上下来几个男女。男人衣着不俗，女人打扮得光鲜亮丽。芝芝目送这一群人走进歌厅，想想自己在小臭子家臭气熏天的东棚里拔鸡毛的情景，再想想雄雄暗淡未卜的前程，芝芝的眼睛又湿了。

这个时候，忽然有人敲车窗的玻璃，芝芝拉开车门，一个人举着一个破盆，盆底有几枚硬币。芝芝明白了，这是一个乞丐。芝芝连忙从兜里掏出一张五元纸币放在了乞丐的盆里，乞丐朝她鞠了一个躬走了。芝芝望着乞丐衣衫褴褛的背影，心里有了一丝安慰和知足，自己的日子与乞丐相比，还是好了许多。但是想到刚才到歌厅里唱歌的那群人，芝芝心里又开始愤愤不平，为什么农村人和城市人都生活在同一片天空下，日子过得却如此不同！

不断有行人从小臭子的车前经过，芝芝的心跟着形形色色的路人起起伏伏。不知不觉一个多小时过去了，芝芝仿佛看到了一大筐一大筐的鸡毛随风飘走了；又一个小时过去了，芝芝仿佛看到了一大车的白条鸡被拉走了；又一个小时过去了，芝芝觉得自己好像变成了鸡被撕拽着，钻心地疼痛！

不知什么时候，天忽然下起雨来。歌厅门口的灯亮了起来，雨线在灯光的闪烁下变换着颜色，晶莹剔透，煞是漂亮！随着灯光的变换，芝芝心也变得迷蒙起来，恍惚间不知自己身在何处了。

小臭子终于出来了！芝芝傻傻地望着小臭子，好像小臭子从另一个世界走来。

雨越下越大。小臭子上车后，笑着对芝芝说："人不留天留，我们只好住下了。"

9

小臭子带芝芝找宾馆，宾馆的房费让芝芝瞪大了眼睛，一个房间一百五。小臭子坏笑说："咱们登记一个房间吧。"芝芝一下红了脸。大堂服务员微笑着问登记几个房间，芝芝连忙说："两个，两个。"

小臭子到外面放车去了，芝芝悄悄问服务员："还有更便宜的吗？"服务员说："这是最便宜的了。"芝芝只好拿出了三百元。谁知服务员说："押金六百。"芝芝思索了一下说："那就登记一个吧。"

小臭子过来了，芝芝把房卡给了小臭子。小臭子问芝芝的房间是几号，小臭子的房间是201，芝芝随口说她的房间是208。

芝芝跟着小臭子到了房间，稍微坐了一下，说："你早点休息吧，累了一天了。"小臭子要送芝芝回房间，芝芝连忙说："不用，不用，有服务员，你就放心吧。"

芝芝从小臭子的房间出来，在楼道里转了一会儿，转到208门口，她停下来，回头望了望，没见小臭子跟着，她才松了一口气。芝芝在208门口站了一会儿，又转回了小臭子的门口，里面传来电视的声音，她放下心来。

芝芝楼上楼下转了好几圈，服务员问她需要什么，她连忙说："我睡不着，想出去转转。"

已经是阴历八月初了，外面的风有点凉。芝芝在门外站了好久，直到看见大堂服务员趴在吧台上睡着了，芝芝才悄悄走了进来，坐在大堂西边的沙发上。她把头靠在沙发靠背上，很快就迷迷糊糊睡着了。

小臭子洗完澡，躺在床上，怎么也睡不着。电视上一个女人在做厨具广告，眉眼神态都很像芝芝，小臭子心里一热，忽然很想找芝芝说说话，就起身下床。

小臭子来到208房间门口，敲了敲门。里面没有回音，又敲了敲，有了脚步声。门开了，一个胖胖的男人睡眼惺忪地说："你找谁？"小臭子吓了一大跳！连忙说："对不起，我走错了门。"

小臭子来到大堂，想查一下芝芝的房间，看到了睡在沙发上的芝芝。小臭子本来想喊，又改变了主意。他悄悄喊醒了吧台服务员，问："我们登记了几个房间？"服务员查了一下，说一个。小臭子明白了，芝芝登记了一个房间，省下了一个房间的钱。望着沙发上酣睡的芝芝，小臭子心里酸酸的。

小臭子到房间拿一个毯子想给芝芝盖上。尽管小臭子的动作很轻，但还是惊醒了芝芝。芝芝睁开眼看到了小臭子，不好意思地说："我觉得房间里面憋闷，不如这里敞亮。"小臭子也故意说："是啊，我也觉得房间里面憋闷，所以出来走走。"大堂服务员被惊醒了，走过来问："你们需要什么？"小臭子连忙对芝芝说："干脆别睡了，走，到我房间去，我们说说话。"

进了房间，小臭子给芝芝倒了一杯茶，芝芝说："这么客气啊，好像我是客一样。"小臭子说："在我的房间，我是主你是客，到你的房间，你是主我是客。"芝芝点点头："嗯，说的在理儿。"小臭子逗芝芝："既然在理儿，咱们到你的房间，你当主我当客，你为我也倒一次茶。"一听小臭子要到她的房间，芝芝有点急："转来转去过家家啊。"看芝芝脸红，小臭子觉得有趣，他故意站起来，装出要走的样子。芝芝真急了，慌忙岔开话题说："先别忙着走，给你先算算账。"小臭子笑了，他不想说破芝芝登记一个房间的事，也就是想逗逗她。

小臭子坐下来说："算什么账啊？"芝芝说："唱歌、晚饭，都是你垫的。"小臭子说："唱歌的钱我拿。"芝芝说："那可不行，为我家办事，哪有让你贴钱的道理。"小臭子说："贴点也没关系，又不是贴不起。"芝芝说："知道你贴得起，可让你贴钱我心里不安。"芝芝从兜里拿出钱来数了数，不好意思地说："不够了，我先给你三百，回家再给你补上。"小臭子说："和我分得这么清啊，邻家壁舍的，心还是和我远。"

芝芝把三百元钱塞到小臭子的口袋里，然后坐在对面的沙发上。

小臭子不说话，瞪眼瞅着芝芝，眼里有一簇火苗在跳跃。芝芝一下子紧张起来，突然意识到，这个时间，和小臭子独处一室有点不合适。

小臭子突然起身，芝芝下意识把头往后仰了一下。小臭子拿着水壶的手顿了下，他往芝芝杯里续了点水，叹了口气坐下，依旧不说话。

芝芝觉得脸一热，杯子攥得紧紧的。

小臭子看了芝芝一眼，说："今天我喝了酒，说句过头话，自从第一眼见你，我就喜欢你。"

芝芝越发慌了。小臭子端起茶杯喝了一口茶，然后说："可惜你不喜欢我，喜欢李东坡。"

芝芝低下了头。小臭子不由笑了："芝芝，你别紧张得跟个小姑娘一样，咱们这么多年的邻居了，你还是不了解我。你啥时候见我说过过头话，做过过头事。我知道你不容易，心气高，就是想为你尽点儿心……"

芝芝心里突然酸酸的，她看着小臭子，不知道该说啥。

小臭子站起来，坐在芝芝的身边，芝芝赶忙站起来。小臭子的表情有点尴尬。芝芝连忙拿起小臭子的杯子，给小臭子倒水。小臭子的表情缓和了，芝芝心里想，不能再待下去了。毕竟人家是出来帮咱办事来了，她不想和小臭子把关系搞尴尬。两家是邻居，如果把关系搞尴尬了，以后怎么相处？怎么面对翠兰？

小臭子见芝芝低头沉默不语，就又坐在芝芝的对面，望着芝芝说："我还记得第一眼看到你的样子，梳着一条大辫子。"

小臭子的话说得芝芝的心里一动，她抬起头来，正遇到小臭子温情脉脉的注视。芝芝有些慌神，她没想到这么多年小臭子都没有忘记她，尤其最近一段，她总是感受到小臭子处处为她着想，实心实意地帮她。芝芝的心里有一种说不出来的温润在荡漾。她忽然想起第一次见小臭子的情景，瘦瘦小小的小臭子穿一套崭新的西装，却怎么看都像个没长大的孩子。而身材高大的李东坡随意穿一件夹克，却显得非常潇洒。芝芝看到李东坡的一刹那，眼里就再也看不见小臭子了，她以为从此与小臭子绝了缘，没想到小臭子天天生活在她的眼皮底下，想起自己每天在小臭子家拔鸡毛，想起自己家鸡窝一样的房子，想起李东坡醉醺醺的样子，芝芝心里既难过又委屈，还有一丝丝的后悔和懊恼。

这个时候，芝芝的手机突然响了。芝芝心里一惊，她拿起电话，是李东坡打来的。李东坡在电话里问："事情办得顺利吗？"芝芝有些慌乱，连忙说："不很顺利，回家再细说吧。"李东坡说："谋事在人，成事在天，别太上火了。"芝芝心里一暖，她看了小臭子一眼，说："保定这边在下大雨，隔住了。"李东坡说："雨大就别回来了，安全是大事。"

挂了电话，芝芝的心一下子平静了。她主动接上了小臭子的话题说：

"你东坡哥说我剪短发的样子好看呢。"

一听芝芝提李东坡，小臭子眼里的火苗暗了下来。他酸酸地说："没想到，你这么爱李东坡啊。"芝芝笑了："他是俺男人，俺不爱他爱谁？"小臭子问："他整天喝醉酒，不会过日子，你吃了这么多苦，一点不怨他？"芝芝答："怎么不怨呢，怨起来也骂过他，但再怨也是自家的男人啊。其实，想想他，也不是没有一点好，热心肠，念直理，不偷不摸不找女人，无论对谁，都是实心眼。"

小臭子惶惑了。他原以为，随着岁月的流逝，日子过得一团糟的李东坡在芝芝心目中早就跟着走了样儿。没想到，在芝芝眼里，李东坡还是李东坡，是她芝芝的男人，他小臭子不管挣多少钱还是跟芝芝不相干的小臭子。小臭子的心里有一种说不上来的挫败和失落，他端起水杯，仰起头咕咚咕咚喝了半杯茶，才说："芝芝，你也算是找对了人，东坡哥这人是不赖，想想看，咱月亮湾村，他给谁家没撺过忙？他给谁家没管过事？想想看，咱月亮湾村，谁有东坡哥这样的好人缘？想想看，咱月亮湾村，离了东坡哥还真不行。"

听着小臭子一套一套地数念李东坡的好，芝芝笑了，以前怎么没想到呢，原来李东坡还有这么多的优点。望着眼前的小臭子，芝芝心里偷偷想，其实小臭子比李东坡也不赖，但是不赖又能怎么样呢，小臭子是翠兰的男人，又不是她芝芝的男人。

外面的雨声越来越紧了。

小臭子不再说话，他把头歪在床头上，不一会儿就响起了鼾声。

芝芝望着酣睡的小臭子，李东坡的面容也在她的头脑里闪现，她忽然想，如果二十年前的相亲发生在现在，她是选李东坡呢，还是选小臭子？

她却想不出答案。

10

　　录取通知书果然如刘处长所说，雄雄被黄海石油职业学院滨海校区录取了。

　　一连几天，为了这个挂靠的校区，芝芝家开了好几次会议，翠兰和李东坡也列席参加。改不了专业，雄雄到底去不去这个挂靠的学校，成了他们反复讨论的问题。李东坡和翠兰的意见比较一致，一说"挂靠"就觉得这个学校不正规，说不定是私人办的。小臭子和他们的观点不一样，既然是国家统招的，发黄海石油职业学院的毕业证，就说明是正规学校，只不过地点不同而已。芝芝和雄雄属于墙头上的草，一会儿觉得去好，一会儿又觉得去了可能上当。

　　报到日期眼看就要到了，雄雄上学的问题还没定下来，芝芝想起了刘处长说的"按石油子弟报名"的话，有了想让雄雄还去复习的想法。小臭子认为这样的想法有很大的风险：明年政策变不变？刘处长到时候还在不在那里？即使政策不变刘处长还在那里，也不是那么简单。不是石油子弟按石油子弟报名，很明显是弄虚作假，如果暴露了，那就毁了雄雄一辈子的前途。再就是，和刘处长也就是一面之交，他凭什么要冒着风险办这样的事？无非是想捞点好处。如果是这样，就更没底了，刘处长是怎样的人他们不清楚，要给多少好处才行呢？

　　小臭子的分析，让芝芝仅存的一点希望也破灭了。离报到时间只有两天了，这件事情还没定下来，芝芝被闹得吃不下饭睡不好觉。小臭子和翠兰为了雄雄的事吵了一架，翠兰嫌小臭子为了雄雄的事太上心，小臭子说翠兰只种蒺藜不栽花，死了也没人埋。

　　李东坡说："我看干脆别上了，考这么一个破校，搞得左邻右舍都鸡犬不宁。当爹的，我也愿意儿子飞黄腾达，光祖耀宗，可他天生脑瓜子不开窍，是虫不是龙，有什么办法？这样的破校上了也没用，三年下来花费好几万，到头来城里也耽了，乡里也误了，就太不划算了。"

芝芝已没有力气发火了，她像是迷了路，辨不清方向了。雄雄像是墙上的挂钟，来回摇摆不定。雄雄这样没有主心骨，芝芝很失望。这个时候，她才彻底明白了，自己的儿子是月亮河的一条小蝌蚪，无论她怎样努力，也成不了一条金光闪闪的小金鱼。芝芝心里既无奈又悲凉。因为听到了小臭子和翠兰吵架，芝芝也不好意思再问小臭子了。倒是翠兰沉不住气了，主动到了芝芝家，有点心虚地说："其实我并不是嫌小臭子帮了忙，我是觉得这是雄雄一辈子的大事，怕小臭子决策错了，耽误了孩子的前途。"芝芝说："我知道，你也别怪罪小臭子了，他也是好心，觉得雄雄的事是他办的，办不好心里不踏实。"翠兰说："你算是说对了，他最近好像鬼迷了心窍，连做梦都叨咕雄雄的事，让你花了钱却没办成事，他心里不安。"芝芝连忙说："你们千万别这么想，办不了也不怨他，费这么大劲儿，我们不落意呢。"

两个女人把话一说，心里的芥蒂也解开了。芝芝到小臭子家去干活，可干着干着就发起了呆。见她这样，小臭子对她说："你还是别干了，回家和东坡哥好好商量商量，等雄雄的事落了实，你再来。"

芝芝回到家里，雄雄拿着手机正和同学打电话，他还在走与不走之间徘徊。李东坡这几天态度不错，好几天没喝醉酒了，看来雄雄的事也让他上了心。芝芝问李东坡："李东坡，你好歹算是一家之主，你说雄雄的事咋办？"芝芝说李东坡是一家之主，让李东坡上了火："你还知道我是一家之主啊，我这个一家之主什么时候说了算？"

李东坡的话就像是一桶汽油浇在了火上，芝芝压抑的情绪一下就爆发了，她指着李东坡大声喊："你还好意思说你是一家之主，你哪里有一点一家之主的样子，你为这个家做了什么？"

雄雄出来制止了爹娘的争吵："你们别吵了，我决定了，到滨海去上学。"

芝芝和李东坡都住了声。芝芝问雄雄:"想好了?"

雄雄说:"想好了,刚才和玲玲通了话,她说旅游管理前景也不错。"

李东坡问:"真想好了?"

雄雄坚决地点了点头。

芝芝也下了决心:"想好了,就去吧,出去闯闯总比窝在家里强。"

11

雄雄要到滨海去上学,学费还不够,芝芝愁得嘴角起了泡。自打进了李家门,芝芝就一门心思过光景,除了种好责任田,还起早贪黑给人打工。十几年下来,也攒了三四万,本来想着翻盖房子供雄雄上学,没料到,雄雄奶奶一场大病,十几年的辛苦钱在医院打了水漂就没了影儿。谁都有父母,谁都有三灾六难,给婆婆看病天经地义,这些芝芝都想得通,大不了再拼上几年。可是现在不行了,芝芝能等,李东坡能等,雄雄上学等不得。芝芝在屋里院里来回转圈,转着转着就不由冲李东坡瞪眼:"孩子学费不够,你这个当爹的说怎么办?"李东坡说:"怎么办?现抓借呗。"芝芝白了他一眼:"别吹了,谁借给你呀。"李东坡掏出手机:"你说借多少,我不出门,钱就能到了。"

不服气李东坡的人缘不行,不到半个小时,就有人拿着钱到家了,这个拿着三百,那个拿着五百。不到一个小时,李东坡的小院子就热闹起来了。芝芝又好笑又感动,李东坡让她刮目相看,她没有想到李东坡会有这么好的人缘。芝芝不断地吩咐雄雄给乡亲们搬座倒茶,李东坡激动得跑到商店买了一条好烟,给乡亲们发。芝芝看着忙忙活活的李东坡,鼻头一酸,眼角有点热,相亲时的感觉又回来了,这个男人还是自己的依靠。

小臭子和翠兰听到动静也过来了。一进门，小臭子就说："这么热闹啊，我以为雄雄娶媳妇呢。"院子里男人们都笑了起来，几个妇女都没笑，她们都看不上跟在小臭子后面的翠兰。翠兰从进门就没说一句话，一个妇女和她打招呼，她也只点了点头，跟领导一样。几个女人扭身要走，走的时候还要叫上自己的男人，不大一会儿，芝芝家的院子里就只剩下小臭子和翠兰了。望着乡亲们的背影，小臭子悄悄对翠兰说："看到了没有，这就是你走的人缘。"翠兰不自然地笑了笑。

小臭子问芝芝："钱凑够了没有？"芝芝说："凑够了，乡亲们太热心了，好几家我都没拿呢。"李东坡感慨地说："这就是咱月亮湾的人，就跟一家人一样。"小臭子又问："明天雄雄怎么走？"雄雄说："坐火车。"小臭子说："别坐火车了，开我家的车去吧，刚才玲玲来电话了，她也惦记着雄雄的事。"

李东坡不同意用小臭子的车，他说："坐火车省钱。"小臭子不高兴地说："怎么，看不起我啊，邻家壁舍的，缺钱也不和我打电话。"李东坡不好意思了："成，就沾你家一回光。"翠兰也觉悟了，痛快地说："沾什么光呀，正好顺便看看玲玲。"

于是两家商量好，明天小臭子开车送雄雄，李东坡跟着去。

12

天还不亮，就有人过来喊李东坡去管事。村东一家老了人，李东坡说："好不容易当回一家之主，没想到老天爷不成全。"芝芝说："我看你比国务院总理都忙。"李东坡说："没办法，老了人不比娶媳妇，不去不好。"芝芝叹口气说："反正指不上你这块云彩下雨。"

小臭子开车过来了，一看是芝芝去，就问："东坡呢？"芝芝说："村东口老了人，他去管事去了。"小臭子感叹说："东坡哥这人难得。"芝芝说："难得什么呀，别人家的事总比自家的事要紧。"小臭子说："正是这样才难得啊，现在这样的人太少了。"芝芝说："少什么呀，我看你也是这样，管雄雄的事比自家的事还上心。"小臭子笑了："芝芝你还别说，还真是这样，我也觉得奇怪，莫非我被东坡哥传染了？"芝芝笑了："千万可别，你被传染成他那样，可就糟了。"小臭子说："糟什么呀，偶尔做做李东坡，感觉还不赖。"芝芝问："什么感觉啊？"小臭子说："热乎乎的。"小臭子的话，说得芝芝心里也热乎乎的。

滨海是海边的一个大城市，有一千多里的路，比保定远多了。小臭子的车走了三个多小时，翻了两座大山，芝芝以为要到了，一问小臭子，才走了一半。芝芝感叹道，这么千里迢迢地奔波，好像唐僧取经一样。小臭子夸芝芝的比方打得好："我们是送雄雄到滨海取真经。"

快中午的时候，滨海到了。

通知书上说，滨海校区就在北方大学的斜对面。他们先到了玲玲就读的北方大学，北方大学高楼耸立，非常气派！雄雄站在北方大学门口，既羡慕又无奈，他叹了口气，自言自语道："我这辈子和这样的大学无缘了。"

雄雄哀伤的眼神刺伤了芝芝，她觉得站在北方大学门口的儿子好像是一个乞丐。芝芝眼里一热，差点掉下泪来，她把雄雄拉到一边说："儿子，是金子在哪儿也发光，只要咱好好学就行。"

黄海石油学院的滨海校区还真不好找，打听了好几个人，都说没听说过有这么个学校。后来拨通了通知书上的电话，才问清了具体的位置。

七拐八拐，在一条人声嘈杂的小街上，他们才找到了滨海校区。校区门口用木板写着一个牌子，字体小而潦草，不仔细看，还真不知道这是个学校，和北方大学的宽敞气派形成了鲜明的对比。走进校内，里面的情景让芝芝的心一下凉了半截，一座旧楼破败不堪，操场小得还不如月亮湾的打谷场，一群学生在操场上跑操，操场没有硬化，随着学生的脚步，掀起一阵阵尘土。

芝芝没上过大学，但芝芝想象的大学不是这个样子，她四下张望，喃喃说道："太寒酸了。"雄雄哭丧着脸说："娘，这不是我想象的大学，还不如我们县二中呢。"

芝芝心乱如麻！她一时也接受不了这么巨大的反差，掉起了眼泪。小臭子到底是男人，比芝芝冷静，他让芝芝先别难过，找个学生打听一下情况再说。

在教学楼的门口，芝芝和小臭子拦住了一个学生，打问学校情况。这个学生自我介绍来自张家口坝上地区，看起来淳朴腼腆，他非常客观地介绍了这个校区：校区是挂靠黄海石油职业学院，发黄海石油职业学院正规的毕业证，只有两个专业，一个旅游管理，一个计算机，大概有二百多名学生。小臭子问："老师怎么样？"学生说："听说比不上保定的总校。"芝芝和小臭子相互望了一眼，两个人的表情都是失望。那个学生最后说："来这里的学生都是分数比较低的，没办法，才上这样的学校。"这个学生脸上的表情和雄雄在北方大学门口的表情一模一样，也是一种无奈和悲凉。

小臭子问芝芝怎么办，芝芝长叹了一口气说："能怎么办？人已经来了，只能这样了。"小臭子问雄雄的意见，雄雄低头不语。芝芝发火了："雄雄，你以为车是喝水来的吗？这么多钱已经花了，你不上咋办？"小臭子也劝雄雄："既然发正规的大学毕业证，那就凑合着上吧。"雄雄站着不动，芝芝拉着雄雄朝报到处走，雄雄不情愿地跟在后面。

到了报到处，一个妇女正在收拾办公桌上的东西，看样子要下班了。芝芝让雄雄把通知书和档案拿出来，雄雄不动。那个妇女有点不耐烦了："到底报到不报到啊，不报就下班了。"

芝芝推推雄雄，雄雄突然大声说："俺不上了！"说完，扭身大步朝外走。芝芝在后面追出来，上前拽住雄雄的胳膊，使劲拧了几下子："你想气死我呀。"

雄雄的眼里噙着泪花说："娘，不是我不体谅你，你想想，我一辈子的梦想，就在这个小地方实现啊？"

芝芝一下哑了声。是啊，这是孩子一辈子的大事，怎么能这么草率呢。其实在芝芝的内心，把孩子放在这样的学校，她也不情愿。小臭子看出了芝芝的心思，劝芝芝说："雄雄说的对，这是一辈子的大事，先吃饭再说，让雄雄再好好想想。"

雄雄的事怎么办好呢？芝芝六神无主。她跟李东坡打电话，李东坡也蒙了："这事我也不知道咋办，你和小臭子商量着办吧，最好听听孩子的想法。"芝芝问小臭子："保定的校区咋样？"小臭子说："保定校区不如北方大学看起来气派，可像个大学样子，绿树成荫，是个读书的地方。"

提到了保定的校区，芝芝忽然想到了那里的刘处长。出于一种负气，芝芝很想和刘处长打个电话，他既然是招生就业处的处长，就应该回答两个校区差别大的问题。

芝芝走出饭店，从衣兜里摸出刘处长的名片，拨通了刘处长的电话。芝芝说："我是前两天找你的那个学生家长，现在带着孩子在滨海，孩子说这里太寒酸了，不是他想象的大学，说什么也不肯报到。"芝芝说着说着，就啜泣起来。刘处长知道了芝芝的身份，劝她先别哭，有话好好说。刘处长的安慰，让芝芝好像看到了希望，她灵光一闪，有了一个想法，恳求刘处长说："求求你想想法子，让孩子到保定校区行不行？旅游管理也行。"刘处长沉默了一会儿说："你稍等，一会儿给你回电话。"

刘处长很快回了电话："你们从滨海朝保定赶吧，等过来了再说。"刘处长的话，让芝芝的心狂跳不止！山重水复疑无路，柳暗花明又一村！雄雄的事有了意外的转机。她激动地跑进饭店把刘处长的话告诉了雄雄和小臭子。小臭子和雄雄大喜过望！小臭子夸芝芝头脑灵活，竟然想到了和刘处长打电话，还提出了这样一个绝妙的要求。

小臭子连饭也不吃了，喊来服务员结账，马上朝保定赶！芝芝过意不去："还没看玲玲呢。"小臭子说："玲玲什么时候都可以看，雄雄的事是大事，既然刘处长让过去，就说明有希望，我们得尽快赶过去，免得夜长梦多。"

13

从滨海到保定又是一千多里。

尽管小臭子开车很快，但到了保定，已是晚上七点多，刘处长下班了。芝芝说买点东西到刘处长的家里。小臭子说："买东西效果不好，咱不了解刘处长喜欢什么。"芝芝觉得小臭子说的有道理，她说："你出门多，办事有经验，你说怎么办吧，我听你的。"小臭子沉默了一会儿说："舍不得孩子套不来狼，为了明天的事保险，豁出来吧。"小臭子建议给刘处长送钱。芝芝问："送多少？"小臭子说："最少一千。"芝芝说："我身上没带这么多钱。"小臭子说："我身上有，先花我的。"芝芝担心刘处长不收。小臭子说："你先试探一下，如果真不收就麻烦了。"芝芝问："怎么试探？"小臭子说："你就说，我们到了保定，刘处长办这么大的事，我们想当面感谢一下。"芝芝按着小臭子说的和刘处长打了电话，刘处长开始推辞了几句。芝芝坚持要见，他也就答应了，告诉芝芝他在一个饭店吃饭，让芝芝到饭店门口再给他打电话，他在门口等。

芝芝把刘处长的话一说，小臭子高兴地说："办这样的事我有经验，雄雄的事成了。"

小臭子开着车找到了刘处长说的那个饭店。小臭子让芝芝给刘处长打电话，芝芝还是有点不踏实，她问小臭子："你觉得一千元行吗？"小臭子思索了一下说："我说实话，如果按你的生活水平，一千元是大数目，可对于别人来说，也就是一顿饭钱。"小臭子这么一说，芝芝心里没底了，她问小臭子身上带着多少钱，小臭子说："我身上带着好几千呢。"芝芝说："这是雄雄一辈子的大事，花多花少把事办了就是便宜，怎么也是最后一哆嗦了，咱不能为个虱子烧了袄，索性就大方点，打发人家满意。"小臭子认为芝芝说的有道理，他说："多花点钱把事办利索点比什么都强，万一刘处长嫌少不高兴了，事就麻烦了。"

两个人意见一致了，他们商量到底给多少钱。芝芝说给一千五，小臭子说："办事不能给零头，要么一千，要么两千。"芝芝咬了咬牙："两千就两千。"一听花这么多钱，雄雄有点急："娘，别花这么多钱了，我不上了，干脆回家种地得了。"芝芝把眼一瞪："你别给我说丧气话，两千元买个好前途，便宜着呢。"

把钱准备好，芝芝要给刘处长打电话，小臭子拦住了她："别慌。"芝芝问："怎么啦？"小臭子沉吟了一下说："刘处长和咱们不熟，给现金恐怕他不敢收。"芝芝问："那咋办？"小臭子说："把钱换成购物卡。"

小臭子开着车到了一个大型商场，他让雄雄在车上等着，带着芝芝进了商场，把钱换成购物卡。

芝芝在一个卖丝巾的摊位前停下了，翠兰喜欢臭美，她想给翠兰买一条丝巾。芝芝看中了一条紫色的丝巾，丝巾的四个角点缀着白色的梅花图案，显得雅致漂亮。芝芝非常喜欢这条丝巾，但想到翠兰喜欢鲜亮的颜色，就选了一条红色的。芝芝问价钱，一百多。芝芝觉得太贵了，有点舍不得。转而一想，小臭子帮了她这么大的忙，也没顾上看玲玲，买条丝巾打发翠兰高兴也值得，犹豫了片刻，芝芝买了那条丝巾。

到了车上，芝芝问："既然卡和钱一样，为啥不直接给钱呢？"小臭子说："这个你就外行了，给钱和给卡不一样，给钱是行贿，给卡是送礼。"芝芝心里迷迷瞪瞪的。雄雄给芝芝打比方："如果翠兰婶子平白无故送你十元钱你要不要？"芝芝答："我凭啥白要人家的钱？"雄雄又问："那么翠兰婶子送你俩北瓜，你要不要？"芝芝一下明白过来，购物卡和北瓜一样，是人之常情。小臭子夸雄雄聪明，说雄雄这个比方打得好。芝芝瞪了雄雄一眼说："学习没本事，这些歪门邪道的事倒挺精通。"

返到饭店门口，芝芝给刘处长打电话。刘处长很快从饭店里面出来了，芝芝慌忙把卡塞给小臭子说："你给吧，办这样的事手打哆嗦。"刘处长过来了，小臭子和刘处长握了握手，说了几句客套话。小臭子办这样的事有经验，他四下张望了一下，看周围没人，就把购物卡往刘处长手里塞。刘处长把小臭子的手推开，有点生气地说："你这是干什么？"芝芝的心一下提到了嗓子眼儿。小臭子亲热地拍着刘处长的肩膀，顺势把购物卡塞到刘处长的口袋里说："孩子的事让你费心了，你帮了我们这么大的忙，一点小意思，就当咱哥俩喝了一壶酒。"刘处长和小臭子拉扯了一番，也就收下了。

刘处长最后给了他们一颗定心丸："你们安心休息吧，明天的事靠给我，一定让孩子报了到。"

14

雄雄的事落了实，芝芝才觉出饿了，她也大方起来："走，咱们找个饭店好好撮一顿儿。"小臭子反倒啬啬起来："就我们几个，也没外人，别打肿脸充胖子了，到小摊上吃碗拉面就行了。"芝芝坚持找个饭店，小臭子拗不过芝芝，只好找了一个小饭店。服务员问要什么菜，小臭子说："吃碗面条就行了。"芝芝说："不行，要几个菜，要瓶酒。"服务员把菜单给芝芝看，芝芝没上过大饭店，但经常坐村里娶媳妇的席，席面上最好的压轴菜就是鸡和鱼。芝芝不看菜单，直接问服务员："有鸡有鱼吗？"服务员微笑着说："当然有了，你要什么鸡？什么鱼？"芝芝说："娶媳妇的鸡，娶媳妇的鱼。"小臭子哈哈大笑起来："芝芝，你不过了啊。"芝芝说："咋不过了啊，雄雄上了好大学，以后净是好日子了，吃个鸡鱼算啥？"芝芝这么大方，雄雄也觉得新鲜，他笑着对小臭子说："叔，今天日头从西边出来了。"小臭子说："对，咱今天好好让你娘出出血。"小臭子虽这么说，但最后还是坚持只要了一条鱼。他说："每天闻鸡味，早腻了。"芝芝明白小臭子是为她省钱，对小臭子的感激又加了几分。

吃了饭，到了宾馆，小臭子要去登记房间，芝芝说什么也要自己去。见芝芝脸红脖子粗的，小臭子只好作罢，趁雄雄不注意，小臭子悄悄对芝芝说："今天可别登记一个房间啊。"芝芝脸红了，她没有想到小臭子知道了上次来保定她登记了一个房间。

　　芝芝登记了两个房间，让雄雄跟小臭子作伴，雄雄低头不语。小臭子逗雄雄："这么大小子了，还离不开娘？"雄雄不好意思了，跟着小臭子进了房间。

　　芝芝进了另一个房间，看到房间里面整洁漂亮，雪白的床单一尘不染，卫生间里的洗漱用品非常齐全。小臭子跟过来了，芝芝心里有了底气，和小臭子开玩笑："怎么，怕我登记一个房间啊？"小臭子随声附和："就是啊，你还欠我一杯茶呢。"芝芝笑着给小臭子倒了一杯茶。小臭子接过茶，有点不好意思地说："芝芝，那天晚上喝多了，话说得对不对，你别在意。"芝芝笑着说："怎么会呢，那天晚上你说的都是实话，我听了很高兴呢。"小臭子的表情一下放松了，他大大方方地说："雄雄在洗澡，我也教你洗澡吧。"小臭子让芝芝到卫生间，教给芝芝洗澡的方法。

　　月亮湾没有澡堂，芝芝平时洗澡都是在自家的大盆里凑合，只有逢年过节的时候，才到镇上的澡堂里泡半天。尽管小臭子讲得很明白，但芝芝按开关的时候，还是被水喷了一脸。调试了好一会，才调好了水的温度。芝芝站在热气腾腾的喷头下，一边洗一边想，这就是城里人的生活，吃饭店、唱歌、洗热水澡、住舒服的宾馆。怪不得人人都想成为城里人呢，城里人的日子和乡下人的日子就是不一样！芝芝年轻的时候，也有过城里人的梦想，可惜家里太穷了，勉强读完了初中就辍学了；后来，芝芝想到城里打工，可惜爹娘的思想太守旧了，说死也不让芝芝出门；芝芝只好把希望寄托到婚姻上，可惜芝芝的三亲六戚都和城里人沾不上边，芝芝只好嫁给了月亮湾的李东坡。

　　芝芝洗完澡躺在床上，年轻时候的梦想又开始在她的心里翻滚，她想，现在雄雄上了大学，以后就成了城里人吧？雄雄成了城里人，她也就是城里人的娘了，城里人的娘应该算半个城里人吧。芝芝被这个念头闹得很激动，她从床上下来，打开窗户，望着天空发起了呆。天上的星星若隐若现，一闪一闪的。据说天上的星星代表着地上的人，那些亮的星星就像月亮河里的小金鱼，代表着富贵和荣华。芝芝想，雄雄现在到了保定校区，是否也会变成一颗闪亮的小星星呢？这时，有一颗星星忽闪了一下，芝芝觉得那一闪很像雄雄的目光，也许那颗星星就是雄雄了，芝芝这么想着，心里就涌起了一阵幸福。她很想和李东坡打个电话，告诉他，他们的儿子到了保定校区，从小蝌蚪变成了小金鱼了。但想想，从保定打电话是长途，就打消了这个念头。

这个时候，门外有人敲门，芝芝打开门，雄雄站在门外。芝芝一句话没说，拉着雄雄进了自己的房间。娘俩躺在床上，说起了贴心话。芝芝说："到了大学，一定要好好学习，争取以后找个好工作，让娘也当当城里人，跟着你享享福。"雄雄说："娘，你就放心吧。"芝芝说："要和同学处好关系，遇事多吃亏，吃亏是福。"雄雄说："我知道了。"芝芝说："也别太累着了，要吃好睡好。"雄雄说："娘也要注意自己的身体，拔鸡毛不要太晚了，不要操心明年的学费，课余时间我去打工，自己挣自己的学费。"芝芝心里一热，雄雄长大了，知道心疼娘了。雄雄说："过几天我和爹通个电话，让他少喝酒，操心别人的事，也要操心咱自家的事。"芝芝说："你尽管上你的学，家里的事别操心。"雄雄说："娘不要和爹一般见识，爹喝多了的时候娘要多担待。"芝芝说："我跟你爹一辈子了，什么时候和他较过真？"

娘俩絮絮叨叨说着，不知不觉雄雄睡着了，发出均匀的呼吸。芝芝却怎么也睡不着，窗外时不时传来汽车的鸣笛声。城市的夜晚没有乡下的宁静，想到儿子以后就在城里生活了，芝芝的心里说不出来的安慰。芝芝望着儿子的脸庞，想起刚才儿子说的话，心里酸甜酸甜的，眼里禁不住流下泪来。

15

第二天，不到八点芝芝他们就到了学校。芝芝望着高大的教学楼，长长地出了一口气。

刘处长上班以后，带着他们开始办入学手续，一切都很顺利，不到两个小时，雄雄的报到就彻底完成。

芝芝叮嘱雄雄："一定要好好学习。"

雄雄用力点了点头。

芝芝又说："不要忘了刘处长，他帮了咱的大忙。"

雄雄没有点头。他说，报到的时候，在刘处长的办公桌上看见了一张表，是 2008 年补录结果统计表，旅游管理专业缺额 5 名，刘处长只不过做了个顺水人情。

芝芝说："顺水人情也是人情，咱不能忘了人家。过年的时候，咱家的小猪就长成大肥猪了，到时候杀了，给刘处长送点肉来。"

芝芝最后跟着雄雄到宿舍，把被褥安置好了以后，该走了。

走到门口，芝芝突然又返回来。

小臭子以为落下了什么东西，没想到芝芝说："我想在床上躺一下。"

雄雄和小臭子都不解地望着芝芝。

芝芝的脸上突然闪现出小姑娘般的神采，她一步一步朝床边挪去。芝芝轻轻地躺在崭新的被褥上，颤声对雄雄说："娘年轻的时候也想上大学，娘想尝尝上大学的滋味。"

雄雄望着躺在床铺上的娘，眼泪止不住流了下来。小臭子望着床上的芝芝，心里也一热一热的。

芝芝闭着眼睛在床上躺了一会儿，才慢慢坐了起来说："该走了。"

芝芝从床上站起来，回头又看了一眼雄雄的床铺，恋恋不舍地朝门外走去……

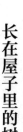

长在屋子里的树

1

小福收拾了一下自家的老院子，没想到派上了大用场，成了小贵接待重要客户的私人茶屋。

这不，她的脚还没踏进门，小贵的电话就到了，让她去小米家摘点嫩蘑菇。小贵特意强调，一定要摘小的，小的出味儿。

一听小贵急兮兮的口气，小福就知道那个领导要来。只要他一来，小贵就像迎接皇帝似的，恨不得净水泼街，黄土垫道，捎带着也让小福巴结逢迎。虽说那领导已经过气，退了好几年了，但吃人家的嘴软，拿人家的手短，小贵的生意，多半是这个领导介绍的，等于是他们在城里最大的金主。小福不糊涂，孰轻孰重，她还是拎得清的，她只是见不得小贵那样子。

小米家的蘑菇棚，在月亮湾村北一个土坡下，背风向阳，靠坡挖了深坑，东西北三面墙都是用黄土拍的，塑料布顶上盖着厚厚的草席，一看就是土打土闹，成不了气候，也就是卖个零花钱。

自从收拾了老院子，小福就成了蘑菇棚的常客。小米家的蘑菇产量低，不用营养添加剂，味道鲜美，是城里难得一寻的纯天然食材。每次小贵有重要客人来，小米的蘑菇就成了招牌菜。

盛夏时节，正是蘑菇落盆的时候。蘑菇棚里的棉籽壳上，零零落落长了一些探头探脑的蘑菇，大小不一，参差不齐。

小米人长得豆芽菜似的，心眼却实在得很，小福一再说："差不多算了，大小都成。"小米还是专挑着小的摘，一个一个的小蘑菇，花骨朵似的。

小福说："可惜了，再长几天多好。"

小米笑着说："不可惜，你家的都是贵客。"

小福撇嘴说："什么贵客啊，也就是……"后面的话没有说出口，像和谁赌气似的，她故意摘了几朵大蘑菇扔进篮子里。

小米称蘑菇，多给了半斤。小福过意不去，反复说："蘑菇小，多算点。"

小米说："大小都是蘑菇。"一分没有多算，临走又揪了几朵放了进去。

小福看着小米蘑菇一样圆圆的脸，心里一热，就说："你可以扩大规模，改成现代化的框架大棚。"

小米说："针尖大的心眼儿，干不了大事儿。"

小福说："有机会我帮你问问，看看有补贴不？"

话一出口，小福就有点后悔，大棚补贴这种事，可不是那么容易办的，听说要拜好几个部门的菩萨。

她有点心虚地看着小米，小米好像懂她的心事似的，笑嘻嘻地说："我没那么大的胸怀，就想种点好蘑菇。"

小福松了口气，不由想起自家的老院子，与小米的蘑菇棚相比，似乎少了一点什么。

小福拎着蘑菇刚要朝回走，小米喊住她："小福，等一下。"

小福停下脚步。

小米迟疑了一下说："小福，你在城里熟人多，看看能帮闺女找个正经工作不？"

小米的闺女大学毕业一直在外面漂着。找工作比大棚补贴还要难，小福本想推辞，但看着小米期待的眼神，眼前忽然浮现出那个领导的脸，就不由说道："一会儿要来的正好是个领导，我帮你问问。"

小米激动得不知说什么好，嘴蠕动了几下才说："小福，你等一下。"

小米小跑着进了蘑菇棚边上的小屋，不一会儿，端着一个柳条小筐出来，小筐里卧着几个白胖的鹅蛋。

小福说什么也不接。

小米说："拿着，又不是给你的，是让你家的领导吃的。"

小米这么一说，小福更不接了。

小米急了："不接我可摔了。"说着把筐举了起来。

小福无奈，只好接下了。

2

小贵兄弟两个，两处宅院，一处是新房子，一处是旧房子。分家时公婆为了公平起见，提议抓阄。小贵没说什么，小福却摆出长嫂的姿态，主动要了旧房子，公婆和妯娌皆大欢喜，小福也成了村里贤惠媳妇的典范。其实，小福才没想那么多呢，她是看中了旧房的宽敞大院，可以种菜，可以养花，尤其是西南角那棵大榆树，茂盛的枝杈像一把巨大的伞盖，一到春天，榆树上就挂满了香甜的榆钱儿。小福每年都爬到树上摘榆钱，做成菜饼子，再蘸上油泼的辣椒，简直就是人间美味儿。

小福进城前，院子里除了中间留了过道，到处都是花，海棠花，鸡冠花，对叶梅，送闺女花……实在没地方种了，就在墙根种上了凌霄花，一到盛夏，就成了花墙，引的一村子的人过来看花。小福进城后，旧院就荒了，院子里的那些花儿都被杂草吃完了，窗台上落满了鸟屎，房顶的芦苇也有了坏的迹象，一打开屋门，刺鼻的霉味儿扑面而来。小福每次回来，心就像院子里的杂草一样。

小福城里的楼房，宽敞明亮，舒适方便。十几年下来，也住习惯了，不是逢年过节，她很少回来。但是，最近几年，在城里站稳脚跟以后，小福的心情有了变化，她开始想念过去的日子，尤其想念一村子的人到她家看花的那种得意和欢喜。这种感觉在城里是无法找到的，她所在的小城几十万人，像她这样的比比皆是，说白了她只是芸芸众生中的一个，小蝼蚁一般，没什么特别之处。有时候，走在熙熙攘攘的大街上，她就会想，这么多人，跟自己有什么关系呢？她就像浮在水面的一滴油花，无论怎样努力也融不进去。每当这个时候，小福就会有一种想家的感觉，当然，想的是月亮湾的旧院，而不是城里的新家。这样的情感累积久了，就慢慢形成一股动力，等手头宽裕的时候，她就想整修旧院子，不是为了常住，而是想有个安静休闲的窝。

小福这个人，会打算。她没有像别人那样，在城里发达了，就回村把旧房翻盖成高大气派的二层小楼，而是因旧修旧地对旧院进行了整修。房屋没大动，水泥屋地铺上了仿青石的瓷砖，房顶的芦苇和门窗重新刷了桐油，四方小格的窗户糊上了新毛头纸，找来村里的老人剪了窗花贴上。每个房间都装了空调和暖气，原来的电灯泡换成了木质的仿古灯。家具都是在旧货市场淘来的，不值几个钱。院子的东西两边用青砖各砌了一个花池，种上了五颜六色的月季。花池四个角，点了一两棵黄瓜或芸豆，既可以尝鲜，又成了月季花的陪衬。如果不是小贵自作主张把大榆树刨了，这旧院哪儿都满意，比城里的家还顺心。

在小福心里，大榆树是家的象征，代表着安稳和踏实。小贵却说这棵大树太茂盛了，遮住了大半个院子，阴气太重，坚持刨了种一棵时尚的银杏树。两人为这件事争来争去，谁也说服不了谁。

本来整理旧院小贵就不太赞成，他是一分钱都要花在"有用"上的人。他一直想让小福放弃这个"没用"的想法。小福油盐不进，先斩后奏开始施工。小贵这个人吧，别看大大咧咧的，真犟起来也是挺邪乎的，见小福不声不响自作主张，认为是挑战了他当家做主的权威。于是，就以牙还牙，趁小福不在，找了一群人，把大榆树连根刨了。

等小福听说消息赶回来时，大树已经七零八落，只留下光秃秃的树身横躺在院子里。小福看着一院子的残枝败叶，哭了起来。

小福大哭了一场，小贵以为这件事就算过去了，没想到小福跟小贵较上了劲儿，每天像丢了魂似的，不梳妆，也不打扮，看见小贵就像没看见似的，一天也说不了几句话，好像成了半个哑巴。

一开始小贵没拿着当回事儿，自家屋里的娘们，不高兴了，耍耍小性子，也是常有的事，超不过三天，说两句好听话哄哄，屁事儿就没有了。

没想到，一个月过去了，小福的态度不但没好，反而更坏了。原来还跟小贵搭句话，后来干脆闭嘴成了哑巴。小贵是个爱热闹的人，一会儿没人跟他说话，就憋得慌。他赔着笑脸，好话说了一箩筐，小福还是一言不发。小贵实在没辙了，就去搬那个领导。

领导一听，笑了："她从哪儿丢了魂儿，咱从哪儿找回来。"

小贵拉着领导和小福回到了老家。一进院子，小福的眼圈就红了。领导狠狠地批评小贵，说他把大榆树刨了，是最大的失误，把院子里的精华破坏了。

领导说这些话的时候，开始还带有表演的成分，说着说着就动了情，说自己的老家原来也有一棵这样的老榆树，生产队的时候，因为家里孩子多，挣工分的少，缺了队上的款，被生产队锯了抵债。领导说到这儿，眼圈也红了。他说："小福，别上火，咱让它重新活过来。"

小福迷惑了，树死和人死一样，哪能复生啊。

领导跟小贵下了指示："你看这大树墩儿，多好啊，从这儿锯了，纹理肯定漂亮，天生一个好茶台的料。"

小贵一脸迷茫，嘴上却说："是是是，我这就去找电锯。"

小贵出去以后，领导对小福说："做成了茶台，放在堂屋喝茶，树不就长在屋里了嘛！"

小福细一思量，不光在理儿，还很有意思。树长在了屋子里，变成了喝茶的茶台，也算是很好的归宿吧。

于是，小福一下就缓过来了，对茶台的事上了心，在领导的指挥下，她和小贵一起去皮修桩，开槽打孔，打磨了一遍又一遍，桐油就上了三次。

茶台做好以后，领导约了一大群人来喝茶。

领导一进院子，连连叫好，当着一大群人对小贵说："你这个老婆不简单啊，简直是化腐朽为神奇。瞧瞧这小院整的，既乡土又雅致，既朴素又厚重，跟我小时候住的院子一样。"

那天来的都是对小贵生意上有用的人，小贵高兴得走路都是小跑着。

小福看着一大群人围着树墩做的茶台喝茶聊天，仿佛看到了树墩的周围冒出了碧绿的新芽，不由笑着说："我们守着一棵大树喝茶呢！"

大家都没听懂这句话，只有领导看着小福，拿腔拿调地说："大树底下好乘凉啊！"

众人大笑。

看着领导略带夸张的表情，小福开心地笑了。

日子一天一天地过下去，日头从东边升起，西边落下，跟原来也没啥分别。但是，自从有了这个旧院，领导常来喝茶，小福觉得自己跟原来不一样了，变得丰富了，不那么单薄了。每每一想起来，就有一种说不出来的快乐，这种快乐是从心灵深处长出来的，是可以反复回味的。因了这种回味，她对领导的感觉也发生了变化，他是那么熟悉，那么亲切，她甚至觉得他们好像是一类人，有着相似相近的灵魂，她觉得他不再是什么领导，而是一个知心朋友了。这是一种温暖而又难以言说的感受，虽然只存在小福的想象中，却让她满足欢喜。

小福擦着茶台，想起领导那句"这个女人不寻常呐，大树底下好乘凉啊"，不由又开心地笑了。如果抛开那些"闲言"，领导还真是个不错的人呢。这么想着，小福就和媚儿打了个电话，让她过来喝茶，说领导要来。

媚儿是小福在城里的闺蜜，比小福进城早，原来开着一个理发店，跟小福家的门市紧挨着。生意不忙的时候，俩人经常凑在一起闲聊，关系处得跟亲姐妹一般。媚儿挣了一些钱后，鬼迷心窍去做一种保健品，不光把原来的积蓄全赔了，还欠了不少外债，老公一气之下也跟她离了婚。小福以为媚儿遭此劫难，在城里肯定混不下去了，没想到两年后，她重振旗鼓，又开了一家美容院，人比原来还精神了。小福佩服媚儿这种不服输的韧劲儿，经常帮着媚儿介绍顾客。结识领导这样的上层关系，一直是媚儿梦寐以求的事。

媚儿说："谢谢姐，我马上来！"

3

明明关着窗，屋里的家具上还是落了一层土。小福想，人是土生的，家也是土生的，人离不开土，家也离不开土。不然为啥在城里有了家，还颠儿颠儿地跑回来呢？乡亲们说："吃饱了撑的。"小贵则说："作吧，败家娘们！"那个领导说："小福雅气着呢。"领导的话倒是沾点边儿，小福听了美滋滋的，但他说的"雅气"，小福觉得并不准确，就好像挠痒痒，没挠到点儿上。小福勉强读完了初中，哪有什么雅气可言呢。但是，这个不确切的说法，小福喜欢。她用抹布一下一下地擦着家具，心里是快乐的。那些旧的纹理，仿佛藏着某种密码，散发着岁月和时光的味道，那种过去的久远的气息让小福神思恍惚，她总是猜测，这件家具曾经的主人什么样子？女主人是不是也跟她一样爱瞎想？这么想着，小福的思绪就会飘得很远很远，远处的"那个人"就像电影上的回放镜头来回闪现，零碎的，不断变化的，虚无缥缈的……这是小福从来没有过的感觉，既新鲜又神奇，每每此刻，她就觉得自己身上好像多了一点什么东西，至于多了什么，她也搞不大清楚。总之，这多出的一点点，把她带到了一个美好的地方，让她更像一个城里人了。

小福打扫完卫生，把蘑菇洗净放在锅里，小贵也到家了。看着小贵带回来的大包小包，小福皱眉道："人家是来喝茶的。"

小贵把买来的东西一样一样地朝外掏，嘴里叨咕着："这是散养的鹅肉，香得很；这是手工豆腐丝，筋道；这是新鲜的莲藕，爽口；这是刚从二伯家摘的紫芸豆，比咱家院子里的肉厚，领导最爱吃这个。"

小福看着一桌子的食材，不以为然地说："人家什么没吃过呀。"

小贵神神秘秘地说："这你就不懂了，吃不吃不重要，重要的是形式，要让领导感觉到被重视。"

小福说："唉，如今他早不是当年的他了。"

小贵语塞，脸上露出落寞之色。

见小贵闷头不语，小福也消沉起来。这样的对话，好多次了，每次他们都有一种日落西山的悲凉感。这个领导对他们来说，太重要了！生意上，领导牵个线，搭个话，就成了。当然，小贵也懂事儿，知道自己靠谁吃饭，基本上都是让领导拿大头，自己喝口汤。别小看这口汤，十几年下来，也积成了一锅好饭，城里的房和车，都有这口汤的功劳。开门过日子，总会有一些想不到事儿找来，工商税务，街头混混，生意上的对头，邻居纠纷，等等。没认识这个领导的时候，他们两眼一抹黑，走了不少弯路，受了不少委屈。与领导处好关系后，大不一样了，有时候根本不用领导出面，提他的名字就好使。有一年春天，他们在城里买了房，装修的时候，小贵想省点钱，晚上找了一辆三马子到村里的河里偷偷拉了一车沙子，没想到小区的物业垄断着装修材料，任他们把好话说尽，也不让他们进门。小贵气不过，偷偷嘟囔了两句，被物业一个人听到了，二话不说，上去就给了小贵两巴掌。小福气急之下，就说了领导的名字。物业的人一听，态度立马就变了，验证了小福手机上领导的电话号码，不光乖乖地让车进了门，还给小贵道了歉。事后，小贵经常念叨："领导就是咱的靠山啊，比村里的支书厉害多了。"领导退了以后，有一次小贵喝多了，抹着眼泪说："靠山倒了，以后指望谁呢？"小福心里也慌慌的，见小贵哭得凄凉，就安慰他："别担心，余威还在呢。"

是啊，余威还在，就不能怠慢了。抛开人家以前的帮助不说，单说这两年喝茶聊天的交情，也不该有什么想法啊。小福拿起一根莲藕，推开小贵："去去去，我来吧。"

小福去皮切片，干脆利落，莲藕白色的汁液拉着丝儿，小贵笑着说："这就是藕断丝连啊。"小福心里咯噔一下，不由停下手问："小贵，你说的那事儿是真的吗？"小贵答："说不准，无风不起尘嘛。"小福一阵心烦，把刀当啷一扔说："太不是人了！"

小贵一下紧张起来，他朝院子里看了一眼，压低声音说："可别瞎说了，这种捕风捉影的事儿万万可说不得啊。"

小福哼了一声。那事儿是小贵喝多了酒说的，说得有鼻子有眼的。小贵说，我一直拿他当族长当支书一样敬重，不仅仅因为生意，是打心眼儿里服他，我看他都是抬着头的，唉，谁知道他妈的也不是好东西。

小福听了小贵说的那些醉话，犹如五雷轰顶，一夜没有合眼。她原来以为，小贵巴结这个人，也就是生意上的利用，她没有想到，在他的内心深处，原来已经把领导当成了像族长一样重要的人。小福何尝不是这样的感觉呢，尤其是收拾了旧院以后，也许是退下来时间宽裕了，领导常来喝茶聊天，说的话也都是家长里短，一些想法还与小福不谋而合，总让小福想起去世的爷爷和父亲。最让小福奇怪的是，一些小福拿摸不准的事儿，他总能说出让小福喜欢的答案。比如说，把大树墩做成茶台，让大树长在屋子里。比如说，小福用小米家蘑菇熬的菌汤，领导说有大地的芳香。比如说，小福为什么收拾旧院，是因为小福跟其他的女人不一样……这些话，小福一半听懂了，一半听不懂，听懂了的觉得欢喜，听不懂的觉得神奇。小福想着想着，不由抹起了眼泪，怎么这么好的人，怎么会干出这种事儿呢？

小贵酒醒之后，小福追问他，那些话可是真的？小贵支支吾吾的，一会儿说可能有这么回事儿，一会儿又说可能没有。

小贵的不确定，在小福的心里埋下了一个谜。再见到领导，她就会生出一个奇怪的念头，总想探寻谜底到底是什么。可是，每一次的探寻，跟小贵的回答差不多，一会儿觉得可能有这么回事儿，一会儿又觉得可能没有。

小福洗着菜，那个奇怪的念头又冒出来了，她停下手，问小贵："假如真有这回事儿，你怎么想？"

小贵不屑地说："禽兽不如！"

小福愣了一下说："咱们好吃好喝招待这么个人，算怎么回事儿呢？"

小贵又朝院子里望了一眼说："我的姑奶奶，怎么又钻牛角尖了，人家有没有这回事儿，跟咱半毛钱关系没有，你这不是咸吃萝卜淡操心嘛。"

小福不言语了。小贵说得对，人家做了什么，的确跟别人没关系，这是人家的隐私，任何人都无权说三道四。在城里生活了这么多年，跟村里不一样的观念她也懂了不少。比如说，有钱有权的男人偷偷养个小三小四，原来她一点也看不惯，每次听说了，都嗤之以鼻。时间长了，也就慢慢习惯了，偶尔还会站在感情的角度去思考一下。每当这个时候，小贵就说她比村里的娘们见识广了。关于领导的那个"闲言"，小福也想理解的，可是，无论怎么想，都过不去这个坎儿，假如真有这事儿，那就太脏了！远远超出了小福的承受能力，龌龊得都不好意思说出口。

小贵见小福总是纠结这个事儿，就找了很多的理由解释有与没有的正常性和合理性，小福听进去了，也想让它成为过眼云烟，随风而散。但是，这件事像是长在她心里，总会在某个时刻冒出来。领导来的时候，她的态度就忽冷忽热的，让小贵捏着一把汗，生怕领导察觉了。

见小福发呆，小贵知道她又走神了，就让她去收拾堂屋的茶具。

堂屋的家具早打扫好了，茶台擦了好几遍，茶碗也煮了。小福看着茶盘里罗列整齐的茶碗，不知道哪个是领导用过的。她打开电源，把所有的茶碗又消了一遍毒，心里还是觉得别扭，就找出一个不一样的茶碗，单独又煮了一遍，放在一边准备自用，反正每次都是她泡茶，谁也不会发现端倪。完成了这个小动作，小福的心情好了一些。

媚儿打电话说到了村口，让小福发个位置过来。看着微信上媚儿的头像，小福不由想，人家媚儿巴巴地赶来，不就是千方百计想认识这个领导吗？假如媚儿听说了"闲言"，会放弃这次喝茶吗？答案是：绝对不会！媚儿和小贵一样，是个务实的人，在利益和机会面前，所有的一切都是浮云。媚儿和小贵这么做，也无可厚非，在他们这个阶层，生存才是最重要的，如果不是他们小有积蓄，说什么她也不敢整修旧院啊。所以，有钱才可以有闲，没钱一切都是空谈，只要有钱赚，有利图，沾点脏也不是什么大事吧，何况人家脏不脏还不一定呢，捉贼见赃，捉奸拿双，不是亲眼所见，就不一定是事实，闲言碎语都是有水分的。

这么想着，小福的心结慢慢开了。与领导认识这么久了，他的事儿知道的也不少：三岁父亲去世，瘸腿的母亲带着他和弟妹们熬日子，饭也吃不饱。初中没毕业就辍学了，后来有机会当了兵，在部队刻苦自学完了高中课程，因为踏实上进，被首长赏识提了干，八年后转业分到了地方，一步一步熬到了领导的位置。

这样的人，怎么想也不可能做出那种事儿啊，一定是别有用心的人，故意在他身上泼脏水，而自己却随波逐流轻易信了。

小福越想越觉得自己不对，越想越觉得愧疚，她起身到院子里，剪了几支盛开的月季，插在一个好看的酒瓶里，摆放在茶台的一边，屋子里一下就温馨了许多。

4

领导和媚儿一起来了。

媚儿手捧一束百合，站在领导身后，像是领导的随从，又像是女伴。

见小福惊讶，媚儿笑着说："来的时候，见前面一辆车开得稳当，就一直跟在后面。到了村口，看到车也进了村，就想，是不是同路人呢？"

领导笑着接口："果然就是。"

媚儿把百合递给小福。

领导说:"小福家可不缺花。"

媚儿这才发现小福家院子里盛开的月季花,就赶紧说:"哇,月季花开得好美!"

小贵冲媚儿挤挤眼,开玩笑说:"再美的花也比不上媚儿美。"

进了堂屋,媚儿看到茶台的月季花,有点尴尬地说:"我买的多余了。"

小贵说:"百合雅气,换了,换了。"

领导摆摆手:"不用,还是月季跟这个茶台更搭。"

小福心里一暖。为了照顾媚儿的情绪,小福把百合摆放在堂屋的方桌上。

小贵招呼大家落座,领导自然坐在了主位,小福让媚儿坐领导旁边,媚儿却坐在了领导的对面,小福和小贵只好分坐在两边。

小贵看着领导,恭敬地问:"我备了几个家常小菜,先尝尝?"

领导说:"先喝茶吧。"

领导的话就是圣旨,小贵说:"好,先喝茶。"

媚儿坐了小福平时泡茶的位置,小福一时不知如何是好。

小贵转了转眼珠说:"劳驾媚儿泡茶吧。"

媚儿脸上显出一丝慌乱,嘴上却说:"好呀,好呀。"

小福知道,媚儿不喜欢喝茶,就想她可能不善于泡茶,就替她解围:"媚儿是客人,怎么能让她泡茶呢。"

媚儿赶紧顺杆爬,与小福换了位置。

领导看了媚儿一眼说:"媚儿,好名字啊。"

媚儿甜甜地说:"谢谢夸奖。"

领导看了看小福,又看了看着小贵,忽然笑了:"小福小贵,富贵绵长。媚儿媚儿,美人相伴。人生乐事啊!"

小贵啪地拍了一下巴掌:"领导总结得真好!"

媚儿一脸妩媚,娇声说道:"领导谬赞。"

只有小福低头泡茶，似没听到一般。尽管领导谈笑风生，小福还是从他的脸上看出了一丝烦忧之色，就没像往常那样泡红茶，而是拿了绿茶。

小贵责备道："怎么没问问领导呢？"然后谦卑地问："红茶？还是绿茶？"

领导说："天燥，绿茶吧。"

小福洗茶，润杯，动作熟练优雅。

领导说："小福的茶道越来越像样了。"

小福谦虚地说："我哪儿懂什么茶道啊，比猫画虎罢了。"

领导说："不知道为什么，一到小福这儿，心就踏实了，好像回到了老家一样。"

小福心里一热。倒茶的时候，她看着自己选出的那个杯子，犹豫了一下，还是放在了自己的跟前。

大家喝茶，讨论茶的味道，喝茶的好处，主要以领导讲解为主，大家随声应和。其实，在座的几个人，包括领导，都不是懂茶的人，都是在追求一种形式。

媚儿显然对这个话题不感兴趣，迎合了一番，就转到了自己的美容。

媚儿说："看领导满面红光，似有好事降临啊。"

小福偷偷笑了一下，这个媚儿啊，真是睁眼说瞎话，她仔细瞧过了，领导的脸上分明是一片乌青之色，虽然不知道领导心里装着什么事儿，但他眉宇之间隐隐的疲惫和不安，小福察觉到了。

小福以为领导不会回应媚儿故作玄虚的逢迎，没想到领导一副感兴趣的样子，笑着问："什么好事啊？"

媚儿撒娇卖萌地说："媚儿瞎说呢。"

领导追问："说说，什么好事？"

媚儿问："当真？"

小贵说："领导金口玉言。"

媚儿说："那我说了啊。"

小贵说："别卖关子了，赶紧说吧。"

小福看着两个男人与一个女人逗趣说笑，也有点好奇，领导可不是等闲之辈，不知道媚儿如何破解自己设下的局。

媚儿端正了身子，煞有介事地咳嗽了一声，才说："国学大师文怀沙说了，多吃肉，多喝酒，多与异性交朋友，最少活过九十九。我看领导这么年轻，就猜领导也许是交了女朋友吧！"

媚儿的话前面说得挺好，后面就有点画蛇添足了，小福担心领导会不高兴。

没想到，领导满面笑容，似乎默认了媚儿的猜测。

小福的心像是突然被针扎了一下，那个她拼命想忘了的疑问又冒了出来。见领导满脸春光，她不由地想，难道那个"闲言"包含着感情的成分？

小福不动声色，不时地看一眼领导，想从他的脸上找出一些蛛丝马迹。领导神态从容，她什么也看不出来。

媚儿见领导兴致不错，就开始推荐她的男士美容产品。

男士美容在他们所在的小城是个新生事物，市场很难打开，媚儿却一根筋似的极力推广，光和小福就讲了不下二十遍了，一直缠着小福帮她介绍高端客户。

小福并不看好或者说并不认同男士美容，她觉得男人的面容还是糙一些好，太精致了，反而有了女人气。

听着媚儿卖力地讲解，小福有些不忍心，对一个六十出头世故圆滑的人，这些讲解不是白费口舌么。

让小福大为惊讶的是，领导对媚儿的讲解表现出了极大的热情，他甚至还详细地问了年卡和月卡的消费区别。

媚儿激动得满脸绯红，不时偷偷地给小福使眼色，让她帮忙撮合。

不知为什么，小福忽然生出一股戏耍之意，她接着媚儿的话题说："我是媚儿的老客户了，做与不做，区别可大了，最起码要年轻十岁，您又不差钱，该包个年卡。"

小贵也赶紧附和："男人也该享受享受。"

领导显然动了心，他迟疑了片刻说："都这个年龄了，还是不做了吧。"

媚儿说："您才多大啊，看起来顶多五十岁，如果好好保养一下，说四十岁别人也信！"

领导不好意思地说："这要是让人知道了，还不笑话死。"

媚儿说："不会知道呀，如果领导愿意，我可以上门服务，小福这儿就是一个好地方呀。"

小贵一副求之不得的样子："好呀，愿提供一切方便。"

媚儿的话和小贵的逢迎让小福一阵反感，她的脸一点一点阴了下来。

小贵注意到了小福脸上的变化，让她去厨房看看菌汤好了没有。

小福像是被解救了似的，起身向厨房走去。想着媚儿竟然要在她的旧院为领导做美容，像是神圣的领地被玷污了一般。

小福用了好大的劲儿才忍住了眼里的泪，她用勺子搅动着锅里的菌汤，心像锅里的蘑菇瓣一样来回翻滚着，想起刚才领导为老不尊的轻浮样儿，小福觉得那个"闲言"的可能性更大了。想想看，如果背后没有一个年轻女性的激励，一个六十多岁的人，怎么可能这么迫切地想让自己青春永驻呢？

锅里的菌汤散发着诱人的香气，小米淳朴的面容出现在她的脑海。想起小米的请托，小福更加心烦意乱了，她不知道自己该不该跟这个所谓的领导说小米的事儿，她甚至下意识地觉得，求这种人办小米的事太掉价了，抛开他的身份，他还不如小米活得明亮呢。

尽管这么想了，但小福端着菌汤过去的时候，心里还是纠结不安的，尤其是领导端起菌汤说"大地的芳香"时，小福的心又开始左右摇摆起来，她不由说起了小米闺女工作的事儿。

领导喝了一口汤说："小福啊，这事儿我可办不了，现在都是逢进必考。"

见小福一脸失望，领导又说："别说我退了，就是在职也办不成。不瞒你说，我亲侄子大学毕业好多年了，还在外漂着呢。"

领导说的句句都是实话，小福意识到自己莽撞了。可话已经说出口了，也无法收回了。也许是为了解释，也许是为了掩饰自己的尴尬，小福说起了小米的淳朴和善良，当她说到"我就想种点好蘑菇"时，眼圈不由红了。

领导也被小米这句话感动了，他感慨道："高手在民间，道德在底层啊！"

媚儿终于找到了她感兴趣的话题，接着领导的话就谈起了当今社会的道德沦丧。说着说着，媚儿就谈到了网络上的一件丑闻，儿子在外面包了二奶，公公和儿媳妇勾搭成奸。

小福大惊失色！一颗心悬到了嗓子眼上。

小贵也面色苍白，他想岔开话题，媚儿却说得更起劲了。

小福紧张地盯着领导，领导却面无表情，稳若泰山。

小贵想掩饰什么，笑着说道："李隆基和杨玉环也是公媳关系，可他们的爱情却成了千古绝唱。"

领导接着小贵的话说："任何事都不能一概而论，什么事都不是孤立的，都是有因果的。人活在这个世界上，命运也不是自己能主宰的，也许一不留神就滑进了深渊，有些事也许是不得已而为之吧。"

领导说完，轻轻地叹了口气。

不知为什么，小福也跟着叹了口气。她想，领导这番话到底是什么意思呢？是在为自己辩解吗？好像是，又好像不是。

小贵一副如释重负的样子，他指着空茶碗说："小福，倒茶，倒茶。"

小福把每个杯子续满了茶，大家都端起来喝着。媚儿又想继续推销自己的产品，领导显然失去了兴致，但还是很有分寸地说："以后再说吧。"

屋里的气氛一下子沉闷下来。

不知什么时候，外面的天阴了，一团一团的黑云在天空中翻滚着，不一会屋里院里全暗了下来，伴随着忽明忽暗的闪电和隆隆的雷声，豆大的雨点急促地落了下来。

小福望着外面沉沉的黑幕，忽然觉得眼前这个电闪雷鸣的世界，好似领导说的那个深渊，而她和小贵、媚儿以及纯朴的小米，都仿佛和领导一样，陷在这深渊里，无奈地挣扎着……

忽然，一条光线飞进了屋里，紧接着，一声惊雷猛然炸响!

领导惊得差点站了起来，脸一下变得苍白，手也不住地颤抖起来，茶杯里的水洒了出来，他喃喃说道："浇浇茶台，说不定明年就能发芽呢。"

领导这句话说得天衣无缝。但是，他脸上的恐惧却无法掩饰，手也一直在轻微地抖动着。

小福心里一酸，她不由端起自己的茶杯，递给了领导，轻声说："别怕，喝口茶。"

你是一朵白莲花

1

　　明花给两个孩子发了微信，就愣了那么一小会儿，无法撤回了。

　　她来不及有半点懊恼，手机就响了起来。闺女雨儿总是比儿子风儿快些，看着手机上忽闪忽闪的"雨儿"，明花有点慌乱。她稳了稳神儿，才接了电话。雨儿先是小心地问："没大事吧？"明花赶紧说："没大事。"雨儿立刻欢快地说："雨儿接旨，即刻班师回朝。"明花哭笑不得，这个小雨儿啊，什么时候都突突突像个电驴子似的。想着雨儿炒豆一样清脆的声音，再看一眼那句无法撤回的留言，明花的心像挂钟一样摇摆起来。

　　风儿的电话也来了，周日他休班，已经在路上了。

　　明花握着手机，想她一声令下，两个孩子就像燕儿一样飞了回来，一股热流从心底涌出，她冲着院子里的老五子说："一会儿俩孩子要回来！"

　　尽管明花刻意压低了声音，可说出来的话还是硬邦邦的，像块石头蛋子，比喊出来的还有分量。

　　老五子把烟蒂按在地上，站起来看着明花问："不年不节的，都回来干啥？"

　　"我让他们回来的。"

　　明花紧紧盯着老五子的脸，她以为老五子会露出慌乱之色，或者急吼吼地问："回来干啥？"那么，她就会含沙射影地告诉他，回来自有回来的道理，或者干脆说，让他们回来评评理儿。总之，她就是想让老五子尝尝怕的滋味儿，她就是想让老五子提心吊胆惶恐不安，不然对不起她寝食难安的日子，对不起那一张 CT 报告单。

　　老五子的脸上除了疑惑不解，看不出丝毫的惊慌，仍旧跟往常一样不动声色。这原本是明花喜欢的表情，稳若泰山，沉着冷静，是一个男人应有的姿态，可现在她怎么看，都是一副死猪不怕开水烫的无赖相。

　　老五子好像一点也看不出明花心里在翻江倒海，或者看出来了在故意伪装，他慢条斯理地掏出一根烟点着，说了一句"我出去一下"，扭身朝外走了。

　　这是老五子最近惯有的姿态，遇事就躲，躲不过就装聋作哑。总之，他不愿意听的，不愿意答的，都会像皮球一样踢来踢去。

　　明花看着老五子的背影，头朝前抻着，背明显驼了，步伐也迟缓了许多。她的心里却没有一丝的怜惜之情，而是一种锥心刺骨的鄙视和痛恨。她一直闹不明白，土埋半截的人了，为什么还要做那种猪狗不如的事？

　　一缕青烟随着老五子慢慢地飘远了，明花冲着远去的老五子，狠狠地说道："躲过了初一，躲不过十五！"

2

　　决心下得挺大，话也说得狠，可事到临头，明花又犹豫起来。

　　客厅墙上的钟表"嘀嗒嘀嗒"地走着，明花的心"咕咚咕咚"地跳着，她不断地想象着俩孩子回来该怎样开口。她像个怯场的考生，准备得挺充分，一进考场全蒙了，怎么也找不出一句合适的话语。她突然意识到，在孩子面前揭发父亲，是一件多么艰难的事。换个角度想想，她这样做，对孩子们何尝不是一种尴尬和残忍呢？

　　明花的心疼了一下。把俩孩子召回来掺和这种烂事，是不是太鲁莽了？自己陷入泥潭无法自拔，何苦把孩子们也扯进来呢。明花越想越觉得自己自私，越想越觉得自己狭隘，原来那种鱼死网破的悲愤一下子土崩瓦解了，取而代之的是一种后悔莫及的沮丧和懊悔。

明花在客厅里走来走去，像一只无头的苍蝇找不到方向了。她想，还是找个理由不让孩子们回来了吧。这理由并不难找，随便编一个就能骗过他们。在孩子们的心目中，明花吐个唾沫是个钉，每一句话都是真理，没有半点的怀疑和猜忌。

明花拿起手机，却怎么也按不下号码键。从小到大，明花跟俩孩子说得最多的就是做人要诚实守信，而且她一直也是这么做的，无论说什么，做什么，都是言必行，行必果。俩孩子就是得益于这样的好品质，都有了好的前程。风儿三十刚出头，就成了省城大医院的副主任医师。雨儿才二十七岁，就在一个大型企业当上了部门经理，手下管着一百多号人。月亮湾的人，谁不羡慕她有俩好孩子呢。

挂钟的秒针转了一圈儿又一圈儿，孩子们的脚步越来越近了。没有那件破事之前，此刻的明花，应该是激动的，欢喜的，跳跃的，做什么都是哼着歌的，听什么都是悦耳的，看什么都是顺眼的。现在正是草长莺飞的季节，院子里的月季长满了鼓溜溜的花苞，榆树抽出了淡黄的嫩叶，洁白的槐花开满了枝头，香了整个院子。此刻的明花，却再也无心欣赏眼前的美景了，也闻不到槐花的甜香了。老五子在她的心里塞了一块烂肉，不断地发酵着。几十年前噩梦般的经历又开始在她的脑海里频频出现，她的脸上再也露不出笑容，睡眠也不再香甜，走路也是低着头的，就像被霜打了的茄子，一点一点地枯萎了。月亮湾的大街上很少见到她的身影，她总是恹恹地躺在床上，像个木头人一样发呆。老五子劝不动她去医院，就找来中医为她医治。草药吃了不少，却不见疗效。其实，她很清楚，她是老病复发，新病又起。几十年前的那道伤疤，是老五子治愈的，现在又被老五子揭开了，而且又撒了一把盐。说白了，她的病根就是老五子。心病还需心药医，只要老五子主动跟她说一句实话，她的病也许就好了。可老五子就像河里的泥鳅，怎么也抓不住。老五子越这样，明花就越上火，她想不明白，这么多年的夫妻，咋就变成了两张皮？自从听说了老五子的烂事，明花就知道自己迟早会被这事一点一点糟磨坏了。明明吃得很少，却总是撑得慌。明花一天一天地瘦了下来，原来圆润的身子成了一根麻秆。一想俩孩子，她的心就像刀割一样疼。她一个人去了县医院，医生看完CT结果后，让她赶紧查胃镜。见医生说得急迫，她就追问，是否得了不好的病？医生说，不一定，只能说有这种可能性。

"不好的病"是老百姓对癌症的俗称，这几个字已经不止一次在明花的脑海里闪现了，但这么近距离地出现在她的面前，虽然还只是一种概率，打着问号，还是一下子把她打蒙了。怎么出的医院，怎么坐的车，怎么回的家，她一点也记不起来了。她只记得，一进家门，熊熊怒火就在心里燃烧起来了。病从火入，她觉得自己的病纯粹就是老五子气的，即使死了，也是死在老五子的手里。

事情一上升到生死的高度，就严重了。明花觉得自己就这么不明不白地死了，太窝囊了，太不值了。既然不甘心，那就要有所作为，最起码要给老五子点颜色看看，让别人认清他的真面目。但是，这个"别人"，除了俩孩子，还有谁呢？西邻芒芒是明花从小到大的闺蜜，婚后两家又正好做了邻居，俩人没事整天腻在一起，老五子的事，若不是芒芒偷偷告诉她，恐怕她一辈子都蒙在鼓里。芒芒是知情者，跟她说已经没有什么意义了。明花想来想去，只有让自己的孩子知道老五子的丑恶嘴脸，对他才有杀伤力。想象着老五子在孩子们面前的尴尬和不堪，明花心里的懊悔慢慢消失了，报复的快感油然而生，她快步走到院子里，冲着门口默默喊道："老五子，你就等着下油锅吧！"

一阵风吹来，院子里的榆树和槐树摇头晃脑的，几只小麻雀像是比赛似的在两棵树上飞来飞去，叽叽喳喳叫个不停。

明花盯着榆树下老五子常坐的蒲团发起了呆。这个蒲团是老五子用玉米皮编的，他把玉米皮染上不同的颜色，顶上编了一朵金灿灿的向阳花。编完后他指着向阳花让明花看，然后把蒲团塞到了屁股下面，笑眯眯地说："坐着一轮小太阳，真暖和啊。"明花明白了"向阳花"的意思，虽然嘴里说他夸张，心里是欢喜的，觉得老五子的想法就是跟别人不一样，这个"不一样"让她觉得自家男人比别的男人高那么一点点。这高出来的"一点点"让她觉得自己比别的女人幸运。老五子没事的时候，就坐在蒲团上吸烟。每次看到老五子坐在蒲团上，明花就会有一种奇怪的感觉，觉得老五子的脸就像蒲团上的向阳花，闪烁着温暖的光。

好多年过去了，蒲团已经被老五子的屁股磨得毛糙糙的，向阳花也褪了色，不知为什么，明花越看越像老五子猥琐的面容，她在心里骂了一句："去死吧！"一脚把蒲团踢得老远，惊得老槐树上的麻雀们扑棱棱四处乱飞。

3

老五子出去后一直没回来，不知去哪儿野了，说不定跟芒芒男人一样，偷偷又去了那个地方。

那个地方，芒芒一会儿说是"青楼"，一会儿说是"粪坑"，跟男人干架的时候，芒芒干脆骂男人去了"窑子馆"。这三个说法都很准确，由芒芒的嘴骂出来也很解气，但终归不好听，明花不好意思骂出口。

那个地方，芒芒家男人常去，村里的一些男人也去。月亮湾的夫妻吵架，多半跟那个地方有关。明花曾经以为，就算是月亮湾的男人们都去了，她家老五子也不会去。可是，偏偏老五子也去了。

那个地方的女主人名叫绒花，男人性情懦弱，说话做事腻腻歪歪，绒花看不上他，他也管不了绒花，干脆常年在外打工很少回家。绒花模样、眉眼、说话都和她的名字很搭，软绵绵毛茸茸的，浑身上下透着狐媚劲儿。芒芒家男人，大言不惭地在街上说，一听绒花说话，就像按摩一样舒服。

这句话在月亮湾广为流传，男人们一朝村西口走，就会有人调侃："又去按摩呀。"

芒芒为了这句话，在大街上与绒花对骂了一次，引得一街筒子的人围观。一开始芒芒嗓门大，火力猛，骂绒花养汉老婆，本以为戳到了绒花的短处和痛处。没想到，绒花一点也不害臊，昂着头，挺着胸脯，轻蔑地看着芒芒，用一种调侃的口吻不紧不慢地说："养汉也得有资本呀，就凭你，武大郎似的，养汉怕是也没人要吧！"

芒芒身材矮胖，从上到下都是圆滚滚的，围观的人上下打量着芒芒，都笑了起来。

明花也在人群中站着，她看着绒花那张得意扬扬的脸，想着芒芒跟她说的绒花勾引老五子的过程，心里火苗突突地乱窜。她从来没见过这么不要脸的人，偷人养汉还这么理直气壮。要不是老五子给她脸上抹了黑，她非上前和绒花掰扯掰扯。她就不信，邪还能压了正，白天还能怕了夜的黑。可是，有老五子这个挨千刀的在前面横着，明花挺不起胸，迈不开腿，张不开嘴，老五子和绒花的事就像一把明晃晃的刀子，在明花的脖子上架着呢。

事后，芒芒不止一次埋怨明花缩在后面不帮腔。明花把自己的担忧说了，芒芒不以为然。她说："你想得太多了。你只要在她面前一站，谁高谁低，大家一目了然。在咱月亮湾，你是一朵白莲花，她就是一棵臭蒿子！"

"你是一朵白莲花。"

这句话说得明花心酸，说得明花脸红。月亮湾的人都知道，这句话是老五子说的。几十年前，明花被村东那个畜生糟蹋以后，很多人都认为明花不干净了，只有老五子说她还是一朵白莲花。明花就是因为这句话，才嫁给了老五子。这句话是明花心里的一束光，她就是靠着这束光活过来的。现在，这束光灭了，还是被老五子吹灭的，这句话就成了月亮湾的一个大笑话，明花也就由白莲花变成了一棵狗尾巴草。

明花正在家里心烦意乱，雨儿打电话来了，说她已经出了高铁站，等着哥哥来接，俩人一块回来。

眼看着孩子们就要到家，明花即使心里再烦，也要打起精神来。她不能让孩子们看到自己萎靡不振的样子，最起码要保持正常的状态，她也不想当着孩子们的面跟老五子吵架，她只是想让俩孩子知道老五子的真面目。至于孩子们知道了以后会怎样，暂时她还想不了那么多。

<h1 style="text-align:center">4</h1>

明花洗脸梳头，换上了干净的衣服，用上了雨儿给她买的化妆品，总算是遮盖了一些脸上的憔悴和沧桑。

芒芒过来了，进门就说："家里来啥贵客呀，五哥说去超市买菜。"

原来老五子是去买菜了。看来孩子们回来，他是上心的，重视的。明花心里冷笑一声：老五子，你就是把满汉全席搬回来，也无法抵消自己的丑事。

芒芒见明花发呆，瞅着她问："要帮忙吗？"

明花回过神，赶紧答："不用，没啥贵客，俩孩子一会儿回来。"

芒芒愣了一下："不年不节的，怎么这时候回来了？"

明花很想把自己的想法跟芒芒说说，话到嘴边，她又咽了下去。

几十年前，那件事出了以后，娘一直劝她不要张扬，吃了这个哑巴亏。明花死活不听，坚持去公安局报了案，判了那个畜生八年。明花认为自己报了仇，解了恨。娘却流着泪说："这辈子你就甭想抬头了。"

一开始明花不以为然，很快娘的话就应验了，原来追着跑的后生们见她就躲，要好的姐妹，除了芒芒，也都疏远了她。原来提亲的踢破了门槛，后来很少有媒人上门了，偶尔提一个，不是歪瓜裂枣，就是二婚。娘用手戳着她说："不听老人言，吃亏在眼前。"

娘见近处亲事难成，就偷偷去了一趟山西的亲戚家，希望在山西给明花找个好婆家。明花不听娘的安排，她一点都不服气，自己哪儿错了？凭什么像个逃犯似的远嫁他乡，遮遮掩掩过一辈子。

娘拗不过她，每天嘴里嘟嘟囔囔，说她要老在家里。明花赌气放出话来，婆家就在本村找！

这句话在月亮湾传开后，很多人都说明花不自量力，不知道自己几斤几两，都等着看她的笑话。没想到，不到半个月，就有人上门提亲了。提亲的对象就是老五子。整个月亮湾沸腾了。老五子是谁呀？那可是月亮湾出了名的帅小伙、文化人，能写会画，精明能干。明花没出事之前，是月亮湾的一枝花，配老五子是郎才女貌天生一对。出了事，她就是残花败柳，老五子明摆着就是好汉娶赖妻，吃了大亏。人们弄不清老五子葫芦里到底装的是什么药，他除了兄弟多家境差外，各方面条件还是不错的，娶个媳妇应该没问题，何必非要一棵被猪拱了的烂白菜呢？老五子的爹娘骂他脑袋进水了，明花的心里也一直打着鼓，尽管媒人接连催问，她却一直没有松口。老五子见明花下不了决心，干脆在大街上表明了自己的态度，在他的心里，明花就像白莲花一样干净，他老五子非明花不娶！

整个村子都炸锅了。明摆着一个二茬子货，硬说是一朵白莲花，这不是光着屁股在大街上跑，自欺欺人嘛。一村子的人都拿这句话当笑话讲，老五子却一点也不在意，一如既往地热情主动。

明花把老五子叫到村南的小河边，郑重其事地问："当真不在意那事？"

老五子斩钉截铁地答："在我心里，你永远是一朵白莲花。"

白莲花在月亮湾可是个生鲜词，村里人夸女人，有说像桃花杏花的，有说像海棠花山药花的，从来没有人说像白莲花的，这个词既雅气又高洁，像天上飘的白云一样。明花眼里掉了泪，就冲了这句话，嫁了！

老五子兄弟五个，房子有好有赖，明花不挑不拣，公婆给哪儿是哪儿；彩礼一分没有，明花一分不要；一身新衣服，一辆自行车，就是全部的嫁妆。明花不在意这些，她让老五子选一个黄道吉日。老五子指着院子里的大槐树，意味深长地说："槐花开得这么白，就是黄道吉日。"

明花抬头一看，树上的槐花一嘟噜一串串的，像晶莹的珍珠闪着光。她不由笑了，心里好像有一朵莲花也悄悄绽放了。

明花穿上新衣服，老五子骑着自行车载着明花，围着月亮湾的大街转了一圈儿，就算结婚了。

娘看着婆家分给明花的三间透风漏雨的破房子，抹着眼泪说："明花啊，你终归还是低了头。"

明花冲娘笑了笑说："只要老五子不变，我就永远抬着头！"

娘叹口气说："在这个世上，没有什么是永远不变的。"

明花在心里憋足了劲儿，她要让月亮湾的人看看，老五子选她是对的，她担得起那朵"白莲花"。

明花做到了，她和老五子的日子虽然清贫，但和和气气的，从来没红过脸。老五子喜欢喝两盅，明花就由着他喝。老五子喝晕乎了，喜欢吹唢呐，嘀嘀嗒嗒的，扰得四邻不安，明花经常给邻居们赔不是，时不时地送把豆角黄瓜什么的堵堵人家的嘴。芒芒男人听不上老五子吹唢呐，说像是知了吱吱地叫。明花变着法替老五子辩解，让他吹吧，总比打麻将找娘们强。明花这么一说，芒芒男人就闭了嘴。打麻将找娘们芒芒男人全占了。

庄稼人过日子，只要手脚勤快，就能过得好。明花里里外外一把好手，一天不闲着。老五子心灵手巧，在一个家具厂打工，收入也不低。几年后，房子翻盖了，别人家有的，他们有了，别人家没有的，他们也有了。明花的路越走越宽，越走越光明。年少比家境，中年比子女，明花的一双儿女，那可是月亮湾耀眼的两颗星星。

舒心的女人脸上闪着光，明花即使每天辛苦劳作，却不显得老，反而越活越年轻了。身材仍旧像柳枝一样柔软，走路仍旧像风一样轻盈，一双大眼，一笑就闪烁着星星。月亮湾的人早就忘了那件旧事了，老五子当年的那句话也不再是笑话了，反而成了远见卓识。

娘临去世的时候，紧紧抓着明花的手，似有话说。明花把耳朵凑到娘的嘴边，娘用微弱的声音叮嘱她："明花，不要活得太拧巴，有些话，能不说，还是不说的好。"

明花有点摸不着头脑，她活得好着呢，娘怎么说这样的话？老五子的烂事一出来，明花一下想起了娘的话。老五子把她苦心经营多年的形象一下子打回了原形，她是活得越来越拧巴了。但是，不该说的话，又是什么呢？明花想不透，想不透就只能在心里装着，装着装着就起了作用，拿不准的事，她当真就不说了。比如，老五子的事，她就一直没问，她在等着老五子主动说，她觉得问出来的和老五子主动说出来的不一样，至于不一样在哪儿，她也想不大明白。可是，老五子一直没有主动说，诱导暗示也没有用，他像得了娘的真传，紧闭着嘴巴。所以，明花才觉得愤怒，若他主动说了，也许就不一样了，最起码她不会把孩子们叫回来。比如说，老五子的事，是绒花跟芒芒家男人显摆说的，有一次老五子喝多了，绒花施展了一下自己的魅力，终于把这个文化人的裤子给扒了。绒花还厚着脸皮说，月亮湾的男人千千万，只有老五子她最喜欢。明花听芒芒讲完，天就塌了。眼看着明花一天一天憔悴下来，芒芒不止一次说，还不如不说呢。到底是芒芒说给她好，还是不说给她好？明花也想不出答案。把俩孩子叫回来，到底是对还是错？明花也拿不准。拿不准又不知道该不该跟芒芒说，就只能在心里团着。

芒芒似乎看穿了明花的心思，掏心掏肺地说："明花，我知道你要强，爱面子，五哥那点事，该放下就放下吧。其实，想开了，也就那么回事。现在这世道，这种破事多了，人们早就不拿着当回事了，何况又不是五哥主动的，你就当他在外面撒了泡尿。你看看我，不是好好的吗？"

芒芒的话句句在理，明花却听不进去，她拗不过那股劲儿，心里憋着一股气就是出不来。芒芒的话放在月亮湾任何女人身上都管用，唯独在她明花这儿行不通，几十年前的旧事就像是一种原罪，压在她的内心深处，让她觉得，老五子的事放在别人那儿，也就是犯了全天下男人都会犯的错，放在她明花这儿，就是打了她的脸，按下了她的头，否定了她的一生，就好像戏文里唱的那样："眼看他起朱楼，眼看他宴宾客，眼看他楼塌了。"

5

以往孩子们回来，明花都像过节似的忙碌。雨儿喜欢吃她炸的油条，一大早就和好面醒着。风儿喜欢吃粽子，头天晚上就包好了。这个时候了，油条和粽子是做不上了，只能去超市买了。

超市门口的人太多了，打牌的，领孩子的，聊闲天的，就像一个大舞台。老五子的事，正是村里的大新闻，明花不想被人指指点点，扭身朝家走。忽然听到有人喊她，回头一看，芒芒家男人朝她招手，绒花也从超市门口出来了。

明花的心怦怦地跳了起来，想想老五子可能也在超市里面，一股怒火从心头升起，转身就朝超市走去。其实，她的心里非常清楚，自己满面怒容，在别人看来，定是乱了方寸，却慢不下来自己的脚步。

芒芒家男人等明花走近，皮笑肉不笑地说："明花嫂，夫唱妇随啊。"说着朝超市门口挤挤眼，绒花也像是唱双簧似的，接过芒芒家男人的话说："你以为明花嫂跟你家的那位一样呀，恨不得在裤腰带上拴着。"

绒花这句话猛一听好像是讨好明花，细一咂摸，不是滋味儿。绒花和芒芒家男人这么一唱一和，更显意味深长，人们都朝明花看，打牌的人也停了手。

明花早就听芒芒说过，绒花一直把她当对手看。明花不知道哪儿得罪了绒花。芒芒说，你就像一面镜子，照出了绒花的脏和丑。明花一直对芒芒的话半信半疑，她与绒花无冤无仇，压根儿就没必要嘛。此刻，她从绒花的眼里明显地看出了嫉妒和挑衅，终于意识到芒芒的话还是有些道理的。

她斜了芒芒家男人一眼说："男人的裤腰松，叫畜生；女人的裤腰松，叫破鞋！"

话一出口，明花立刻就后悔了，这话说得太没水平了，驴唇不对马嘴不说，单是让人一听，也太露骨了，无形之中和芒芒成了一个水平线。

绒花摆出一副无所谓的姿态，轻飘飘地说："男女之间的事嘛，一个愿打，一个愿挨，又不犯法，又不用蹲监狱。"

绒花的话说得太他妈高明了，轻轻地这么一拎，就把明花的旧事拎出来了，而且连根带蔓，一点不剩，还让明花找不出一点毛病，她就是想反击，也无处下嘴。

明花的脸由红变白，由白变青，她恨不得地下塌个大坑，好让她跳进去，她傻子似的戳在那儿，嘴唇哆嗦着，什么也说不出来了。

芒芒过来了，上前拽住明花的胳膊，瞪了绒花一眼，冲着自家男人啐了一口说："人不跟畜生说话！"

老五子从超市里出来了，手里拎着大包小包。他一出现，人们的注意力一下子集中在老五子的身上，等着看他如何破解这个局。

芒芒男人是个遇事欢，他指着老五子手里拎着的东西问："五哥，贵客临门呀？"

老五子把手里的食品袋子朝上提了提，用半开玩笑半认真地口吻说："结婚纪念日，俩孩子狗长犄角——闹洋式的，非要回来庆贺庆贺。"

芒芒得意地看了绒花一眼，故意冲着自家男人说："别看你闹得欢，关键时候，还是人家两口子近。"

绒花也不是省油的灯，她瞅着老五子问："五哥，啥时候结的婚呀？"

围观的人都瞅着老五子笑，老五子的脸上露出一丝尴尬之色。

明花冲着老五子微微一笑，不卑不亢地答："槐花开的时候。"

明花的话音刚落，一阵风吹来，超市门口槐树上的槐花，纷纷扬扬地飘落下来。

老五子笑着看着明花："槐花落了，像雪一样白。"

芒芒说："五哥就是有才，说出话来像诗一样。"

芒芒这句话有点画蛇添足了。诗这个词在月亮湾是陌生的，遥远的，除了老五子这样的文化人，很少有人把诗当回事。于是，芒芒对老五子的赞美就被歪解了。

绒花媚笑着看着老五子说："五哥说话'诗'，做事也'诗'呢。"说完捂着嘴咯咯地笑了起来。

老五子不自然地看了绒花一眼，红着脸低下了头。

芒芒家男人也坏笑着问明花："'湿不湿'呀，明花嫂？"

明花的脸一下子黑了，活了半辈子，还从来没有人敢跟她开这样下流的玩笑，若是放在往常，她早就抬脚离开了。但是，眼前的局势好像与往常不一样，若她走了，好像落荒而逃似的，既输了里子，又输了面子。

芒芒指着男人骂："狗嘴里吐不出象牙！"

围观的人大笑起来，一些男人开始跟芒芒和绒花说荤话。芒芒机枪一样冲着男人们扫射，越骂越上劲儿，越骂越难听，骂着骂着干脆就追打起来了，超市门口一下子热闹了，明花被这种热闹裹挟着，尴尬万分而又不知所措。

老五子赶紧说道："孩子们快到了。"

明花像是溺水的人抓住了救命稻草，跟着老五子离开了这个是非之地。

老五子在大庭广众之下维护了明花的脸面，明花也配合了，但是却并不高兴。她觉得自己刚才在超市门口像是被扒光了衣裳，几十年前的噩梦仿佛又重演了一遍。本来她已经拼尽全力让自己站在了高处，突然之间又被拽了下来，一下子沦落到人人可以耻笑的风尘之中。而这样的羞辱，正是拜老五子所赐。想想自己像猴子似的被围观戏耍，她的心像针扎一样疼。

老五子似乎嗅到了什么，回家后就进了厨房，不一会儿厨房里就响起叮当叮当的声音。老五子手巧心灵，做什么都像模像样，厨房里的活儿，他也会两手，炒个家常小菜，味道比饭店还要好。以往明花只要一听见老五子在厨房忙碌，就觉得幸福踏实。现在越听越觉得厌烦，恨不得拿朵棉花塞进耳朵里。

老五子觍着脸让明花看他买的菜。这个扒糕是闺女爱吃的，那个腊肠是儿子喜欢的，泡椒鸡爪他买了一大袋，明花最喜欢这股辣味儿。见明花面无表情，他又贱兮兮地说："这些都交给我，你出去歇会儿。"

明花沉着脸问："去大街上让人当猴耍？"

老五子停下手，讪讪说道："都是闹着玩的，没那么严重。"

明花冷笑着说："没堵到被窝里，是不严重！"

老五子把刀当啷扔在案板上。

明花死死地盯着老五子，心里涌出一阵疾风暴雨似的紧张和急迫，她已经忍不住了，只要老五子一发火，她就爆炸了，哪怕是白刀子进红刀子出也就痛快了，即使像芒芒和她男人一样打起来闹到大街上她也不在乎了，反正已经在大街上丢了脸面，多一次少一次也没什么区别。这个时候，她才意识到，一个人朝上走不容易，朝下滑却很简单，只要能低下头，拉下脸，一切都不在话下。想明白了这些，明花已经无所畏惧，她就像战场上瞄准了目标的枪手，只要老五子稍微一动，她立刻就扣动扳机。

老五子脸上的不满仅仅是一刹那的，很快就恢复如常了，他用一种无可奈何的语气说："明花啊，你这个人什么都好，就是太较真太爱钻牛角尖了，这世上的事，不是事事都能做得了自己的主，有时候也是身不由己，一不小心，就他妈的陷进去了。"

老五子说完深深地叹了口气，疲惫不堪的脸上透着一丝的不满和忧虑，好像明花是一个不懂事的孩子，他是一个谆谆教导的家长。

明花看着老五子的脸，觉得他的话虽有几分道理，但怎么想都是转着弯在为自己辩解，甚至还有那么一点倒打一耙的意思。她不得不承认，眼前的老五子已经不是以前的老五子了，不知道从什么时候，他已经变得面目全非了。明花的心一下子变得虚空起来，几十年的光阴，风一样刮过，她愣愣地瞅着老五子，像看着一个陌生人。

6

汽车的喇叭声从门外传来，老五子兔子一样窜出屋门。明花迟疑了一下，也紧跟在了后面。

明花和老五子还没走到门口，两个孩子已经进门了。雨儿把手里的包朝风儿一塞，张开双臂一下子搂住了明花，把头靠在明花的肩膀上，软糯糯地说："冷，暖一下。"

贴着女儿温暖的脸，明花的心一下子融化了。

老五子和风儿瞅着她们俩笑。

风儿撇嘴说："大热的天，哪儿冷了？"

雨儿抬起头："你懂什么，妈妈不在的时候，永远都是冷的。"说着，又扑到老五子的怀里，闭着眼说："老爸，靠一下。"

老五子拍着雨儿的肩膀，脸上笑成了一朵花。

明花看着老五子怀里的雨儿，像一只小麻雀似的，又瘦又小，眼圈一下子就红了，她接过风儿怀里的包说："赶紧进屋吧。"

雨儿抬起头，耸了耸鼻子说："呀，好香！"小跑着进了屋。

老五子伸出手，想接过明花手里的包。明花看也没看他一眼，快步走了。

两个孩子和老五子都进了厨房，明花也想跟过去，愣了一会儿，还是留在了客厅。

两个孩子的包并排放在沙发上，鼓鼓囊囊像两座小山头。

厨房里传来叽里呱啦的说笑声，饭菜的香味儿也飘了过来。这样的场景，曾经是明花最幸福的时刻，她应该是参与其中，一起笑一起闹的。但此时的她，却是孤零零一个人，像是被遗弃了一般。

雨儿在门口冲着明花喊："妈，快来呀，爸做了好多好吃的。"

明花拽过沙发上一个包说："看看你们买了啥好东西？"

雨儿又冲着厨房喊："风儿，过来一下。"

明花瞪眼嚷道："没大没小的，连个哥也不叫。"

雨儿吐了吐舌头，笑了。

风儿过来了。

雨儿指着沙发上的包说："老妈要验收。"

风儿摸了摸头，不好意思地说，回来的匆忙，没买啥。

明花打开了风儿的背包，里面整整齐齐摆着好些盒子，雨儿凑过去一一查看，竟然都是一些药品和补品。

雨儿揉了风儿一下："你个呆子，盼着爹妈生病呀。"

风儿涨红脸，连连说道："不是，不是。"

雨儿扑哧笑了："别哼哧了，我替你说吧，爸气管不好，妈肠胃不好，哥都想到了。"

明花心里一热，她拉起另一个包说："雨儿，你买什么了？"

雨儿冲风儿挤挤眼，拉开了自己的包。两个精致的牛皮纸袋，打开一拽，是一件乳白色的全棉中式褂子，盘口立领，做工精致。

雨儿抖擞着问明花："怎么样？"

明花一看，就知道是给老五子买的，她沉下脸说："不怎么样。"

雨儿拿着褂子朝外走，一边走一边喊："老爸，来一下。"

老五子进来了，戴着围裙，手上油渍麻花的。

雨儿拿着褂子，一边在老五子身上比画，一边说，试试。

老五子抻着胳膊说："占着手呢。"

雨儿不让："试试，试试。"

老五子只好在围裙上蹭了蹭手，拿起衣服去卧室了。

不一会儿，老五子出来了，衣服太合适了，像是比着老五子做的。

雨儿问风儿："像不像个文化人？"

风儿上下打量着，连连说："不错，不错，像个学者。"

老五子得意地转了一圈儿，笑着问明花："配不配？"

明花冷笑一声说："配是配，就是不配文化人！"

老五子一下变了脸，雨儿风儿都瞅着明花看。

明花拼尽全力，才挤出一丝笑容。

老五子连忙接口说："你妈说得对，我一农村老汉，黑不溜秋的，穿出去还不让人笑话死。"老五子说着就要脱衣服。

雨儿阻止："先别脱，等着看，还有一件呢。"说着拿起另一个袋子。她的动作小心翼翼的，好像怕磕碰着什么似的。

明花心里想，这个雨儿，一点也不知道省细，不定又买了什么贵重的东西。

雨儿从袋子里托出来一件裙子，粉白的底上盛开着一朵朵金灿灿的向阳花，用手一摸，轻薄柔软，光滑细腻。

风儿说："质地不错啊。"

雨儿一脸的得意："那是，重磅真丝的。"

老五子问："多少钱？"

雨儿答："不贵，也就两千多点。"

明花一听，拿起衣服，一边折叠一边说："退了吧，这花色我不喜欢。"

老五子说："不是让你买莲花图案的吗？"

雨儿说："我觉得莲花孤寂又清冷，不如向阳花的这件靓丽。"

见雨儿一脸沮丧，明花不忍心了，她抖开衣服说："还是向阳花好，小太阳似的。"

雨儿的脸立刻晴了："是吧，换上看看。"

老五子也说："孩子的心意，换上吧。"

风儿也催："妈，赶紧去呀。"

明花无奈，只好拿起裙子，去了卧室。

明花换上了裙子，在穿衣镜前一站，镜子里的自己光鲜靓丽，阳光明媸，只是她太瘦了，裙子显得有点肥。明花心里一酸，眼里落下泪来。

两个孩子和老五子都进来了，明花赶紧抹了抹眼，转过身说："衣服太好看了！"

雨儿上前拉住明花的手说："妈，怎么瘦成这个样子了？"

明花怨恨地瞅着老五子说："问问你爸。"

老五子脸上终于露出惊慌之色，他尴尬地搓着手，吞吞吐吐地说："是爸不好，没照顾好你妈。"

雨儿不解地看看明花，又看看老五子，脸上露出焦虑之色，她喃喃说道："什么都是小事，只要你们壮壮实实的就好。"

风儿的眼圈也红了，他着急说："明天跟我去医院，好好检查一下。"

老五子说："别等明天了，吃过饭咱就走！"

看着两个孩子急兮兮的样子，明花心里的怨恨和恼火烟消云散了，前尘旧事也随之无影无踪，只剩下两张可爱的脸，像两朵暖暖的向阳花一样在她的眼前晃动着，她的心一下明亮起来，脸上不由露出了笑容。

风儿看了老五子一眼，突然想起了什么，问道："妈，你把我们叫回来，有什么事？"

老五子的脸一下子变了，他紧张地看着明花，眼里有恐惧也有哀求。

明花恨恨地瞪了老五子一眼，轻描淡写地说："身体不舒服，吃了好多药总也不见好，不敢去医院，想让你们回来壮壮胆儿。"

风儿和雨儿都笑了，老五子长长地出了一口气。

7

吃过饭，老五子和两个孩子都让明花去省城风儿工作的大医院去做个全面检查，明花说什么也不去，她说："又不是什么疑难杂症。"

见明花实在不愿意去，风儿就说："先去县医院查个胃镜也行，若真有问题，再去省城也不迟。"

风儿同学在县医院当主任，在同学的关照下，检查结果很快出来了，虚惊一场，不是明花担心的"不好的病"，只是轻度胃溃疡。

老五子高兴地说："你妈早上中午都没吃饭，晚上找个饭店好好撮一顿。"

雨儿说："我请客。"

明花心里也松了一口气，她抬头看了看，日头明晃晃地挂在天上，离黑还远着哩，她笑着说："别烧包了，你们赶紧走吧。"

风儿雨儿都说住一晚再走，明花说："我又没事，不用你们守着。"

风儿和雨儿相互看了一眼，老五子说："听你妈的，端人家的饭碗不容易，早走安心。"

于是，一家人把雨儿送到了高铁站，看着雨儿瘦小的身影匆匆忙忙地淹没在人流之中，明花的眼圈红了。

尽管明花再三阻拦，风儿还是坚持把明花和老五子送到了家。

风儿走的时候，天已经黑了。明花说："明天一早走吧。"

风儿说："晚上车少，一个多小时就到了。"

老五子一再叮嘱："路上慢点。"

风儿降下车玻璃说："妈，遇事看开点，岁数大了，身体最要紧。"

明花心里一热，粗枝大叶的儿子变细心了，他也许察觉到了什么，却没有点破。这个时刻，明花似乎明白了娘说的"不该说的"到底是什么，她用一种轻松的口气说："放心吧，妈什么都想得开，才不上火呢！"

天色很暗，进门的时候，老五子拉住了明花的手，明花下意识地甩开了。

老五子讪讪说道："天黑，怕你摔倒了。"

吃过晚饭，明花躺在了床上，老五子躺下来朝明花凑了凑，一只胳膊搭在了明花的身上，粗重的喘气扑面而来。明花一阵恶心，推开了老五子的胳膊，身子朝一边挪了挪。

老五子翻过身，背对着明花说："明花，过分了啊，就那么一点破事儿，还没完没了啊？"

这是老五子第一次跟她谈这件事，却用了恼火的语气，分明就是拿着不是当理儿说，跟绒花的理直气壮好像没什么分别，看来老五子和绒花的事不是什么主动勾引，而是臭味相投，物以类聚。明花好不容易平静下来的心又开始起伏起来，她抑制住心里的怒火，不动声色地问："哪点破事儿？"

老五子猛地转过身："明花，不要再这么端着了，想骂就骂，想打就打，活得轻松点，好不好？就是因为你这么拧巴，我才觉得累，喝多了放纵了一次，就这么不依不饶了。将心比心，几十年前你的事，我什么时候计较过？"

老五子的话像一记闷棍打在明花头上。她从来不知道，自己殚精竭虑苦心经营的一切，在老五子的心目中竟然变成了拧巴，还让他觉得累。她从来没有想到，老五子把他的烂事跟她几十年前的旧事放在一起论。天啊，这两件事怎么可能是一样的？从里到外从左到右根本就不是一回事，说破天她也不认可，打死她也不服气！

老五子好像看透了明花的心思，重重地叹了口气说："明花，谁没有犯错的时候啊，放下吧，放过我，也放过你自己吧。"

黑暗中，明花看不清老五子的面容，但她能想象到，此刻老五子的脸上一定充满了哀求和疲惫。

明花不由也叹了口气，喃喃说道："老五子，你变了，你还是变了。"

老五子答："我没变，你也没变，你还是一朵白莲花。"

明花心里一酸，拽过被子蒙住了头。

老五子说："不早了，休息吧。"不一会儿，就响起了鼾声。

明花缩在被子里，心里五味杂陈，老五子真是这么想的吗？若她真是一朵白莲花，为啥还要说出来？抛开那件旧事，自己真是白莲花吗？芒芒还有那个不要脸的绒花，她们和男人也过得磕磕绊绊的，又算是什么花呢？这世上的人，真能活成白莲花吗？

明花思来想去，却想不出答案，她掀开被子，瞪大双眼看着漆黑的屋顶，老五子的破事在她的眼前闪现着，他的那句"你几十年前的事，我什么时候计较过"，像一把刀子一下一下地划着她的伤疤，她的心又开始隐隐疼痛起来。

一弯新月挂满天

1

晚上九点，小惠送走最后一拨客人，刚要休息，手机响了。她点开一看，是豌豆打来的。

豌豆一惊一乍地说："小惠，赶紧去群里看看，出大事了！"不等小惠说话，就挂了。

小惠笑了，这个豌豆啊，四十多岁的人了，怎么还是跟小时候一样，连飞带跑的。

豌豆说的群是月亮湾的村民群，有好几百人，月亮湾家家户户都有人在群里。小惠原本不想凑这个热闹的，她离开月亮湾已经好多年了，对村里的事早就不关心了，但搁不住豌豆一次一次的邀请，就勉强进了群，但一直处于潜水状态，没说过一句话。

自从进了这个群，小惠的生活节奏就被打乱了。不管什么时候，也不管什么地方，只要群里有一点风吹草动，豌豆就向小惠汇报，好像小惠是群主一样。豌豆还一直鼓动小惠在群里说话。豌豆说："小惠，你出了钱，功德碑上有你的名字，你最有发言权了。"

豌豆的话，小惠也就是听听罢了。从小一起玩大的伙伴，豌豆什么脾气，什么性子，小惠早就一清二楚了，豌豆只要一张嘴，小惠就知道她想说什么。豌豆之所以想让小惠在群里说话，其实跟小时候一样，愿意有个伴罢了。从小到大，豌豆就像小惠的影子，针尖大的事也要跟小惠说说。两人虽然分开很多年了，但只要一见面，豌豆就跟小惠说："小惠啊，你就是我的脊梁骨，没有你，我站不直。"小惠一听豌豆说这样的话，心里就热乎乎的。不然，依着她的性子，豌豆就是说破了天，她也不会进群的。说到底，小惠内心深处还是有一条缝，豌豆就是缝隙里透进来的一束光。

小惠洗漱完毕，半靠在床头上，想起豌豆说的"大事"，就拿起了手机。月亮湾巴掌大的地方，能有啥大事啊。无非是村干部发发工作通知，无非是一些鸡毛蒜皮的家长里短，更多的是一些广告：超市进了新鲜的鸡蛋，张家烧饼出炉了，等等。小惠哪有兴趣看这些啊，就把手机扔在了一边，拿起床头柜上的书翻了起来。

这本书是一个管文化的领导送给她的，说是本地一个农民诗人的诗集，写得非常不错，读他的诗能闻到庄稼的芳香。小惠不懂诗，也很少有时间看书，但当她知道诗人就住在月亮湾的对岸，突然就有了兴趣。她没有想到，和她同生在一条河边的人，竟然由一个农民变成了诗人。这个变化对于小惠来说，是陌生的，新奇的，也是她梦寐以求无法企及的。在她的印象中，在她老家月亮湾那片土地上生活的人，就像一茬一茬的野草，粗糙而卑微，愚钝而麻木，怎么想都觉得他们跟"诗"这么高雅的东西不沾边。这个人和这本诗集，让小惠精神的天空多了一个光环，原来她身边的普通人，也可以有诗意，也可以有文化，也可以成诗人。诗人写的都是她熟悉的事物，土地、庄稼、野草、野花以及乡邻们寻常的生活和劳动，但这些小惠司空见惯的东西被诗人这么一写，立刻就不一样了，变得轻了、飘了、远了……小惠说不上这些诗好在哪儿，但她发自内心地喜欢上了，觉得这本诗集就像母亲烙的葱花饼，打开就能闻到香喷喷的味道。这种鲜活的感觉让小惠变得跟原来不一样了，她变得自信了，从容了，身上多了一些来自灵魂深处的安宁和沉静。

我喜欢黑暗中发光的事物
在白昼他们不容易被发现

小惠最喜欢这两句诗，每次读的时候，心都像是被针扎了一下，一些前尘往事就像雪花一样在她的脑海里飘舞。临睡之前读读诗成了小惠的习惯，当然，她也知道，这个习惯也许如男人所说，不过是一种表面的形式罢了，但即便是这样，小惠也愿意保持这个形式。在她看来，有这个形式和没这个形式是不一样的，最起码她可以用这个"形式"来对抗手机的诱惑，最起码她用这个"形式"鼓舞着自己脱离了嘈杂的饭店，开了自己的茶楼。

　　小惠的茶楼开在柳阳一条背街小巷里。小巷名叫柳烟巷，传说明末清初才女柳如是曾来这里探访密友，见柳树成荫，随口吟了一句宋人周紫芝的"夕阳低尽柳如烟"。后人为了纪念才女来访，就把这条巷子改为"柳烟巷"。关于这个传说，柳阳人众说纷纭。大部分人都说，这纯粹就是杜撰，没有一点史料证明柳如是曾经来过这个北方的小县城。但不管怎样，柳阳带"柳"，小巷有"柳"，这个传说也算是沾点眉目，"柳烟巷"这个名字就这么保留下来了。柳阳的文人墨客大部分都聚集在这条小巷里，有书店、画廊、古玩店、奇石馆……

　　男人对小惠开茶楼本不大赞成，一听她要把茶楼开在柳烟巷，更觉得她是瞎胡闹。男人说，柳烟巷一听就是烟花柳巷之地，茶楼是清雅之地，开在这里不合适，还有那个柳如是，再有才也是个烟花女子。小惠不以为然。古人云，烟花女子不风尘，这尘世的人，谁不在风尘中呢。很多烟花女子侠肝义胆重情重义，比那些道貌岸然薄情寡义的伪君子强多了。她在网上看了很多柳如是的故事，对这个女子充满了欣赏和喜欢，尤其对她改名的典故更是敬佩。"我见青山多妩媚，料青山见我应如是。"对一个女子来说，敢把自己的名字改为"如是"，该是多么勇敢，多么自信，多么率真，多么霸气啊！小惠时常想，若是自己也有这样的才华、这样的胸襟、这样的气度该有多好，再朝远处想想，若是娘和奶奶以及月亮湾的女人们都有一点柳如是的精神和筋骨该有多好。

　　男人说不过小惠，就换个角度说，文人从古到今都是又穷又酸，根本不舍得花钱，茶楼开在柳烟巷迟早要倒闭，他认为小惠根本不是做生意，而是猪八戒戴眼镜——冒充文化人。

小惠立刻反驳："冒充文化人怎么了？辛辛苦苦打拼这么多年，不就是想变成城里人吗，城里人和农村人最大的区别是什么？不就是比农村人有文化嘛。当年我之所以嫁给你，就是因为你像个文化人。谁知你丢了文化人的初心，变成了一个俗人。"

男人见实在拗不过小惠，也只好妥协了。装修的时候，男人说，既然决定要做，就要做好，装修风格必须要高端大气上档次。

男人的建议，小惠一个耳朵听，一个耳朵跑，她开的是自己的茶楼，又不是男人的茶楼，她不想像当初开饭店那样，做男人的影子。她的心里早有了谱，她要开一个只属于自己的、独一无二的茶楼，古朴自然，有一些淡淡的诗意，就像小时候乡亲们坐在自家的小院里，一边喝着大碗茶一边听爷爷讲书，一弯新月挂在天上，淡淡的清辉洒满小院……小惠要的就是这样的意境，干净清澈，就像那个农民诗人的诗一样。她按着老家小院的风格装修自己的茶楼，材料和各种摆件都是从村里的老房子里找来的，为了门楣上的几块青砖，她几乎跑遍了柳阳周边所有的村庄。整整用了一年时间，茶楼才装修完工，工钱当然是一笔不小的开销。男人每天黑着脸，见到她就像仇人一般。小惠开导他说："装得再时尚再高档，总有过时的一天，而我的茶楼，时间越久，越沧桑，越古朴，就越有味道。"

柳阳这样的北方小城，喝茶的氛围并不浓厚，除了小巷里的文化人，来小惠茶楼喝茶的人并不多，而且茶客的层次也不高，尤其是下午，基本都是从酒楼转场到茶楼来醒酒的，大声喧哗是免不了的。昨天下午，有几个茶客不知什么原因起了争执，吵得脸红脖子粗的，小惠借续茶的机会，柔声细语地劝了几句，双方都不听，她也只能睁只眼闭只眼了。多年的饭店经历，让小惠早就明白了，这世上很难有什么绝对的事，有一些"相对"就不错了，茶楼相对于饭店来说，还是安静多了。

小惠接待客人时，豌豆的电话就有点不合时宜了，尤其是她正劝客人小声说话时，自己的手机猛地响一下，就有点尴尬。小惠私下说过豌豆，不要在她工作时打语音电话，豌豆应得好好的，但一遇到她认为的新鲜事，就忍不住了。无奈之下，小惠只好把手机设置成静音模式。但是，她很快发现，手机静音会错过客人的预约。茶楼的生意本来就不太好，男人一直嚷嚷着让她关了改成饭店，她一直咬牙坚持着。她喜欢淡淡的茶香，也喜欢这个小巷，总觉得在这里更像一个城里人。

小惠把静音模式取消了，豌豆的电话，不方便时她干脆就挂掉，开始她还担心豌豆不高兴，后来发现，豌豆根本没当回事，她该打照样打，小惠接不接她也不在乎。等小惠闲下来回过去，豌豆早忘了她想说什么了。这样一来，小惠就轻松了，无聊寂寞的时候，听豌豆叨叨几句，倒成了她的一种消遣。

2

> 我喜欢黑暗中发光的事物
> 在白昼他们不容易被发现
> 他们的光被其他的光掩盖
> 因为极其微小
> 他们是农民、母亲、针、草籽、铧犁以及父亲的烟锅
> ……

小惠默念着这首诗，心里弥漫着温润的感觉，母亲、奶奶、爷爷以及豌豆的面容在她的脑海里交替出现，她把诗集盖在自己的脸上，似乎看到一朵凌霄花在黑暗中若隐若现。

这个时候，小惠的手机突然响了一下，她把诗集收起来放在一边，拿

起手机一看，又是豌豆发来的语音，问她看到群里的大事了吗。

豌豆总是把芝麻大的事说成西瓜，小惠懒得跟她掰扯，掰扯也掰扯不清。从小到大，她俩的关注点就不一样。豌豆家门口的眉豆开花了，小惠说："瞧这小花，多漂亮！"豌豆说："花这么稠，该打打花。"花落了，结了眉豆角，小惠说："像紫色的小月牙。"豌豆说："今年的眉豆角个大肉厚，炒着最好吃。"上高中的时候，她们俩讨论为什么同学们都想考上大学。豌豆说，上大学可以有个好工作，可以吃好的穿好的。小惠说，不仅仅可以吃好的穿好的，还可以看电影逛公园，做一些从来没做过的事。前一段时间，网民们因为俄乌战争在评论区互掐，恨不得置对方于死地。小惠不由就想，这个世界上，为什么出现这么多的暴力啊，两个好好的国家，为啥就不能好好过自己的日子呢，那些网民们为什么就不能和和气气地说说话呢。都说人朝高处走，水朝低处流，农村的人想进县城，县城的人想进省城，省城的人想进北京，北京的人想出国……这样一层一层朝上走，不就是想过一种更好更文明的生活吗？看看这个乱糟糟的世界，不是这儿打仗，就是那儿起了冲突，就连联合国的会议上也有人拂袖而去，哪有什么文明可言呢？小惠就跟豌豆说了自己的困惑，豌豆嬉笑着说："我可不像你，挣着卖白菜的钱，操着中南海的心，月亮湾的事我还想不明白呢，管什么'鹅'罗斯'鸡'罗斯呢。"

小惠不由得笑了。仔细一想，豌豆说得也没错，她们这些小老百姓，比尘埃还轻，比蚂蚁还小，谈论那么遥远的事有什么意义呢，还是关心一下月亮湾的事比较靠谱。

豌豆说的"大事"又是什么呢？

跟往常一样，月亮湾村民群里消息很多，有卖东西的，有闲磕牙的，还有一个妇女在找丢失的狗，普通话夹杂着方言，一听就是快手上学来的。

小惠撇了撇嘴，点开豌豆的微信，语音输入了一句："丢了一条狗，也算大事吗？"

豌豆很快回了："你朝上翻，看大山的。"

这个微信名叫大山的人是小惠家房后的邻居，大名赵德山，蔫里吧唧的，平时也不大跟人来往，见人就靠着墙根走，生怕别人看见他似的，这样一个影子似的人，能干出什么大事呢？

小惠一条一条朝上翻看，语音小喇叭一大串，好不容易看到了大山的名字，她点开，小喇叭一闪一闪的，大山的声音传了出来：

"小罐子，我是你爹，有种把你爹弄死！"

小惠心里一惊，这一次豌豆没夸张，的确是发生了一件大事，而且是捅天的大事。小罐子是谁呀，月亮湾的村主任，要钱有钱，要权有权，兄弟三个，哪个也不是秕子。这个大山啊，不是吃错药了，就是脑袋进水了，竟然敢骂村主任，而且是在群里骂的，这不是等于当着全村人的面，打了小罐子的脸吗？

小惠想问问豌豆，到底是怎么回事，后来一想，不管小罐子有什么过错，大山也不该在群里骂人，跟人家充爹，这在月亮湾可是奇耻大辱。小惠不想掺和这样的烂事，从离开月亮湾那天起，她就不想跟村里再有瓜葛了，要不是豌豆为建牌楼的事找她捐款，她跟村里几乎没什么联系了。

小惠放下手机，闭上了眼睛。不知为什么，大山的骂声时不时地在她的脑海里萦绕，一个声音也从遥远的地方传来："有拾金拾银的，没有拾骂的，你要听不惯，耳朵里塞上驴毛好了。"

说这句话的人，也是月亮湾的村主任。这个村主任已经过世多年，小惠原以为，人一死，什么事都一了百了，没想到这句话，已经像刀子一样刻在了她的记忆深处。大山这么一骂村主任小罐子，小惠的心又隐隐作痛起来。

3

小惠躺在床上，却怎么也睡不着，群里的那件烂事，像一口痰似的粘在她的心底，想擦也擦不掉，床头的诗集也失去了催眠的作用，她不由自主地又拿起了手机。

这要是以往，微信群里有人说了没分寸的话，后面会有很多人凑热闹，有调侃的，有起哄的，还有挑事的。这一次有点奇怪，好像大家都成了聋子，没有一个人接大山的话茬。

小罐子一直没有说话，小惠觉得有点蹊跷，这么大一个屎盆子扣到头上了，难道就这么不了了之了？在小惠的印象中，这个小罐子说话滴水不漏，走路时总是低着头。奶奶说过，抬头婆姨低头汉，低头走路的男人都不是等闲之辈。

小惠跟豌豆发了一条语音："大山为什么骂小罐子呢？"

豌豆很快打来语音电话，她压低了声音说："听说是为牌楼的事儿。大山说，小罐子建牌楼不是搞美丽乡村建设，而是找风水先生看了，为了他自己升官发财。小罐子听说后，在大街上把大山狠狠地训斥了一番。大山当着小罐子的面不敢还嘴，喝多了就跑到群里撒野去了。"

其实，小惠对建牌楼也不是很赞成，她认为这种仿古牌楼跟村庄的现代风格很不协调，就好像西装革履却戴了一顶瓜皮小帽。但她没有想到，竟然还有这种说法，若真是这样，大家的捐款还有什么意义呢。想起豌豆找她时积极的态度，小惠就问："你是怎么想的？"

豌豆悄悄说："村主任找人看没看我不知道，我偷偷找王庄的仙婆婆看了。仙婆婆说，建牌楼既能镇村，又能镇宅，既能避祸，还能纳福。牌楼建成了，说不定公婆的病就好了，等日子好过了，我也在城里买个楼，尝尝做城里人的滋味。"

小惠没有想到，都这个年代了，豌豆竟然还有这种想法，把自己的希望寄托在一个仙婆婆身上。当年，豌豆和小惠一样，也是向往城市的，也想跟她一块到城里打工，但豌豆的公婆身体不好，被绊住了手脚。二十多年过去了，豌豆的日子还是紧巴巴的。因为在城里买不起楼，儿子一直说不下媳妇，愁得豌豆头发都白了。实在苦闷的时候，豌豆就给小惠打电话，说完自己的苦处后，她总要说一句："小惠啊，只要一给你打电话，我就觉得自己与城里有了联系，我做梦都想活成你的样子。"

想起豌豆那句话，小惠一阵心酸，她问豌豆："你真信仙婆婆的话？"

豌豆叹口气说："生活太难了，总也看不到光，就当是个好的念想吧，村里好多人都是这么想的，不然为啥捐款这么顺利呢。"

小惠又能说什么呢？正如豌豆所说，不管小罐子找没找风水先生，有个好的寓意和念想，这个牌楼也算是没白建吧。这个大山也是，既然大家都认可的事，他又何必多嘴多舌呢？还有，这个小罐子也有点过了，难道村里就不能有不同的声音吗？平时这么稳当的一个人，怎么也沉不住气了呢。大山也是，小罐子训他的时候，觉得不对当面回过去就是了，为啥要在群里骂人呢？

群里一直静悄悄的，有两个人发了消息，还没来得及看，很快又撤了。小惠盯着手机屏幕，忽然觉得，这个群很像一个舞台，有很多双眼睛躲在暗处窥视着，静静地等待着一场大戏上演。

这样的感觉，小惠似曾相识。当年香枝站在自家对面破口大骂时，也有很多双眼睛在一边看着。想起娘绝望屈辱的眼神，小惠的心不由颤抖了几下，突然对小罐子充满了一丝同情。

小罐子算是村里的精明人，很早就开始做生意了。一开始在省城卖猪肉，有了一些积蓄后，就回到月亮湾建了一个水泥厂，成了月亮湾的大老板，不光在村里建了二层小楼，还在柳阳买了房。最近几年，国家环保管得紧了，他就关闭了水泥厂，建了一个大型的现代化肉牛养殖场，村里很多人都在他的养殖场打工。

关于小罐子近些年的一些事，都是豌豆跟小惠说的。豌豆说，小罐子心眼多得像筛子，见人说人话，见鬼说鬼话，当了村主任以后，也不拿官架子，对谁都客客气气的。

小惠的茶楼开张后，小罐子去过一次，是和那个管文化的领导一块去的。这个领导是小惠茶楼的常客，他说小惠长得像他年轻时一个朋友，身上都有淡淡的书香，茶楼也特别像他老家的小院，一进门口，就像是回到了老家一样。尽管小惠知道，小罐子过来，是在迎合那个领导的喜好，但毕竟是一个村的乡亲，又是父母官，自然不敢怠慢，不光包间费没收，还要免了茶水的单。小罐子死拉活拽说什么也不同意，他说："在哪儿消费也是消费，你若是这样，以后我还怎么进门呢？"小罐子坚持买了单，走的时候，小惠送了他一盒自己做的点心。

半年前，月亮湾搞美丽乡村建设，要求每家每户都要搞好自家庭院的改造提升。小惠没有回村的打算，就想拖着观望一下再说。没想到，小罐子亲自跟她打电话，她只好回来了。

一进村，小惠发现，大街加宽了，路面硬化了，还安上了街灯，沿街的房屋也统一粉刷成了白加灰，家家门口都种上了月季树，门头的样式都是一种风格，门楣上不是"家和万事兴"就是"富贵满院"。村中心的小广场上砌了一个圆形的花坛，种上了五颜六色的对叶梅。小广场的对面建了一堵文化墙，墙上写着红色的大标语：打造美丽乡村，共建幸福家园。

看到这些变化，小惠心里有一些高兴，也有一些遗憾。她觉得，这些变化都是表面的，跟城里随处可见的高楼大厦差不多，这些千篇一律的相似和雷同，轻飘飘的，少了一些小惠想象中的独特和内涵。但想一想过去的脏乱差，再看看眼前的齐洁雅，她还是有一些安慰，觉得小罐子确实干了一些看得见摸得着的实事。

自从爹娘去世后，小惠很多年没有回过家了，家里一片荒凉，杂草和小树丛疯长，整个院子像丛林一般。小惠和豌豆用了三天时间，才把院里院外收拾干净了。小惠家的大门倒是没坏，青砖垒砌，白灰勾缝，虽然老旧了，但透着古朴的气息，尤其门楣上爷爷用青砖刻的"知味小院"四个字，怎么看都觉得厚重雅气，若是拆了，小惠实在舍不得。还有大门外那棵擀面杖粗的凌霄花，她也不愿意刨了换成村里统一购买的月季树。

豌豆劝她："旧的不走，新的不来，你就随大流吧。"

豌豆的话，触动了小惠心里的伤疤，她盯着门楣上的"知味小院"，想起娘当年说的"因为娘跟她们不一样"，想起娘刨了的凌霄花和竹子，心里一揪一揪地疼，觉得自己辜负了娘的期望。

小罐子从远处过来了，走到小惠家门前，停下来，热情地跟小惠打招呼，然后指着凌霄花说："这棵凌霄长得真好啊。"

小惠像是黑暗之中猛然看到了一束光，赶紧接口说："是啊，刨了可惜啊。"

小罐子惊讶地问："刨了？"

豌豆接口说："不是美丽乡村建设嘛，都要种上月季树。"

小罐子盯着凌霄花，沉思了一会儿，然后摇摇头说："不用不用，美丽乡村也不一定千篇一律，你家又不在街中心，影响不了大局。"

小惠心里的阴云一下子散开了，她指着门楣说："'知味小院'也保留吧，就当是给我留个念想吧。"

说完这句话，她有点忐忑不安，觉得自己的话有些冒失了，万一村主任不给她这个面子，该如何下台呢。

豌豆看出了小惠的心思，赶紧打圆场："你又不差钱，拆了算了。"

小罐子说："我跟着县领导去参观一个古宅，也挺好的，我看你家的小院还是保留原样吧，当年全村就你爷爷是个文化人，一到晚上，一村子的人都来你家喝茶听书，直到现在，我还记得他摇头晃脑念你家大门两侧的对联：品人间烟火，知人生滋味。"

小罐子的话，说得小惠心里热乎乎的，小惠家门口两侧确实曾经挂着两条对联，是爷爷在木板上一笔一画刻上去的，木板风吹日晒已经腐烂，不知扔到哪里去了，没想到小罐子还记得。小惠本想说几句感谢的话，没想到，豌豆抢着替她说了："看看咱们的主任多有水平，多好说话，回头你要好好摆一桌。"

尽管豌豆的话有点夸张，但小惠还是顺着豌豆的话说："回头去我的茶楼，我请你喝今年的新茶。"

小罐子笑着说："好啊，约上咱们的领导，谈谈文化。"

小惠心里一动，突然觉得小罐子给的面子也许是沾了那个领导的光，但转念一想，不管怎样，人家能允许保留自家的小院，也算是一份沉甸甸的人情。

小罐子倒背着手，低头朝前走了。

小惠看着小罐子远去的背影，突然觉得他跟原来的村主任不一样，不由对他有点刮目相看了。

后来，月亮湾村东口要建一个仿古牌楼，动员本村在外工作的成功人士捐款，小惠也在被邀请之列。小惠觉得自己算不上什么成功人士，不想凑这样的热闹。豌豆劝她说，村主任说了，你虽然不是大款老板，但是个文化人，县领导都去你的茶楼喝茶呢。小惠被豌豆说服了，应该是被村主任小罐子说服了，自从小罐子同意她保留自家的知味小院后，小惠模模糊糊觉得，小罐子的一些想法与自己有共同之处，至于这个共同之处是什么，她一时也想不清楚，但有一点，她很确定，小罐子在她家门口说的那番话，打通了她与过去的通道，让她的心不再那么冰冷了，尤其是牌楼建成后，功德碑上出现了她的名字，月亮湾在她的心目中，不再是一片阴影，她甚至有了回村小住的念头。

4

"赵德山，你个狗娘养的，有种的到大街上练练！"

小罐子的哥哥小盆子露头了，他在群里大声骂着，隔着屏幕也能感觉到他的熊熊怒火。小罐子的爹，不是他一个人的爹，大山等于打了三兄弟的脸。

豌豆给小惠发语音私聊："看看，好戏在后头吧！"

果然，小罐子的弟弟小瓶子也跳出来了，他一连发了三条语音，全是骂大山的，每一条都有五十多秒，每一句都像是刚从茅坑里捞出来的。

小惠听第一条的时候，有点发愣，她没有想到，群里还有这样骂人的。听第二条的时候，她惊呆了，她没想到，一个大男人也像村里的老娘们一样骂人。听第三条的时候，她的脸上火辣辣的，感觉手机屏幕上散发出大粪的恶臭，香枝那张嘴里吐着白沫的脸，也忽地一下来到了她的眼前。

小惠小时候，对面香枝家门口一个北瓜不知被谁摘了，香枝怀疑是小惠家偷了，冲着小惠家大门指桑骂槐地骂个不停。

娘听不下去了，要出去跟香枝理论，小惠奶奶拦着说："她又没有提名挂姓，你接这个话茬干什么？"

娘气愤地说："她脏了我的耳朵，我听不下去！"

娘出去后，压住火气劝香枝不要骂了，让孩子们听到这种污言秽语多不好。

香枝理直气壮地说："我骂偷北瓜的人，碍着你蛋疼啊！"

娘气得说不出话来，扔下一句"真不嫌丢人"就要朝回走。

香枝一下子蹦了起来，跳着脚冲着小惠娘的背影破口大骂起来，引来半道街的人出来围着看。

娘扭身跟香枝理论，却哪里是她的对手，娘被骂得满脸通红，浑身发抖。

小惠急了，冲到香枝跟前，指着她的鼻子说："闭上你的臭嘴！"

香枝哪里把一个孩子放在眼里，骂得更起劲了，围观的人都用手捂着自家孩子的耳朵，却没有一个人站出来说一句公道话。小惠和娘孤立无援，像羊羔落入了狼群，小惠吓得哇哇大哭起来。

这个时候，豌豆拿着一把铁锹跑过来了，她冲进人群，站在小惠前面，指着香枝大声说："你再骂，找针把你的臭嘴缝起来！"

豌豆爹当年在公社当干部，香枝可不敢惹豌豆，嘟囔了两句，住了嘴。

娘咽不下这口气，就去找村主任讨说法。村主任根本不拿小惠娘的话当回事，说老娘们骂街是家常便饭，没有必要上纲上线。小惠娘不依不饶，村主任不耐烦地说："有拾金拾银的，没有拾骂的，你要听不惯，耳朵里塞上驴毛好了。"

娘被村主任这句话噎得哑口无声，她狠狠地扇了自己一个耳光，拉起小惠跑出了村委会的大门。

这个场面像刀子一样深深地刻在了小惠的心底，村主任那句话也像恶咒一样紧紧缠绕着小惠。

香枝见没人给小惠娘做主，更加肆无忌惮，什么时候心里不痛快了，就站在大门口骂几句。时间一长，香枝骂街就成了村里一景。有一段时间，她不骂了，人们反而觉得奇怪，猜她不是被男人揍了，就是病了。

香枝的骂声成了小惠记忆中无法抹去的阴影，以至于梦中也经常被香枝骂得四处逃窜，以至于直到现在只要一听到骂人，她的心里就会充满恐慌。

小惠曾经问过娘："香枝为什么骂街？"

娘叹口气，摸着小惠的头说："你还小，还不懂，不仅仅是一个北瓜的事，是因为娘跟别人不一样。别的妇女都端着碗到大街上吃饭，娘从来不这样；别人家的婆婆和儿媳不是瞪眼就是骂架，娘跟你奶奶从没红过脸；

别人家的男人打骂老婆是家常便饭，你爹却舍不得捅娘一指头；别人家门口不是种丝瓜眉豆就是种北瓜，娘种的是竹子和凌霄……"

见小惠听不明白，娘就说："娘要是跟她们一样了，就啥事没有了。"

娘说完，拿起锄头，把门口竹子和凌霄刨了，第二年也点上了丝瓜和眉豆。吃饭的时候，偶尔也端着大碗站在街上吃，有妇女拿筷子夹她碗里的菜，她也笑嘻嘻的不躲不避。

不知为什么，香枝后来就不骂了。只是小惠家门口的竹子和凌霄太顽强了，娘刨了长，长了刨，每年都会冒出新芽。一直到娘去世，也没断了根，尤其是那棵凌霄花，竟然长成了擀面杖粗的凌霄树。

娘当年常跟小惠说："小惠，你要争气啊，千万不要活得像娘一样。"

小惠一直在努力地学习，谁知高考却落榜了，香枝当着一群妇女的面，用嘲讽的语气跟娘说："书香门第怎么了，还不得回来种地。"

小惠跑到村南的月亮河边大哭了一场。她暗下决心：一定要走出月亮湾，一定要让轻视她的人仰着头看她。

二十多年过去了，小惠终于走出了月亮湾。现在的她跟当年的娘不一样了，走在月亮湾的大街上，她不用再低着头了，乡亲们碰到她，虽然还谈不上仰视，但都是客客气气的，就连香枝，见到她也主动说一句："小惠越来越洋气啦，像个城里人了。"看着香枝树皮一样苍老的脸，小惠本来不想理她，但想一想柳如是的胸襟和气度，便挺了挺腰板，冲香枝微微点了一下头。

5

手机只要一有动静，小惠立刻就点开查看。不知道为什么，她特别希望小罐子在群里说句话，把这件事解决了，至于为什么会有这样的想法，她也想不太清楚，她就是好奇这件事到底会以什么样的方式结束。

小瓶子和小盆子一直在群里骂着，只是见没有人回应，骂声也越来越小，间隔的时间也越来越长。

小惠看着群里的闹剧，对照一下自己在城里的生活，心里不由一阵感慨：月亮湾的街道宽了，环境好了，就算是美丽乡村了吗？人们的嘴，还是这么脏，这么臭，过去骂大街，脏得是左邻右舍的耳朵，现在骂大街，脏得是全村人的耳朵，作为村主任的小罐子，他难道就想不到吗？自己的哥哥弟弟在群里骂人，他为什么不制止呢？小惠不由地对小罐子有点失望了，原来的好印象也打了折扣。

正当小惠想关闭微信准备睡觉时，小罐子终于发声了，他在群里呼叫自己的哥哥弟弟："你俩都不要骂了，我已经把他踢出群了，骂也听不见了。"

小惠听出来了，小罐子说的"他"指的是大山，他把大山踢出群，避免了矛盾的激化和局面的失控，这一步做得还不算错。但让小惠不舒服的是，自己的兄弟在群里骂得这么难听，他却一句也没有指责。

小惠仔细看了一下小盆子和小瓶子开始的语音，发现俩人一前一后，紧紧跟着，简直是无缝衔接，若是俩人私下没有沟通，步调不可能这么一致。

豌豆跟小惠私聊说："这就是小罐子的高明，自己不出面，让自己的兄弟出头讨回了脸面。"

小惠不由冷笑了一声，小罐子玩这样的套路，貌似聪明，实际上是聪明反被聪明误，连豌豆都看出来了，何况其他人呢。他这样做，看似赢了面子，实则输了里子。群里大姑娘小媳妇那么多，听了这么多骂人的脏话，她们心里会舒服吗？就是小罐子自家的女人们听见了，不觉得脸红吗？再朝远处想想，群里的语音又删除不了，就像个喇叭一样，什么时候想听了，都能点开听，如果不小心让孩子们听到了，不就跟当年的自己一样，留下一辈子的阴影吗？

小惠越想越失望。她原以为，小罐子跟过去的村干部不一样，肯定当好月亮湾的带头人。她原本计划，等自己不忙了，回趟月亮湾，邀请小罐子到自家的知味小院坐坐，喝喝茶，看一看凌霄花，聊一聊小时候的事。没想到，小罐子所谓的"聪明"和"套路"跟过去的村干部没什么两样，别看他成了大老板，当上了村主任，归根结底还是没跳出月亮湾这个小圈子。

　　想到这些，小惠心里一阵轻松，觉得自己好像一下子跳到了高处，月亮湾在她的眼里忽然变小了，小得足以在她的掌控之中。

　　小罐子一发言，群里立刻热闹起来，语音冒出了一大串。

　　"大山，出来走一圈儿啊。"

　　"小瓶子，骂得不赖呀，听着真过瘾！"

　　"大山，你个尿包，有本事当面骂呀。"

　　……

　　听着一条条语音，小惠的心开始一点一点朝下沉，眼前不由闪现出茶楼里那群争执的人，他们虽然没有像大山和小瓶子那样骂人，但也是脸红脖子粗的，有一个人还差点掀了茶桌。县城里的人还这样，何况村里的人呢。生活在城里，过文明的生活，一直是小惠的梦想。但仔细想想，自己的梦想实现了吗？不要说跟她八竿子打不着的俄乌战争了，不要说眼前跟她关系不大的群里骂架了，就说自己身边吧，男人和自己虽然没有像别人家那样撕破脸吵过架，但在很多事上也很难达成一致。男人虽然在城里生活了多年，但村里的一些观念还是根深蒂固。村里建牌楼捐款，功德碑上写了小惠没写他，他就觉得村里看不起他这个上门女婿，发誓一辈子再也不回月亮湾了。当年的他可不是这样，在村里当代课老师，一表人才，家境也不差，说媒的不少，可他却只看中了小惠，愿意当上门女婿。很多人说他丢了家族脸面，他却不以为然，在大街上坦坦荡荡地说："我结婚的第一要素是人，是以后的幸福，其他的都忽略不计。"当年小惠被他这句话感动了，觉得自己嫁给了世界上最好的人，谁知道过来过去，他就变了呢，尤其是最近几年，他开始在意那些所谓的虚名，见别人换车换房，他也跟着蠢蠢欲动，得不到小惠的支持，就觉得失了男人的面子，时不时地发几句牢骚。小惠开茶楼，他动不动就嚷嚷着关了，后来见茶楼里有领导和大老板常来，又觉得茶楼的客人比饭店的档次高，就想当然地认为跟这些人关系处好了，说不定以后能用得上，就改口说只要不赔钱还是开着吧。总之，他一会儿姓张一会儿姓李，也没个定性。其实，男人说的跟小惠的想法一点也不沾边。她开茶楼就是觉得自己在城里打拼了这么多年，从来没有真正为自己活过，她想干点自己喜欢干的事，追求自己理想的生活。茶楼开起来了，她的理想实现了吗？且不说茶楼的效益如何，单说客人喝茶的氛围，与她想象的差太远了，他们嘴里喝着茶，却满脸浮躁之气。每当这个时候，小惠就特别失望，觉得这个茶楼像是新瓶装旧酒一样，也没啥意思。

小惠曾经跟常来喝茶的那个领导抱怨生意不好，那个领导安慰她："不要着急，一切都在朝着好的方向在变，住房和生活方式的改变，预示着人们在朝着城市生活靠近，喝茶的人会越来越多，你的生意也会越来越好。"小惠想想领导说的话，再看看群里的闹剧，心里不由一阵感慨，觉得自己的生活距离领导说的还很遥远。

6

群里的语音还在继续，有煽风点火的，有幸灾乐祸的，就是没有一个分析对错的，跟快手上的跟帖没有什么分别。小罐子的一个侄子，还扬言要去找大山算账。

小惠的心不由悬了起来，看来线上的矛盾要发展到线下了。想想大山瘦弱的身材，想想小罐子如狼似虎的三兄弟，想想那个气势汹汹的侄子，小惠更加忐忑不安了，心里的天平开始朝大山这边倾斜。大山就是再不对，也是六十多岁的人了，论乡亲辈分还是小罐子的叔，酒后失德骂了两句，当然，他骂的话和场合都不对，但小瓶子和小盆子也骂了大山的祖宗八代，杀人还有个头点地，若再这么不依不饶的，明显就是恃强凌弱了。

豌豆给小惠发语音，说小罐子他们已经去找大山了。

小惠一惊，直接把电话打了过去："他们还想怎样？"

豌豆说："小惠，从来没见你这么大声说过话。"

小惠察觉到自己的失态，赶紧说："我怕他们太为难大山。"

豌豆安慰她说："你也太小看咱们主任了，你放心，他不会动大山一个手指头的。"

小惠还是有点不踏实，她跟豌豆说："大山骂人是不对，但小瓶子他们骂得比大山还难听呢，怎么就没有人说句公道话啊。"

豌豆说："现在的人啊，都精得很，谁愿意得罪村主任啊。"

小惠的眼前又闪现出当年一群人围观娘被香枝辱骂的情景，心里一阵悲愤，她觉得自己不应该再置身事外做一个旁观者了，想起豌豆当年拿着铁锹仗义凛然的样子，她不由地鼓动豌豆："群是大家的群，人人都是平等的，谁都可以说出自己的想法和观点，要不然建这个群还有什么意义呢？"

豌豆激动地说："我早就想说了，就怕自己说不好，要不，小惠你先说，你是文化人，说得肯定比我好。"

小惠的心开始蠢蠢欲动。豌豆早就说了，她也是月亮湾的一分子，她当然有发言权了。但为什么她还是隐隐不安呢？小惠的心像钟摆一样摇摆不定，一会儿觉得还是像原来一样，事不关己高高挂起才对，一会儿又觉得自己这样畏首畏尾像个老鼠似的躲在暗处，跟当年围观的村民又有什么区别呢？

妇女主任出来发声了："看看你们在群里说的话，有一点素质吗？丢了全月亮湾人的脸！"

豌豆紧接着说："主任说得对，群里大姑娘小媳妇这么多，大家说话都文明点。"

妇女主任和豌豆的话，虽然说得简短，但都说到了点上，尤其豌豆说的"文明"，一下戳中了小惠的心，做一个文明的人，一直是她的追求。

小罐子的语音又出现了。

小惠不由一阵激动，若是小罐子做个批评教育式的总结发言，这件事就圆满解决了。没想到，点开小罐子的语音，听到的却是大山的声音：

"全体村民请注意，我和小罐子发生了一些误会，已经和平解决了。我在群里骂人不对，向主任道歉。"

大山已经被小罐子踢出了群，无法在群里说话了，他是用小罐子的微信说话的。

事情的发展出乎小惠的意料，她又听了一遍大山的语音，心里更不是滋味。她不由在想，大山是在什么样的情况下道的歉？道歉时，身边除了小罐子，是不是还有小盆子、小瓶子……小惠越想越气愤，不由坐了起来，浑身像着了火似的难受。

二十多分钟过去了，群里再也没有信息出现，看来这场风波画上了句号。

但小惠却一直平复不下来，娘自己打自己耳光的画面和大山拿着小罐子手机道歉的样子在她的脑海里交替出现，一阵强烈的屈辱和愤慨像潮水一样在她的心里一波一波地翻滚，憋在肚子里的话开始朝外蹦。

小惠第一次在群里发了言："大山道了歉，别人是不是也该说两句呢？"

说完这句话，小惠的心怦怦直跳。

很快，一条语音出现了："小惠，你说什么呢？"

小惠回道："大山不对，可他道歉了，骂他的人是不是也有点过分了？"

尽管小惠把语气放得平和，也刻意回避了提小瓶子他们的名字，可还是惹来了麻烦。

一条语音冒了出来："他跟别人充爹，不揍他就是便宜他了。"

小惠有点急了："骂得那么难听，就不怕脏了大伙的耳朵？"

"你算是哪个枝上的鸟儿，还轮不上你说话！"

小惠和这个人的争论，引爆了整个群，各种各样的语音冒了出来：

"哈哈，羊圈里跑出驴来了。"

"不要小看大山，后面有大树罩着呢。"

"什么大树啊，娘们当家，房倒屋塌。"

小瓶子又跳出来了，他的话说得更干脆："老子就是骂了，怎么啦？"

豌豆又跟当年一样站了出来："都住嘴吧，不然我拿针缝了你们的臭嘴！"

豌豆的话已经没有了当年的权威了，群里的小喇叭一串一串地冒了出来。

小惠听着这一条条语音，心里充满了绝望和悲凉。二十多年过去了，自己貌似站到了高处，其实还在月亮湾的围困之中，自己现在这个样子，和当年的娘又有什么区别呢？香枝的骂声，群里的骂声，在小惠的耳边回响着，她的心一点一点朝下沉，慢慢地坠入了深渊之中。

豌豆打来电话："小惠，你别上火，我在群里大骂了一通，给你讨回了公道。"

豌豆的骂声让小惠更加悲凉，她悲愤地说："月亮湾太让我失望了，我要离开这个是非之地，粗俗之地！"

小惠刚要退群，几个申请添加好友的信息跳了出来：

"小惠，你说得好。"

"小惠，加好友吧，咱们私聊。"

"小惠，我佩服你。"

……

这些留言像一颗颗小星星在小惠的眼前闪烁着，她不由百感交集，虽然这些话不是在群里说的，但还是让她看到了光明和希望。

小惠打消了退群的念头，她关了手机，静静地躺在了床上，诗人的诗句开始在她的心里闪现：

> 我喜欢黑暗中发光的事物
> 在白昼他们不容易被发现
> ……

小惠默念着诗人的诗句，眼里溢出了泪水。
窗外，一弯新月挂在半空中，屋子里清辉一片。

后 记

有水的地方就有灵性

老家村南有一条河，流经我们村庄的时候，拐了一个弧形的弯儿，远远望去，宛若一弯新月。

小时候，奶奶经常指着那条河对我说，有水的地方就有灵性。那时的我，对奶奶这句话是懵懂的，觉得这个"灵性"有点缥缈，就好像天上飘着的白云，看得见却摸不着。随着年龄的增长，尤其是开始写作之后，我逐渐对奶奶的话有了深刻的理解，觉得"灵性"这个词含义太丰富了，一时无法用准确的语言来表述它的全意。

奶奶一生命运多舛，少时父母双亡，中年丧夫，老年丧子。可以说，人生的三大悲哀和世间所有苦楚，她都尝了个遍。就是这样一个苦人，却坚强地活了八十八岁。奶奶常说："指人指跑了，靠人靠倒了，万事只能靠自己。""人敬我一尺，我敬人一丈。""人要越活越小，不要越活越老。"奶奶一生唯一的舞台，就是我们的村庄，她就靠着这些信念走完了一生，活成了我们家族的灵魂、村里的典范。

奶奶的母亲是南方人，这让她的性情兼具了南方的灵秀和北方的豪迈。她在身体还很结实的时候，就开始准备自己的后事。她为自己做了一件裙子，上面绣着艳丽的花朵。她经常叮嘱我，等她走的时候，一定别忘了给她穿上裙子。因为，只有穿上裙子才会旋转出风来，风会带着她飞到母亲有山有水的故乡，她要去那里与母亲团聚，过美好的生活。在我的心目中，坚韧善良，宽厚通透，一直是奶奶的精神追求，没有想到，在她的内心深处，有山有水的南方，才是她的原乡。

我的一个童年伙伴，因为家里姐妹多，家境贫寒，父母就没让她上学，十八岁时招了个上门女婿，没想到，不到三十岁丈夫就意外去世了，剩下她一个人拉扯着俩儿子艰难度日。她四处打工，像个陀螺似的不停地旋转，白天很少在大街上看到她的影子。一个晚上，我看见她坐在自家门口的石墩上，就走过去跟她打招呼。她笑着跟我说："晒月亮呢。"听了她这句话，我不由一阵心酸。她每天早出晚归，晒不到太阳，也只能晒晒月亮了。看着她仰头朝天，一脸的安宁祥和，陶醉在月光之中，我突然意识到了自己的浅薄。沉重艰难的生活背后，明媚的月光，或许就是她心中的希望吧。

我的一个远房叔叔，想为母亲找一块墓地，就在长满杨树的墓园里来回转悠，转了很久，终于看到一片地方，杨树叶子落在地上整整齐齐地铺排着，没有一片是重叠的，他认为这里就是安葬母亲最好的地方。我好奇地问他，这个地方好在哪儿呢？他回答说，平整代表着平稳，母亲命运坎坷，多灾多难，他不企求母亲来世大富大贵，只希望她平平安安。

每个人都有一地鸡毛，岁月当然也不会始终静好，那些生活在最底层的小人物们，尽管他们的生活遍布泥泞，却不妨碍他们活得坚忍自持而又摇曳生姿。奶奶的裙子、裙子转出来的风，童年伙伴的"晒月亮"，墓园里平平整整没有重叠的树叶，都在我的脑海里闪闪发光，这是多么富有诗意、多么美好的向往。这些轻盈灵动充满飞扬之气的场景，是在书斋之中无法想象到的，它来源于热腾腾的生活，带着湿漉漉泥土的芳香，滋养着我的灵魂，丰富着我的生命。

我一直没有离开那片生我养我的土地，这也让我的创作经常处于一种自然的状态，就像一个老实巴交的庄稼人，按着季节播种和收获。虽然有时我也会站在一个更高的角度审视生活，但到了真正开始写作的时候，我又不由自主地转向了参与生活其中的内视角，和笔下的人物一起痛苦着、期盼着、梦想着……乡村是我笔下人物的乡村，更是我自己生命中的乡村。

我真切感受到，乡村不仅有迷失，还有持守；不仅有晦涩，还有清澈；不仅有伤痛，还有温暖；不仅有灰暗，还有诗意。写作于我，不是逃离之后的回望，也不是归田养老式的怀旧，而是融为一体的生命所在。

这本小说集中的人物，都有家乡人的影子，我像熟悉自己一样熟悉他们。他们的艰难困苦、迷茫彷徨，我都感同身受；他们的喜怒哀乐、悲欢离合，我都参与其中；他们的家长里短、伦理俗常，我都熟稔于心。他们的丰富人生，他们的心灵追求，铺展着新农村的纯朴底色，更呈现出一种精神的流动变迁。写出他们鲜明的、活生生的、有温度、有颜色、有气味的状态，写出他们身上的灵性之光、良善之光、诗意之光，让作品走向深远和宽广，是我努力想抵达的理想之境。

驻足回望，岁月更迭，土地还是那片土地，村庄已不是从前的模样。由于连年干旱少雨，村南那条河虽然瘦了许多，却依然清亮澄澈，像一枚弯弯的新月，在我心间悠悠流淌，成了我小说的源头与归处，或许这就是奶奶所说的灵性吧。而从这"灵性"中生发的那些小人物，虽然普普通通、毫不起眼，但在我心里都是美好的。理应有这样一个村庄，来容纳这份美好。

这个村庄就叫"月亮湾"。